KNAUR

Über die Autorin:
Lena Hooge ist das Pseudonym der Journalistin und Autorin Andrea Hackenberg. Sie kam 1973 mit einer Menge Lebensmittelallergien zur Welt und verträgt weder Laktose noch Weichtiere. Bei Restaurantbesuchen bestellt sie sicherheitshalber Spaghetti und sieht anderen dabei zu, wie sie aufregendere Dinge essen. Sie ist süchtig nach gelbem Wackelpudding, liebt den Anblick von unverwüsteten Buffets und brütet gerne über Rezepten, die sie niemals nachkochen könnte. Zusammen mit ihrer Familie lebt sie in Frankfurt am Main.
Lena Hooge ist auf Facebook und freut sich über ein Feedback ihrer Leserinnen und Leser.
www.andrea-hackenberg.de

Lena Hooge

Bauchgefühle

Roman

KNAUR

Besuchen Sie uns im Internet:
www.knaur.de

FSC
www.fsc.org
MIX
Papier aus verantwortungsvollen Quellen
FSC® C083411

Originalausgabe September 2014
Knaur Taschenbuch

Redaktion: Alexandra Baisch
Umschlaggestaltung: ZERO Werbeagentur, München
Umschlagabbildung: FinePic®, München
Satz: Adobe InDesign im Verlag
Druck und Bindung: CPI books GmbH, Leck
ISBN 978-3-426-51472-6

2 4 5 3 1

Für Johanna

1. Kapitel

Zwischen zwei Bissen Seebarsch an Apfelschaum platzte Mari der BH vom Körper. Sie hörte das dumpfe »Plöpp«, mit dem der Knopf zwischen ihren Brüsten aufsprang, und spürte, wie die Körbchen sich anhoben. Angefüllt mit Luft drückten sie von innen gegen ihre Bluse. Mari blickte verstohlen an sich herunter: Ihr Brustumfang hatte sich spontan verdreifacht.

»Irgendwas nicht in Ordnung, meine Liebe?«, erkundigte sich Manfred Fernau, ohne den Blick von seinem Teller zu heben.

Mari unterdrückte ein Stöhnen. War ja klar, dass ihr Chef ausgerechnet diesen Moment wählen musste, um mit seiner allwöchentlichen Inquisition zu beginnen.

»Es ist der Fisch«, entgegnete sie, nahm ihre Serviette vom Schoß und stopfte sich diese kurzerhand in den Ausschnitt. »Ganz offensichtlich ein Netzfang – was zu Lasten des Aromas geht.«

Fernau nickte und drehte sich zu Maris Kollegin um, die zu seiner Rechten saß. »Und warum ist das so, Frau Schubert?«

Nicole hatte nicht die leiseste Ahnung. »Ähm … weil der Fisch dann weniger frisch ist?«

»Sie haben schon mal besser geraten. Herr Friedmann?«

Timo verschluckte sich an seinem Riesling und antwortete mit einem virtuosen Hustenanfall. »Der … äh … Wein hat Kork«, stieß er dann hervor.

»Richtig erkannt, aber das ist hier jetzt nicht das Thema«, versetzte Fernau. »Gibt es andere Vorschläge? Herr Saalbach?«

Simon legte seine Gabel nieder und verzog wie immer keine Miene. »Beim Einholen der Netze platzen den Fischen häufig die Organe auf«, antwortete er ruhig. »Im Zuge ihres Todeskampfes setzen sie Gifte im Körper frei, die sich später negativ auf das Geschmackserlebnis auswirken.«

»Sehr gut. Was ist Ihnen sonst noch aufgefallen?«

»Der geeiste Parmesankäse über dem Risotto.«

Fernau beugte sich vor. »Inwiefern?«

»Ich kann mich natürlich auch irren …« Simon zögerte. »Aber durch die extreme Kühlung kann der Käse sein Aroma nicht entfalten – was den Verdacht nahelegt, dass hier womöglich eine nicht ganz so hochwertige Ware serviert wurde.«

»Hervorragend.« Fernau hob sein Glas. »Wäre das alles, oder haben Sie noch Anmerkungen zum Hauptgang, Frau Bertram?«

Mari, die gerade damit beschäftigt war, die Serviette möglichst unauffällig über ihren Brüsten zu drapieren, hob den Kopf. Ob es wohl möglich wäre, vor dem Dessert auf die Damentoilette zu verschwinden, um ihren BH zu schließen?

»Frau Bertram?«

»Äh … wie war noch mal Ihre Frage?«

»Haben Sie weitere Anmerkungen zum Hauptgang?«

»Nun ja …« Sie räusperte sich. »Wenn man mal davon absieht, dass die einzige Neuerung auf der Speisekarte darin besteht, dass die Preise um 25 Prozent angehoben wurden, scheint der Koch gerade seine grüne Phase auszuleben.« Sie deutete auf ihren Teller. »Diesen ungewürzten Berg Rucola als *Wildkräuter* zu bezeichnen, ist mehr als geschönt angesichts der Tatsache, dass der insgesamt zu holzig geratene Kohlrabi im Wasabi-Sud geschmacklich alles andere überlagert. Warum dazu noch eine Pastete aus Avocado, Brunnenkresse und Brokkoli gereicht wird, ist mir ein Rätsel – zumal bei der Zubereitung mit Geschmacksverstärkern getrickst wurde, wahrscheinlich Hefeextrakte, die Glutamat freisetzen. Und was das sogenannte *Trüffel*-Baguette betrifft ...« Angewidert schob sie den Brotkorb von sich. »Dieser Teig hat keinen einzigen Trüffel gesehen. Stattdessen wurde ein Petroleumderivat verwendet, das einem auf der Zunge ein entsprechendes Aroma vorgaukelt. Wenn Sie mich fragen – eine Unverschämtheit.«

Schweigen senkte sich über die Runde. Dann, nach einer gefühlten Ewigkeit, ließ Fernau sein Besteck sinken. »Wie ich sehe, qualifizieren Sie sich zunehmend für größere Aufgaben, Frau Bertram«, sagte er und bedachte sie mit dem Anflug eines Lächelns. »Machen Sie weiter so – ich bin sehr zufrieden mit Ihnen.«

Jeder am Tisch wusste, dass er auf die Ressortleiterstelle anspielte, die seit Monaten bei dem Gourmet-Magazin vakant war, für das sie alle arbeiteten. Als Herausgeber und Chefredakteur von »Gaumenfreuden« hatte Fernau sich bisher jedoch nicht dazu geäußert, ob er jemanden aus dem Team seiner Restaurantkritiker befördern oder doch lieber eine externe Edelfeder verpflichten wollte. Auch bei den wöchentlich stattfinden Testessen, die einzig dazu dienten, Mari und ihre Kollegen in wechselnden Lokalen gezielt eingebaute Fehler aufdecken zu lassen, hatte er sich bislang immer zurückgehalten. Sein jetzt offen ausgesprochenes Lob fiel daher so schwer ins Gewicht, dass Nicole ihren Mund zu einem dünnen Strich verkniff und Timo anfing, an den Nägeln zu kauen. Mari hingegen erkannte ihre Chance.

»Ich werde vor dem Dessert noch mal kurz verschwinden«, kündigte sie an und ließ die Tür zur Damentoilette dabei nicht aus den Augen. »Entschuldigt mich bitte einen Moment.«

Schon beim Aufstehen wusste sie, dass sie ein Tabu brach: Bei einem Testessen verließ man den Tisch erst dann, wenn Fernau die Tafel für aufgehoben erklärte – das gehörte zu den ungeschriebenen Gesetzen im Kollegenkreis. Zu groß war das Risiko, etwas zu verpassen und so über einen der vielen Fallstricke zu stolpern, die der Herausgeber stets für seine Mitarbeiter auszulegen pflegte. Ein weit aufklaffender BH jedoch war Grund genug, sich darüber hinwegzusetzen, fand Mari. Sie zog die Serviette aus ihrem Ausschnitt und fing dabei einen Blick von Simon auf, der irritiert auf ihre Bluse starrte. Kein Wunder – seit der Party am Mainufer letzten Freitag hatte er eine ziemlich konkrete Vorstellung davon, wie ihre Brüste tatsächlich aussahen.

Verlegen wandte Mari sich ab. Die Nacht mit ihm hätte sie sich besser schenken sollen, dachte sie auf dem Weg zur Toilette. Nicht, dass es nicht schön gewesen wäre: Unter Simons konservativem, blauem Hemd war ein überraschend durchtrainierter Oberkörper zum Vorschein gekommen, und auch in anderer Hinsicht hatte er erfreulich viel Ausdauer bewiesen. Allerdings ging gleich beim ersten Mal alles so schnell, dass sie gar nicht dazu gekommen war, nach einem Kondom zu fragen. Und diese Kuschelattacke hinterher hätte er sich auch sparen können.

Sie stieß die Tür zum Waschraum auf und erhaschte einen Blick auf ihr Spiegelbild. Ihr dunkelblauer Bleistiftrock hatte Sitzfalten und der Stoff ihrer engen weißen Bluse spannte über ihrer imposanten Oberweite. Man sah ihrem Körper zweifellos an, dass genussvolles Essen zu ihrem Beruf gehörte – sie trug Kleidergröße 40, nach Weihnachten auch mal 42. Auf ihren knapp einen Meter achtzig verteilten sich die Pfunde jedoch meist recht vorteilhaft von oben nach unten, und da sie eine Vorliebe für modische, figurbetonte Kleidung besaß, dachte sie nicht im Traum daran, auch nur ein Gramm davon zu verstecken.

Zielstrebig steuerte sie eine der Toilettenkabinen an, schloss sich ein und knöpfte eilig ihre Bluse auf. Simon hatte sich vergangene Woche mehr Zeit gelassen, schoss es ihr dabei durch den Kopf. Zumindest versuchsweise, bevor sie über ihn hergefallen war. Jeden Zentimeter ihrer Haut schien er damals mit Fingerspitzen, Augen und Mund erkunden zu wollen. »Du bist wunderschön«, hatte er geflüstert, doch Mari hatte ihm kein Wort geglaubt. Das tat sie nie, wenn sie mit einem Mann ins Bett ging – eine Mischung aus Kontrollwahn, Skepsis und der Unfähigkeit, ihren eigenen Gefühlen zu trauen, bewahrte sie davor.

»Das eben war eine einmalige Sache – das ist dir klar, oder?«, hatte sie ihn ein paar Stunden später gefragt, während sie ihre Unterwäsche von seinem Schlafzimmerfußboden aufhob. Es war ein Satz, der in Situationen wie diesen ja doch immer fiel, Mari kannte es nicht anders. Und sie wollte tunlichst die Erste sein, die ihn aussprach.

Simon gab daraufhin sekundenlang keine Antwort. Dann stützte er sich auf, warf ihr einen langen, nachdenklichen Blick zu und schickte ein schwer definierbares »Tatsächlich?« hinterher.

»Ich brauch halt viel Abwechslung – genau wie beim Essen.« Sie war bereits in Rock und Bluse geschlüpft, hatte sich vorgebeugt und ihm einen Kuss auf die Stirn gegeben. »Nimm's mir nicht übel, aber ich muss jetzt los.«

Sollte ihr eiliger Abgang seine Gefühle verletzt haben, ließ Simon sich das nicht anmerken – weder in dem Moment noch am Montag danach, als sie sich in der Redaktion wiedertrafen. Keine seiner Gesten verriet, ob er ihrer gemeinsam verbrachten Nacht irgendeine Bedeutung beimaß: In seiner ruhigen, zurückhaltenden Art ging er seiner Arbeit nach, als sei nichts gewesen. Zuerst war Mari erleichtert – ein liebeskranker Kollege war so ziemlich das Letzte, was sie im Job gebrauchen konnte. Inzwischen aber störte es sie, dass von ihm gar keine Reaktion kam. Ganz so konsequent musste er sie nun auch wieder nicht ignorieren.

Mari zog den BH über ihren Brüsten zurecht, verschloss ihn sorgfältig und hoffte, dass er sich nicht noch einmal selbständig machen würde. Dann verließ sie die Toilettenkabine mit wiegenden Hüften. Vor dem Spiegel blieb sie erneut stehen und überprüfte ihr Make-up. Das schulterlange, dunkle Haar und die braunen, fast schwarzen Augen hatte sie genau wie den olivfarbenen Teint von ihrer italienischen Mutter geerbt. Sonst wusste sie nicht viel über die Frau, mit der ihr bindungsscheuer Vater die einzige ernsthafte Beziehung seines Lebens geführt hatte – Lucia Bertram war kurz nach der Geburt ihrer Tochter an den Folgen einer Lungenembolie gestorben, und bis auf ein Album mit halb vergilbten Fotografien war nichts von ihr geblieben.

Mari tupfte sich die leicht glänzende Partie um die Nase mit einem Papiertuch ab und fragte sich zum wiederholten Mal, warum ihr Vater nur so ungern über diese Zeit sprach. Da wurde neben ihr die Tür aufgerissen: Nicole rauschte herein und schien sich über irgendetwas ziemlich aufzuregen. »Mitten beim Essen aufzustehen – du traust dich was«, sagte sie ohne Einleitung.

»Du dich ja anscheinend auch«, entgegnete Mari.

»Was du kannst, krieg ich schon lange hin.« Nicole kreuzte die Arme vor der Brust. »Du bist also mal wieder Erste – na, toll. Ich frag mich wirklich, wie du das immer schaffst.«

»Äh … was genau meinst du jetzt?«

»Das Trüffel-Baguette. Den Netzfisch, den Geschmacksverstärker und den ganzen anderen Scheiß, mit dem du Fernau so erfolgreich beeindruckst.«

Es gab eine Menge Dinge, die Mari darauf hätte antworten können. Zum Beispiel, dass sie ihren Vater seit ihrem achten Lebensjahr zu Geschäftsessen in Sterne-Restaurants hatte begleiten müssen – nämlich immer dann, wenn wieder eine seiner Affären mit einem ihrer zahlreichen Kindermädchen in die Brüche gegangen war. Thomas Bertram, der seine Tochter nicht allein zu Hause lassen wollte, hatte ihr bei diesen Gelegenheiten eingeschärft, bloß keinen Mucks von sich zu geben: Sie sollte still sitzen, sich benehmen und alles aufessen, was man ihr vorsetzte. Mari erinnerte sich noch gut daran, wie eingeschüchtert sie anfangs gewesen war: von der steifen Höflichkeit des Servicepersonals, den blütenweißen Tischdecken, den gestärkten Stoffservietten und dem fragilen Porzellan. Manchmal hatte sie den mitleidigen Blick einer Bedienung auf sich gefühlt, wenn sie vor lauter Müdigkeit vom Stuhl zu kippen drohte, ohne dass jemand am Tisch das bemerkt hätte. Nach und nach hatte sie jedoch angefangen, alles um sich herum zu beobachten: die Herren im dunklen Anzug, mit denen ihr Vater verhandelte. Das Mienenspiel der Oberkellner, die in der Nähe der Gäste stets ausgesucht freundlich waren, ihre Untergebenen aber gereizt zusammenstauchten, sobald sie sich außer Hörweite glaubten. Und nicht zuletzt auch die Teller und Schüsseln mit Speisen, die so seltsam aussahen, rochen, schmeckten und die ihr nie jemand erklärte. Aus purer Langeweile prägte sie sich Dinge ein, die vordergründig uninteressant waren – wie ein Fischmesser aussah, welche Farbe Hummer hatte oder wie sich das Innere einer frischen Miesmuschel auf der Zunge anfühlte. Mit Beginn der Pubertät fing sie an zu vergleichen: Warum schmeckte das Rinderfilet in dem einen Restaurant besser als im anderen? Das Johannisbeersorbet mal mehr, mal weniger fruchtig? Und wenn die Perlen des Belugakaviars wirklich größer als die des Ossietrastörs sein sollten – warum erkannte man in manchen Lokalen gar keinen Unterschied?

Plötzlich stellte sie Fragen, die nicht einmal ihr Vater auf dem Nachhauseweg beantworten konnte. Also machte sie sich Notizen, schlug in Lexika und Kochbüchern nach und stieß in einer gutsortierten Bahnhofsbuchhandlung schließlich auf die Bibel: die deutsche Ausgabe des Restaurantführers Gault Millau. Von da an war sie infiziert. Als sie längst kein Kindermädchen mehr brauchte, bestand sie darauf, ihren Vater zu seinen Geschäftsessen zu begleiten, und machte ihm gezielt Restaurantvorschläge – nur um nachvollziehen zu können, ob eine bestimmte Kritik im Guide Michelin, Gault Millau oder in anderen Führern berechtigt war oder nicht. Da sie seit früher Kindheit das Privileg besessen hatte, sich durch die gehobene Gastronomie im gesamten Rhein-Main-Gebiet zu futtern, wusste sie inzwischen sehr genau, wie echter Trüffel schmeckte. Doch Nicole das zu erklären, hätte sich nicht nur reichlich abgehoben angehört, es wäre auch zu persönlich geworden: Ihr Verhältnis zueinander war leidlich kollegial und wegen der Konkurrenzsituation im Büro oft genug angespannt. Da wollte Mari lieber nicht allzu viel von ihrem Privatleben preisgeben.

Also beschränkte sie sich jetzt auf ein Achselzucken und flüchtete ins Understatement. »Ich hatte einfach eine Eingebung, was den Geschmacksverstärker betrifft«, sagte sie und wischte sich einen Hauch verschmierter Wimperntusche vom unteren Rand des Augenlids. »Das war reiner Zufall.«

Nicole stieß ein ungläubiges Lachen aus. »Komisch, dass sich dieser Zufall allwöchentlich wiederholt.«

»Ist das so? Da scheinst du besser aufzupassen als ich.«

»Willst du etwa leugnen, dass du es auf die Ressortleiterstelle abgesehen hast?«

»Ich glaube, keine von uns würde ein solches Angebot ablehnen, wenn sich die Chance bietet«, erwiderte Mari, die sich nicht streiten und das Gespräch schnell wieder in unverfängliche Bahnen lenken wollte. »Was ist eigentlich mit der Party im ›Daphnes‹ heute Abend?«, fragte sie deshalb. »Gehst du hin?«

Das Ablenkungsmanöver schien zu funktionieren. »Davon weiß ich ja gar nichts!«, rief Nicole aus. »Was wird denn gefeiert?«

»Der Abschluss der Renovierungsarbeiten.« Mari öffnete die Tür und kehrte Seite an Seite mit ihrer Kollegin in den Speiseraum des Restaurants zurück. »Es gibt Live-Musik und ein großes griechisches Buffet. Ich kann dich mit meiner Einladung reinschleusen, wenn du willst.«

»Als ob ich auf deine Fürsprache angewiesen wäre!«

»Ich wollte doch nur …«

»Wenn ich irgendwo reinkommen will, schaffe ich das aus eigener Kraft, verlass dich drauf!«

Soviel also zum Thema Ablenkung, dachte Mari resigniert. Da das Dessert jedoch bereits serviert war, sparte sie sich eine schnippische Antwort und nahm sich vor, künftig noch mehr auf der Hut zu sein: Eine Kollegin, die ihren Neid so unverhohlen zeigte, konnte über kurz oder lang zu einer Gegnerin mutieren, die man niemals unterschätzen durfte.

Als sie das Restaurant wenig später verließen, lief sie zufällig neben Simon her. »Gehst du heute Abend auf die Party ins ›Daphnes‹?«, erkundigte sie sich, weil sie es unerträglich fand, ihn anzuschweigen.

Er stieß einen Brummlaut aus, den man weder als Zu- noch als Absage deuten konnte.

»Was hast du gesagt?«, bohrte sie nach.

Er warf ihr einen ungehaltenen Seitenblick zu, stieß ein »Mal sehen« hervor und beschleunigte zielstrebig seine Schritte. Offensichtlich hatte er Besseres vor, als mit ihr zu plaudern.

2. Kapitel

Nach Dienstschluss nahm Mari die U-Bahn und fuhr ins Frankfurter Westend. In diesem Stadtteil war sie aufgewachsen, in einer großzügigen Altbauwohnung nahe dem Palmengarten. Ihr Vater lebte immer noch dort, und da ihr eigenes Apartment im Nordend der Stadt winzig klein und mit wenig Stauraum ausgestattet war, hatte sie einen Großteil ihrer Garderobe in ihrem ehemaligen Kinderzimmer deponiert. Für den bevorstehenden Partyabend im »Daphnes« brauchte sie dringend ihre schwarzen Slingpumps, die sie zu einem ärmellosen Seidenoverall tragen wollte. In der Erwartung, die Wohnung zu dieser frühen Abendstunde verwaist vorzufinden, betrat sie den Flur – stutzte aber, als sie aus dem Schlafzimmer das Geräusch von zuklappenden Schranktüren hörte.

»Hallo? Ist jemand zu Hause?«

»Ich bin's bloß«, rief Kirsten zurück.

Mari lächelte. Mit der Geschäftspartnerin und Immer-mal-wieder-Geliebten ihres Vaters verband sie eine tiefe Freundschaft, trotz ihres Altersunterschieds von zwölf Jahren. Leider hatten sie in den vergangenen Wochen nicht sonderlich viel Zeit füreinander gehabt.

Sie steuerte das Schlafzimmer an, schnappte sich unterwegs ein paar Salzstangen aus der Schale auf dem Wohnzimmertisch und lehnte sich schließlich kauend an den Türrahmen. »Was machst du da?«, fragte sie angesichts des halbfertig gepackten Koffers, der auf dem Bett lag.

»Ich verlasse deinen Vater.«

»Och, nö. Schon wieder?«

»Diesmal ist es endgültig.« Kirsten zerrte einen dunkelblauen Blazer vom Kleiderbügel und legte ihn sorgfältig zusammen. »Das hätte ich schon viel früher machen sollen.«

»Was ist denn jetzt schon wieder los – hat er ein Techtelmechtel mit seiner neuen Vorzimmerdame?«

»Nein ... ich fürchte, es liegt an mir.«

»Echt – du hast eine Affäre?« Neugierig ließ Mari sich neben den Koffer plumpsen. »Hätte ich dir gar nicht zugetraut! Mit wem?«

»Das wüsste ich auch gern.« Kirsten warf ihr einen Blick zu, der deutlich machte, wie abwegig dieser Gedanke war.

»Was ist es dann?«

»Ach, es ging mir gesundheitlich nicht besonders gut in den vergangenen Wochen – und da hatte ich Zeit zum Nachdenken.«

Alarmiert setzte Mari sich auf. »Bist du krank?«

Ihre Freundin schüttelte den Kopf. »Nichts, worüber du dir Sorgen machen müsstest. Ich war nur kurz im Krankenhaus, um mir ... ähm ... eine Art Zyste entfernen zu lassen.«

»Du wurdest operiert?! Warum hat Papa denn nichts davon erzählt?«

»Er hat eben viel zu tun im Moment ...«

»Aber ich hätte dich doch besuchen können!«

Kirsten, die noch blasser und schmaler aussah als sonst, winkte ab. »Es war eine ambulante Operation, ich durfte schon am selben Abend wieder nach Hause. Und da hab ich dann drei Tage rumgelegen und mir endlich mal ein paar Gedanken gemacht.«

»Worüber?«

»Darüber, dass ich demnächst 40 werde und nichts anderes vorweisen kann als einen Job, der mir zum Hals raushängt.«

»Du bist Partnerin in einer der erfolgreichsten Unternehmensberatungen im ganzen Land«, rief Mari ihr mit Nachdruck in Erinnerung. »Und als solche verdienst du ein Schweinegeld – man könnte meinen, da gibt es schlimmere Schicksale.«

»Geld allein reicht auf Dauer nicht aus, um zufrieden zu sein«, erwiderte Kirsten und wirkte dabei unglaublich müde. »Schon gar nicht, wenn man es an der Seite eines Mannes verdient, der einen nicht sonderlich ernst nimmt.«

»Ohne dich würde die ganze Firma den Bach runtergehen! Das sagt Papa immer wieder.«

»Klar, weil ich ihm durch meine Fleißarbeit den Rücken freihalte, so dass er sich als großer Macher gerieren kann.«

»Also habt ihr Streit wegen einer dienstlichen Sache?«

Kirsten schüttelte den Kopf und bereute es, das Thema überhaupt zur Sprache gebracht zu haben. Mari war eine gute Freundin, gleichzeitig aber auch die Tochter des Mannes, der ihr regelmäßig das Herz brach. Nicht die besten Voraussetzungen für einen Plausch über Beziehungsprobleme. »Ich will nicht mehr so weitermachen wie bisher«, sagte sie ausweichend. »Jeden Morgen bin ich unglücklicher, wenn ich aufwache und weiß, dass nichts anderes als ein Tag voll stupider Arbeit auf mich wartet.«

»Was willst du denn dann?«

Ein Kind, dachte Kirsten. Doch diese Hoffnung hatte sich unlängst zerschlagen. »Ein Leben mit mehr Sinn«, antwortete sie stattdessen. »Deshalb habe ich beschlossen, einen Schlussstrich zu ziehen und noch mal ganz von vorne anzufangen.«

»Klingt gut – und wo?«

»In Bad Orb.«

»Bitte – *wo?!*«

»In Bad Orb – das ist ein kleiner Kurort im Spessart. Ich bin da aufgewachsen.«

»Hast du noch nie was von ›Eat, Pray, Love‹ gehört?«, fragte Mari entsetzt. »Frauen, die sich selbst finden wollen, fahren nach Italien, um sich vollzufuttern – und pilgern dann nach Indien weiter, wo sie sich in einem Aschram alles wieder runterhungern!«

»Was genau willst du mir damit sagen?«

»Dass es tausend anerkannte Orte gibt, um eine Lebenskrise zu zelebrieren. Aber der *Spessart* gehört mit Sicherheit nicht dazu!«

Unbeirrt packte Kirsten weiter. »Meine Eltern sind nicht mehr die Jüngsten, und ich bin ihr einziges Kind. Neulich standen sie sogar kurz davor, unser Café schließen zu müssen …«

»Klingt doch vernünftig. Was spricht dagegen?«

»Dass es ihnen den Boden unter den Füßen wegzieht – der Betrieb ist schließlich schon seit drei Generationen in der Hand unserer Familie, nur leider wirtschaftlich im Moment nicht sonderlich rentabel.«

»Moment! Du willst doch nicht etwa …?«

»Ich werde Geschäftsführerin und bringe den Laden wieder auf Vordermann«, verkündete Kirsten, wobei sie den Ärmel einer Seidenbluse in ihren Koffer stopfte. »Wozu bin ich schließlich Betriebswirtin?«

Die Skepsis stand Mari ins Gesicht geschrieben. »Entschuldige, aber wenn du wirklich glaubst, dass Wirtschaftswissenschaft irgendwas mit Gastronomie zu tun hat, sitzt du einem Missverständnis auf.«

»Auch Gastronomie muss sich rechnen – und davon verstehe ich was«, erwiderte ihre Freundin leichthin. »Abgesehen davon kann es doch nicht so schwer sein, ein Café in einem Kurort zu führen.«

»Du bist doch nicht mal in der Lage, eine Fertigbackmischung in einen halbwegs genießbaren Kuchen zu verwandeln«, beharrte Mari. »Wie willst du dann die Verantwortung für ein ganzes Café übernehmen?«

»Ich bin ja nicht allein, meine Eltern arbeiten vorerst noch weiter mit. Und mein Vater ist gelernter Konditor.«

»Na, dann.«

»Du klingst alles andere als überzeugt.«

»Bin ich auch nicht, um ehrlich zu sein – aber wenn du meinst, dass es dich glücklich macht …«

Kirsten schwieg einen Moment. »Unglücklicher als hier kann ich dabei auch nicht werden«, sagte sie dann. »Ich muss es einfach versuchen, oder?«

»Was hält Papa denn davon, dass du aus der Firma aussteigen willst?«

»Er weiß es noch nicht.«

»Wie – er weiß es noch nicht?«

»Ich habe meine Kündigung schriftlich eingereicht, aber er hat sie noch nicht gelesen.« Sie zuckte mit den Achseln. »Er dürfte allerdings nicht sonderlich überrascht sein – bei unserem letzten Streit habe ich ihm angekündigt, dass ich mich beruflich verändern möchte. Was er allerdings wie immer als überspannte Idee von mir abgetan hat.«

»Oje – da kommt ja noch einiges auf ihn zu.« Eine Welle des Mitleids stieg in Mari hoch, denn diesmal schien es ihrer Freundin wirklich ernst zu sein. Gleichzeitig hatte sie das dringende Bedürfnis, sich selbst aus der Schusslinie zu bringen: Sie hatte noch nie gern zwischen den beiden gestanden, wenn Kirsten und ihr Vater einen ihrer vielen Konflikte austrugen. »Wann verlässt du die Stadt?«, wollte sie wissen.

»Nächste Woche, wenn alles glatt läuft. Das Umzugsunternehmen ist schon beauftragt, und für meine Wohnung habe ich bereits einen Nachmieter.«

Das klang so unüberhörbar nach Abschied, dass Mari aufstand und ihre Freundin in den Arm nahm. »Wir bleiben doch trotzdem in Kontakt, oder?«, flüsterte sie.

»Natürlich! Wir können jederzeit telefonieren, und Bad Orb ist schließlich nicht aus der Welt.«

Dennoch würde es nicht mehr dasselbe sein, das wussten beide.

Es versetzte Mari einen Stich ins Herz, als Kirsten wenig später den Hausschlüssel auf die Kommode im Flur legte, bevor sie ihren Koffer endgültig aus der Wohnung rollte. Die Stille, die einsetzte, sobald die Tür ins Schloss gefallen war, ließ sich nur schwer aushalten. Also kramte Mari eilig ihre Slingpumps aus dem Schuhschrank und suchte ihrerseits das Weite. Sie wollte lieber nicht zu Hause sein, wenn ihr Vater von der Arbeit kam und merkte, dass er verlassen worden war.

3. Kapitel

Für Menschen, die einfach nur ein Glas Wein trinken, dabei griechisch essen und sich in Ruhe unterhalten wollten, war das »Daphnes« die falsche Adresse. Zu viel Wert legte die aus Thessaloniki stammende Wirtin darauf, die Sirtaki-Kultur in dem nach ihr benannten Restaurant hochzuhalten. Außer erlesenen Speisen, Live-Musik und lautem Gesang zählten daher auch wilde Tanzeinlagen rund um den Bartresen zum Konzept des Hauses. Ein Ritual, das bereits in vollem Gange war, als Mari ihr Fahrrad vor dem Lokal abstellte.

Der Fotograf, den sie für den Abend engagiert hatte, um Bilder von der Eröffnungsfeier zu machen, stand bereits vor dem Eingang und rauchte.

»Hallo, Heiko«, rief sie ihm zu. »Wartest du schon lange?«

»Gerade mal 'ne Zigarettenlänge«, kam die Antwort, während er den Stummel beiseitewarf. »Da drinnen geht ganz schön der Punk ab.«

»Das ist immer so – in Fachkreisen nennt man es auch *Daphnes Inferno.*«

»Wie sollen die Fotos denn werden?«

»Fürs Heft brauchen wir eigentlich nur ein gutes, das die Wirtin inmitten des Trubels zeigt – am besten mit dem üblichen Tablett in der Hand«, erwiderte Mari. »Mehr Motive benötigen wir dann für die Homepage und für Facebook, damit wir eine Bildergalerie zum Durchklicken zusammenbekommen. Da bräuchten wir dann die Gäste, das Buffet, die Musiker und das Interieur. Wichtig ist, dass möglichst viel Stimmung rüberkommt.«

»Geht klar. Kümmerst du dich selbst um die Namen der Leute, die ich ablichte?«

Sie nickte und folgte ihm nach drinnen. Sofort schlug ihnen ein intensives Wein-, Schweiß- und Knoblaucharoma entgegen, während die Bässe der Live-Band dröhnten. Auf dem Tresen ihrer Bar stand Daphne in kurzem Rock und bewarf die um sie herum tanzenden Gäste im Takt der Musik mit Papierservietten. »Hoppa!«, rief sie dabei, ließ die Hüften kreisen und den Blick durch den Raum schweifen. Zu ihren Füßen wuselten schwerbeladene Kellner, die ihre Tabletts sicher durch den Serviettenregen manövrierten und auch im dichtesten Gedränge der Tanzenden das Kunststück fertigbrachten, nichts fallen zu lassen. Heiko zückte seine Kamera und zoomte die Wirtin heran, die sich sofort für ihn in Pose warf – mit Schmollmund, sinnlich abgespreiztem Bein und dramatisch aufgeschütteltem Haar. Ein letzter Schwung Servietten noch, dann sprang sie von der Bar, um Mari mit Luftküsschen zu begrüßen.

»Hallöchen, meine Liebe«, rief sie atemlos. »Schön, dich zu sehen. Ich dachte schon, deine langweilige Kollegin vertritt dich heute.«

»Du meinst Nicole?« Suchend sah Mari sich um. »Ich war mir gar nicht sicher, ob sie wirklich kommt.«

»Sie ist da. Aber den Artikel schreibst du doch, oder?«

»Natürlich.«

»Gott sei Dank – dann kommt wenigstens was Anständiges dabei heraus!« Daphne blickte von einem zum anderen. »Was trinkt ihr – Ouzo, Wein, Cocktails?«

»Bier«, sagte Heiko sofort, doch Mari winkte ab.

»Später gerne. Jetzt erzähl doch erst mal, was du in den Umbau des Lokals investiert hast …«

Während sie sich Notizen machte und ihr Kollege den ersten Durst löschte, kochte die Stimmung um sie herum weiter hoch. Angefeuert von den »Hey, hey, hey«-Rufen ihrer Freunde erklommen zwei leicht bekleidete, junge Frauen den Tresen, den sie sofort zur Bühne machten: Langsamer, als der Rhythmus der Musik es vorgab, fingen die beiden an, sich zu umschlängeln, zu reiben, zu betasten. Das Ganze endete unter dem Gejohle der Menge mit einem Zungenkuss, bevor die Mädchen wieder von der Bar sprangen und von drei untersetzten Herren in verschwitzten Business-Hemden ersetzt wurden, die ein synchron aufeinander abgestimmtes Gezappel darboten und sich dabei glücklicherweise nicht selbst sehen konnten.

»Wart ihr schon am Buffet?«, fragte Daphne schließlich, die es offenbar eilig hatte, das Interview zu beenden und wieder am Partygeschehen teilzunehmen. »Steht alles in dem Raum rechts neben der Garderobe – bedient euch einfach, okay?« Damit nickte sie Mari ein letztes Mal zu und verschwand in der pulsierenden Menge.

»Lass uns das Angenehme mit dem Nützlichen verbinden und die Fotos schießen, während wir uns zu den Fressalien durchkämpfen«, schlug Heiko vor. »Dann wartet am Schluss eine Belohnung auf uns.«

Mari, eigentlich noch satt vom Mittagessen, war sofort einverstanden, denn den gefüllten Weinblättern von Daphnes Chefkoch konnte sie nicht widerstehen. Schritt für Schritt folgte sie dem Fotografen durchs Getümmel, blieb immer wieder stehen, um die Gäste danach zu befragen, wie ihnen der Abend gefiel, und notierte sich die Namen all derer, die von Heiko abgelichtet wurden. Diese Art der Party-Berichterstattung war sicherlich die anspruchsloseste Facette ihres Jobs bei einem Gourmet-Magazin, doch das störte sie nicht weiter – zu gern war sie unter Leuten, und zu viel Spaß machte es ihr, in geselliger Runde zu essen, zu trinken und zu feiern. Abgesehen davon dauerte es an solchen Abenden nie sonderlich lange, bis sie zum gemütlichen Teil übergehen konnte: Knapp 20 Minuten später waren alle Fotos im Kasten und Mari stand vor Daphnes überbordendem Buffet, das mit allen erdenklichen griechischen Köstlichkeiten bestückt war. Es gab Milchlamm mit Knoblauch an weißem Bohnenmus. Eine wagenradgroße Auberginentarte. Gratinierten Ziegenkäse. Knackfrischen Tomatensalat mit Tintenfischringen. Marinierte Paprika in Walnuss-Sauce. Halloumi-Käse, frittierten Feta, hausgemachten Tsatsiki. Dampfenden Stifado-Eintopf. Und Teigtaschen mit würziger Feigen-Hackfleisch-Füllung.

Mari lud sich den Teller voll, als ob sie eine unfreiwillige Fastenkur hinter sich gebracht hätte. Gerade wollte sie nach dem Löffel greifen, um sich das letzte, mit Reis gefüllte Weinblattröllchen zu sichern, als links von ihr eine Hand nach vorn schoss und ihr den Leckerbissen vor der Nase wegschnappte.

»Hey!« Empört wirbelte sie herum. »Das war meins!«

Der Typ, der vor ihr stand, kaute bereits. »Willste's wiederhaben?«, fragte er mit vollem Mund.

»Als Püree bestimmt nicht.« Angewidert wandte sie sich ab. Wenn sie eines nicht leiden konnte, dann waren das Menschen, die sich am Buffet vordrängelten.

»So gut war's auch wieder nicht«, verkündete der Typ hinter ihr. »Glaub mir, da haste nix verpasst.«

Wie bitte?! Mühsam beherrscht drehte Mari sich zu ihm um. »Daphnes gefüllte Weinblätter sind die besten in ganz Frankfurt«, stellte sie klar. »Das stand auch wiederholt im Gourmet-Magazin ›Gaumenfreuden‹, das dieses Restaurant mehrfach als Testsieger ausgezeichnet hat.«

»Hab ich gelesen«, kam die Antwort. »Und ganz ehrlich – ich kann's nicht nachvollziehen.«

»Vielleicht solltest du dieses Urteil Leuten überlassen, die *wirklich* was von griechischer Küche verstehen?«

Er zuckte mit den Achseln. »Ich bin Halbgrieche.«

»Und ich bin am Verhungern.«

Sie wollte gehen, doch er hielt sie am Arm fest. »Hey – du kannst jetzt nicht einfach abhauen!«

»Mein Essen wird kalt.«

»Aber wir haben uns doch eben erst kennengelernt …«

»Wir haben gerade mal ein paar Sätze gewechselt«, stellte Mari richtig.

»Dann lass uns noch ein paar dranhängen.«

»Wozu?«

Er grinste schief. »Weil ich heute Abend allein hier bin und Anschluss suche.«

»Hast du keine Freunde?«

»Klar hab ich die. Auf Facebook.«

»Dann stell dich doch mit deinem Smartphone in die Ecke und schreib denen, wie gut du dich hier amüsierst«, schlug Mari vor. »Alternativ könntest du natürlich auch ein Selfie von dir neben dem Buffet posten – aber ich muss jetzt leider weiter.«

Er stellte sich ihr in den Weg. »Warum so eilig? Wartet jemand auf dich?«

»Mein Milchlammfilet. Das schreit geradezu nach mir.«

»Und wenn ich nun der Mann wäre, der dein Leben verändert – relativiert sich da nicht das bisschen Milchlamm auf deinem Teller?«

»Es ist ein sehr gutes Milchlamm«, gab sie zu bedenken. »Und wenn ich mir dich so genau anschaue …« Mari musterte ihn von oben bis unten. Attraktiv war er ja, das musste sie zugeben – mit vollem, dunklem Haar, blauen Augen und einem gut sitzenden, schmal geschnittenen Anzug. Passste eigentlich genau in ihr Beuteschema. Von Beruf sicher Banker, Jurist oder Wirtschaftsprüfer. Zudem überragte er sie um fast zwei Köpfe, was bei Männern äußerst selten vorkam. »Nee«, sagte sie trotzdem. »Mit dem toten Fleisch hier kannst du nicht mithalten. Sorry.«

»Ich könnte mein Hemd für dich aufknöpfen«, bot er noch an, eifrig darum bemüht, das Gespräch nicht abbrechen zu lassen. Sie aber wandte sich lachend ab und ließ ihn stehen.

Heiko hatte ihnen bereits einen Tisch am Rande des Gewühls gesichert, an dem zu Maris Erstaunen nicht nur Nicole, sondern auch der wie aus dem Nichts aufgetauchte Simon Platz genommen hatten. Für den Bruchteil einer Sekunde zögerte sie. Je mehr Zeit seit ihrer gemeinsam verbrachten Nacht verging, ohne dass er das Gespräch mit ihr suchte, desto befangener fühlte sie sich in seiner Gegenwart. Nicht zum ersten Mal fragte sie sich, was er wirklich dachte: Steckte er das alles tatsächlich so cool weg, wie es den Anschein hatte, oder war er insgeheim doch enttäuscht?

Als sie näher trat und er kaum von seinem Teller aufblickte, wurde ihr klar, dass sie sich zu viele Gedanken machte: Simon verschwendete keinerlei Energie darauf, über Vergangenes zu grübeln. Zu ihrer eigenen Überraschung versetzte ihr das einen Stich – was lächerlich war, schließlich hatte sie es ja genauso gewollt. Weil sie aber gar nicht erst ergründen wollte, was es mit diesem Gefühl auf sich hatte, trat sie entschlossen die Flucht nach vorne an.

»Hallo«, rief sie in die Runde. »Ist es euch schon gelungen, die Aufmerksamkeit eines überlasteten Kellners zu ergattern?«

»Wir haben zwei Flaschen Rotwein und Wasser für alle bestellt«, entgegnete Nicole und stocherte geziert in ihrer Moussaka herum. »Hoffentlich in deinem Sinn.«

»Perfekt.« Mari ließ sich auf den freien Stuhl neben Simon fallen und schob sich mit Appetit eine Gabel Bohnenmus in den Mund, das sofort auf ihrer Zunge zerging. »Hm«, machte sie, zog aber die Stirn in Falten.

»Das ist der Thymian«, sagte Simon, als ob er ihre Gedanken erraten hätte. »Ist 'ne Spur zu viel davon drin.«

Sie setzte eine konzentrierte Miene auf, nahm erneut eine Gabel voll, kostete, schluckte und nickte. »Stimmt. Außerdem fehlt ein Spritzer …«

»… Zitrone«, vollendete er ihren Satz.

Beide sahen sich an. »Gut, dass wir nicht dienstlich hier sind«, entfuhr es ihnen gleichzeitig. Dann tauschten sie ein verschwörerisches Lächeln, und Mari spürte ein Kribbeln im Bauch.

»Könntet ihr beiden Streber mal mit dieser nervigen Testerei aufhören?«, beschwerte sich Nicole. »Der Chef ist weit und breit nicht in Sicht, und wir wollten doch eigentlich Spaß haben …«

»Zumal der Spaß gerade anrückt«, meldete Heiko sich zu Wort und deutete vielsagend auf den Kellner, der gerade die Getränke brachte.

»Ich finde, wir setzen das Thema Job für heute Abend auf die rote Liste«, schlug Nicole vor. »Kein Wort mehr über Zutaten, Geschmack, Service und Dekoration – und wer sich nicht dran hält, zahlt bei der nächsten Afterwork-Party eine Getränkerunde, abgemacht?«

»Von mir aus«, sagte Mari, obwohl sie nichts lieber tat, als sich über gutes Essen zu unterhalten.

Sie wollte gerade das Glas heben, um mit ihren Kollegen

anzustoßen, als jemand einen Teller mit gefüllten Weinblättern vor ihr abstellte.

»Mit den besten Wünschen aus der Küche«, sagte eine Stimme, die ihr irgendwie bekannt vorkam. Tatsächlich zog der Typ vom Buffet einen Stuhl heran, quetschte sich unaufgefordert zwischen sie und Simon und grinste. »Du siehst – ich scheue keinerlei Mühen, um mich bei dir zu entschuldigen.«

Mari sah ihn an. »Du bist ganz schön hartnäckig.«

»Entflammt trifft es eher. Wann trifft man schon mal eine Frau, die so wortgewaltig ihr Essen verteidigt?«

»Willst du uns nicht vorstellen?«, mischte Nicole sich ein, die den Neuankömmling interessiert musterte.

Entnervt legte Mari ihre Gabel beiseite. »Meinetwegen. Das hier ist ein Halbgrieche, der sich am Buffet vordrängelt – meine Kollegen.«

»Sieh an, eine Bürogemeinschaft, die abends gemeinsam ausgeht«, rief der Halbgrieche aus. »In welcher Branche seid ihr denn so unterwegs?«

Abwehrend hob Nicole beide Hände. »Nichts da, wir haben gerade beschlossen, heute Abend nicht über unsere Arbeit zu reden.«

»Find ich gut. Hab sowieso gerade keinen Job, mit dem ich angeben könnte.«

»Soll das heißen, du bist auf Stütze?«, platzte Heiko heraus.

Der Fremde schüttelte den Kopf. »Nee, in der Bewerbungsphase. Ich hab hier morgen eine Art Vorstellungsgespräch – nur deshalb bin ich in der Stadt.«

»Das heißt, du kommst nicht von hier?«, erkundigte sich Simon.

»Ich bin aus Berlin. Aber wenn ich eine Zusage bekomme, ziehe ich her.«

»Von Berlin nach Frankfurt!« Nicole machte große Augen. »Ist das nicht ein ziemlicher Abstieg?«

»Im Gegenteil – wenn es klappt mit der neuen Stelle, hätte ich endlich mal einen Führungsposten.« Mit einem Seitenblick auf Mari fügte er hinzu: »Außerdem gibt's hier anscheinend jede Menge toller Frauen.«

Die tolle Frau neben ihm schnaubte unbeeindruckt und machte sich über die gefüllten Weinblätter her. Butterweich waren sie und herrlich würzig. Mari schloss die Augen. Allein dafür hatte es sich gelohnt, die Wohnung an diesem Abend noch einmal zu verlassen.

Die Musik um sie herum wurde lauter, noch wilder. Bei genauerem Hinhören war eine rockige Version des Sirtaki-Themas aus dem Film »Alexis Sorbas« zu erkennen.

»Kennt ihr das?«, rief der Halbgrieche begeistert. »Wie könnt ihr dabei ruhig sitzen bleiben?« Er sprang auf und zog Mari hoch.

»Hey – mein Essen!«, beschwerte sie sich.

»Das wird dir nachher umso besser schmecken«, versicherte er und zerrte sie mit sich fort.

»Wartet! Ich komme mit!« Nicole kippte fast ihren Stuhl um, so sehr beeilte sie sich, den beiden ins Gedränge zu folgen.

Vor der Bar angekommen, streckte der Halbgrieche seinen Arm aus und legte Mari die Hand auf die Schulter. Dann reihte er sie beide in die lange Schlange der Tanzenden ein, die den Tresen bereits umrundete. Eine bestimmte Schrittfolge schien es nicht zu geben, Hauptsache, man kam irgendwie mit, ohne den Anschluss an die Gruppe zu verlieren. Schneller, immer schneller ging es – vorbei an verwaisten Tischen, halbvollen Gläsern und alkoholisierten Gästen, die johlend am Rand standen und klatschten. Mari hielt sich an der Schulter des

Halbgriechen fest und ließ sich einfach treiben – vom Rhythmus, den Gerüchen und der Hitze der Körper, die sie umgab. Sie spürte, wie das Tempo weiter anzog, rasanter, stürmischer wurde. Doch gerade, als ihr die Luft ausging und sie sicher war, keine Sekunde länger durchhalten zu können, geriet die Formation ins Straucheln: Irgendwer rammte einen Kellner, stolperte und fiel. Scheppernd krachte ein Tablett zu Boden, während die Tanzenden weiterdrängten, über die Scherben hinwegstiegen und versuchten, ihren Weg um den Tresen fortzusetzen, als sei nichts geschehen. In dem Geschubse und Geschiebe, das nun einsetzte, verlor Mari den Halt: Ihre Hand glitt von der Schulter des Halbgriechen, die Ledersohlen ihrer Slingpumps rutschten über den feuchten Boden und eine magnetische Kraft schien sie unaufhaltsam nach unten ziehen zu wollen.

»Mist, gleich flieg ich hin«, dachte sie noch, als sich plötzlich ein Arm um ihre Taille legte. Im nächsten Moment wurde sie an ein blaues Herrenhemd gepresst, aus dem Pulk gezogen und behutsam durch den Raum manövriert, bis sie sich zu ihrer eigenen Überraschung in einer ruhigen Ecke unweit des Ausgangs wiederfand. An eine Wand gelehnt kam sie dort erstmals wieder zu Atem.

»Hab ich dir nicht gleich gesagt, dass ich wichtig für dich werden könnte?«, fragte der Halbgrieche, lächelte und blieb ganz dicht vor ihr stehen. So nah, dass sie den Duft seines Rasierwassers wahrnahm. Er roch unerwartet gut, dachte Mari. Wie in Trance nahm sie wahr, dass er die Hand ausstreckte und ihr eine Haarsträhne hinters Ohr schob. Seine Fingerspitzen glitten ihren Hals hinunter, wanderten zu ihrem Nacken, strichen zart über ihre Haut. Sie war viel zu perplex, um sich dagegen zu wehren, ließ es einfach geschehen – selbst dann noch, als er sich vorbeugte und sie küsste. Zögernd zunächst und vorsichtig, doch als sie schließlich die Arme um ihn schlang und ihren Mund öffnete, drängte er sie mit seinem Körper gegen die Wand. Seine Zunge umschlängelte die ihre, seine Hände verfingen sich in ihrem Haar, sein Atem ging immer schneller, wurde so flach und gepresst, dass er innehalten musste. Mit geschlossenen Augen lehnte er seine Stirn schließlich gegen ihre und flüsterte: »Willst du mir nicht verraten, wie du heißt, ehe wir weitermachen?«

Mari zögerte. Das Lästige an One-Night-Stands war ja, dass man dabei nicht anonym bleiben konnte. Dass hinterher fast immer jemand nach der Telefonnummer fragte, ganz egal, wie betont unverbindlich man zuvor miteinander angebändelt hatte. Mehr als einmal war sie mit einem ultra-coolen Kerl ins Bett gestiegen und am nächsten Morgen mit einer weinerlichen Klette wieder aufgewacht. Ob es mit diesem Fremden, der unbestritten sehr gut küssen konnte, genauso kläglich enden würde? Sie fühlte sich zu ihm hingezogen und wusste selbst nicht, wie das passiert war. Doch wollte sie ihn wirklich so nah an sich heranlassen – wenn auch nur für diese eine Nacht?

»Komm schon«, drängte er jetzt. »Sag mir deinen Namen.«

»Wenn ich das täte«, fragte sie zurück. »Was passiert dann?«

»Ich verrate dir meinen.«

»Wie aufregend.«

Er beugte sich nach unten, so dass sie seinen Atem an ihrem Ohr spürte. Obwohl er sie nicht berührte, jagte es Mari einen Schauer über den Rücken, als er flüsterte: »Anschließend werde ich dir vorschlagen, gemeinsam wegzugehen. Ich bringe dich in mein Hotel, zeige dir den Blick auf die nächtliche Skyline, das Kingsize-Bett und das, was man außer Schlafen noch darin tun kann.« Eindringlich sah er sie an. »Aufregend genug für dich?«

»Hm«, machte Mari und bemühte sich, möglichst unbeteiligt zu klingen. »Ich denk drüber nach.« Damit schob sie ihn zur Seite und ging zu ihren Kollegen zurück.

»Mensch, wo wart ihr denn?«, rief Nicole, kaum dass Mari sich wieder an den Tisch gesetzt hatte.

»Frische Luft schnappen«, entgegnete sie knapp, während sie leicht verärgert feststellte, dass ihre beiden Teller abgeräumt worden waren. Na, toll. Jetzt musste sie noch einmal zum Buffet und erneut um die gefüllten Weinblätter kämpfen.

»Das war *soo irre* eben«, plapperte Nicole drauflos und griff nach der Weinflasche, um sich den letzten Rest in ihr Glas zu kippen. »Nach der dritten Runde um den Tresen dachte ich, wir heben ab und fliegen.«

»Sah eher nach 'ner Bruchlandung aus«, versetzte Heiko.

»Du hättest eben mitmachen müssen.«

»Echte Männer tanzen nicht – stimmt's, Simon?«

Der aber antwortete nicht, sondern leerte einfach nur sein Weinglas.

»Mit der Einstellung seid ihr keine Männer, sondern Langweiler«, fand Nicole. »Kavaliere bleiben niemals sitzen, wenn um sie herum getanzt wird.« Unvermittelt hob sie den Kopf. »Was meinst du dazu?«, richtete sie das Wort an jemanden, der hinter Mari an den Tisch getreten war.

»Da kann ich dir nicht widersprechen«, entgegnete der Halbgrieche, und ein Lächeln lag in seiner Stimme.

Mari wagte nicht, sich zu ihm umzudrehen. Stattdessen registrierte sie, wie ihre Kollegin beide Brüste nach vorn streckte und herausfordernd zu ihm hochsah.

»Das heißt, du würdest noch mal mitkommen, wenn ich dich darum bitte?«, fragte Nicole.

»Jetzt gleich?«

»Wann sonst? Besser wird die Musik nicht.«

Zu Maris Enttäuschung zögerte der Halbgrieche nicht eine Sekunde und entgegnete: »Okay, ich bin dabei.«

Ohne ihn aus den Augen zu lassen, stand Nicole auf, ging mit wiegenden Hüften um den Tisch herum und nahm seine Hand. »Ich bin übrigens Nicole – und wie heißt du?«

Seine Antwort ging im Gewirr der vielen Stimmen unter, und Mari stellte fest, dass ihr der Appetit urplötzlich vergangen war. Zum Teufel mit den gefüllten Weinblättern – sie wollte nur noch ins Bett.

»Ich geh mal pinkeln«, verkündete Heiko, obwohl das streng genommen niemanden interessierte.

Einen Moment lang schien es, als ob Simon und Mari allein zurückbleiben würden. Dann aber schob auch er seinen Stuhl nach hinten und verließ wortlos den Tisch.

Mari starrte ihm nach. Nee, oder? Ließ der sie hier einfach sitzen! Sie verrenkte sich den Hals und sah, dass Simon sich zum Tresen durchkämpfte. Alles klar, er ging tanzen. Und sie zu fragen, ob sie mitkommen wollte, war offenbar zu viel verlangt.

Fest entschlossen, nicht wie ein Mauerblümchen auf seine Rückkehr zu warten, schickte Mari sich an, ebenfalls aufzustehen, als sich plötzlich jemand auf den Stuhl neben ihr fallenließ: der Halbgrieche. Ohne Damenbegleitung. »Nicole ist auf der Toilette, und ich werde jetzt abhauen«, sagte er ohne Umschweife. »Begleitest du mich?«

»Ja«, hörte Mari sich antworten. »Unter einer Bedingung.«

»Die da wäre?«

»Keine Namen, keine Telefonnummern, keine Freundschaftsanfragen auf Facebook. Ich ... ich hab da keinen Bock drauf, verstehst du?«

»Nein«, antwortete er wahrheitsgemäß. »Aber das ist auch egal. Gehen wir.«

Als Simon wenig später mit einer neuen Flasche Wein und zwei frischen Gläsern an den Tisch zurückkehrte, war Mari bereits verschwunden.

4. Kapitel

Die Nacht war so kühl und klar, dass Mari nach wenigen Schritten an der frischen Luft wieder zu Verstand kam. Was machte sie hier eigentlich? Die Tatsache, dass Simon kein Interesse an ihr zeigte, war doch noch lange kein Grund, dem nächstbesten Fremden auf das Hotelzimmer zu folgen. Sie schob ihr Fahrrad neben dem Halbgriechen die Fressgass hinunter und überlegte, was er für ein Gesicht ziehen würde, wenn sie sich jetzt einfach in den Sattel schwang und davonradelte.

Da durchbrach er das Schweigen und fragte: »Ist das ’n Spleen von dir?«

»Wie? Was meinst du?«

»Na, dieses Getue um deinen Namen.«

»Ich hab’s halt nicht so gerne, wenn andere zu viel über mich wissen«, entgegnete sie unwirsch.

»Das verhinderst du doch nicht, indem du deinen Namen verschweigst.«

»Nicht?«

Er schüttelte den Kopf. »Glaub mir, eine halbwegs intakte Beobachtungsgabe genügt, und man findet eine Menge über dich heraus.«

Ihre Neugier war geweckt. »Was denn, zum Beispiel?«

»Na ja ... Du verstehst was von gutem Essen, du küsst gerne, und du überlegst gerade fieberhaft, wie du aus der Nummer mit mir und dem Hotelzimmer wieder rauskommst.«

Abrupt blieb sie stehen. »Wir kennen uns schließlich nicht besonders gut.«

»Das könnten wir ganz schnell ändern, indem wir damit anfangen, uns einander vorzustellen.«

»Und wenn sich später dann doch zeigt, dass du ein psychopathischer Leichenfledderer bist?«

»Dann kannst du mich bei der Polizei wenigstens mit meinem vollen Namen anzeigen.«

Mari schüttelte den Kopf. »Ich verstehe nicht, wo dein Problem liegt. Wenn ich dich gleich an der nächsten Ecke stehen lasse, ist es sowieso egal, wie ich heiße, denn wir sehen uns nie wieder. Und falls ich doch mit dir auf dein Zimmer kommen sollte …«

»Ja?«

»… musst du erst recht nicht wissen, wie ich amtlich gemeldet bin. Denn für das, was wir beide dann tun würden, ist Anonymität erfahrungsgemäß sehr förderlich.«

»Das heißt, ich soll dir beim Liebesspiel Tiernamen geben?«

»Ich schätze es am meisten, wenn man dabei die Klappe hält.«

»Wow, das klingt vielversprechend«, brach es aus ihm heraus. »Keine Namen, keine Nähe, keine Kommunikation. Bist du sicher, dass wir uns überhaupt berühren sollten?«

»Anders geht's ja wohl nicht.«

»Nun, wir könnten uns in Zellophan einwickeln. Das reduziert den Körperkontakt auf ein Minimum und ist auch gleich viel hygienischer …«

Sie erreichten die Hauptwache und bogen links in die Schillerstraße ein, die der späten Stunde zum Trotz noch immer sehr belebt war.

Mari fröstelte. Sie war unentschlossen, was sie als Nächstes tun sollte – mitgehen oder weglaufen? Für keine der beiden Möglichkeiten schien es einen triftigen Grund zu geben.

»Ich höre, wie es in deinem Kopf rattert«, meinte der Halbgrieche. »Was denkst du?«

»Ach, nichts Besonderes. Ich frage mich bloß …«

»Na?«

»Wenn das mit mir alles so kompliziert und abwegig ist – warum wolltest du dann, dass ausgerechnet ich dich begleite?«

»Ich konnte in dem Moment ja nicht ahnen, was du für eine Spinnerin bist.«

Erneut blieb sie stehen. »Dann ist es wohl an der Zeit, dass unsere Wege sich trennen.«

»Nicht, bevor wir eine letzte Sache geklärt haben.«

»Nämlich?«

Statt einer Antwort nahm er ihr Gesicht in beide Hände und küsste sie. Sofort breitete sich ein Prickeln in Maris Magen aus, und der Funke sprang wieder über. Wie zuvor öffnete sie die Lippen und ließ seine Zunge ein, die ungeduldig in ihren Mund drängte. Seine Hände strichen über ihren Rücken nach unten und pressten sie mitsamt dem Fahrrad, das zwischen ihnen stand, gegen seinen Körper.

»Ich glaube, wir zwei verstehen uns tatsächlich am besten, wenn wir gar nicht reden«, brachte er schließlich hervor.

Mari nickte atemlos. »Wo ist dein Hotel noch mal?«

»Nur ein paar Schritte von hier – am Eschenheimer Turm.«

»Worauf warten wir dann noch?«

Wenig später standen sie sich in einem grell ausgeleuchteten Fahrstuhl gegenüber, der sie ins 12. Stockwerk des Hotels beförderte. Sie waren allein, aber so angespannt, dass sie es kaum wagten, den Blick zu heben. Als der Lift sein Ziel erreichte und sich die Tür mit einem dezenten »Bing« öffnete, rührte sich keiner der beiden von der Stelle.

»Bist du dir sicher?«, frage er leise.

»Nein«, gab sie zu.

Er reichte ihr die Plastikkarte, mit der sich sein Zimmer öffnen ließ. »Du bestimmst, wie weit wir gehen. Ein Wort von dir genügt, und wir brechen alles ab – einverstanden?«

»Okay.«

Gemeinsam traten sie in den Flur hinaus. Wie in allen Hotels dieser Welt war er mit einem scheußlich gemusterten Teppichboden ausgelegt, der sämtliche Schritte schluckte. Mari bemühte sich, über das psychedelisch anmutende Dessin hinwegzusehen, damit ihr nicht schwindelig wurde. Ein paar Meter noch, dann standen sie vor einer verschlossenen Zimmertür.

»Hier?«, fragte sie.

Er nickte und sah zu, wie sie die Karte in den Schlitz schob. Ein grünes Lämpchen blinkte, dann sprang die Tür auf.

»Hast du Kondome da?«, wollte sie wissen.

»Aber nicht zu knapp.«

Mari verzog keine Miene und ging hinein.

*

Sie trat vor das breite Fenster, das die Frankfurter Skyline hell erleuchtet und in voller Schönheit zeigte. Messeturm, Commerzbanktower, die Spitze des geradezu klein anmutenden Kaiserdoms – alles da.

Es war dieser Mix aus hochmoderner und historischer Architektur, der den Anblick so einzigartig machte. Da in der Stadt außerdem unermüdlich weiter in die Höhe gebaut wurde, gab es im Ensemble der Wolkenkratzer immer wieder etwas Neues zu entdecken.

»Hab ich dir zu viel versprochen?«, fragte der Halbgrieche und trat ganz dicht hinter sie.

»Nein.« Mari machte einen Schritt zur Seite, um wieder etwas Abstand zwischen ihnen zu schaffen. Dann sah sie sich um.

Das Zimmer war geräumig und vom breiten Doppelbett bis zum verchromten Sofatisch mit Glasplatte in kühlem, betont angesagtem Design eingerichtet. »Ziemlich edle Absteige – zahlst du das selbst?«

»Zum Glück nicht. Mein angehender Arbeitgeber lädt mich ein.«

»Echt? Mein Chef bringt uns am liebsten kostengünstig in irgendwelchen Gasthöfen am Stadtrand unter und verbittet sich das Einreichen von Taxiquittungen.« Sie sah den Halbgriechen prüfend von der Seite an. »Dein zukünftiger Boss scheint schon jetzt eine Menge von dir zu halten.«

»Kein Wunder – er ist mein Patenonkel«, antwortete er und grinste.

»Dann bekommst du deinen neuen Job also auf Vitamin-B-Basis?«

»Noch habe ich den Vertrag nicht in der Tasche. Außerdem besteht Onkel Manf… – also mein potenzieller Chef – darauf, dass wir möglichst unter den Teppich kehren, wie wir privat zueinanderstehen.«

Mari runzelte die Stirn. »Ach, und warum?«

»Um Gerede im Team zu vermeiden. Schließlich soll ich eine Führungsposition übernehmen, und da ist es nicht gerade hilfreich, wenn alle denken, dass ich die nur über Verbindungen bekommen habe.«

»Obwohl es streng genommen ja genauso wäre.«

»Na und? Weiß doch keiner.«

»Stört es dich denn gar nicht, dass du nicht aufgrund deiner Leistungen befördert wirst?«

»Nö«, kam prompt die Antwort. »Ich bin verdammt gut in dem, was ich tue – und wenn ich jetzt die Chance habe, durch

Connections schneller aufzusteigen, warum sollte ich die dann eigentlich nicht nutzen? Etwa, um Fleißkärtchen zu sammeln?«

Ehrlich gesagt hielt Mari das für ziemlich normal. »Fleißkärtchen gehören nun mal dazu, wenn man Karriere machen will«, widersprach sie. »Man strengt sich an, fällt positiv auf, arbeitet sich Schritt für Schritt nach oben – und wenn man es schließlich geschafft hat, dann in dem guten Gefühl, sich alles selbst zu verdanken.«

»Und was ist, wenn ich mich jahrelang abrackere und trotzdem nicht positiv auffalle?« Er schüttelte den Kopf. »Für euch Frauen mag das ja ein gangbarer Weg sein – mir ist das Risiko zu groß.«

»Für uns *Frauen?*« Mari glaubte, sich verhört zu haben. Anscheinend war sie einem Karrieristen mit Chauvi-Allüren aufs Hotelzimmer gefolgt – das ging ja gar nicht! »Was genau willst du damit sagen? Dass wir Frauen eine von Natur aus untergeordnete Spezies sind?«

»Na ja, ich find's schon auffällig, wie viele fleißige Bienen in den Büros dieses Landes herumschwirren, vor ihrem Chef buckeln und vergeblich darauf hoffen, dass der das eines schönen Tages honoriert.«

»Männer können doch genauso scheitern …«

»Theoretisch ja – aber praktisch ist das eher selten der Fall, wie du zugeben musst. Oder warum sonst sind so wenige von euch in Führungspositionen?«, fragte er und grinste sie provozierend an.

Mari wurde allmählich sauer. »Das liegt daran, dass ihr uns mit eurem Stammtischgequatsche über Fußball erst ausschließt und dann auf dem Männerklo verschwindet, um Seilschaften zu gründen. Mit fachlicher Kompetenz hat das rein gar nichts zu tun!«

Der Halbgrieche musterte sie eindringlich. »Könnte es sein, dass du eine verzickte Kampfemanze bist?«

»Als Krone der Schöpfung kannst du da doch locker drüberstehen.«

»Tu ich auch, aber meine Toleranz hat Grenzen.«

»Eine denkende Frau ist dir zu anstrengend, was?«

»Sagen wir mal so«, erwiderte er und trat auf sie zu. »Es ist im Moment nicht deine krude Gedankenwelt, die mich vordergründig interessiert ...«

»Sondern?«

»Deine Unterwäsche. Ist die lila?«

»Klar. Und selbst gehäkelt.«

»Aber hoffentlich mit Luftmaschen.«

Gegen ihren Willen musste Mari lächeln. »Wir passen nicht zueinander«, sagte sie, doch es klang eher wie eine Feststellung als wie ein Vorwurf.

Er kam noch näher und stand schließlich unmittelbar vor ihr. »Das sind doch die besten Voraussetzungen.«

»Für was?«

»Als ob du das nicht wüsstest.«

Mari musterte ihn mit leicht schiefgelegtem Kopf. Muskulöse Oberarme, schmale Hüften, lange Beine. Dazu das dichte, dunkle Haar, das ihm lässig in die Stirn fiel – gut sah er aus, unverschämt gut. Zwar kam nur hochdosierter Schwachsinn heraus, wenn er den Mund aufmachte, doch wenn er lächelte und seine Grübchen zeigte, spielten Maris Hormone auf der Stelle verrückt.

»Du fragst ja gar nicht nach meiner Unterwäsche«, beschwerte er sich jetzt.

»Mich überrascht, dass du überhaupt welche anhast.«

»Nicht mehr lange.« Er nahm ihre Hand. »Es sei denn, du überlegst es dir anders.«

»Ach, weißt du – ich hab gerade eh nichts Besseres vor«, gab sie zurück und schenkte ihm ein spitzbübisches Lächeln. »Meine Erwartungen an den Inhalt deiner Unterwäsche sind zwar nicht sonderlich hoch, aber …«

»Aber was?«

Sie befreite ihre Hand und öffnete den Knopf seiner Jeans. »Gucken kann man ja mal.«

*

Schwer atmend ließ sich der Halbgrieche in eines der Kissen zurücksinken, die verstreut auf dem Fußboden lagen. »Zwischendurch dachte ich echt, du bringst mich um«, stieß er hervor. Seine Hand ruhte auf Maris Hüfte, sein rechtes Knie lag zwischen ihren Oberschenkeln.

Sie stützte sich auf und sah lächelnd zu ihm herunter. »Dann bin ich ja froh, dass du nicht mittendrin abgehauen bist.«

»Das hier ist mein Zimmer – wo hätte ich hingehen sollen?«

»Keine Ahnung.« Sie beugte sich vor und biss ihn sanft in die Schulter. »Zur Rezeption vielleicht, um Hilfe zu holen.«

»Wer auch immer sich dann hier hoch gewagt hätte – ich bin mir sicher, er wäre nicht lange angezogen geblieben.«

»Und auch nicht unversehrt. Denn natürlich hätte ich ihn gründlich mit dem Fernsehkabel ausgepeitscht.«

»Tatsächlich? Und warum hast du mir das vorhin nicht angeboten?«

»Du hast auch so schon eingeschüchtert genug gewirkt.«

Er zog sie näher an sich heran. »Ich glaube, ich war noch nie mit einer Frau im Bett, die so nervtötend und gleichzeitig so unwiderstehlich ist wie du.«

»Wir liegen doch gar nicht im Bett.«

»Abwarten. Die Nacht ist noch jung.« Er runzelte die Stirn, als er die schmale, goldene Kette bemerkte, die Mari um den Hals trug. »Sag mal – das ist doch nicht etwa ein Kreuz, was ich da sehe?«

Sofort legte sie die Hand über den Anhänger, der nicht größer war als der Nagel ihres kleinen Fingers. »Das geht dich nichts an!«

»Ich glaub's ja nicht! Du trägst ein *Kreuz?!*«

»Was ist daran so ungewöhnlich?«

»Entschuldige mal, du hast dich gerade aufgeführt wie eine Domina, nicht wie eine Klosterschülerin …«

»*Gehorsam* ist in beiden Fällen extrem wichtig …«

»Wenn du auf so was stehst, warum hast du dich dann nicht für ein Paar vergoldete Mini-Handschellen als Anhänger entschieden?«

Entnervt machte sich Mari von ihm los. Die Kette bedeutete ihr viel, doch sie sprach nicht gern darüber. Zum Glück hatte sie bisher noch nie jemand danach gefragt, zumindest nicht bei einem One-Night-Stand. Dass ausgerechnet der Halbgrieche darauf aufmerksam geworden war, überraschte sie. Vielleicht war er doch nicht so hohl und selbstfixiert, wie sie anfangs geglaubt hatte? Mit zerzausten Haaren lag er neben ihr und starrte sie so erwartungsvoll an, dass sie sich widerwillig zu einer Erklärung durchrang. »Der Anhänger hat meiner Mutter gehört, das ist alles«, stieß sie hervor und hoffte, das Thema damit auf sich beruhen lassen zu können.

»Deiner Mutter?!«

»Schon gut, vergiss es einfach.« Mari wollte ihm den Rücken zukehren, doch er hielt sie davon ab, indem er sich über sie rollte und ihre Hände festhielt.

»Was ist mit deiner Mutter?«, fragte er. »Ist sie … Ich meine: Lebt sie noch?«

Seinem eindringlichen Blick ausweichend, schüttelte Mari den Kopf. »Sie ist gleich nach meiner Geburt gestorben. Ich habe sie nie kennengelernt.«

»Das … das tut mir leid.«

Die Stille, die daraufhin eintrat, war so schwer auszuhalten, dass Mari einfach weitersprechen musste. »Sie war Italienerin. Sehr katholisch. Mein Vater erzählt, dass sie andauernd in irgendwelche Kirchen gerannt ist und da Kerzen angezündet hat.«

»Warum hat sie das getan?«

»Um Gott zu bitten, dass alles gut wird. Dass die Schwangerschaft glatt läuft und dass ich gesund zur Welt komme. Nur sich selbst hat sie dabei anscheinend vergessen – gleich nach der Entbindung bekam sie eine Lungenembolie und verstarb nach zwei Tagen.«

»Verstehe.«

Endlich brachte Mari es über sich, ihn anzusehen. »Warum verstehst du das? Ich meine … ist deine Mutter auch gestorben?«

»Nein, aber ich bin ohne sie aufgewachsen. Meine Eltern haben sich scheiden lassen, als ich fünf war, und mein Bruder und ich sind bei unserem Vater geblieben.«

Überrascht von der Wendung, die das Gespräch genommen hatte, hielt Mari den Atem an. Nach dem oberflächlichen Geplänkel vom Beginn des Abends und all den Macho-Sprüchen zeigte der Halbgrieche zum ersten Mal eine Seite von sich, die ihn verletzlich wirken ließ. Mari wusste nicht recht, was sie davon halten sollte und fühlte sich auch nicht ganz wohl dabei, so persönlich zu werden. Trotzdem fragte sie: »Wo ist deine Mutter denn hingegangen?«

»Zurück in ihre Heimat, nach Griechenland. Sie stammt aus einer Hotelierfamilie auf Korfu, hat wieder geheiratet und noch drei Töchter bekommen. Ich sehe sie nicht sehr oft.«

»Und … würdest du das gerne ändern?«

Er zuckte mit den Achseln. »Vielleicht früher mal. Aber eigentlich habe ich sie kaum vermisst. Ich spreche kaum Griechisch, auch die Mentalität ist mir fremd. Abgesehen davon ging es meinem Bruder und mir sehr gut bei unserem Vater.«

Er war nicht nur verdammt gut im Bett, schoss es Mari durch den Kopf. Er hatte auch etwas an sich, das sie vielleicht mögen könnte, wenn sie sich darauf einließe. Weil das aber nie passieren würde, war es reine Zeitverschwendung, weiter darüber nachzugrübeln.

»Warum siehst du mich so an?«, erkundigte er sich jetzt.

»Ich denke nach.«

»Worüber?«

»Darüber, dass dir die griechische Lebensart fremd ist und du dir trotzdem anmaßt, über Daphnes gefüllte Weinblätter zu lästern«, improvisierte Mari.

»Glaub mir, die von meiner Oma sind besser.«

»Aber …«

Er unterbrach sie mit einem Kuss und ließ seine Hände über ihren Körper hinunterwandern.

»Was genau hast du vor?«, murmelte sie, als er sich nach unten beugte und mit der Zunge ihren Bauchnabel umkreiste.

Flüchtig hob er den Kopf und grinste. »Lass dich überraschen.«

Mari schloss die Augen und musste ihm zugestehen, dass er von Anfang an recht gehabt hatte: Die nonverbale Kommunikation zwischen ihnen funktionierte einwandfrei.

*

Umhüllt von duftendem Schaum, lag Mari in der Hotelbadewanne, den Rücken an die Brust des Halbgriechen gelehnt. Sie hatte die Augen geschlossen und nahm schemenhaft wahr, wie seine Finger ihre Kniekehlen entlangfuhren.

»Du bist ja gar nicht kitzelig«, stellte er verblüfft fest.

»Doch. Bloß nicht da.«

»Verrätst du mir, wo genau?«

»Nö. Das musst du schon selbst herausfinden.«

Prompt zwickte er sie in die Seite, was ihr ein herzhaftes Gähnen entlockte. Wie spät mochte es inzwischen sein – zwei Uhr, drei Uhr nachts? Eigentlich sollte sie langsam den Rückzug antreten. Aber irgendetwas hielt sie immer wieder davon ab – Trägheit vielleicht oder die Tatsache, dass sie in die wohlige Wärme, die sie umgab, völlig eingelullt war. Aber das lag bestimmt nur an der Temperatur des Badewassers.

»Ahhh – nicht!« Erschrocken setzte sie sich auf, als seine Finger ihre Achselhöhlen erkundeten.

»Dachte ich's mir doch«, meinte er zufrieden. »Kitzelig unter den Achseln. Der Klassiker.«

»Was bezweckst du eigentlich damit?«

»Ich stelle Nachforschungen über dich an.«

»Warum?«

Er küsste sie in den Nacken. »Ich will eben so viel wie möglich über dich herausfinden, bevor die Nacht rum ist. Es würde zum Beispiel eine Menge über dich verraten, wenn ich wüsste, welche US-Fernsehserie du lieber magst – ›Homeland‹ oder ›How I Met Your Mother‹?«

»›The Big Bang Theory‹«, antwortete Mari, ohne zu zögern.

»Echt? Und wer ist da dein Favorit?«

»Die Mutter von Howard Wolowitz.«

»Eine Figur, die nie in Erscheinung tritt und trotzdem alles dominiert – sehr interessant«, kommentierte er und ließ seinen rechten Fuß über den Wannenrand hängen. »Mal sehen, was ich sonst noch über dich rauskriege. Urlaub in den Bergen oder lieber am Meer?«

»Meer. Die Kraxelei auf irgendwelche Gipfel ist mir zu anstrengend.«

»Wasser mit oder ohne Kohlensäure?«

»Egal. Ich trink Cola light.«

»Joggen oder Walken im Park?«

»Banksitzen.«

»Da ergibt sich doch schon ein klares Bild – Bewegung ist nicht so dein Ding, oder?«

»Ich fahre Fahrrad«, widersprach Mari. »Und bin sexuell sehr aktiv.«

»Dem kann ich nicht widersprechen. Mars oder Snickers?«

»Twix natürlich!«

»Wieso natürlich?«

»Na, weil da zwei drin sind.«

»Hätte ich mir denken können. Deine Schuhgröße?«

»Geht dich nichts an.«

Er lachte leise. »Dein schönstes Ferienerlebnis?«

»Seehundegucken auf Borkum. Ich war zehn und habe anschließend einen wegweisenden Schulaufsatz darüber geschrieben.«

»Deutschleistungskurs?«

»Biologie. Und du?«

»Geschichte«, erwiderte er. »Deine Lieblingseissorte?«

»Pistazie.«

»Deine Pizza isst du nie ohne …?«

»Sardellen.«

»Und dein Vorname lautet …?«

Abrupt fuhr Mari zu ihm herum. »Fängst du schon wieder damit an?«

»Komm schon – wir haben Körperflüssigkeiten ausgetauscht! Warum verrätst du mir nicht endlich, wie du heißt?«

»Weil es mir zu persönlich ist.«

»Persönlicher als das, was wir in den letzten zwei Stunden gemacht haben, geht's doch gar nicht!«

Mari seufzte abgrundtief. »Wieso kapierst du das nicht endlich? Der Name ist im 21. Jahrhundert das, was das Küssen in den 90ern war.«

»Hä?«

»Hast du noch nie ›Pretty Woman‹ geguckt?«

»Wenn, dann habe ich es ganz schnell wieder verdrängt.«

»Die Prostituierte Vivian alias Julia Roberts geht mit Richard Gere ins Bett, weigert sich aber, ihn auf den Mund zu küssen«, erklärte Mari.

»Aha.«

»Weil es ihr zu intim ist.«

»Was für 'n Schwachsinn.«

»Heutzutage, wo Pornos frei zugänglich im Internet stehen und wir all unsere Befindlichkeiten auf Facebook und Twitter posten, ist gar nichts mehr intim. Da wir außerdem noch von amerikanischen Geheimdiensten ausspioniert werden, tun wir gut daran, wenigstens unsere Identität zu schützen.«

»Dir ist aber schon klar, dass du hier nicht mit einem NSA-Agenten in der Badewanne sitzt?«, fragte er.

»Du kannst mir viel erzählen.«

»Ich weiß jetzt nicht, ob ich das abtörnend oder anregend finden soll.«

Sie drehte sich um und schlang ihre Beine um seine Hüften. »Versuch's doch mal mit Letzterem«, sagte sie.

*

Lautlos ließ Mari die Tür des Hotelzimmers hinter sich ins Schloss fallen. Sie hatte den Halbgriechen im Tiefschlaf auf der Matratze zurückgelassen, sich zum sonoren Klang seines Schnarchens angezogen und war davongeschlichen – ohne ein Wort des Abschieds, ohne Notiz auf dem Nachttisch. Jetzt stand sie auf dem Flur, schlüpfte in ihre Slingpumps und haderte mit sich. Sollte sie nicht wenigstens einen Zettel unter dem Türschlitz durchschieben? Eine letzte Botschaft nach dem Motto: »War nett mit Dir, ich wünsch Dir ein schönes Leben«? Wobei der Sex mit ihm mehr als nur nett gewesen war. Doch wozu das Ganze? Zwischen ihnen war alles gesagt, sie würden sich nie wiedersehen, und jedes weitere Wort machte die Dinge unnötig kompliziert.

Getrieben von der Angst, dass er aufgewacht sein und ihr folgen könnte, huschte sie zum Fahrstuhl. Sie konnte nicht damit umgehen, wenn jemand nach ein paar gemeinsam verbrachten Stunden im Bett plötzlich anhänglich wurde, mehr von ihr wollte, als sie zu geben bereit war. In der Vergangenheit hatte sie sich in solchen Situationen oft rechtfertigen müssen, ohne selbst eine Erklärung für ihr Verhalten zu haben. Sie wusste nur, dass sie »danach« immer wegwollte, es war wie ein Zwang. Inzwischen hatte sie gelernt, Szenen wie diese zu vermeiden, indem sie nie etwas versprach und rechtzeitig das Weite suchte. Bis so eine Flucht allerdings gelungen war, stand sie völlig unter Strom und war schrecklich angespannt – was auch der Grund dafür war, dass sie nie einschlief, wenn ein Mann neben ihr lag.

Die Türen des Fahrstuhls öffneten sich, und Mari trat ein. Mit jedem Stockwerk, das sie nach unten fuhr, beruhigte sich ihr Herzschlag. Doch erst, als sie auf dem Fahrrad saß und den hell erleuchteten Oeder Weg hinunter ins westliche Nordend strampelte, fühlte sie sich sicher. Geschafft. Es würde keine Diskussionen geben, keine Verpflichtungen, keine bohrenden Fragen nach ihrer Telefonnummer oder einem Wiedersehen. Da sie es bis zum Schluss geschafft hatte, ihren Namen für sich zu behalten, würde es ihm auch nicht gelingen, sie ausfindig zu machen oder mit einem ungebetenen Besuch zu behelligen. Kühl strich ihr der Fahrtwind durchs Haar und ließ sie frösteln. Wieso hatte Freiheit immer diesen Beigeschmack des Bedauerns? Und warum blieb stets ein Rest Neugier auf das, wovor man sich fürchtete?

Mari fragte sich oft, ob Menschen, die feste Bindungen eingehen konnten, wirklich zufrieden waren. Ob dieses Aufeinanderglucken, gemeinsame Möbel aussuchen und Urlaube planen nicht doch einen versteckten Reiz hatte, der ihr bisher einfach nur entgangen war. Ihre Freundin Kirsten zum Beispiel glaubte fest an das Konzept der bedingungslosen Zweisamkeit, ohne dabei glücklich geworden zu sein. Das lag zu einem großen Teil natürlich an Maris Vater, aber lief es nicht immer so? Wann trafen schon mal zwei Individuen aufeinander, die haargenau dasselbe wollten, wirklich loyal zueinanderstanden und bereit waren, Verantwortung füreinander zu übernehmen, in guten wie in schlechten Zeiten? Wer traute sich das angesichts der Tatsache, dass Menschen sich verändern, hintergehen und enttäuschen konnten – oder sogar wegstarben, wenn man am wenigsten damit rechnete?

Mari bog in eine Seitenstraße ein und erreichte das Apartmenthaus, in dem sie lebte: Ein hässlicher, mit wenig Geschmack modernisierter 50er-Jahre-Block zwischen zwei Altbauten, die den Krieg überstanden hatten. Die Wohnungen darin waren klein, unpraktisch und überteuert, lagen aber so zentral zur Frankfurter Innenstadt, dass man sich schnell mit den Nachteilen arrangierte. Mari war bereits während ihres Studiums hier eingezogen und hatte seither trotz maximaler

Beengung in diesem Wohnklo mit integrierter Küchenzeile keinerlei Veranlassung gesehen, umzuziehen – wenn sie mehr Platz brauchte, fuhr sie einfach zur großen Altbauwohnung ihres Vaters ins Westend der Stadt hinüber. Jetzt schob sie ihr Fahrrad unter den überdachten Ständer im Hinterhof, schloss es ab und wühlte auf dem Weg zur Haustür ihr Smartphone aus der Jackentasche. Schon halb sechs, in knapp drei Stunden musste sie zur Arbeit. Nicht gerade viel Zeit, um wieder halbwegs fit zu werden – aber ausschlafen konnte sie ein anderes Mal.

5. Kapitel

Eine S-Bahn-Fahrt in der morgendlichen Rushhour Frankfurts genügte, und Ben wusste, dass diese Stadt ihm gewaltig auf den Geist gehen würde. Die Abteile waren überfüllt mit Menschen aller Nationalitäten, die in ihrer jeweiligen Landessprache in ihre Handys brüllten, sich gegenseitig anhusteten oder die Krümel ihres Frühstücksbrötchens beim Abbeißen auf den Schultern ihrer Mitreisenden verteilten. Es wurde geschoben, geschubst und erbittert um jeden frei werdenden Sitzplatz gekämpft, sei dieser auch noch so versifft, mit Kaugummi verklebt oder mit Filzstift beschmiert.

Natürlich lief der Berufsverkehr in Berlin morgens kaum anders ab, dachte Ben, während er sich zum wiederholten Mal die großflächig ausgebreitete »Bild«-Zeitung seines Nachbarn aus dem Sichtfeld drückte. Doch dort störte ihn das weniger, weil er erstens nie so früh aufstand, um sich ins Gewühl der Pendler zu stürzen, weil er zweitens besser schlief und drittens selten auf Frauen mit Profilneurose traf, die sich nach einer gemeinsam verbrachten Nacht einfach in Luft auflösten.

Die S-Bahn hielt an der Station Galluswarte, und Ben eilte mit dem Strom der Massen vom Bahnsteig eine steile Treppe hinunter. Zu seiner Linken entdeckte er eine Bäckerei und überlegte kurz, ob er sich dort einen Kaffee holen sollte – das Frühstück im Hotel hatte er aus Zeitgründen ausfallen lassen. Ein Blick auf die Schlange der Wartenden ließ ihn diesen Gedanken jedoch sofort wieder verwerfen: Sein Patenonkel schätzte Pünktlichkeit, und er wollte lieber nicht riskieren, ausgerechnet am Tag seines Vorstellungsgesprächs zu spät zu kommen.

Es war typisch Onkel Manfred, überhaupt auf so ein Gespräch zu bestehen, überlegte Ben, während er die stark befahrene Mainzer Landstraße hinunterging und rechts in die Seitenstraße einbog, in der sich das Verlagshaus des Gourmet-Magazins »Gaumenfreuden« befand. Immerhin hatte ihn sein Onkel damals mit aus der Taufe gehoben, seine Ausbildung und seinen Werdegang jahrelang verfolgt und alle seine Artikel gelesen – und dennoch war es ihm wichtig, die Form zu wahren und keine übereilten Entscheidungen zu treffen. »Komm erst einmal nach Frankfurt und sieh dir an, wie wir hier arbeiten«, hatte er am Telefon gesagt. »Die Details besprechen wir dann.«

Ben hatte keine Lust, dass sich die Besprechung dieser Details endlos in die Länge zog – entweder er bekam die Ressortleiterstelle, die ihm in Aussicht gestellt worden war, oder er würde die Sache platzen lassen. Als freier Restaurantkritiker hatte er in Berlin schließlich sein Auskommen und sich außerdem bundesweit einen guten Ruf erschrieben. Da hatte er es wirklich nicht nötig, sich bei einem kleinen Magazin wie »Gaumenfreuden« dem Wohlwollen seines pedantischen Onkels auszuliefern, der erfahrungsgemäß lange zögerte, bevor er sich zu irgendetwas durchringen konnte. Dieses Spielchen würde er nicht mitmachen, nahm Ben sich vor – ganz bestimmt nicht.

Vor einem gelb-roten Klinkerbau blieb er stehen und sah sich um. Gute Güte, die feinste Gegend der Stadt war das hier nicht gerade: eine Dönerbude und zwei Handyläden in unmittelbarer Nachbarschaft, gegenüber ein schmuddelig wirkendes Friseurgeschäft namens »Fatma« und eine armenische Schneiderei. Ganz ehrlich – da hatte er schon bei besseren

Adressen vorgesprochen. Sein Onkel würde ihm einiges bieten müssen, um ihm den Umzug von Berlin hierher schmackhaft zu machen.

Er betrat das Gebäude, meldete sich beim Empfang an und fand sich wenige Augenblicke später in einem loftähnlichen Großraumbüro wieder, von dem aus eine schmale Wendeltreppe ins obere Stockwerk führte. Die Schreibtische ringsum waren zu dieser frühen Stunde allerdings noch weitgehend verwaist.

»Herr Fernau erwartet Sie bereits«, teilte ihm eine blasse, etwas verschüchtert wirkende Sekretärin mit. »Einfach die Treppe hoch und dann die erste Tür links.«

»Danke.« Ben nickte der Frau kurz zu und stieg die filigran wirkenden, unter jedem seiner Schritte bebenden Metallgitterstufen nach oben. Dort musste er sich nicht lange orientieren, denn sein Onkel kam ihm bereits entgegen.

»Da bist du ja, mein Junge«, begrüßte ihn Manfred Fernau mit seiner dröhnenden Bassstimme. »Übernächtigt siehst du aus – nicht gut geschlafen in deinem Hotel?«

»Doch, aber zu kurz.« Unter dem kräftigen Schulterklopfen, das sein Onkel ihm verpasste, zuckte Ben zusammen. »Ich war gestern Abend noch in diesem griechischen Restaurant, das du mir empfohlen hast.«

»Und? Dein Eindruck?«

»Atmosphärisch oder kulinarisch?«

»Beides.« Fernau ließ Ben in sein Büro vorausgehen, deutete auf den Stuhl vor dem Schreibtisch und schloss die Tür hinter ihnen.

»Nun ja, vom Orgienfeiern versteht die Wirtin etwas. Was das Essen angeht, sehe ich aber durchaus noch Spielraum.«

»Tatsächlich? Meine Mitarbeiterin war nach den letzten Tests voll des Lobes.«

»Vielleicht hat sie zu viel Nähe zur Inhaberin.«

Fernau schüttelte den Kopf. »Kann ich mir nicht vorstellen, Frau Bertram ist in dieser Hinsicht absolut verlässlich und professionell. Was genau hattest du denn zu beanstanden?«

»Die Würze lag stellenweise daneben, etwa beim Bohnenmus. Der Reis in den gefüllten Weinblättern war verkocht, die Moussaka zu trocken. Und das Milchlamm hätte durchaus zarter sein können.«

»Vielleicht war das den Umständen rund um die Neueröffnung geschuldet.«

»Aber gerade dann muss beim Essen jedes Detail stimmen«, widersprach Ben. »Was nützt es schließlich, den Gästen ein perfektes Ambiente zu bieten und bei der Qualität der Speisen Abstriche zu machen?«

»Du bist streng, aber das gefällt mir.« Sein Onkel lächelte. »Wir werden das ›Daphnes‹ in den nächsten Wochen noch einmal überprüfen und dann sehen, ob wir eventuell eine Abwertung vornehmen müssen. Ich hoffe, du bist dann mit an Bord?«

»Das kommt darauf an, was du mir anbieten kannst.«

»Viel Arbeit.« Fernau lehnte sich in seinem Bürostuhl zurück. »Ich plane demnächst eine Reihe von Sonderheften, die sich den kulinarischen Besonderheiten bestimmter Regionen in Deutschland widmen werden. Den Auftakt macht der Spessart, wo neuerdings einige interessante Restaurants auf sich aufmerksam gemacht haben.«

»Ich nehme an, ausführliche Tests sind dabei inklusive?«

»Ja, allerdings unter einem neuen Blickwinkel: Wir bewerten das jeweilige Angebot geschlechterspezifisch.«

Ben runzelte die Stirn. »Was soll das denn?«

»Hast du noch nie bemerkt, dass Frauen beim Essen auf andere Dinge Wert legen als wir Männer?«

»Nein. Ist das nicht völlig irrelevant?«

»Durchaus nicht, wenn man neue Lesergruppen erschließen will«, entgegnete sein Onkel. »Uns ist nämlich aufgefallen, dass wir mit unserem Magazin vorwiegend Männer jenseits der 45 erreichen – und die interessieren sich hauptsächlich für die Weinkarte, Whisky und die Fleischauswahl. Frauen hingegen wollen Genuss und gesunde Ernährung in Einklang bringen. Ihnen müssen wir also Informationen über leichte Küche, Zutaten und Zubereitungsverfahren bieten, und das möglichst unterhaltsam.«

»Ach. Und was schwebt dir da so vor?«

»Pro Restaurant schicken wir zwei Tester ins Rennen, jeweils einen Mann und eine Frau, die das Menü aus ihrer individuellen Sicht beurteilen – sowohl fürs Heft als auch für einen etwas persönlicher geschriebenen Online-Blog.«

Ben nickte. »Verstehe – und was genau soll meine Aufgabe dabei sein?«

»Na, die eines Testers natürlich.«

»Ähm … Sagtest du am Telefon nicht etwas von einer Ressortleiterstelle?«

»Darüber reden wir, wenn du dich etwas eingearbeitet hast.«

»Also, um ganz ehrlich zu sein …« Ben setzte sich in seinem Stuhl auf. »Restauranttester bin ich bereits, und das wie du weißt in weitaus interessanteren Gefilden als dem Spessart.«

»Dass ihr Hauptstadtleute das Angebot bei uns in der Provinz aber auch ständig unterschätzen müsst …«

»Darum geht es nicht, Onkel Manfred.«

»Sondern?«

»Dass ich die Mühen eines Umzugs ganz sicher nicht auf mich nehmen werde, um hier genauso weiterzuarbeiten wie in Berlin.«

»Du wärst immerhin fest angestellt.«

»Ich würde weniger verdienen.«

»Aber deiner Rente käme es zugute – ich zahle meinen Mitarbeitern höchst attraktive Sozialleistungen.«

»Und wenn ich meinen Ruhestand gar nicht mehr erlebe?« Ben schüttelte den Kopf. »Nichts für ungut, Onkel Manfred, aber ich will vorankommen – und zwar sofort, damit ich möglichst viel davon habe.«

»Das verstehe ich natürlich.« Fernau schlug die Beine übereinander. »Allerdings du musst auch mich verstehen: Ich beschäftige hier ein kleines Team, dem hochtalentierte Schreiber angehören. Da muss ich schon ein bisschen Fingerspitzengefühl walten lassen, bevor ich Neuerungen einführe.«

»Wenn deine Leute alle so hochtalentiert sind – wieso rekrutierst du deinen Ressortleiter dann nicht aus den eigenen Reihen?«

»Darüber habe ich natürlich auch schon nachgedacht.« Fernau lächelte. »Ich befürchte nur, dass es den Redaktionsfrieden gefährden würde, wenn ich einen Mitarbeiter zum Vorgesetzten befördere, der zuvor jahrelang mit den anderen auf gleicher Hierarchieebene gearbeitet hat.«

»Dieser Logik folgend, müsstest du mich aber sofort zum Ressortleiter machen«, argumentierte Ben. »Denn wenn ich hier erst als einfacher Restauranttester anfange und den anderen gleichgestellt bin, ergibt sich später dasselbe Problem, wenn ich aufsteige.«

»Der Unterschied ist, dass du nur wenige Wochen gleichgestellt wärst«, entgegnete sein Onkel. »Mir schweben drei Monate Probezeit vor, in denen ich bereit wäre, dir außer deinem Gehalt auch eine Unterkunft in Frankfurt zu bezahlen, so dass du deine Wohnung in Berlin nicht gleich aufgeben müsstest. Wenn wir uns nach Ablauf dieser

Frist nicht einigen können, hättest du nichts verloren außer Zeit.«

Ben sah ihn aufmerksam an. »Wozu dieser Aufwand? Du weißt, wie ich arbeite.«

»Ich weiß, dass du pointiert schreiben kannst«, korrigierte Fernau. »Aber ich habe keine Ahnung, ob du ein guter Teamplayer bist, Führungsqualitäten besitzt und die Durchsetzungsfähigkeit hast, ein Ressort zu leiten. Um das beurteilen zu können, müsste ich dich eine Weile in Aktion erleben.«

Stille trat ein, während der es sichtlich in Ben arbeitete. »Das ist offen gesagt nicht ganz das Angebot, auf das ich gehofft habe«, räumte er schließlich ein.

»Weil es dir nicht schnell genug geht?«

»Auch. Vor allem aber finde ich deine Herangehensweise zu kompliziert. Meine Führungsqualitäten kann ich doch viel besser beweisen, wenn du mich gleich für alle offenkundig zum Ressortleiter ernennst. Sollte ich deine Erwartungen innerhalb der Probezeit nicht erfüllen, schmeißt du mich einfach wieder raus.«

»Damit hätte ich aber all meinen Mitarbeitern, die sich ebenfalls Hoffnung auf den Posten machen, vor den Kopf gestoßen«, gab sein Onkel zu bedenken. »Und es wäre doch dumm, die zweite Wahl zu verprellen, bevor man sicher weiß, ob die erste auch das hält, was man sich von ihr verspricht – meinst du nicht?«

Ben warf ihm einen Blick zu, in dem sich Bewunderung und Abscheu mischten. »Du bist also auch ein Anhänger der Karottentaktik.«

»Wie bitte?«

»Du hältst uns die Aussicht auf Beförderung hin wie einem Hasen die Mohrrübe – und gehst zu Recht davon aus, dass wir alles tun werden, um sie zu ergattern. Aber jedes Mal, wenn wir kurz davor sind, sie zu ergreifen, ziehst du sie wieder ein Stück weiter weg. Mit dem Effekt, dass wir uns noch mehr abstrampeln und noch mehr ins Zeug legen. Ein ziemlich beschissenes Spiel, bei dem es nur einen Gewinner geben kann«, stellte Ben fest. »Dich.«

»Das siehst du zu pessimistisch, mein Junge.«

»Tatsächlich?«

»Aber ja! Ich rede hier doch sehr offen mit dir, so dass du genau weißt, worauf du dich einlässt. Dieses Wissen hast du den anderen voraus – woran du ablesen kannst, wie ernst es mir damit ist, dich als Ressortleiter in mein Team zu holen.«

»Trotzdem hältst du auch mir die Karotte hin.«

»Das ist mein Privileg als Arbeitgeber.« Fernau beugte sich vor. »Du musst dich nicht sofort entscheiden. Warum lässt du dir mein Angebot nicht in Ruhe durch den Kopf gehen, und wir telefonieren nächste Woche noch mal? So ein Schritt will schließlich gut überlegt sein.«

Insgeheim dachte Ben, dass es da nichts zu überlegen gab, weil er nicht vorhatte, die verqueren Regeln seines Onkels zu akzeptieren. Trotzdem nickte er. »In Ordnung, ich denk drüber nach.«

»Hervorragend! Darf ich dich später noch zum Mittagessen einladen, oder musst du gleich wieder nach Berlin zurück?«

»Letzteres. Mein Zug geht gegen elf – aber danke für die Einladung.«

»Sehr schade.« Fernau stand auf, um seinen Neffen zur Tür zu begleiten. »Aber ich hoffe natürlich, dass wir uns künftig öfter sehen werden.«

»Das kann ich dir nicht versprechen.«

»Na, vielleicht änderst du deine Meinung schneller, als du jetzt ahnst.«

Gemeinsam betraten sie den Flur und blieben an der Galerie vor dem Treppenabsatz stehen, von wo aus man nach unten ins Großraumbüro blicken konnte. Dies hatte sich inzwischen mit Leben gefüllt: Telefone schrillten, Computertastaturen klapperten, und selbst das Röcheln einer Kaffeemaschine ließ sich erahnen.

»Und zu Hause ist alles in Ordnung?«, setzte Fernau den Small Talk fort. »Deinem Vater geht's gut?«

»Danke, alles bestens.«

»Ich muss mich dringend für den Wein bedanken, den er mir neulich zum Geburtstag geschickt hat – ein sehr edler Tropfen aus Bordeaux.«

In diesem Moment bewegte sich ein dunkler Haarschopf in leuchtend roter Bluse mit selbstbewusstem Schritt durch das Großraumbüro zu Bens Füßen und fesselte seine Aufmerksamkeit. »Was hast du eben gesagt?«, fragte er zerstreut.

»Ich schwärme von diesem köstlichen Bordeaux, den dein Vater mir geschenkt hat. Ich nehme an, das ist eine der Neuentdeckungen seiner letzten Frankreich-Tour?«

»Ähm … wahrscheinlich.« Waren das schon Halluzinationen? Diese hochgewachsene Frauengestalt da unten kannte er doch!

»Hast du ihn dabei begleitet?«

Ben, der häufiger mitfuhr, wenn sein Vater Winzer in ganz Europa besuchte, um für seine Weinhandlung einzukaufen, starrte ins Leere. »Wie bitte?«

»Ob du deinen Vater begleitet hast!«

»Öh … nein. Diesmal hatte ich leider keine Zeit dazu.« Seine Augen fixierten die wohlproportionierte Figur, die ihm da unten beharrlich den Rücken zukehrte. Verdammt viel Ähnlichkeit mit dem Frauenkörper, der vergangene Nacht auf, neben und unter ihm gelegen hatte – oder täuschte er sich?

»Das ist natürlich schade«, meinte Fernau, völlig unempfänglich für die wachsende Verwirrung, die sich auf dem Gesicht seines Neffen abzeichnete. »Bei der Gelegenheit hättest du gleich ein paar Restaurants in der Gegend austesten können. Zum Beispiel das ›Chez Mignon‹, vom dem gerade alle sprechen.«

»Chez – was?« Die Frau ein Stockwerk tiefer drehte sich jetzt um. Nicht übermäßig schnell, aber doch mit genug Schwung, dass ihre langen, schweren Haarsträhnen sich in einem sanften Bogen um ihren Hals schmiegten. Ben stockte der Atem. Er erkannte das ovale Gesicht, die schwarzen Augen, die vollen Lippen. *»Heilige Scheiße«*, murmelte er.

»Wie meinst du?«, erkundigte sich sein Onkel irritiert.

»Ähm ... sind das da unten alles deine Mitarbeiter?«

»Lass mal sehen ... Sofern schon anwesend und nicht gerade im Urlaub oder auf Dienstreise – doch, ja, das sind sie.«

»Die arbeiten also *alle* für dich? Ohne Ausnahme?«

»Ja, das sagte ich doch gerade.« Fernau musterte ihn aufmerksam. »Hast du irgendein Problem damit?«

»Öhm, nein. Ich ... ich bin nur überrascht, dass es so viele sind.«

»Nun, mein Verlag ist vielleicht klein, aber ich leiste mir einen umfangreichen Stab an Restauranttestern und freien Autoren. Als Ressortleiter hättest du insgesamt zwölf Leute unter dir – ändert das deine Meinung, was mein ursprüngliches Angebot betrifft?«

Aus dem Großraumbüro schickte die Frau in Rot ein melodisches Lachen zu ihnen herauf. Kein Zweifel, dachte Ben – sie war es: Die Verrückte vom griechischen Buffet, die im Bett keine Tabus kannte, sich aber reichlich zugeknöpft gab, sobald man sie nach ihrem Namen fragte. Sie hatte nie vorgehabt, ihn wiederzusehen – so viel war ihm klargeworden, als er heute früh im Hotel ohne sie aufwachte. Und obwohl One-Night-Stands etwas waren, das er sonst mit Hingabe selbst praktizierte, hatte es sich dieses Mal anders für ihn angefühlt – schäbiger irgendwie. Fast so, als sei er benutzt worden.

Woher diese Empfindsamkeit plötzlich rührte, konnte Ben sich selbst nicht erklären. Aber es nervte und ärgerte ihn nachhaltig, dass eine Frau auf einmal meinte, die Regeln bestimmen zu können. War es nicht seit jeher der Part des Mannes, den bindungsscheuen, einsamen Wolf zu geben? Wann hatte sich das geändert?

»Denk dran, es wären nur drei Monate, in denen du dich bewähren müsstest«, rief ihm sein Onkel in Erinnerung. »Und da du alle Voraussetzungen mitbringst, wäre die Beförderung zum Ressortleiter letzten Endes nur noch reine Formsache.«

War es Trotz? Das infantile Bedürfnis, einen billigen Triumph mitzunehmen, um der Frau eins auszuwischen, die ihn ohne ein Wort sitzengelassen hatte? Schwer zu sagen, fand Ben. Doch die Aussicht auf drei Monate Frankfurt inklusive Nervenkitzel am Arbeitsplatz schien ihm mit einem Mal gar nicht mehr so unattraktiv zu sein. Streng genommen hatte er ja nichts zu verlieren: Wenn es gut lief, war er nach Ablauf der Frist endlich Ressortleiter – wenn nicht, könnte er ohne Verluste in sein altes Leben zurückkehren und würde garantiert auf eine Menge Spaß mit der Dame in Rot zurückblicken. Denn natürlich hoffte er, da anknüpfen zu können, wo sie in der vergangenen Nacht aufgehört hatten.

»Du zahlst mir den Umzug und eine Wohnung hier in der Stadt?«, hakte er sicherheitshalber noch einmal nach.

»Drei Monate lang – so lautet mein Vorschlag«, bekräftigte Fernau.

Ben nickte. Sein Entschluss war gefasst. »In Ordnung, dann haben wir einen Deal.«

»Ernsthaft?« Sein Onkel klang erfreut, aber überrascht. »Woher kommt dieser plötzliche Sinneswandel?«

»Sagen wir … deine Mitarbeiter haben mich überzeugt.«

»Und ich kann mich darauf verlassen, dass du bei dieser Entscheidung bleibst und außerdem Stillschweigen darüber bewahrst, dass du mein Patensohn bist?«

»Ich gebe dir meine Hand darauf«, antwortete Ben und hielt ihm seine Rechte hin.

Fernau schlug sofort ein. »Abgemacht, dann werde ich noch heute einen Arbeitsvertrag aufsetzen lassen, der dir in den nächsten Tagen zugeht. Soll ich dich noch schnell ein bisschen herumführen und mit dem Team bekannt machen?«

»Sehr gerne.«

Sie stiegen die schmale Wendeltreppe hinunter und sorgten damit für einiges Aufsehen: An den Schreibtischen sah man hoch, beendete hastig die gerade geführten Telefonate und räumte schleunigst die eine oder andere Zeitungslektüre beiseite. Da es selten vorkam, dass der Chef einen Fremden durch die Redaktion führte, wollte niemand etwas verpassen, wenn der Grund für diesen Besuch bekanntgegeben wurde.

»Hört mal her, Leute«, rief Fernau in die Runde, nachdem er sich in der Mitte des Raumes aufgebaut hatte. »Ich möchte euch jemanden vorstellen.«

Nach und nach traten die Mitarbeiter näher und bildeten

einen lockeren Halbkreis um den Herausgeber. Ben, der die neugierigen Mienen eingehend studierte, brauchte nicht lange, um unter den vielen fremden Gesichtern die Clique vom Vorabend wiederzuerkennen: die ach so aufgeschlossene Nicole, den mürrischen Biertrinker, den schweigsamen Lockenkopf mit der Nickelbrille. Und natürlich *sie*, seine Gefährtin der Nacht, die jetzt erschrocken die Augen aufriss, als sie ihn neben Fernau stehen sah.

»Das hier ist Ben Sievers aus Berlin«, verkündete sein Onkel in einem Ton, als ob er den Bundespräsidenten ankündigen würde. »Er arbeitet dort seit geraumer Zeit sehr erfolgreich als freier Restaurantkritiker, und es ist mir gelungen, ihn für unser Team anzuwerben.«

Die abschätzenden Blicke, die sich daraufhin auf ihn richteten, konnte Ben förmlich fühlen.

»Herr Sievers wird im Juni als Tester bei uns anfangen und sich zunächst im Bereich Sonderhefte engagieren«, fuhr Fernau fort. »Ich gehe davon aus, dass Sie unseren neuen Kollegen herzlich willkommen heißen und ihm den Start bei uns in der Redaktion nach Kräften erleichtern.«

Zustimmendes Gemurmel setzte ein, gefolgt von dem einen oder anderen Lächeln in Bens Richtung. Nicole, in Gegenwart des Chefs wie immer darum bemüht, positiv aufzufallen, trat selbstbewusst einen Schritt nach vorn.

»Was für ein Zufall, dass wir uns hier wiedersehen«, sagte sie zur Begrüßung und fügte an Fernau gewandt als Erklärung hinzu: »Wir sind uns gestern nämlich schon im ›Daphnes‹ über den Weg gelaufen.«

»Ach, Sie waren auch da?« Der Herausgeber klang ehrlich interessiert. »Waren Sie auch so unzufrieden mit dem Essen wie unser junger Kollege hier?«

Nicole, die bis zu diesem Zeitpunkt keinen Gedanken an

das Buffet im »Daphnes« verschwendet hatte, setzte sogleich eine düpierte Miene auf. »Die Speisenfolge lag weit unter meinen Erwartungen – und die waren hoch, nachdem ich in unserem eigenen Heft so viel Gutes über das Restaurant gelesen hatte«, fügte sie mit einem giftigen Seitenblick auf Mari hinzu.

Oh-oh, dachte Ben. *Zickenterror.*

»Dieser Sache werden wir uns also noch einmal annehmen müssen, Frau Bertram«, stellte Fernau fest. »Und zwar mit Unterstützung von Herrn Sievers, der Ihnen ein paar Anregungen dazu geben wird, an welchen Stellen Sie Ihr ursprüngliches Urteil noch einmal überdenken müssen.«

Mari war lange genug im Geschäft, um solche *Anregungen* nicht nötig zu haben – zumal sie sicher war, dass sie Daphnes Küche richtig eingeschätzt hatte, trotz der einen oder anderen Enttäuschung am Eröffnungsabend. Dennoch verzog sie keine Miene und sagte: »Sehr gerne.«

Ben ging gezielt auf sie zu und schaffte es nur mit Mühe, sich ein Grinsen zu verkneifen. »Ich glaube, ich habe deinen Namen vorhin nicht ganz verstanden – wie heißt du noch mal?«

Sie hielt seinem Blick stand. »Mariella. Mariella Bertram.«

»Das ist doch super, Manuela. Dann hoffe ich mal auf gute Zusammenarbeit.« Er hatte sich bereits abgewandt, um auch die übrigen Kollegen zu begrüßen, als er meinte, ein kaum hörbares »Arschloch« zu vernehmen. Aber das hatte er sich bestimmt nur eingebildet.

*

Mari beugte sich über das Waschbecken in der Damentoilette und ließ sich eisiges Wasser über die Handgelenke laufen. Auf ihre Bachblüten-Notfalltropfen hatte sie bereits zweimal zurückgegriffen, ohne sich beruhigen zu können. Jetzt half nur noch tiefes Atmen in Verbindung mit Kälte.

Im Spiegel erhaschte sie einen Blick auf ihre hochroten Wangen und die hektischen Flecken auf ihrem Hals. Dazu das dunkle Violett der Augenringe, die vom Schlafmangel der vergangenen Nacht herrührten. Gott, sie sah beschissen aus – und fühlte sich auch nicht wesentlich besser. Hinter ihren Schläfen pochte ein Kopfschmerz, der von Sekunde zu Sekunde stärker wurde, und ihr Magen rebellierte unter all dem Kaffee, den sie ihm heute schon zugemutet hatte.

Sie stellte das Wasser ab und stützte sich schwer atmend auf den Rand des Waschbeckens. Wann hatte sie sich zuletzt so knietief in die Scheiße manövriert? Bei all den Typen, die gestern im »Daphnes« für einen One-Night-Stand zur Verfügung gestanden hätten, musste sie sich ausgerechnet den Neffen ihres Chefs aussuchen. Und damit ziemlich zielsicher den Mann, der ihr von nun an täglich im Job über den Weg laufen würde, obwohl sie sich doch geschworen hatte, ihn nie wiederzusehen. Ganz großes Tennis. Jetzt hatte sie mit Simon und dem Halbgriechen gleich zwei verflossene Liebhaber im Büro sitzen – unentspannter ging es ja wohl kaum.

Ben Sievers, so hieß er also. Was hatte er ihr gestern Nacht noch im Hotelzimmer erzählt? *»Ich soll eine Führungsposition übernehmen, und da ist es nicht gerade hilfreich, wenn alle denken, dass ich die nur über die Verbindung zu meinem Onkel bekommen habe.«* Moment mal. Die Wucht der Erkenntnis traf Mari wie ein Schlag in den Magen. Das war doch nicht etwa die Ressortleiterstelle, auf die sich gerade alle Kollegen in der Redaktion Hoffnungen machten?

Fieberhaft versuchte sie, ihre Gedanken zu ordnen. Wie hatte Fernau den Neuen vorhin bei der Vorstellungsrunde eingeführt? Weder als Neffen noch als künftigen Kronprinzen. *»Herr Sievers wird im Mai als Tester bei uns anfangen und sich zunächst im Bereich Sonderhefte engagieren.«* Dabei schien die Betonung auf dem Wörtchen »zunächst« zu liegen: Wie sonst ließ sich erklären, dass ihr ausgerechnet Ben als jüngster Zugang im Team besagte Anregungen geben sollte, um das Essen im »Daphnes« neu zu bewerten? Doch nur damit, dass er künftig eine übergeordnete Rolle in der Redaktion spielen würde.

Mari stöhnte hörbar auf. Anscheinend hatte sie ihre Position im Job völlig falsch eingeschätzt: Die Ressortleiterstelle – gestern noch vermeintlich in greifbarer Nähe – entpuppte sich heute als Luftblase, von Anfang an reserviert für das Patensöhnchen des Herausgebers. Wahrscheinlich hatten Nicole, Simon und sie nie eine echte Chance auf Beförderung gehabt – sie alle waren von Fernau einfach nur hingehalten worden.

Und jetzt? Im Prinzip hatte Mari große Lust, ihrem italienischen Erbe nachzugeben und einen lautstarken Tobsuchtsanfall in Gegenwart ihres Chefs zu inszenieren: Ihm endlich mal sagen zu können, was sie von seiner Personalpolitik, seinen altmodischen Karojacketts und seinen selbstverliebten Leitartikeln hielt, ihm die Kündigung auf den Tisch zu knallen und dann hoch erhobenen Hauptes aus dem Verlag zu stöckeln – wie befreiend wäre das. Und wie kurzsichtig.

Ernüchtert zog sie ein Papiertuch aus dem Behälter an der Wand und trocknete sich die Hände ab. Im Berufsleben handelte man nicht aus dem Affekt, das war einer der Grundsätze, die ihr Vater immer wieder predigte. Wer allzu authentisch war, sich Enttäuschungen anmerken ließ oder – schlimmer noch – *emotional* wurde, hatte keinen Erfolg. Genauso wenig übrigens wie mit der Fleißbienenstrategie, an die Mari noch bis vor einer Stunde vorbehaltlos geglaubt hatte. Also gut – durch harte Arbeit kam sie nachweislich nicht weiter. Fernau und sein feiner Neffe wollten stattdessen Krieg? Intrigen? Ränkespiele? Entschlossen zog Mari ihre Bluse nach unten und warf ihr Haar über die Schulter zurück. Bitte sehr – das konnten sie haben.

6. Kapitel

Unterdessen stand Kirsten Arnold in der Unternehmensberaterfirma, die zur Hälfte auch ihr gehörte, und packte ihre letzten Habseligkeiten in einen Pappkarton. Außer einem gerahmten Foto, das ihre Eltern vor dem Eingang des Kaffeehauses in Bad Orb zeigte, hatte sie bisher nicht viel gefunden, das es wert gewesen wäre, mitgenommen zu werden. Diesen Briefbeschwerer in Form eines Tennisschlägers vielleicht? Den Locher, der ihr in den vergangenen zehn Jahren gute Dienste geleistet hatte? Oder einen nagelneuen Satz Kugelschreiber mit dem Logo eines großen Frankfurter Bankhauses darauf? Ach was.

Ermattet ließ sie sich auf einen Stuhl sinken und sah sich in ihrem Büro um. Das große Ölbild an der Wand gegenüber hatte sie einst einem jungen Absolventen der Städel-Kunstschule abgekauft: Die wilden Farben, die darauf ungezähmt ineinanderflossen, hatten damals Aufbruch und Hoffnung für sie symbolisiert, Vitalität und Energie. Jetzt starrte Kirsten das Bild an und erkannte nur noch grelle Nuancen in viel zu irren Linien.

Sie schrak zusammen, als sie Schritte über den Flur kommen hörte. Im nächsten Augenblick wurde ihre Bürotür aufgerissen und Thomas Bertram betrat den Raum – hochgewachsen, drahtig, leicht sonnengebräunt. Sein Maßanzug saß wie immer tadellos, sein volles graumeliertes Haar war perfekt geschnitten und frisiert. Jede Pore seines athletischen Körpers verströmte diese Überdosis an Souveränität, Durchsetzungskraft und Entschlossenheit, die Kirsten anfangs so sehr an ihm bewundert hatte. Jetzt hasste sie ihn dafür.

»Was soll das?«, fragte er ohne Einleitung und hielt ihr Kündigungsschreiben hoch, das seit Tagen unbeachtet auf seinem Schreitisch gelegen hatte.

»Ich verlasse dich«, entgegnete sie knapp. »Beruflich und privat.«

»Schon wieder?«

»Diesmal ziehe ich es durch.«

»Mach dich bitte nicht lächerlich!«

Trotzig hob sie das Kinn. »Du bekommst demnächst Post von meinem Anwalt, der dich darüber in Kenntnis setzt, bis wann du mir meinen Anteil an dieser Firma auszahlen darfst. Mal sehen, wie lächerlich du das dann findest.«

»Ist es das, worum es dir geht? Geld?«

Kirsten schluckte. Allein die Frage war eine Unverschämtheit. »Geld ist hier nicht das Thema«, stieß sie hervor. »Sondern das Baby.«

»Welches Baby?«

»*Unser* Baby!«

Das blanke Unverständnis stand Thomas Bertram ins Gesicht geschrieben. Dann, mit einer Verspätung von etwa fünf Sekunden, fiel der Groschen. »Ach Gott – du meinst deine Ausschabung neulich.«

Ausschabung?! Kirsten musste aufstehen und sich abwenden, um nicht vor seinen Augen loszuheulen.

»Ich konnte dich nicht ins Krankenhaus begleiten«, redete er an ihren Rücken gewandt weiter. »Dazu war der Termin mit dem Geschäftsführer der Gerland-Gruppe einfach zu wichtig für uns.«

»Mir war der Termin scheißegal«, gab sie mit erstickter Stimme zurück.

»Das habe ich gemerkt. Deshalb war es gut, dass wenigstens einer von uns beiden den Überblick bewahrt hat, findest du nicht?« Als darauf keine Antwort kam, trat Thomas zu ihr und legte ihr die Hände auf die Schultern. »Es war eine leere Fruchthöhle, die dir rausoperiert wurde«, flüsterte er eindringlich. »Gerade mal acht Wochen alt, ohne Herzschlag. Glaub mir, das *war* noch kein Baby – lediglich die Vorstufe dazu.«

»Seit zwei Jahren versuche ich, schwanger zu werden«, erwiderte sie, während dicke Tränentropfen unaufhaltsam ihre Wangen herunterkullerten. »Diese *Vorstufe,* wie du es nennst, hat zufällig all das verkörpert, was ich mir jemals gewünscht habe. Da werde ich doch noch mal trauern dürfen!«

»Ich habe dir doch angeboten, ein Wochenende zusammen in ein Wellnesshotel zu fahren, damit du wieder zu dir selbst findest …«

Wütend drehte sie sich zu ihm um. »Ich will aber kein verdammtes Wellnesswochenende! Ich will ein Kind!«

»Ich nicht«, entgegnete er ruhig. »Und das habe ich dir auch von Anfang an gesagt.«

»Stimmt. Das hast du.«

»Aber?«

»Ich verstehe dich einfach nicht, das ist alles.«

»Was gibt es da nicht zu verstehen?« Entnervt trat Thomas einen Schritt zurück. »Herrgott noch mal, ich bin mit 24 Jahren Vater geworden, und gleich darauf war ich Witwer. Es war alles andere als ein Spaziergang, sich mitten im Examen um einen Säugling kümmern zu müssen, geschweige denn mit einem Kleinkind am Hacken in die Berufstätigkeit zu starten, während alle meine Freunde ihr Leben genießen konnten!«

»Es war bestimmt nicht leicht für dich«, gestand Kirsten ihm zu. »Aber das ist noch lange kein Grund, mit 52 Jahren krampfhaft seine verlorene Jugend nachholen zu wollen.«

»Bitte, *was* tue ich?«

»Sieh dich doch mal an: Du joggst dir die Seele aus dem Leib, als ob du dem Tod davonlaufen könntest. Du zählst jede Kalorie, die dir auf den Teller kommt, aus Angst, mehr Kilos auf den Rippen würden dich älter aussehen lassen. Und wenn du es ganz besonders nötig hast, betrügst du mich mit Studentinnen, die jünger sind als deine Tochter – nur, um dir selbst zu beweisen, dass du es immer noch draufhast.«

»Ich habe dich nie betrogen«, sagte er tonlos. »Wir hatten uns von Anfang an auf eine offene Beziehung geeinigt.«

»Geeinigt?« Kirsten lachte freudlos auf. »Du hast die Regeln aufgestellt, und ich war so dumm, zu glauben, dass du dich ändern würdest, wenn wir erst lange genug zusammen sind.«

»Das war wirklich dumm. Schließlich habe ich nie einen Zweifel daran gelassen, wie ich zu dir stehe.«

»Ach, und wie stehst du zu mir?«

»Ich vertraue dir, schätze und respektiere dich. Aber ich will keine feste Bindung.«

»Siehst du, das unterscheidet uns: Ich habe dich vom ersten Tag an geliebt.«

Thomas wich ihrem Blick aus. »Liebe ist ein großes Wort.«

»Es ist vor allem ein großes Gefühl – eines, für das man mehr Mut braucht als für eine offene Beziehung.«

»Du kannst mich gerne für feige halten, wenn dir das weiterhilft. An meiner Haltung wird sich nichts ändern.«

»Ich weiß.« Traurig lächelte Kirsten ihn an. »Deshalb räume ich ja auch das Feld.«

»Um was zu tun?«

»Ein paar meiner Träume retten, denke ich. Vielleicht ist es doch noch nicht zu spät, und es gelingt mir, mein Leben so zu gestalten, dass es mir wieder gefällt.«

»Ich begreife dich nicht. Wir haben doch beide immer für die Firma gelebt und sind nie schlecht damit gefahren …«

»Das war ein perverser Abklatsch von dem, was das Leben wirklich sein kann«, widersprach sie und nahm das Foto ihrer Eltern aus dem Karton. Mehr brauchte sie wirklich nicht mitzunehmen, das erkannte sie jetzt. Ohne ein weiteres Wort zu sagen, schlüpfte sie in ihren Trenchcoat, der hinter der Tür hing.

Irritiert sah Thomas ihr dabei zu. »Wo gehst du hin?«

»Nach Hause«, sagte Kirsten.

*

Am darauffolgenden Sonntag zögerte Mari, ihre insgesamt unerfreulich verlaufene Woche auch noch mit einem Frühstücksbesuch bei ihrem Vater abzurunden. Ehrlich gesagt wusste sie nie so genau, wie viel Wert er auf solche Rituale legte – Thomas Bertram forderte Kontakt nicht ein, rief selten bei ihr an und schien davon auszugehen, dass sie sich schon melden würde, wenn sie irgendetwas brauchte. Dabei war er weder unfreundlich noch desinteressiert – nur zu sehr mit sich selbst beschäftigt, um mit echter Empathie am Leben seiner Tochter teilzuhaben. Einzige Ausnahme: ihr beruflicher Werdegang. Dieses Thema verfolgte ihr Vater beinahe schon mit zu viel Verve.

Mari nahm ihm seine distanzierte Grundhaltung nicht übel, im Gegenteil. Anders als ihre gleichaltrigen Freunde hatte sie schon sehr früh sehr viele Freiheiten genossen und materiell nie etwas vermisst. Sollte es hart auf hart kommen, da war sie sich sicher, würde ihr Vater bedingungslos hinter ihr stehen –

wobei man ihn vorher allerdings darauf hinweisen musste, dass seine Unterstützung gefragt war. Seine fast schon an Autismus grenzende Art, sich zu isolieren, machte ihr jedoch zunehmend Sorgen. Gefühle, Nähe, zwischenmenschliche Regungen, all das ließ ihr Vater nur sehr dosiert an sich heran, unterdrückte jedes Bedürfnis nach Zuwendung mit Disziplin, Ehrgeiz und dem Streben nach Perfektion.

Er arbeitete mindestens zehn Stunden am Tag, trieb exzessiv Sport, war für seine Kunden auf allen Kanälen rund um die Uhr erreichbar und selbstverständlich niemals krank. Nur Kirsten mit ihrer ruhigen Verlässlichkeit hatte stets eine ausgleichende Wirkung auf ihn gehabt, obwohl er das nie zugegeben hätte. Dass sie ihn nun verließ, konnte ihm nicht gleichgültig sein. Schon deshalb wollte Mari nach ihm sehen, erwartete allerdings nicht, dass er sich ihr gegenüber in irgendeiner Form öffnen würde.

Sie stand früh auf, duschte, zog sich an und packte anschließend lauter Lebensmittel in ihren Fahrradkorb, die für sie zu einem richtigen Frühstück dazugehörten, von ihrem Vater jedoch aus Prinzip gemieden wurden: Eier, Butter, Schlagsahne, dazu Weizenmehl, Zucker, Honig, eine Schale mit frischen Blaubeeren und verschiedene Fruchtaufstriche. Damit radelte sie ins Frankfurter Westend, natürlich nicht, ohne am Grüneburgweg beim Bäcker ihres Vertrauens einen Zwischenstopp einzulegen, wo sie ofenwarme Croissants, Schokoladenbrötchen, Laugenstangen und – halbherzig – ein paar Vollkornsemmeln erstand. Als sie derart bepackt die Wohnung ihres Vaters betrat, fand sie diese leer vor.

»Papa?«

Keine Antwort.

Mari sah sich um: Die Joggingschuhe fehlten, dafür flimmerten die Aktienkurse bei n-tv über Fernsehbildschirm im

Wohnzimmer. Alles klar, ihr Vater sprintete wahrscheinlich seine drei üblichen Runden durch den nahe gelegenen Grüneburgpark. Beruhigt ging sie in die Küche hinüber, schaltete das Radio ein und verstellte als Erstes den Sender – weg vom Klassikradio hin zur Gute-Laune-Musik auf HR3. Anschließend inspizierte sie den Inhalt des Kühlschranks: Magermilch, Magerjoghurt, Magerkäse, welch Überraschung. Immerhin, sie fand ein Netz mit Apfelsinen, die sie zu einem frischen Orangensaft verarbeiten konnte. Was den Kaffee betraf, so besaß ihr Vater zum Glück eine teure italienische Maschine, die von Espresso bis Latte macchiato keinerlei Wünsche offenließ – wenigstens darum musste sie sich keine Gedanken machen.

In der nächsten Viertelstunde stellte Mari die Brötchen im Ofen warm, deckte den Tisch, presste Apfelsinen und verrührte Eier, Mehl, Zucker und Schlagsahne zu einem sämigen Pfannkuchenteig. Sobald die Butter goldbraun in der sonst kaum benutzten Teflonpfanne brutzelte, bedeckte sie den Boden dünn mit der Teigmischung, gab ein paar gewaschene Blaubeeren hinzu, ließ das Ganze kurz anbacken und wendete die Palatschinke schließlich mit gekonntem Wurf, so dass auch die andere Seite Farbe annahm. Ein Vorgang, den sie so lange wiederholte, bis sich neben ihr an die zehn Pfannkuchen duftend auf einem Teller türmten, den sie ebenfalls zum Warmstellen in den Ofen verfrachtete.

Sie schickte sich gerade an, die Fruchtaufstriche und den Honig auf dem Tisch zu verteilen, als ihr Vater im Türrahmen auftauchte – schwer atmend, nass geschwitzt und mit seiner üblichen Falte zwischen den Augenbrauen.

»Was machst du da?«, fragte er und wischte sich mit dem Ärmel über die Stirn.

»Frühstück.«

»Das sehe ich. Aber wer soll das alles essen?«

Mari lachte unbekümmert. »Keine Sorge – das putze ich schon weg, zur Not auch ohne dich.«

»Ich … ähm … geh dann mal duschen.«

Wenig später kehrte Thomas Bertram ins Wohnzimmer zurück, korrekt gekleidet in Anzughose und Hemd, aber ohne Krawatte – schließlich war Sonntag. Befangen ließ er sich an der üppig bestückten Tafel nieder, während Mari ein Glas Latte macchiato vor ihm abstellte.

»Du hättest dir wirklich nicht so viel Mühe machen müssen«, sagte er. »Mir reicht morgens eigentlich eine kleine Schale Müsli mit Obst.«

»Sieht man.«

»Wie bitte?«

Grinsend hielt sie ihm die Platte mit den Pfannkuchen hin. »Nun zier dich nicht so – eine anständige Mahlzeit im Monat verwandelt dich nicht gleich in einen Sumoringer.«

»Na ja, gut riechen tut's jedenfalls.« Bertram gab sich einen Ruck und beförderte einen der Palatschinken auf seinen Teller. Dann griff er zu Messer und Gabel, säbelte ein kleines Stück ab und schob es sich zögernd in den Mund. »Mmh«, entfuhr es ihm überrascht, sobald er geschluckt hatte. »Schmeckt köstlich! Aber … sind die Dinger auch fettarm?«

»Total.«

»Wenn das so ist, nehme ich später noch einen zweiten.«

Mari bestrich eines der Croissants mit reichlich Butter und biss herzhaft hinein, bevor auch sie sich an den Pfannkuchen bediente. Dabei war sie sich bewusst, dass ihr Vater jede ihrer Bewegungen mit Argusaugen verfolgte. *Gleich kommt's,* dachte sie.

Und tatsächlich: »Sag mal, Kind – bewegst du dich auch

genug?«, fragte er in einem, wie er meinte, möglichst beiläufigen Ton.

»Ich bin jeden Tag mit dem Fahrrad unterwegs.«

»Schon, aber was ist mit Sport?«

»Hab davon gehört.«

Unbehaglich rutschte Bertram auf seinem Stuhl hin und her. »Du weißt, worauf ich hinauswill …«

»Dass du mich zu dick findest?«

»Dick wäre jetzt wirklich übertrieben … aber du wiegst eindeutig mehr als andere Frauen deines Alters …«

Du musst es wissen, schoss es Mari durch den Kopf, doch sie verkniff sich diese Bemerkung in letzter Sekunde und sagte stattdessen: »Ich esse ja auch mehr. Das ist schließlich mein Beruf.«

»Dagegen ist absolut nichts zu sagen, solange du auf deinen Körper achtest.«

»Das tue ich – auf meine Art.«

Bertram öffnete den Mund zu einer schnellen Antwort, besann sich dann aber anders und ergriff die Chance, zu einem Thema zu wechseln, bei dem er sich sicherer fühlte. »Und, wie läuft es denn so im Job?«

Mari verspannte sich kaum merklich. »Alles gut so weit.«

»Du bist jetzt schon seit mehr als drei Jahren bei diesem Verlag, oder?«

»Es sind knapp fünf.«

»Dann wird's langsam Zeit für den nächsten Schritt, was?«

Zum Teufel mit diesem verdammten nächsten Schritt!

»Du weißt ja, was es bedeutet, wenn man zu lange auf derselben Position verharrt.« Über den Rand seines Orangensaftglases warf Thomas Bertram seiner Tochter einen warnenden Blick zu. »Abstellgleis. Wer sich nicht permanent bewegt und auf sich aufmerksam macht, wird vergessen. Ist es das, was du willst?«

»Natürlich nicht!«

»Das heißt, du hast deinen Chef bereits auf eine Beförderung angesprochen?«

»Na ja …« Kleinlaut stopfte sich Mari den letzten Rest ihres Pfannkuchens in den Mund und erwiderte kauend: »Nicht direkt.«

»Indirekt macht man keine Karriere – das ist dir schon klar, oder?«

»Es funktioniert aber auch nicht immer streng nach Fahrplan.«

Verständnislos legte Bertram sein Besteck beiseite. »Ja, wie denn sonst?«

»Es gehört neben Leistung auch ein Quentchen Glück dazu. Und die richtigen Beziehungen können offensichtlich auch nicht schaden.«

»Höre ich da eine Spur Resignation in deiner Stimme?«

Mari seufzte. »Ich würde es eher als Realismus bezeichnen.«

»Was ist los?«

»Wie wär's mit einem Vollkornbrötchen?«, fragte sie ausweichend. »Extra für dich gekauft.«

Ihr Vater griff in den Brotkorb, ohne sich ablenken zu lassen. »Man hat dir doch nicht etwa gekündigt?«

»Nein. Man hat mich nur ein bisschen verarscht.«

»Wie bitte?«

Mari entschied sich für die sexuell entschärfte Kurzversion: »Seit Wochen wedelt mein Chef mit der vakanten Ressortleiterstelle vor unser aller Nase herum. Erst am Donnerstag hat er meine Arbeit vor allen anderen so gelobt, dass ich mir wirklich Hoffnungen darauf gemacht habe. Jetzt aber stellt sich heraus, dass er seinen Neffen ins Unternehmen holt, um ihm den Posten zuzuschanzen.«

»Das heißt, der Job ist bereits vergeben?«

»Offiziell nicht. Der Neue fängt erst als Restauranttester bei uns an, außerdem macht Fernau im Moment noch ein Riesengeheimnis daraus, dass es sich um seinen Neffen handelt.«

Bertram runzelte die Stirn. »Sieht ganz danach aus, als ob sich da jemand alle Optionen offenhalten will.« Nachdenklich trommelte er mit den Fingern auf der Tischplatte herum. »Jetzt kommt es wirklich auf jeden deiner Schritte an.«

»Ich weiß.«

»Bist du sicher? Das klang vorhin nicht so.«

»Worauf willst du hinaus, Papa?«

»Dass man nicht nur deshalb befördert wird, weil man sich *Hoffnungen* darauf macht. Man muss aktiv dafür kämpfen, jeden Tag aufs Neue!«

»Was soll ich machen – meinen Chef aufs Herrenklo verfolgen und ihn anbetteln, dass er mir die Stelle gibt?«

»Du musst ihn von deinen Leistungen und deiner Persönlichkeit überzeugen«, entgegnete ihr Vater, während er gelassen sein Vollkornbrötchen aufschnitt. »Und dann musst du ihm schlicht und ergreifend *sagen,* was du willst – der Mann ist schließlich kein Hellseher.«

»Ich soll ihm sagen, dass ich Ressortleiterin werden will?!«, wiederholte Mari perplex.

»Ist das hier Himbeermarmelade?«

»Erdbeer-Rhabarber«, antwortete sie ungeduldig. »Du stellst dir das zu leicht vor. Fernau ist nicht der Typ, der sich bedrängen lässt.«

»Wer redet denn von Bedrängen? Erpressung ist hier das Mittel der Wahl.«

»Was?!«

Mit kaum zu überbietender Sorgfalt verteilte Bertram eine hauchdünne Schicht des Fruchtaufstrichs auf seine ungebutterte Brötchenhälfte. »Du bittest deinen Chef um ein Gespräch, bei dem du alle deine Heldentaten der vergangenen Wochen aufzählst. Du machst ihm unmissverständlich klar, welchen Wert deine Arbeit für seinen Verlag hat. Dann teilst du ihm mit, dass du in äußerst absehbarer Zeit mehr Verantwortung übernehmen willst, und fragst freundlich nach, welche Aufstiegschancen er dir bieten kann.« Thomas biss in sein Brötchen und brachte es fertig, dabei nicht einen Krümel zu verlieren. »Hör dir an, was er zu sagen hat«, fuhr er fort, nachdem er den Happen hinuntergeschluckt hatte. »Sollte er sich winden und dich vertrösten, machst du ihm deutlich, dass du dir leider einen anderen Arbeitgeber suchen wirst, der dich und deine Talente mehr fördert, wenn du bei ihm nicht weiterkommst.«

Mari klappte der Unterkiefer herunter. »Läuft das immer so?«

»Was hast du denn gedacht? Dass man so lange wartet, bis man entdeckt wird?«

»Na ja … schon irgendwie.«

»Ein Fehler, den typischerweise Frauen immer wieder machen.« Sein Blick verklärte sich. »Kirsten war da anders. Sie hat gezittert wie Espenlaub, als sie mich damals um die erste Gehaltserhöhung gebeten hat, aber feilschen konnte sie wie ein Teppichhändler. Sie wusste genau, wie hoch sie pokern musste – und obwohl sie eine Heidenangst davor hatte, dass es schiefgehen könnte, hat sie mein Büro nicht eher verlassen, bis sie ihr Ziel erreicht hatte …«

Eine Schweigepause trat ein, in der Mari kaum zu atmen wagte. »Wie … ähm … kommst du in der Firma ohne sie klar?«, fragte sie schließlich.

»Du weißt es schon?«

»Auch erst seit kurzem. Wir sind uns vor ein paar Tagen zufällig über den Weg gelaufen, und da hat sie's mir gesagt.«

»Deshalb das Frühstück hier? Weil du Angst hattest, dass ich mich vor lauter Gram aus dem Fenster gestürzt haben könnte?«

»Ich hab mir halt Sorgen um dich gemacht …«

Thomas Bertram winkte ab. »Das brauchst du nicht. Kirsten und ich haben einvernehmlich eine offene Beziehung geführt, und das impliziert nun mal, dass der eine dem anderen jederzeit den Laufpass geben kann. Wenn ich auch zugeben muss, dass mich ihre Entscheidung beruflich extrem hart trifft: Wir haben so unglaublich viel zu tun im Moment, dass ich wünschte, sie hätte die Segel nicht ganz so übereilt gestrichen …«

»Ist das alles? Im Job entstehen dir ein paar Unannehmlichkeiten, aber sonst kümmert es dich nicht weiter, ob sie da ist oder nicht?« Mari konnte es nicht fassen. So kompetent ihr Vater in Karrierefragen auch sein möchte – im zwischenmenschlichen Bereich musste er definitiv einiges dazulernen.

»Kirsten hat mich vor vollendete Tatsachen gestellt«, rechtfertigte er sich jetzt. »Was hätte ich da machen sollen?«

»Sie bitten, es sich noch einmal zu überlegen?«

»Das habe ich … zumindest sinngemäß. Sie wollte nicht.«

»Vielleicht hast du sie ein bisschen *zu* sinngemäß gefragt?«

»Für solche Spielchen bin ich zu alt, Mari.« Entnervt schob Bertram seinen Teller von sich. »Abgesehen davon habe ich es mir zur Gewohnheit gemacht, persönliche Dissonanzen nicht an mich heranzulassen: Man arbeitet einfach effizienter, wenn der Kopf frei davon ist.«

»Klingt ja aufregend.«

»Du solltest dir ein Beispiel daran nehmen, dich auf deine

Karriere konzentrieren und deinen Chef gleich morgen auf etwaige Aufstiegsmöglichkeiten ansprechen – wenn du das früher getan hättest, wäre es womöglich nie zum Auftritt dieses ominösen Neffen gekommen.«

Super, genau das hatte sie jetzt gebraucht. »Du kennst Fernau nicht«, erwiderte Mari und merkte, dass sie allmählich wütend wurde. »Wenn ich versuche, ihn unter Druck zu setzen, lässt er mich gehen – und was mache ich dann?«

»Dich nach einem neuen Job umsehen, was sonst?«

»Ich werde keine Lücke im Lebenslauf riskieren, bloß, weil ich meinen Willen nicht sofort kriege ...«

»Als ob eine umfassend ausgebildete Frau wie du lange auf dem Markt wäre ...«

»Entschuldige, Papa – aber vom Verlagswesen hast du keine Ahnung. Gute Stellen sind da rar gesät, und Tarifverträge wie meiner eine Seltenheit geworden ...«

»Bist du jetzt bei der Gewerkschaft, dass du auf einen Tarifvertrag pochen musst? Mach dich lieber selbständig, dann verdienst du richtig Geld.«

»Mit *Restaurantkritiken?!*«

Ihr Vater zuckte die Achseln. »Wenn's nicht klappt, hast du was falsch gemacht.«

Das war mehr Wirtschaftsliberalismus, als Mari am frühen Morgen ertragen konnte. »Danke für deine Tipps, aber ich komme auch so zurecht.« Sie griff nach ihrem Saftglas und leerte es in einem Zug. »Isst du noch was, oder kann ich abräumen?«

»Ich bin satt. Es war ja auch unmöglich, diesen Berg Pfannkuchen aufzuessen.«

»Ich stelle dir den Rest in den Kühlschrank.«

»Kannst du das Zeug nicht wieder mitnehmen? Ich hab nicht gern so viele verderbliche Lebensmittel im Haus.«

»Wie du willst«, antwortete Mari und versuchte, sich nicht anmerken zu lassen, wie verletzt sie war. Warum lief sie mit jedem ihrer Versuche, ihm nahe zu sein, ins Leere? Und warum war sie so dämlich, es immer wieder aufs Neue zu probieren?

Resigniert räumte sie Teller, Gläser und Besteck in die Spülmaschine, wusch die Pfanne ab und wickelte die Palatschinken transportsicher in Alufolie ein. Anschließend verstaute sie auch Brötchen, Fruchtaufstriche und die übrigen, mitgebrachten Zutaten in ihrem Fahrradkorb. Ihr Vater saß unterdessen im Wohnzimmer und verfolgte die Wirtschaftsnachrichten auf n-tv.

»Ich gehe jetzt«, teilte sie ihm mit, während sie in ihren Sommermantel schlüpfte.

»Wie? Ah ja – schön, dass du da warst.«

»Hast du noch was vor heute?«

»Ich werde gleich rüber ins Büro fahren, noch ein paar Akten abarbeiten.«

»Na, dann viel Spaß.« Sie bückte sich nach dem Fahrradkorb und wandte sich zum Gehen, als ihr Vater unvermittelt aufstand.

»Ach, Mari?«

»Ja?«

»Ähm … Kirsten hat dir nicht zufällig gesagt, was sie vorhat? Mit ihrer neuen Freiheit, meine ich?«

»Doch.«

»Verrätst du mir, was?«

Mari zögerte, aber da ihre Freundin sie nicht explizit zur Verschwiegenheit verpflichtet hatte, ging sie davon aus, dass sie kein Geheimnis ausplauderte. »Sie zieht nach Bad Orb, um gemeinsam mit ihren Eltern das familieneigene Kaffeehaus auf Vordermann zu bringen.«

»*Wie bitte?!*«

»Ich habe mich auch gewundert, aber sie war ganz beseelt von dem Gedanken.«

»Merkwürdig.«

»Was denn?«

»Na ja …« Ihr Vater schob die Hände in die Hosentaschen. »Beim Abschied sagte sie etwas davon, dass sie versuchen will, ein paar ihrer Träume zu retten. Das klang für mich eher nach Weltreise oder so …«

»Familie ist Kirsten eben sehr wichtig.«

Thomas starrte ins Leere. »Scheint so«, erwiderte er dann.

7. Kapitel

Bens erster Arbeitstag in der Redaktion fiel auf einen unerträglich heißen Mittwoch Anfang Juni. Gleich nachdem er einen Schreibtisch in einer ruhigen Nische des Großraumbüros zugewiesen bekommen hatte – den der Leiter der Anzeigenabteilung widerwillig für ihn räumte –, zitierte Onkel Manfred die nunmehr vollzählige Schar seiner Restaurantkritiker zum Testessen in ein Landgasthaus im Vordertaunus. Es galt, den Auftakt der Spargelsaison kritisch zu würdigen. Doch obwohl man ihnen einen wunderschönen Tisch auf der Sonnenterrasse anbot, bestand Fernau darauf, die Mahlzeit im stickigen Innenraum des Restaurants einzunehmen. »Da können wir uns besser konzentrieren«, meinte er – eine Ansicht, die ehrlich gesagt niemand mit ihm teilte: Seine Mitarbeiter wären lieber an der frischen Luft geblieben.

Während sie also eingelullt in Bratfett und Suppengerüche auf ihre Bestellungen warteten, nutzte Ben die Gelegenheit, seine neuen Kollegen unauffällig zu mustern. Da war zum einen Timo, Onkel Manfred zufolge der leistungsschwächste Tester im Team – ein blasser, zu Sommersprossen und Akne neigender Jüngling, der gerade krampfhaft versuchte, den an seiner Schläfe herunterfließenden Schweißströmen mit Hilfe einer Stoffserviette Einhalt zu gebieten. Simon, der verschlossene Wuschelkopf, der in Bens Gegenwart noch keine vier Sätze gesprochen hatte, mit der Hitze aber keinerlei Probleme zu haben schien: Sein blütenweißes Hemd wirkte kühl und frisch und saß genauso tadellos, wie seine Restaurantkritiken angeblich immer sein sollten – Fernau hatte keinen Zweifel daran gelassen, wie viel er von den Fähigkeiten dieses Nickelbrillenträgers hielt. Hier, so vermutete Ben, schlummerte ernsthafte Konkurrenz, weshalb er sich fest vornahm, ihn im Auge zu behalten.

Und dann gab es da noch Nicole, eine im aufdringlichen Sinne attraktive Blondine mit Stupsnase, üppiger Bräune und einem Hang zu tiefen Dekolletés. »Sie ist grundsätzlich in der Lage, ordentliche Ergebnisse abzuliefern, aber dazu muss man einen guten Tag bei ihr erwischen«, so die Einschätzung seines Onkels. »Rechtschreibung ist eindeutig nicht ihre Stärke, doch sie ist stets sehr engagiert und bemüht.« Eine Basis, auf der sich durchaus aufbauen ließ, fand Ben.

Übrig blieb Mariella, die sich von allen nur Mari nennen ließ und ihm in den vergangenen sechs Wochen einiges an Kopfzerbrechen bereitet hatte. Durch sein dusseliges Gequatsche in jener Nacht im Hotelzimmer wusste sie von seiner privaten Beziehung zum Herausgeber, und Ben hatte keine Ahnung, wie lange sie warten würde, bis sie diese Information gegen ihn verwendete. Die Folgen für ihn wären gleich zweifach fatal: Einerseits würde es seine Position im Team schwächen, wenn herauskäme, dass man ihn nur deshalb an allen anderen vorbei befördert hatte, weil der Verlagschef rein zufällig sein Taufpate war. Andererseits bestand auch die Gefahr, dass Onkel Manfred es sich schlagartig anders überlegte, sobald er mitbekam, dass sein Neffe nicht die Verschwiegenheit an den Tag legte, um die er ihn ausdrücklich gebeten hatte. Ein taktisch derart dämliches Verhalten würde Fernau, der sich stets Hintertürchen offenhielt, bevor er Geld für Personal ausgab, nicht dulden – und die Ressortleiterstelle, die Ben zum jetzigen Zeitpunkt keineswegs sicher war, wäre dann vielleicht sogar ganz außer Reichweite.

Ein Dilemma, das ihm zugegebenermaßen reichlich spät aufgegangen war – erst bei seiner Rückkehr nach Berlin, nachdem er seinen Arbeitsvertrag unterschrieben und an Onkel Manfred zurückgeschickt hatte. Bis dahin hatte er sich noch in dem Gefühl gesonnt, Mari mit seinem überraschenden Auftritt in der Redaktion einen Denkzettel verpasst zu haben. Nachdem sie ihn so ohne Abschied im Hotelzimmer zurückgelassen hatte, war es ihm ein dringendes Bedürfnis gewesen zurückzuschlagen: Aus irgendeinem Grund konnte er die Sache nicht einfach so hinnehmen, irgendwie *musste* er das letzte Wort haben – sei es aus gekränkter Eitelkeit, verletztem Stolz oder was auch immer. Inzwischen war er sich jedoch unsicher, ob er damit nicht eine Gegnerin provoziert hatte, die ihm womöglich ebenbürtig war.

»Mariella Bertram bringt alles mit, was man als Führungskraft im Food-Journalismus braucht«, hatte Onkel Manfred neulich erst gesagt. »Sie besitzt Fachkompetenz, Verstand, Durchsetzungsfähigkeit und das nötige Feingefühl, um andere anzuleiten.«

»Aber?«, wollte Ben wissen und kassierte daraufhin ein abgrundtiefes Seufzen.

»Sie ist eine Frau, und da bin ich mit Beförderungen immer vorsichtig«, kam die Antwort. »Denn sobald Frauen ihre Gebärmutter für sich entdecken und das Recht auf Halbtagsstellen einfordern, gibt es erfahrungsgemäß nur Scherereien.«

Diese Form der Geschlechterdiskriminierung konnte Ben zwar nur recht sein, doch sein Instinkt warnte ihn davor, sich allzu sehr in Sicherheit zu wiegen – zu offensichtlich war das Bedauern, das in der Stimme seines Onkels mitgeschwungen hatte. Sollte er scheitern, würde die Ressortleiterstelle höchstwahrscheinlich an Mari gehen – und das musste verhindert werden, egal wie.

Schade eigentlich, dachte Ben und warf ihr einen verstohlenen Blick zu. Sie saß ihm schräg gegenüber, wirkte angespannt und irgendwie grün im Gesicht, aber er fand sie noch immer niedlich. Ein bisschen füllig vielleicht, aber an den entscheidenden Stellen zweifelsohne gut gebaut. Anders als bei ihrer letzten Begegnung jedoch strahlte sie diesmal nicht die erotisierende Selbstgewissheit einer Frau aus, die sich hundertprozentig wohl in ihrem Körper fühlte – und er fragte sich, woran das wohl liegen mochte.

Ben schrak zusammen, als sein Onkel ihn unvermittelt ansprach. »Was meinen Sie, Sievers? Welche Spargelsorte eignet sich am besten für die gehobene Küche?«

»Nun, in Deutschland ist der weiße, der sogenannte Bleichspargel, am beliebtesten, während die Franzosen Stangen mit violetter Färbung bevorzugen«, entgegnete er. »Im Geschmack unterscheidet sich eigentlich nur der grüne Spargel, der über der Erde wächst und sich durch ein besonders kräftiges Aroma auszeichnet, das ideal zu Fischgerichten passt.«

»Und welcher Wein bietet sich idealerweise dazu an – Herr Friedmann?«

Timo errötete, wie immer, wenn man ihn ansprach. »Öhm … weißer?«

»Geht das auch etwas präziser – Herr Saalbach?«

»Man sollte darauf achten, dass der Wein nicht zu viel Säure enthält«, antwortete Simon. »Das würde die bittere Note des Spargels zu sehr hervorheben. Mineralische Nuancen hingegen unterstreichen den natürlichen Geschmack des Gemüses, so dass ich beispielsweise zu einem trockenen Riesling raten würde.«

Das Eintreffen der Speisen hielt Fernau davon ab, seinen Mitarbeitern weitere Fragen zu stellen. Auf Weisung des Chefs hatten sie alle ein Menü gewählt, das von der klassischen »Spargel mit Kartoffeln, Butter oder Hollandaise«-Variante abwich. »Seien wir heute mal mutig und entdecken

Neuland«, so die Devise, die Fernau ausgegeben hatte – entsprechend wenig begeistert starrte Nicole jetzt auf ihren Teller mit Lakritzschinken in Apfelsauce, der das königliche Gemüse und die beiliegenden Salzkartoffeln bis zur Unkenntlichkeit bedeckte. Dazu wurde ein Sauerampfersalat mit Shrimps, grünen Spargelköpfen und karamellisiertem Schafskäse gereicht, der einen merkwürdigen Geruch verströmte.

»Nun?«, erkundigte sich Fernau, nachdem etwa zehn Minuten schweigend gespeist worden war.

»Die Shrimps sind wässrig«, monierte Timo.

»Apfel und Lakritz passen irgendwie nicht zusammen«, merkte Nicole an.

Simon öffnete den Mund zu einer Antwort, doch Ben kam ihm zuvor. »Zunächst ist festzustellen, dass hier kein wirklich frischer Spargel verarbeitet wurde«, fing er an. »Die Stangen sind holzig und trocken, was mit einem Übermaß an Sauce kaschiert werden soll. Dies legt den Verdacht nahe, dass kein Gemüse aus der Region verwendet wurde – vermutlich handelt es sich um qualitativ minderwertige Ware aus Griechenland.«

»Und was halten Sie von der Kombination mit dem Lakritzschinken?«, hakte Fernau nach.

»Ambitioniert, aber in der Umsetzung nicht gelungen. Das Lakritz ist zu dominant, der Schinken zu salzig und eine Spur zu angebraten – beides zusammen überlagert den typischen Geschmack des Spargels, der von Natur aus ja eher dezent ist und deshalb hervorgehoben werden sollte.« Selbstgefällig lehnte Ben sich in seinem Stuhl zurück. »Dieses Arrangement hier aber unterdrückt das Aroma und wirkt mit seiner quietschigen Würzung so künstlich wie die Zuckerwatte in Disneyland.«

Simon runzelte die Stirn. »Dieser Vergleich ist ja wohl reichlich weit hergeholt.«

»Was genau haben Sie anzumerken, Herr Saalbach?«, schaltete Fernau sich ein.

»Dass es sich bei Lakritz um Süßholz und damit um eine Pflanzenart aus der Familie der Schmetterlingsblütler handelt – um ein Naturprodukt also, das gar keinen künstlichen Ursprung hat«, entgegnete er bestimmt. »Genauso wenig übrigens wie der Schinken, der zumindest auf meinem Teller gekocht und angewärmt, aber nicht *gebraten* serviert wurde. Die leichte Süße des Lakritzes bildet außerdem einen reizvollen Kontrast zum Salz des Schinkens, so dass man dem Chefkoch zugutehalten muss, hier einen interessanten, neuen Weg einzuschlagen: Der Geschmack des Spargels kommt nur deshalb nicht voll zur Geltung, weil es sich tatsächlich nicht um marktfrisches Gemüse handelt – ansonsten könnte das Konzept durchaus aufgehen.«

Sieh an, dachte Ben grimmig. *Der kann ja doch reden.*

»Sehr differenziert beobachtet, Herr Saalbach«, lobte der Herausgeber. »Und was halten wir nun von diesem Salat – Frau Bertram? Nanu … Sie haben ja so gut wie gar nichts gegessen!«

Mit glasigen Augen starrte Mari ihn an. »Ent… Entschuldigung … Aber mir ist gerade so …« Schwankend stand sie auf und stieß dabei fast ihr Wasserglas um. »Ich muss nur mal kurz …« Bleich wie die Wand deutete sie in Richtung der Gästetoiletten. »Bin … gleich wieder da …«

»Na, das mit dem Aufstehen bei Tisch wird bei der ja langsam zur Gewohnheit«, giftete Nicole ihr nach, doch das hörte Mari nicht mehr. Mühsam einen Schritt vor den anderen setzend, eilte sie auf die Toiletten zu und schaffte es gerade noch in eine der Kabinen, bevor der Würgereiz in ihrer Kehle überhandnahm. Druck lag auf ihren Ohren und vor ihren Augen flimmerte es, während sie sich zitternd auf dem Spülkasten abstützte – und erbrach. Ihr Magen schien sich von innen nach außen zu stülpen und ihre Knie gaben nach, so dass sie vor der Toilettenschüssel zu Boden sank. Kalter Schweiß bedeckte ihren Körper, der Geruch des WC-Steins stieg beißend in ihre Nase und ließ sie erneut würgen – so lange, bis sie nicht einmal mehr Magensäure spucken konnte, zu röcheln anfing und sie sich schließlich völlig entkräftet auf dem schmutzigen Kachelboden zusammenkrümmte.

Gott, woher kam das plötzlich? Schwer atmend versuchte Mari, ihre Gedanken zu ordnen. Ob sie etwas Falsches gegessen hatte? Ausgeschlossen. Seit dem Vortag litt sie unter einer für sie völlig untypischen Appetitlosigkeit und hatte kaum gefrühstückt. Aber vielleicht war ja genau das der Grund – zu wenig Kalorien in Verbindung mit zu viel Hitze in einer scheußlich riechenden Umgebung. Allein die Erinnerung an den Mief aus Bratfett, Lakritzaroma und Schinkenausdünstungen, dem sie vorhin ausgesetzt gewesen war, genügte, und die Übelkeit kehrte schlagartig zurück. Sie musste raus hier, an die frische Luft – und dann so schnell wie möglich ins Bett.

Stöhnend rappelte Mari sich auf, betätigte die Spülung und wankte aus der Toilettenkabine. Vor dem Waschbecken blieb sie stehen, wusch sich Hände und Gesicht und gurgelte wiederholt mit kaltem Wasser, um den bitteren Geschmack in ihrem Mund zu lindern. Dann erst riskierte sie einen Blick in den Spiegel. *O Gott.*

Ihr Haar stand wirr vom Kopf ab, ihre Bluse war ebenso zerknittert wie verschwitzt. Mit ihrem hellen Bleistiftrock schien sie den Fußboden der Toilette einmal gründlich durchgewischt zu haben, denn er war übersät mit feuchten, dunklen Flecken, deren Ursprung Mari lieber nicht weiter hinterfragen wollte. Doch das war bei weitem nicht das Schlimmste: Kapillaren, die unter der Anstrengung des Erbrechens geplatzt sein mussten, zierten in feinen, roten Pünktchen ihre Wangen vom Jochbein bis zum Mundwinkel. Kurz gesagt: Sie sah aus, wie sie sich fühlte – zum Kotzen.

Die Versuchung war groß, jetzt einfach durchs Toilettenfenster abzuhauen, denn wer wollte seinem Chef oder seinen Kollegen in diesem Aufzug schon unter die Augen treten? Andererseits fühlte sie sich so schlapp und zittrig, dass sie sicher war, bei einer solchen Aktion kopfüber in der nächsten Mülltonne zu landen. Daher entschied sich Mari für die Flucht nach vorn, strich sich die Haare aus dem Gesicht und kehrte in den Gastraum des Restaurants zurück, wobei sie sich um einen letzten Rest Würde und eine möglichst aufrechte Haltung bemühte.

Manfred Fernau ließ sofort seinen Dessertlöffel sinken, als er sie erblickte. »Mein Gott, Frau Bertram – ist Ihnen nicht gut?«

»Nein«, gab sie mit dünner Stimme zurück. »Ich fürchte, ich habe mir den Magen verdorben und muss mich krankmelden. Tut mir schrecklich leid.«

»Nicht, dass Sie sich ein Virus eingefangen haben und uns alle anstecken!«

»Ich werde mir ein Taxi rufen lassen und schon mal in die Stadt vorausfahren – dann besteht für Sie keine Gefahr.«

»Tun Sie das.« Fernau wedelte mit beiden Händen, um zu signalisieren, dass er sie und ihre Bazillen möglichst schnell loswerden wollte. »Und vergessen Sie nicht, mir bis spätestens übermorgen Ihren gelben Schein einzureichen!«

Sie nickte nur, griff nach ihrer Handtasche und trat wackeligen Schrittes ins Freie. Vor dem Restaurant setzte sie sich auf eine Bank im Halbschatten, während sie auf ihr Taxi wartete. Noch immer war es viel zu heiß, doch die von Essensgerüchen befreite Luft tat Mari spürbar gut. Mit geschlossenen Augen atmete sie ein und aus, fühlte, wie ihr Pulsschlag sich normalisierte und die Übelkeit allmählich verflog.

Da ließ sich jemand neben sie auf die Bank plumpsen. »Hey«, sagte Ben und zog ein Päckchen mit Zigaretten aus der Hosentasche. »Fernau bezahlt noch die Rechnung, und ich dachte, da kann ich meine Raucherpause auch mit dir verbringen.«

Alarmiert setzte Mari sich auf. »Nicht rauchen! Sonst wird mir gleich wieder schlecht.«

»Ah, sorry – da hatte ich nicht dran gedacht.« Ben musterte sie aufmerksam. »Ist dir unser Wiedersehen derart auf den Magen geschlagen, oder hast du letzte Nacht einfach zu viel gefeiert?«

»Weder – noch.«

»Aha. Was isses denn dann?«

»Ich hab wohl einfach was Falsches gegessen.«

»Hm. Ganz schön unprofessionell, findest du nicht?«

»Wie bitte?!«

»Komm schon – eine intakte Verdauung ist ja wohl das Wichtigste, was man in unserem Job braucht. Da grenzt es fast schon an Fahrlässigkeit, wenn man alles in sich reinstopft und damit einen Infekt riskiert.«

Mari spürte, wie die Galle in ihr hochstieg. »Mit meiner Verdauung ist alles in Ordnung, keine Sorge. Und nur zu deiner Information: Ich *stopfe* grundsätzlich nichts in mich rein.«

Ben fing an zu lachen.

»Was bitte ist so komisch?«, fragte sie gereizt.

»Na ja – du. Ich hab dich schließlich essen sehen.«

War das tatsächlich derselbe Mann, der ihr ein paar Wochen zuvor noch so sensibel zugehört hatte, als sie vom Tod ihrer

Mutter erzählte? Sicher, er war ihr am selben Abend auch gewaltig auf die Nerven gegangen und hatte keinen Zweifel daran gelassen, dass er in einem anderen Universum lebte als sie. Die sexuelle Anziehung zwischen ihnen hatte darunter jedoch nicht gelitten, ganz im Gegenteil. Wenn sie ihn jetzt aber so ansah, wie er neben ihr saß, an seiner Zigarettenschachtel herumspielte und sie dabei von oben herab angrinste, fragte sie sich ernsthaft, wie sie ihn jemals attraktiv genug finden konnte, um mit ihm ins Bett zu gehen. »Was willst du eigentlich von mir, Ben?«

»Ausloten, woran ich mit dir bin, schätze ich. Es war ja nicht zu erwarten, dass wir uns unter diesen Umständen wiedersehen.«

»Ich will hier einfach nur meinen Job machen.«

Er starrte sie so intensiv an, als ob er ergründen wollte, was in ihrem Kopf vorging. »Sonst nichts?«, hakte er dann nach. »Hast du gar keine weiteren Ambitionen?«

»Reicht es nicht, wenn du die hast?«

»Gut, dass du's ansprichst.« Ben setzte sich auf und drehte sich so, dass er ihr ungehindert ins Gesicht sehen konnte. »Die Tatsache, dass Fernau mein Patenonkel ist …« Er zögerte und suchte nach den richtigen Worten. »Also, es wäre besser für dich, wenn du das in der Redaktion nicht rumerzählst …«

Mari hob eine Augenbraue. »Besser für mich oder besser für dich?«

Es nützte nichts, dachte Ben. Er musste sein Revier markieren, bevor es zu spät war. Zwar kam er sich bei dem, was er jetzt vorhatte, selbst ein bisschen schäbig vor – schließlich fand er Mari noch immer rattenscharf und wollte ihr im Prinzip nichts Böses. Andererseits konnte er nicht zulassen, dass sie seine Karrierepläne durchkreuzte. Darum holte er tief

Luft und sagte: »Hör zu – ich möchte keinen Ärger mit dir. Wir hatten eine geile Nacht zusammen, und ich bin bereit, das jederzeit zu wiederholen. Aber was den Job betrifft, muss ich eines von Anfang an klarstellen …«

»Nämlich?«

Er beugte sich zu ihr vor. »Komm mir nicht in die Quere. Könnte ungesund für dich enden.«

»Ungesund bin ich jetzt schon«, entgegnete sie und hielt seinem Blick stand. »Deshalb pack ich mich auch gleich ins Bett.«

Mit dieser Reaktion hatte er nicht gerechnet. Aber es war ja auch das erste Mal, dass er versuchte, jemanden einzuschüchtern. Ein wenig hilflos nahm er den nächsten Anlauf: »Wenn du denkst, dass ich hier nur hohle Sprüche klopfe, dann …«

»Ich denke, dass dir der Arsch verdammt auf Grundeis geht.« Mari, die ihr Taxi bereits auf die Einfahrt rollen sah, erhob sich. »Hättest du es sonst nötig, mir zu drohen?«

»Ich *drohe* dir doch nicht! Das war bloß ein kleiner, freundschaftlich gemeinter Ratschlag, den ich dir mit auf den Weg geben wollte …«

»Wie süß von dir. Aber ich hab auch einen für dich.« Sie wankte auf das Taxi zu, öffnete die Beifahrertür und warf ihre Handtasche in den Fußraum. Bevor sie sich auf den Sitz fallen ließ, drehte sie sich ein letztes Mal zu ihm um. »Fick dich ins Knie.«

Das Taxi fuhr vom Hof und hinterließ eine so dichte Staubwolke, dass Ben einen Hustenanfall bekam.

*

Sie musste ihr Leben ändern, beschloss Mari, während sie sich im Sprechzimmer ihrer Hausärztin die Bluse wieder zuknöpfte. Ab sofort würde sie verschärft darauf achten, was sie aß. Wie viel sie trank. Und mit wem zum Teufel sie ins Bett ging.

»Bis Ende der Woche bleiben Sie zu Hause.« Dr. Gisela Steltner, eine mütterliche Frau Mitte fünfzig, saß vor ihrem Computer und füllte bereits ein Rezept aus. »Und in der Apotheke nebenan holen Sie sich bitte ein paar Tropfen gegen die Übelkeit, die ich Ihnen hier aufschreibe.« Über den Rand ihrer Brille hinweg warf sie Mari einen prüfenden Blick zu. »Eine Schwangerschaft ist auszuschließen, ja?«

»Was?!«

»Ich frage das wegen der Inhaltsstoffe des Medikaments, das ich einer werdenden Mutter gar nicht erst verschreiben würde.«

»Nun, ich bin nicht schwanger«, antwortete Mari. Wobei – wann hatte sie eigentlich zuletzt ihre Regelblutung gehabt? »Glaub ich jedenfalls.«

»Glauben Sie oder sind Sie sich sicher?«

»Ich bin mir sicher.« Konnte ihre letzte Periode tatsächlich schon länger als vier Wochen her sein? »Halbwegs.«

Dr. Steltner wandte sich unbeeindruckt ihrem Bildschirm zu. »Wenn das so ist, gebe ich Ihnen vorsichtshalber ein weiteres Rezept mit.«

»Für was?«

»Tabletten gegen Schwangerschaftsübelkeit. Absolut verträglich und unbedenklich.«

»Aber … ich bin doch gar nicht schwanger!«

Die Ärztin lächelte milde. »Nehmen Sie es mit, man kann ja nie wissen. Und wenn Sie gleich in der Apotheke sind, besorgen Sie sich am besten einen Schwangerschaftstest – dann haben Sie Klarheit.«

Sprachlos nahm Mari die beiden Zettel entgegen, schüttelte

die ihr von Dr. Steltner dargebotene Hand zum Abschied und fand sich wenige Minuten später in der gleißenden Sonne wieder, die auch jetzt am späten Nachmittag nichts von ihrer Intensität verloren hatte. *Schwanger* – sie? Lächerlich! So etwas passierte anderen, aber doch nicht ihr! Gut, sie hatte die Pille vor einem halben Jahr abgesetzt, probeweise, um herauszufinden, ob sie ohne die allmonatliche Hormondröhnung vielleicht etwas weniger schnell zunahm. Was nicht der Fall war, aber egal. Jedenfalls passte sie *immer* auf, wenn sie Sex hatte, und ohne Kondome lief bei ihr im Zeitalter von Aids und Geschlechtskrankheiten grundsätzlich gar nichts. In kleinen, entschlossenen Schritten lief Mari auf den Eingang der Apotheke zu. Was Verhütung anging, war sie ja nun wirklich Miss Safety, faule Kompromisse oder Ausnahmen gab es bei ihr nicht, selbst als Ben damals im Hotel vorgeschlagen hatte … Abrupt blieb sie stehen. Die Badewanne. *Verdammt!*

Vor ihr schnappten die Schiebetüren der Apotheke auf, und ein Schwall klimatisierter Luft schlug ihr entgegen.

»Nun stehen Sie mal nicht im Weg, Verehrteste«, beschwerte sich ein Herr in beigefarbenen Shorts mit passenden Socken in halboffenen Sandalen und drängte sich an ihr vorbei. Wie in Trance betrat Mari das Geschäft, überwältigt von dem sterilen Geruch, der künstlichen Kälte und den bunten, mit grellem Neonlicht ausgeleuchteten Schachteln in den Regalen. Nahrungsergänzungsmittel, überteuerte Kosmetik, ein Ständer mit Gummibärchen. Alles wie immer, und doch fühlte sich nichts mehr wie vorher an.

»Sie wünschen, bitte?« Hinter dem Verkaufstresen brachte sich ein Mädchen im weißen Kittel in Stellung, das feine, hellblonde Haar sorgfältig aus der Stirn gekämmt und zu einem Zopf gebunden. Sie wirkte so geordnet, so gefasst und aufgeräumt, dass Mari spontan von einer Welle des Neides erfasst wurde: Bestimmt lief im Leben dieser jungen Frau alles nach Plan.

»Wie kann ich Ihnen weiterhelfen?«, wiederholte sie jetzt.

Indem Sie die Zeit zurückdrehen, dachte Mari, seufzte und antwortete: »Mit einem Schwangerschaftstest.«

*

Zwei Fenster. Zwei blaue Linien. Und nicht die Spur eines Zweifels: *»Ab dem 1. Tag der ausbleibenden Periode ist der Future-Mama-Test zu mehr als 99 % zuverlässig«*, las Mari auf dem Beipackzettel. *»Genauso sicher wie ein vergleichbarer Test beim Arzt.«*

Future Mama? Stöhnend ließ sie sich auf den heruntergeklappten Toilettendeckel sinken. Um sie herum drehte sich alles, und die gekachelten Wände ihres fensterlosen Badezimmers schienen immer näher zu kommen, nach innen zu kippen, sie zu erdrücken. Verzweifelt kniff Mari die Augen zusammen und riss sie wieder auf, in der Hoffnung, auf diese Weise aus ihrem Alptraum zu erwachen. Doch vergeblich. Der Teststab mit den beiden blauen Linien lag noch immer deutlich sichtbar auf dem Rand ihrer Badewanne, die dazugehörige Pappschachtel aufgerissen daneben.

Schwanger – von einem Arschloch wie Ben Sievers. Nicht nur dass er in der Redaktion auftauchte und ihre Karriere torpedierte, nein, jetzt befruchtete er sie auch noch mit seinem Monstersamen und machte sie zur Mutter eines Kindes, das sie niemals haben wollte.

Für den Bruchteil einer Sekunde versuchte Mari, sich Ben an einer Wickelkommode vorzustellen, mit Spucktuch über der Schulter und zwei Babyfüßchen in der einen Hand, während er mit der anderen eine schmutzige Windel entfernte.

Funktionierte nicht. Dieser Typ war in der Vaterrolle genauso fehlbesetzt wie Mahatma Gandhi als Bombenleger. Schließlich hatte er ihr erst vor wenigen Stunden ziemlich unverhohlen gedroht und damit eine Seite seines Charakters offenbart, die man bestenfalls als hinterhältig bezeichnen konnte. Wie großkotzig er sich während des Essens aufgeführt hatte! Und mit diesem selbstgefälligen, feigen, nur auf seinen eigenen Vorteil bedachten Idioten sollte sie sich vermehren? Niemals.

Mari stand auf. Diesmal steckte sie wirklich in Schwierigkeiten, keine Frage. Doch auch dafür würde sich eine Lösung finden lassen – schließlich gab es immer einen Ausweg, irgendwo, irgendwie. Sie musste dazu nur mit jemandem reden, dem sie bedingungslos vertraute. Und sich vorher noch schnell übergeben. Das hatte jetzt wirklich alleroberste Priorität.

8. Kapitel

Zugegeben, diese Biskuitrolle sah anders aus. Deutlich dunkler als auf dem Foto im Backbuch. Irgendwie auch dünner.

Genau genommen war der Teig beim Durchschneiden zäh wie Kaugummi, was aber auch an der Erdbeer-Sahne-Füllung liegen konnte, die unerwartet steif geworden war. Kirsten zog die Stirn in Falten. Ob sie es mit der Gelatine vielleicht doch ein bisschen übertrieben hatte? Sie drehte sich zu ihrem Vater um. »Und – was sagst du?«

Hubertus Arnold schob das Stück Kuchen, auf dem er nun schon verdächtig lange herumkaute, von einer Wange in die andere, schluckte den Bissen hörbar hinunter und griff nach seinem Wasserglas. »Nun ja«, stieß er dann hervor. »Erst dachte ich, du hättest das Mehl durch gesiebten Kakao ersetzt …«

»Als ob ich so was tun würde! Ich hab mich genau ans Rezept gehalten!«

»… aber dann wurde mir klar, dass dieser Biskuitteig einfach nur eine Spur zu lange im Ofen war …«

»Der Lieferant vom Fruchtkontor stand plötzlich in der Tür«, rechtfertigte sich Kirsten. »Und zwar ohne die Himbeeren, die ich bei ihm bestellt hatte – obwohl sie natürlich auf der Rechnung standen! Das konnte ich dem doch nicht durchgehen lassen!«

»Sagen wir einfach, der Teig ist gut durchgegart. Was nun aber die Füllung betrifft …«

»Ja?«

Hubertus streckte die Hand aus und gab seiner Tochter einen zärtlichen Stups auf die Nasenspitze. »Die ist ungenießbar, meine Süße.«

Sofort ließ Kirsten die Schultern hängen. »Was mach ich denn bloß falsch?«

»Aus Sicht eines Konditormeisters so ziemlich alles.«

»Herrgott, es geht hier doch bloß darum, bestimmte Zutaten im richtigen Mengenverhältnis zusammenzurühren. Das kann doch nicht so ein Hexenwerk sein!«

»Na ja, ein bisschen Gefühl für die Zutaten braucht man schon«, erwiderte Hubertus leichthin. »Und Kreativität. Auf deinen Geschmacks- und Geruchssinn kommt es an – weniger auf das, was sich rational in deinem Kopf abspielt.«

»Versteh ich nicht.« Verbissen starrte Kirsten auf das Rezept. »Sechs Eier, 150 Gramm Zucker, 50 Gramm Mehl, 500 Gramm Sahne, 250 Gramm Erdbeeren, drei Esslöffel Zitronensaft – das liest sich doch wie eine Matheaufgabe! Was soll ich da mit Gefühl?«

»Du meisterst unsere Buchführung besser, als deine Mutter und ich es jemals konnten«, antwortete ihr Vater. »Glaub mir, wir sind wahnsinnig stolz auf dich – und freuen uns, dich wieder zu Hause zu haben. Warum belassen wir es nicht dabei? Kein Mensch verlangt von dir, dass du in der Backstube mithilfst, dafür hab ich schließlich meine Gesellen.«

»Und entsprechend hohe Personalkosten.«

»Fred und Kalli sind Familienväter, die jeweils ein Haus abbezahlen müssen. Ich würd es nicht übers Herz bringen, einen der beiden auf die Straße zu setzen.«

Kirsten seufzte. Diese Antwort kannte sie bereits. »Wenn ihr mich wenigstens regelmäßig im Service einsetzen würdet! Dann könnten wir mindestens eine Bedienung einsparen …«

»Wir sind froh, wenn du in Stoßzeiten mit anpackst. Aber

die zwei Damen, die wir beschäftigen, sind beide weit über 50! Meinst du, die finden anderswo so leicht eine Vollzeitstelle?«

»Natürlich nicht, es ist ja auch viel billiger, auf 400-Euro-Kräfte zu setzen oder auf Schülerinnen. Aber die wären vielleicht auch etwas mehr auf Zack.«

»Auf die Rita und die Monika lass ich nichts kommen«, widersprach ihr Vater. »Mit denen arbeiten wir seit Jahren vertrauensvoll zusammen, und die kämen nie auf die Idee, krankzufeiern oder beim Trinkgeld zu betrügen. Meine Leute lassen mich nicht hängen, und ich sie auch nicht – so einfach ist das!«

»Diese generöse Haltung ehrt dich, Papa, wirklich – aber ich fürchte, wir können es uns auf Dauer einfach nicht leisten, so viele Leute durchzufüttern. Das Café wirft dazu nicht genug ab!«

»Wenn mehr Tagesbesucher und Kurgäste zu uns in die Stadt kämen, hätten wir diese Probleme ja wohl nicht!«, gab Hubertus zurück und zog verärgert seine weiße Kochjacke straff.

Das war blanker Selbstbetrug, denn tatsächlich stieg die Zahl der Übernachtungen in Bad Orb seit Eröffnung der neuen Toskana-Therme wieder merklich an. Nach einer Krise um die Jahrtausendwende waren inzwischen nicht nur Kurpark und Konzerthalle saniert worden, auch viele Betriebe hatten die Notwendigkeit erkannt, sich moderner aufzustellen, um in Zeiten des Wellnessbooms konkurrenzfähig zu bleiben – auch im Bereich der Gastronomie. Kirstens Eltern hatten diese Entwicklung zwar mit wachsendem Unbehagen beobachtet, letzten Endes aber hilflos ausgesessen: Ihnen fehlte schlicht das Geld für Investitionen, und da sie niemanden behelligen wollten, wagten sie es weder, sich an eine Bank zu wenden, noch fragten sie ihre Tochter um Rat, die als Unternehmensberaterin sicher einen Ausweg gewusst hätte.

»Du warst so beschäftigt«, hatte ihre Mutter nur gesagt, als Kirsten sie darauf ansprach. »Wir wollten dich nicht mit unseren Problemen belasten.«

Zum Schluss standen die Arnolds mit einem Kaffeehaus da, das mit seinen dunkelgrün gepolsterten Stühlen und dem Mahagonifurnier an den Wänden nicht nur einen fragwürdigen 80er-Jahre-Charme verströmte, sondern auch haarscharf an der Insolvenz vorbeischrammte. Wenn Kirsten sich nicht in letzter Sekunde eingeschaltet und ein paar ihrer Aktienfonds verkauft hätte, um mit dem Erlös sämtliche Verbindlichkeiten zu übernehmen, wären ihre Eltern längst zahlungsunfähig gewesen.

Es fiel Hubertus und Margot Arnold schwer, die Hilfe ihrer Tochter anzunehmen – obwohl sie aus tiefstem Herzen dankbar und glücklich waren, Kirsten wieder in ihrer Nähe zu haben.

»Aber ich schäme mich einfach, dass wir auf dein Geld zurückgreifen mussten«, sagte ihr Vater immer wieder.

»Ihr habt mir meine Ausbildung finanziert und wart mein ganzes Leben lang für mich da«, argumentierte sie dann. »Warum kann ich euch nicht ein bisschen was davon zurückgeben?«

»Weil sich so etwas nicht gehört«, beharrte ihre Mutter. »Eltern zahlen für ihre Kinder, nicht umgekehrt.«

Außer Schuldgefühlen trieb Hubertus und Margot aber auch die Sorge um, was ihre Tochter eigentlich mit dem Café vorhatte. Noch von Frankfurt aus hatte sie veranlasst, die Terrasse im Kaffeegarten erweitern, neu pflastern und ringsum begrünen zu lassen. Außerdem hatte sie weiß lackierte Gartenmöbel angeschafft und bei der Stadt eine weitere Außenbewirtung beantragt: Jetzt gab es zusätzliche Tische und leuchtend gelbe Sonnenschirme vor dem Haus, die langsam, aber stetig neue Gäste anlockten. Dadurch entstand zusätzliche Arbeit, auch wenn der Ansturm der Massen bisher noch auf sich warten ließ.

»Die neue Außenterrasse macht alles viel umständlicher«, beschwerte Margot sich regelmäßig. »Bei dieser Rennerei von vorne nach hinten in den Kaffeegarten verlieren Rita, Monika und ich ja völlig den Überblick!«

Kirsten blieb hart. »Wir müssen für mehr Umsatz sorgen, es geht nicht anders – und ganz ehrlich: Für das, was eure Angestellten bei euch verdienen, haben sie in der Vergangenheit viel zu wenig geleistet.«

Auch von der Küche wurde nun deutlich mehr verlangt. Kirsten erweiterte das Angebot, das bisher vor allem Frühstück, einen gutbürgerlichen Mittagstisch, Torten und Kaffee vorsah, um eine Bistrokarte.

»*Pide?!* Was soll das denn sein?«, fragte Hubertus entgeistert, als er sich die Aufstellung seiner Tochter zum ersten Mal durchlas.

»Türkische Hefeteig-Schiffchen, gefüllt mit Hackfleisch, Schafskäse oder Gemüse. Müssten sich ohne viel Aufwand zubereiten lassen und geben uns einen etwas weltoffeneren Anstrich als Ochsenschwanzsuppe.«

»Aber ich bin in ganz Bad Orb bekannt für meine Ochsenschwanzsuppe!«

»Ich habe ja auch nichts dagegen, wenn du die ab und zu mal anbietest«, hatte Kirsten geantwortet. »Aber gerade im Hinblick auf die gesundheitsbewussten Kurgäste, die zu uns in die Stadt kommen, müssen wir umdenken.«

»Ach, und inwiefern?«

»Die Leute wollen leichter essen – Salate, Ciabatta-Sandwiches, Pasta und vegetarische Snacks. Speisen, die sie aus dem Urlaub kennen. Bruschetta, zum Beispiel.«

Trotzig kreuzte ihr Vater die Arme vor der Brust. »Wer so was will, kann auch gleich zum Italiener gehen!«

»Du wirst doch wohl in der Lage sein, ein Stück getoastetes Weißbrot mit Knoblauchbutter zu bestreichen und gehackte Tomaten darauf zu verteilen!«

»Schon, aber ...«

»Prima, dann setzen wir es gleich auf die Speisekarte. Fünf Euro fünfzig wären ein angemessener Preis, findest du nicht?«

Diesem Stil folgend, nahm Kirsten in den ersten Wochen nach ihrer Rückkehr immer mehr Veränderungen vor. Das Mahagonifurnier musste genauso von den Wänden weichen wie die düsteren Kupferstiche mit Motiven aus dem Spessart. Stattdessen gab es einen safrangelben Anstrich, moderne, aber leicht verständliche Kunst in großzügigen Bilderrahmen und helles Mobiliar auf sauber abgeschliffenen Holzdielen. Die Schaufenster wurden vergrößert, so dass mehr Licht ins Innere des Gästeraumes dringen konnte. Ein neues Schild über dem Eingang sollte die Besucher ins eigens umbenannte »Arnolds« locken, das jetzt mit verlängerten Öffnungszeiten bis in die frühen Abendstunden warb. Und sonntags wurde neuerdings zum Brunch eingeladen, für 20 Euro pro Person, Getränke inklusive.

Die Zahl der Gäste stieg dadurch zwar kontinuierlich, aber dennoch nur langsam an, was Kirsten jedoch nicht anders erwartet hatte. »Es braucht eine Weile, bis ein Imagewandel vollzogen ist«, versuchte sie ihre Eltern zu beruhigen.

»Aber bis dahin haben wir auch unsere letzten Stammkunden verprellt«, gab Margot zurück. »Dieses ganze neumodische Zeug auf der Speisekarte kommt bei vielen gar nicht gut an, das höre ich immer wieder.«

»Die Saison hat doch noch gar nicht wirklich angefangen. Wartet ab, was hier los ist, wenn der Kurbetrieb erst richtig in Gang kommt.«

Hubertus kratzte sich am Kopf, wie immer, wenn er nicht weiterwusste. »Ich fürchte nur, dass sich unsere Kosten inzwischen ins Unermessliche steigern – immerhin hatten wir jede Menge Ausgaben in letzter Zeit, die wir längst nicht wieder eingespielt haben.«

»Wenn dir das Sorgen macht, können wir jederzeit beim Personal einsparen«, schlug Kirsten dann gebetsmühlenartig vor. »Wir reduzieren jeweils eine Kraft in Küche und Service, ich springe ein, und schon haben wir wieder mehr Geld in der Kasse.«

Doch damit stieß sie bei ihren Eltern auf ungeahnten Widerstand. Mitarbeitern zu kündigen, die finanziell auf sie angewiesen waren und ihnen seit Jahren loyal zur Seite standen, das war für sie ausgeschlossen. »Diese Methoden sind in Frankfurt vielleicht salonfähig, aber hier fangen wir gar nicht erst damit an«, sagte ihr Vater ruhig, aber bestimmt.

»Selbst zu dem Preis, dass du draufzahlst?«

»Dann ist das eben so.«

»Ich bin mir nicht sicher, ob deine Leute zu schätzen wissen, welche Opfer du für sie bringst.«

»Das ist egal«, entgegnete Hubertus und tastete nach der Hand seiner Frau, mit der er seit mehr als vierzig Jahren verheiratet war. »Solange ich mich selbst zu schätzen weiß – und das geht nur, wenn ich mir morgens beim Rasieren noch ins Gesicht blicken kann, ohne mich schämen zu müssen.«

Da sie mit Argumenten nicht weiterkam, das Firmenkonto aber weiter ins Minus rutschte, versuchte Kirsten, ihre Eltern mit Taten zu überzeugen. Die Biskuitrolle hatte eigentlich ein Schritt in diese Richtung sein sollen – es konnte doch nicht so schwer sein, einen verdammten Kuchen zu backen, Herrgott. Und so ein Konditorgeselle war ganz sicher nicht unersetzlich.

Als sie nun jedoch auf das angebrannte Stück Teig blickte, das sie mit Mühe zustande gebracht hatte, kamen ihr Zweifel: Ob sie sich überschätzt hatte? Vielleicht waren die Strategien, mit denen sie als Unternehmensberaterin in der Großstadt jahrelang erfolgreich gewesen war, tatsächlich nicht die richtigen, um ein kleines Kaffeehaus in der Provinz zu sanieren. Und was, wenn sich der Modernisierungskurs, den sie ihren Eltern aufgezwungen hatte, am Ende als Irrweg herausstellte? Würde sie das jemals vor sich selbst rechtfertigen können?

Sie schrak auf, als ihre Mutter in die Küche gepoltert kam und ein übervolles Tablett neben der Spülmaschine abstellte. »Da ist Besuch für dich, Kind«, rief sie ihr über die Schulter zu. »Aus Frankfurt.«

Kirsten erstarrte und dachte sofort an Thomas. War es möglich, dass er sich tatsächlich auf den Weg zu ihr gemacht hatte …?

»So ein junges Ding mit langen, dunklen Haaren«, fuhr Margot fort und machte damit unbewusst alle Hoffnungen ihrer Tochter zunichte. »Sieht nicht ganz gesund aus, wenn du mich fragst.«

»Oh – das … das wird meine Freundin Mari sein.« Kirsten band sich die Schürze ab und versuchte, nicht allzu enttäuscht zu klingen. »Ist es in Ordnung für euch, wenn ich eine Stunde Mittagspause mache?«

»Natürlich, geh nur.«

»Alles klar – dann bis später.«

Beim Hinausgehen hörte Kirsten, wie ihre Mutter flüsterte: »Was um alles in der Welt ist denn *das* da?«

»Offiziell firmiert es unter Biskuit«, entgegnete Hubertus mit gedämpfter Stimme. »Aber lass bloß die Finger davon, das Zeug dreht dir die Eingeweide um …«

*

Mari lehnte an der Wand neben der Kuchenvitrine, die Nase tief in der Speisekarte vergraben. Deshalb sah Kirsten zunächst nur ihren Scheitel, ihre Stirn und die zusammengezogenen Brauen. Als ihre Freundin aber aufblickte und sie anlächelte, musste sie ihrer Mutter recht geben: Mit dem blassen Gesicht und den dunklen Schatten unter den Augen sah Mari alles andere als gesund aus.

»Hallo«, sagte sie zur Begrüßung und trat auf Kirsten zu. »Ich hoffe, ich störe dich nicht.«

»Im Gegenteil, meine Mittagspause fängt gerade an.« Die beiden jungen Frauen umarmten sich. »Schön, dass du mich mal besuchen kommst. Möchtest du was essen?«

Mari schüttelte den Kopf. »Lieber nicht. Könnten … könnten wir nach draußen gehen? Mir ist gerade sehr nach frischer Luft.«

»Natürlich, der Kurpark liegt hier gleich um die Ecke. Ist alles in Ordnung mit dir?«

»Na ja, geht so. Aber … erzähl mir erst mal, wie es sich anfühlt, das Leben als Kaffeehausbesitzerin in der Provinz …«

»Ich hoffe, du hast genug Zeit mitgebracht«, erwiderte Kirsten, grinste und hakte sich bei ihrer Freundin ein. Während sie gemeinsam die von stattlichen Fachwerkhäusern gesäumte Kirchgasse hinunterliefen, den Marktplatz rechts liegenließen und über die geschäftige Hauptstraße und den Salinenplatz schließlich den Kurpark ansteuerten, fing sie an, zu erzählen: von der finanziellen Schieflage ihrer Eltern, deren Sorge um die Mitarbeiter und den Modernisierungsmaßnahmen, die sie durchgesetzt hatte. Sommerblumen in allen Farben leuchteten ihnen entgegen, als sie Seite an Seite über die Wege zwischen den Grünanlagen schlenderten. In der Nähe des mehr als 200 Jahre alten Gradierwerks ließen sie sich auf einer Bank im Schatten nieder: Von dort aus konnten sie beobachten, wie solehaltiges Wasser über die Schwarzdornzweige träufelte und Kurgäste das überdachte Holzgerüst umrundeten, um die gute Luft einzuatmen. Das aufwendig gepflegte Technikdenkmal erinnerte an die Zeit der Salzgewinnung, die das Leben in Bad Orb jahrhundertelang geprägt hatte – inzwischen jedoch dienten die Salzquellen nur noch medizinischen Zwecken und festigten den Ruf der Stadt als heilklimatisches Erholungszentrum.

»Ehrlich gesagt weiß ich nicht, ob mein Konzept am Ende aufgehen wird«, schloss Kirsten ihren Bericht. »Wir haben zwar eine Menge Geld investiert, aber die Gäste rennen uns trotzdem nicht die Tür ein. Wenn das so weitergeht, müssen wir womöglich doch noch schließen.«

»Hast du es schon mit Werbung versucht?«, wollte Mari wissen.

»Das habe ich mir angesichts der Kosten bisher noch verkniffen.«

»Wie wäre es denn mit einem Eröffnungsevent anlässlich der Umbenennung eures Cafés? Dazu könntest du die lokale Presse einladen.«

»Mit Live-Musik, Kinderprogramm und einem Buffet für die ganze Familie?«, hakte Kirsten nach und schüttelte den Kopf. »Die Idee ist super, aber so viel Rummel kann ich meinen Eltern im Moment nicht zumuten. Sie sind ja jetzt noch völlig traumatisiert von den jüngsten Renovierungsarbeiten und den damit verbundenen Ausgaben.«

»Allzu viel Zeit solltet ihr euch trotzdem nicht lassen – wenn man sich schon zu einem Neuanfang durchringt, muss man auch dafür trommeln. Sonst verpufft der ganze Effekt.«

»Ich denk drüber nach«, entgegnete Kirsten vage. »Aber was ist mit dir? Du bist ziemlich bleich um die Nase, wenn ich das mal so sagen darf.«

»Es … es geht mir auch nicht besonders gut im Moment.«

»Was Ernstes?«

»Ziemlich.« Nervös verknotete Mari ihre Finger ineinander. »Ich bin schwanger.«

»Wie bitte?!«

»Ich konnte es selbst nicht glauben. Aber das Ergebnis des Apothekentests war eindeutig.«

»Oh.« Kirsten brachte es nicht über sich, ihre Freundin anzusehen. »Dann muss man dir wohl gratulieren, oder?«

»Bist du verrückt? Ich will das Kind doch nicht behalten!«

Eine Schweigepause trat ein, in der das Vogelgezwitscher in den Bäumen mit einem Mal unerträglich laut wirkte.

»Wer ist denn der Vater?«, fragte Kirsten schließlich.

»Ein Idiot.«

»Aha. Und … weiß er es schon?«

»Natürlich nicht! Das geht ihn auch einen Scheißdreck an!«

Kirsten runzelte die Stirn. »Ich bin mir nicht ganz sicher, ob ich dir folgen kann …«

»Es war ein One-Night-Stand, okay? Nicht für die Ewigkeit angelegt. Nur hat sich leider herausgestellt, dass der Kerl mein neuer Kollege und außerdem Anwärter auf die Ressortleiterstelle bei uns in der Redaktion ist.«

»Die Ressortleiterstelle? Aber die wolltest du doch immer haben …«

»Ich weiß!« Entnervt setzte Mari sich auf. »Glaub mir, es ist schon dämlich genug, diesem Arschloch jeden Tag im Job über den Weg laufen zu müssen, aber dass ich jetzt auch noch von ihm schwanger bin …«

»Kleine Zwischenfrage«, unterbrach ihre Freundin. »Hast du nicht verhütet?«

»Doch! Was denkst du denn?«

»Dass irgendetwas schiefgegangen sein muss. Sonst wärst du jetzt nicht in anderen Umständen.«

Mari schloss die Augen, zögerte und sagte es dann doch. »Wir waren in der Badewanne.«

»Und?«

»Hast du schon mal versucht, ein Kondom unter Wasser aufzuziehen? Das geht nicht!«

Aus Sorge, dieses Bild nie wieder aus dem Kopf zu bekommen, machte Kirsten eine abwehrende Geste mit der Hand. »Keine Details, bitte.«

Mari ging nicht darauf ein. »Ich war einmal, nur ein einziges Mal unvorsichtig – und schon werde ich dafür mit einer Schwangerschaft bestraft? Wie unfair ist das denn?«

»Eine Schwangerschaft ist doch keine Strafe!«

»Was denn sonst, bitte? Ich bin 28 Jahre alt und will beruflich noch was wuppen. Denkst du, da stell ich mich an den Wickeltisch, während alle anderen um mich herum Karriere machen?!«

»Glaub mir, eine Karriere ist nicht das Wichtigste im Leben«, warf Kirsten mit belegter Stimme ein.

»Das sagt sich leicht, wenn man wie du alle seine Ziele erreicht hat.«

»Was weißt du schon über meine Ziele?«

Das klang so bitter, dass Mari aufblickte. »Na ja … ich dachte …«

»Dass es erfüllend ist, Überstunden im Büro zu schieben und danach für ein bisschen Wärme mit seinem Chef ins Bett zu gehen, während andere eine Familie gründen?«

»Aber du warst doch total erfolgreich! Du bist um die ganze Welt gereist, hast viele wichtige Leute kennengelernt und jede Menge Kohle gemacht …«

»Ich bin von Termin zu Termin gehetzt, habe unzählige Nächte allein in anonymen Hotelzimmern verbracht und hatte nie Zeit, mein Geld auszugeben«, korrigierte Kirsten. »Statt mich um meine Freunde oder meine Eltern zu kümmern, musste ich mich von öligen Managertypen bei Meetings herunterputzen und in fragwürdigen Bars begaffen lassen. Und wenn ich mit meinem Partner darüber reden wollte, konnte ich sicher sein, dass der gerade damit beschäftigt war, irgendeine Praktikantin flachzulegen. Vielen Dank auch.«

»Hätte es dir besser gefallen, ein Rudel Kinder in die Welt zu setzen und als Heimchen am Herd zu enden?«

»Sicher nicht. Aber ich hätte gern die Möglichkeit gehabt, mich für ein Modell zu entscheiden, bei dem man Arbeit und Familie verbinden kann.«

»Versteh ich nicht – die hattest du doch!«

»Ach ja? In einem Land, in dem das Hausfrauendasein finanziell belohnt wird und man sich dafür rechtfertigen muss, dass man sein Kind in die Krippe gibt?« Kirsten schüttelte den Kopf. »Abgesehen davon wäre es mir nie in den Sinn gekommen, ohne Verhütung mit irgendwem in die Badewanne zu steigen, als ich noch jung genug war. Und jetzt bin ich zu alt.«

»Für One-Night-Stands?«

»Für ein Baby.«

»So ein Quatsch«, entfuhr es Mari. »Du bist doch noch nicht mal 40!«

»In ein paar Wochen ist es aber so weit. Und in diesem fortgeschrittenen Alter wird man nicht mehr ganz so leicht schwanger wie du.«

»Aber die Mutter von Sarah Connor hat noch mit 50 Zwillinge bekommen! Und Halle Berry …«

»Ich hatte eine Fehlgeburt, Mari. Vor zwei Monaten.«

Plötzlich wurde alles still. Die Vogelstimmen in den Bäumen erstarben, und auch die Farben der Sommerblumen in den Beeten schienen schlagartig zu verblassen.

»Das tut mir so leid!«, stieß Mari hervor. »Warum … warum hast du mir das nicht erzählt?«

»Weil dein Vater Teil der ganzen Geschichte ist. Da fällt es schwer, offen zu reden.«

»Wie hat er denn reagiert?«

»Er wollte das Kind von Anfang an nicht. Und als sich herausstellte, dass wir es verlieren würden, hat er mich allein zur OP ins Krankenhaus geschickt, weil er einen Geschäftstermin nicht verschieben wollte.« Kirsten zuckte mit den Achseln. »Abends hat er dann kurz angerufen – von dem Restaurant aus, in das er seinen Kunden ausgeführt hat.«

»Oje.«

»Später kam dann sein Vorschlag, ein paar Tage Wellnessurlaub an der Ostsee zu machen. Damit ich wieder zu mir selbst finde.«

Mari wagte kaum zu atmen. »Bist du deshalb aus der Firma ausgestiegen?«

»Worauf du wetten kannst.«

»O Gott – wenn ich das alles vorher gewusst hätte, wäre ich niemals hier aufgeschlagen, um dich mit meinem Müll zu nerven! Du musst mich ja für total taktlos halten.«

»Das nicht, aber … Ich beneide dich.«

»Was? Das ist nicht dein Ernst!«

»Versteh mich nicht falsch«, bat Kirsten. »Ich sehe natürlich, dass du in einem Dilemma steckst und dass es alles andere als wünschenswert ist, ein Kind von jemandem zu erwarten, den man gar nicht richtig kennt. Es ist nur …«

»Ja?«

»Ist dir eigentlich klar, was für ein Wunder da gerade in dir heranwächst? Es sind so viele Hürden zu nehmen, bevor ein neuer Mensch entstehen kann, und dir ist das gelungen – sogar unter Wasser.«

»Sehr witzig.«

»Ich meine das durchaus so, wie ich es sage«, beharrte ihre Freundin. »Die Chance, ein Kind zu bekommen, ergibt sich vielleicht nie wieder. Deshalb solltest du dir gut überlegen, was du als Nächstes tust.«

»Na, abtreiben – was denn sonst?«

Kirsten zuckte zusammen. »Bist du dir sicher?«

»Hallo? Ich stelle im Job gerade die Weichen in Richtung Führungsposition, da zählt jede Minute. Ein Baby ist das Letzte, was ich dabei gebrauchen kann!«

»Hast du nicht gesagt, dass diese Ressortleiterstelle bereits vergeben ist …?«

»Und wenn schon – so schnell gebe ich nicht auf.« Trotzig kreuzte Mari die Arme vor der Brust. »Ben bekommt den Posten doch nur, weil er der Patensohn vom Chef ist. Ob er außerdem noch andere Qualifikationen hat, möchte ich mal sehr in Frage stellen, denn bisher ist er eher als Dünnbrettbohrer aufgefallen. Da dürfte es nicht lange dauern, bis er einen Fehler macht, von dem ich profitieren kann.«

»Und wenn nicht?«

»Dann such ich mir was Neues. Aufsteigen kann man schließlich auch in anderen Verlagen.«

»Du willst weg aus Frankfurt?«, fragte Kirsten verblüfft. »Seit wann denn das?«

»Von Wollen kann nicht die Rede sein, aber wenn's der Karriere nützt, geh ich auch jederzeit woanders hin.«

»Aha. Dann bist du also auch eine von *denen.*«

»Ich bin *was,* bitte?!«

»Na, eines dieser Alphamädchen, die überall Erste sein müssen und dafür jede Form des Berufsnomadentums in Kauf nehmen, ohne Rücksicht auf Verluste.«

Mari verzog das Gesicht. »Du sagst das so vorwurfsvoll ...«

»Durchaus nicht, ich habe ja selbst lange genug bei dieser Farce mitgespielt: immer auf der Überholspur, hochmotiviert, dienstbeflissen und nie zu müde für Sondereinsätze.«

»Aber?«

»Aber irgendwann bist du Ende dreißig und erkennst, dass ein Großteil des echten Lebens an dir vorbeizieht, während du in schlecht belüfteten Konferenzräumen hockst und Machos in Maßanzügen erlaubst, sich auf deine Kosten zu profilieren.«

»So etwas passiert mir nicht!«

Kirsten legte den Kopf schief und warf ihr ein wehmütiges Lächeln zu. »Das traue ich dir und deiner Generation sogar ohne weiteres zu – denn ihr fordert mehr, drängt euch zu Recht in die erste Reihe und lasst euch nicht mit der Hälfte des Sieges abspeisen, wenn ihr den ganzen Triumph für euch einheimsen könnt. Das bewundere ich, ehrlich. Aber es wird euch nicht vor der Einsamkeit bewahren, die am Ende auf uns alle wartet, wenn wir nicht rechtzeitig in Familie, Freunde und ein soziales Umfeld investieren.«

»Als alleinerziehende Mutter gerate ich doch erst recht

ins Abseits«, widersprach Mari. »Nur ohne Chance auf Karriere!«

»Du bist doch ein cleveres Mädchen und weißt, dass noch jede Menge Berufsjahre vor dir liegen. Deine Ausbildung ist abgeschlossen, erste Erfahrungen kannst du auch vorweisen – und außerdem hast du einen Vater, der dich bereitwillig unterstützt, wenn du Geld brauchst. Wem also sollte ein Comeback im Job gelingen, wenn nicht dir?«

»Du verstehst es nicht, oder? Ich habe gar keine *Lust,* auch nur eine Minute meiner Lebenszeit in Krabbelgruppen oder auf Spielplätzen zu verschwenden. Herrgott, ich weiß doch noch nicht mal, ob ich überhaupt Kinder haben will!«

»Jetzt wäre ein guter Moment, dir darüber klarzuwerden«, entgegnete Kirsten schonungslos. »Denn ob du willst oder nicht: Dein Leben wird nicht mehr dasselbe sein, ganz egal, wie du dich entscheidest.«

Diesen Verdacht hatte Mari auch, deshalb hielt sie kurz inne, bevor sie antwortete: »Du rätst mir also, das Baby zu behalten – auch, wenn ich dabei kreuzunglücklich werde?«

»Alles, wozu ich dir rate, ist, über den engen Horizont deiner jetzigen Situation hinauszublicken«, stellte ihre Freundin richtig. »Lass dich nicht von der Angst treiben, dass dir beruflich alle Wege versperrt sein werden, wenn du eine Familienpause einlegst – es wird schon irgendwie weitergehen, nur anders. Und vielleicht sind dir dann auch Dinge wichtig, von denen du jetzt noch gar keine Ahnung hast.«

Mari warf ihr einen skeptischen Seitenblick zu. »Das alles sagst du nicht rein zufällig deshalb, weil du selbst gerne ein Kind hättest?«

»Jeder, den du fragst, wird dir nur vor dem Hintergrund der eigenen Lebenserfahrung antworten können. Dein Vater rät dir mit Sicherheit zur Abtreibung, ich würde sagen: Behalt das Kind, du kannst dabei nur gewinnen – auch, wenn es ganz bestimmt nicht einfach für dich wird. Aber entscheiden musst du letzten Endes selbst.«

»Eigentlich bin ich mir schon ziemlich sicher, dass ich das Baby nicht bekommen möchte.«

»Warum hast du mich dann nach meiner Meinung gefragt?«

»Weil ich wissen wollte, was du denkst, und weil ich keinen Fehler machen will.« Mari seufzte. »Ich werde mir das alles noch mal in Ruhe durch den Kopf gehen lassen, aber …«

»Ja?«

»Wir bleiben doch Freundinnen – egal, wie es ausgeht?«

Kirsten nahm ihre Hand und drückte sie. »Daran solltest du niemals zweifeln.«

Schweigend liefen sie in die Altstadt zurück, jede in ihre Gedanken versunken. Als sie bei Maris Auto ankamen, klemmte ein Strafzettel hinter dem Scheibenwischer an der Windschutzscheibe.

»Wow – dabei habe ich doch nur eine Viertelstunde überzogen!«, wunderte sie sich. »Das geht ja echt schnell bei euch.«

»Hier in Bad Orb hat eben alles seine Ordnung.«

»Scheint so.« Mari zögerte. »Was soll ich Papa sagen, wenn er nach dir fragt?«

»Dass es mir gutgeht.«

»Stimmt das denn auch?«

»Uneingeschränkt – sofern man von der Tatsache absieht, dass wir mehr zahlende Gäste in unserem Café gebrauchen könnten.« Kirsten grinste schief und schob sich eine ihrer blonden Haarsträhnen hinter das Ohr. »Sag mal … wäre es theoretisch möglich, dass ihr in eurem Heft über uns berichtet? Oder sind wir dazu zu unbedeutend?«

»Das nicht, aber …«

»Na?«

»Wir hätten ein Problem mit der Objektivität«, erklärte Mari. »Da wir beide befreundet sind, würde ich mich dem Vorwurf aussetzen, voreingenommen zu sein, wenn ich einen wohlwollenden Artikel über euer Café schreibe.«

»Herrje – daran hatte ich gar nicht gedacht! Dann lassen wir das lieber. Ich will schließlich nicht, dass du meinetwegen Schwierigkeiten bekommst – am besten, du vergisst die Frage ganz schnell wieder!«

»Eine Möglichkeit gibt es vielleicht doch.« Mari zog die Stirn in Falten. »Ich könnte einen meiner Kollegen bitten, euch einen Besuch abzustatten – allerdings ohne dass ihr davon wisst.«

»Und dann?«

»Dann prüft er euer Angebot und verfasst anschließend einen Testbericht – genau wie bei allen anderen Gastronomiebetrieben, die wir unter die Lupe nehmen. Allerdings wäre das mit dem Risiko verbunden, dass sein Urteil am Ende negativ ausfällt.«

»Klingt fair«, meinte Kirsten. »In der Hinsicht haben wir sowieso nichts zu befürchten – unser Essen ist erstklassig … Jedenfalls, solange ich mich nicht in der Küche versuche. Meinst du, so ein Testbesuch ließe sich organisieren?«

»Fragen kann ich ja mal.« Mari öffnete die Zentralverriegelung ihres Autos per Knopfdruck und umarmte ihre Freundin zum Abschied. »Ich schreib dir eine E-Mail, wenn ich Näheres weiß, okay?«

»Du bist ein Engel, vielen Dank. Und pass bitte auf dich auf!«

»Und du auf dich.« Mari stieg ein und schnallte sich an. Bevor sie losfuhr, ließ sie die Schreibe auf der Fahrerseite herunter. »Tat gut, mal wieder etwas länger mit dir geredet zu haben. Sollten wir öfter machen.«

»Ich ruf dich an – versprochen!«

In Gedanken versunken blieb Kirsten stehen, bis der Wagen ihrer Freundin um die Ecke verschwunden war.

9. Kapitel

Obwohl es ihr nicht wirklich besserging, quälte sich Mari mit Beginn der nächsten Arbeitswoche zurück in die Redaktion. Sie hielt das für klüger, als durch tagelanges Fehlen Spekulationen anzuheizen – schließlich wollte sie um jeden Preis vermeiden, dass jemand aus dem Kollegenkreis von ihrer Schwangerschaft erfuhr. In erster Linie ging es ihr darum, Ben aus der Sache rauszuhalten, dem sie nicht über den Weg traute. Aber auch Nicole, Timo und Simon mussten nicht unbedingt wissen, dass eine karrieregefährdende Zeitbombe in ihr heranwuchs. Zwar war sie sich noch immer nicht darüber im Klaren, ob sie das Kind bekommen wollte oder nicht – da der Konkurrenzdruck im Team aber spürbar angestiegen war, seit Fernau die Ressortleiterstelle ausgeschrieben hatte, wollte sie so vorsichtig wie möglich sein.

Ihre Übelkeit war morgens nach dem Aufstehen so schlimm, dass Mari sich übergeben musste, noch bevor sie die Gardinen vor ihrem Fenster zur Seite schieben konnte. Zudem fühlte sie sich müde, erschöpft und hatte butterweiche Knie, als sie aus dem Haus ging – doch sie hoffte, mit Hilfe von Tabletten und einer Flasche Cola light irgendwie durch den Tag zu kommen.

Im Großraumbüro der Redaktion fand sie eine für diese frühe Stunde ungewohnte Hektik vor: Alle liefen durcheinander, suchten Papiere zusammen und waren am Telefon so kurz angebunden wie nur möglich.

»Was ist denn los?«, erkundigte sich Mari bei der Sekretärin, die noch eine Spur nervöser wirkte als sonst.

»Fernau hat kurzfristig einen Besprechungsmarathon angesetzt – für Redaktion, Anzeigenabteilung und Vertrieb, alle Teams sollen nacheinander in sein Büro kommen.«

»Heute? Am Tag des Redaktionsschlusses?«

»Für das Fertigstellen der aktuellen Ausgabe bleibt euch dadurch weniger Zeit«, bestätigte die Kollegin. »Aber Fernau meinte, ihr schafft das schon.«

»Ach. Meint er das?«

»Dich, Ben, Nicole, Timo und Simon will er übrigens als Erstes sehen. Du hast noch knapp zwanzig Minuten.«

»Worum geht's denn?«, wollte Mari wissen und schlenderte zu ihrem Platz hinüber, wo sie den Computer einschaltete.

Die Sekretärin zuckte mit den Achseln. »Da musst du dich wohl überraschen lassen.«

Es zeigte sich, dass der Herausgeber reichlich Zeit eingeplant hatte, um sein neues Lieblingsprojekt zu besprechen: »Es geht um unser Sonderheft zur gastronomischen Situation im Spessart«, begann er, sobald alle Restauranttester rings um seinen Schreibtisch Platz genommen hatten. »Ich stelle mir neben der üblichen Mischung aus Reportagen, Tipps und Interviews mit Spitzenköchen eine Reihe von Testberichten vor, die etwas anders aufgebaut sind als sonst.« Er machte eine Pause und blickte erwartungsvoll in die Runde, aber niemand schien fragen zu wollen, was genau ihm dabei vorschwebte. »Wir gehen erstmals geschlechterspezifisch vor«, verkündete er dann. »Männer testen das Angebot aus Männersicht, Frauen aus Frauenperspektive.«

Auf den Mienen seiner Mitarbeiter zeichnete sich eine Mischung aus Ratlosigkeit und Verzweiflung ab, aber niemand sagte ein Wort.

»Also wirklich, Herrschaften – etwas mehr Enthusiasmus, wenn ich bitten darf!« Fernau erhob sich und begann, im Raum auf und ab zu laufen. »Es geht schließlich darum, eine neue Klientel für unser Magazin zu gewinnen – jünger, weiblicher, kaufkräftiger.«

Timo räusperte sich. »Ähm … haben wir das denn nötig?«

»Diese Frage erübrigt sich doch wohl von selbst, Friedmann«, patzte der Herausgeber zurück. »Oder haben Sie noch nie was davon gehört, dass der Müll, der kostenlos im Internet veröffentlicht wird, den Markt für Printprodukte immer weiter unter Druck setzt? Die Zukunft unseres ganzen Verlages hängt davon ab, dass wir mit innovativen Ideen darauf reagieren – und zwar so schnell wie möglich!«

»Aber warum fangen wir dann ausgerechnet mit dem Spessart an?«, fragte Nicole – berechtigterweise, wie Mari fand. Denn bei aller Lieblichkeit der Gegend um Bad Orb, sonderlich jung und hipp hatte die Region bei ihrem jüngsten Besuch dort wahrlich nicht gewirkt.

»Ganz einfach.« Breitbeinig baute sich Fernau vor seinen Angestellten auf. »Weil ich das so will.«

Gegen dieses Argument konnte man schwerlich andiskutieren. Mari war deshalb nicht weiter verwundert, dass Ben sich mit einer guten Portion Schleim aus der Deckung wagte. »Im Spessart haben jetzt tatsächlich ein paar interessante, neue Konzepte auf sich aufmerksam gemacht«, sagte er. »Ein georgisches Restaurant, zum Beispiel – oder der Knaller: das *Salzhäuschen*, das gutbürgerliche Gerichte auch mit Methoden aus der Molekularküche zubereitet.«

Wie immer war es Simon, der sich davon nicht blenden ließ. »Was ist daran neu? Die Molekulargastronomie versucht doch schon seit den 90ern, althergebrachte Rezepte mit Hilfe biochemischer Methoden anders zu interpretieren.«

»Im Spessart war das aber bisher noch nicht der Fall.« Ben warf ihm einen herausfordernden Blick zu. »Also ist es doch neu.«

»Das sind die Geschichten, die ich lesen will«, rief Fernau begeistert. »Über junge Gastronomen, die sich trauen, ausgetretene Wege zu verlassen. Das Ganze frisch, frech und zielgruppengerecht aufbereitet, und wir verkaufen endlich wieder mehr Hefte!«

Die Skepsis, die Mari und ihre Kollegen beim besten Willen nicht abschütteln konnten, stand ihnen deutlich ins Gesicht geschrieben. Zur großen Überraschung aller aber war es ausgerechnet Ben, der sich mit einem Einwand zu Wort meldete.

»Ich … ähm … hätte da noch eine andere Idee …«

Fernau traute seinen Ohren nicht. »Wie bitte?!«

»Nun ja … ich finde es prinzipiell total klasse und naheliegend, die neuen Entwicklungen im Spessart in einem Sonderheft vorzustellen«, fing er an. »Die Frage ist nur, wie wir die junge, weibliche und kaufkräftige Klientel dann auf unser fertiges Produkt aufmerksam machen …«

»Und? Was schwebt Ihnen da vor?«

»Eine Kooperation mit dem Fernsehen.«

»Ha!«, entfuhr es dem Herausgeber. »Wissen Sie, was das kostet, Sievers?«

»Nicht mehr als ein bisschen Entgegenkommen unsererseits.«

»Was? Drücken Sie sich gefälligst klarer aus!«

»Ein alter Freund von mir arbeitet in der Hessen-Redaktion des Privatsenders ›GigaTV‹«, erzählte Ben. »Dort plant man ein neues Format für das Vorabendprogramm, bei dem Restaurants aus der Region vor laufender Kamera getestet werden sollen.«

»Sind das gute Adressen oder eher Betriebe, die schon in finanziellen Schwierigkeiten stecken?«, hakte Simon nach.

Ben wand sich. »Nun ja … in der Mehrzahl handelt es sich

tatsächlich um Häuser, die ein kleines bisschen Unterstützung gebrauchen könnten …«

»Also die klassische Fernfahrerkneipe im Industriegebiet?«, schlussfolgerte Mari und spürte, wie sich ihr Magen schon bei der bloßen Vorstellung umdrehte. »Wo Schaschlik, kalte Frikadellen und industriell hergestellter Kartoffelsalat aus dem Eimer serviert werden?«

»Ganz so schlimm ist es nicht. Im Mittelpunkt stehen junge, noch unerfahrene Unternehmer, die sich mit ihrem Schritt in die Selbständigkeit übernommen haben – zum Teil stecken da auch ziemlich bewegende Schicksale hinter …«

»Tränendrüsen-TV?« Nicole zog ihre fein gezupften Augenbrauen fast bis zum Haaransatz hoch. »Und was sollen wir dabei?«

»Helfen«, antwortete Ben schlicht. »Wir analysieren die Mängel, zeigen, wie es richtig geht, und profilieren uns damit auf sympathische Weise als Retter der Nation.«

»Aber wenn wir mit so einer Nummer im Fernsehen auftreten, erkennt uns doch jeder«, warf Timo ein und blickte hilfesuchend zu Fernau hinüber. »Wie sollen wir danach jemals wieder unerkannt ein Restaurant betreten und unseren eigentlichen Job machen?«

»Erkennst du jeden Kandidaten, der bei einer dieser vielen Casting-Shows mal auf den dritten Platz gekommen ist?«, gab Ben zurück. »Wenn jeder von uns einmal bei so einer Sendung mitmacht, heißt das noch lange nicht, dass wir unser Inkognito für immer aufgeben – zumal die Stammzielgruppe unseres Heftes ja auch eine ganz andere ist.«

»Dann stellt sich doch umso mehr die Frage nach dem Sinn des Ganzen«, wandte Simon ein. »Warum sollten wir als seriöse Restauranttester auf dem Boulevard des Privatfernsehens mitmischen?«

»Weil wir uns damit auf unkomplizierte Weise jede Menge Publicity erkaufen – und kostenlose Fernsehwerbung noch dazu.«

»Wie war das?« Fernau trat einen Schritt nach vorn. »Fernsehwerbung, für die wir nichts bezahlen müssen?«

Ben nickte in der Gewissheit, seinen chronisch geizigen Onkel an der richtigen Stelle erwischt zu haben. »Bei jeder Sendung, an der ein bis zwei unserer Tester ohne Honorar mitwirken, erhalten wir in den Werbepausen einen Spot in der Länge unserer Wahl.«

»Und die Inhalte bestimmen wir selbst?«

»Natürlich. Die Produktionskosten übernimmt die hauseigene Agentur von ›GigaTV‹.«

»Ist das zu fassen?« Fernau rieb sich die Hände. »So ein Angebot kann man ja kaum ablehnen! Verdammt gute Arbeit, Sievers.«

»Ich weiß nicht«, wagte Simon zu widersprechen. »Die ganze Sache birgt die Gefahr, dass wir die etablierte Marke von ›Gaumenfreuden‹ schwächen, wenn wir uns dafür hergeben, jede halb heruntergewirtschaftete Gaststätte zu testen. Das widerspricht doch allen Grundsätzen, die unser Magazin überhaupt erst erfolgreich gemacht haben!«

Ben lächelte spöttisch. »Über diese Form von Snobismus solltest du hinwegkommen, wenn du neue Lesergruppen gewinnen willst.«

»Das hat nichts mit Snobismus zu tun«, schaltete sich auch Mari nun ein. »Sondern damit, nicht in die Beliebigkeit abzurutschen!«

»Zumal es bei solchen TV-Formaten doch nie um die Qualität des Essens geht«, pflichtete Simon ihr bei. »Sondern darum, Menschen in vermeintlichen Notsituationen vorzuführen wie früher auf dem Jahrmarkt.«

»Die Einschaltquoten sind aber dreimal so hoch wie unsere Auflage«, erwiderte Ben angriffslustig. »Da wäre es naiv, sich eine solche Chance entgehen zu lassen!«

»Was ist denn das für ein Argument? Esst Scheiße, Milliarden Fliegen können nicht irren?«

»Herr Saalbach, mäßigen Sie Ihren Ton, bitte«, mahnte Fernau.

Simon jedoch war weit davon entfernt, klein beigeben zu wollen. »Seit wann setzen wir auf Masse statt auf Klasse?«

»Ich habe vorhin doch ausführlich dargelegt, dass wir gute, neue Konzepte brauchen, um uns für die Zukunft richtig aufzustellen«, entgegnete der Herausgeber von oben herab. »Herr Sievers hat dazu gerade einen beachtlichen Vorschlag geliefert, während von Ihnen bisher nur Einwände kamen. Daher rege ich an, dass Sie Ihre Energie von jetzt an darauf verwenden, mit uns gemeinsam zu überlegen, wie wir das Beste aus dieser Option herausholen können.«

Schweigen senkte sich über die Runde. Schließlich räusperte sich Nicole, die immer dann sinnvolle Dinge sagte, wenn sie sich die Ideen des Chefs zu eigen machen konnte. »Also, das mit den Tests aus Frauen- und Männersicht finde ich ziemlich genial«, fing sie an. »Könnten wir das nicht auch für das Fernsehen übernehmen?«

»Sicher«, meinte Ben. »Mein Freund hat mir versprochen, dass wir inhaltlich so lange freie Hand haben, wie es zum Konzept der Sendung passt.«

»Das heißt, solange wir das tun, was die Regie von uns verlangt?«, fragte Mari misstrauisch.

»Alles andere wäre ja wohl auch reichlich unprofessionell. Aber ich wüsste nicht, was dagegen spricht, wenn wir als Zweierteams antreten und unsere Änderungsvorschläge geschlechterspezifisch formulieren.«

Timo gab einen gequälten Laut von sich. »Müssen wir denn unbedingt *alle* ins Fernsehen?«

»Wenn Sie da Bedenken haben, ist das in Ordnung, Herr Friedmann«, versicherte der Herausgeber schnell. »Ich hätte es ohnehin lieber, wenn Sie sich mehr im Hintergrund halten und für das Heft einsetzen würden.«

»Gott sei Dank!«

»Ich bin ehrlich gesagt auch nicht sonderlich scharf drauf, mein Gesicht in die Kamera zu halten«, sagte Simon.

»Ich auch nicht!«, kam es von Mari.

»Haben Sie beide mir vorhin nicht zugehört?« Fernau klang ernsthaft verärgert. »Es ist mir wirklich wichtig, Männer und Frauen künftig ganz gezielt und auf ihre jeweiligen Bedürfnisse zugeschnitten anzusprechen. Ich erwarte deshalb, dass Sie diese Idee vorbehaltlos mittragen und sich aktiv bei der Umsetzung einbringen, ganz egal, wo ich Sie einsetze. Dafür werden Sie schließlich bezahlt!«

»Aber …«

»Keine Widerrede, Frau Bertram, die Diskussion ist beendet.« Der Herausgeber sah demonstrativ auf die Uhr. »Angesichts der fortgeschrittenen Zeit schlage ich vor, dass Sie alle schleunigst an ihre Schreibtische zurückkehren, immerhin müssen wir heute noch ein Heft in den Druck geben. Herr Sievers?«

»Ja?«

»Stellen Sie mir so schnell wie möglich den Kontakt zu diesem Fernsehsender her. Bevor ich dieses sagenumwobene Angebot nicht schriftlich vor mir habe, lassen wir uns auf keinerlei Zugeständnisse ein.«

»Geht klar, Chef.«

»Also – worauf warten Sie noch? An die Arbeit mit Ihnen!«

*

Zurück im Großraumbüro, blieb Mari in der Nähe von Simons Schreibtisch stehen und zögerte. Sollte sie ihn ansprechen? Noch immer fühlte sie sich in seiner Gegenwart verunsichert wegen des One-Night-Stands vor ein paar Monaten, andererseits handelte es sich jetzt aber um eine rein dienstliche Sache, die ihr wirklich auf der Seele lag. Außerdem schien auch er nicht sonderlich viel von diesem ominösen Fernsehprojekt zu halten. Sie gab sich einen Ruck. »Hast du kurz Zeit?«

Überrascht sah Simon zu ihr hoch. »Natürlich, klar.«

»Mir graust es davor, bei dieser Fernsehgeschichte mitzumachen«, brach es aus ihr heraus. »Ich hab das Gefühl, damit alles, was ich mir in den vergangenen Jahren an Seriosität erarbeitet habe, leichtfertig aufs Spiel zu setzen – als Restauranttester leben wir schließlich davon, dass uns niemand erkennt, wenn wir ein Lokal betreten.«

»Geht mir genauso. Aber vielleicht lässt Fernau ja noch mal mit sich reden.«

»Glaubst du wirklich?«

Simon zuckte mit den Achseln. »Was bleibt uns anderes übrig, als es zu versuchen? Ich jedenfalls möchte mich nicht für den Rest meines Berufslebens dafür entschuldigen müssen, bei einem billigen Schrottformat im Privatfernsehen mitgemacht zu haben …«

»Hört, hört – da spricht das Bildungsbürgertum.« Ben trat näher und bedachte die beiden mit einem überheblichen Grinsen. »Aber nur zu eurer Beruhigung: Wenn ihr zwei euch wirklich zu fein seid, Gesicht zu zeigen, gibt es immer noch die Möglichkeit, euch zu verstecken.«

»Was meinst du – den berühmten schwarzen Balken vorm Gesicht?«, fragte Mari.

»Oder dass wir nur von hinten gefilmt werden, ohne Einblendung unserer Namen?«, warf Simon ein.

»Ihr kennt euch aus, was?« Es fiel Ben schwer, nicht in schadenfrohes Gelächter auszubrechen. »Ich dachte eher an die Möglichkeiten der Maske: Mit Hilfe von Make-up und Perücken kann man euch bis zur Unkenntlichkeit aufbrezeln, mein Wort drauf.«

»Ernsthaft?«

»Wenn ihr euch damit wohler fühlt …«

Mari und Simon tauschten einen Blick. »Ich hasse es, mich zu verkleiden«, knurrte er.

»Ich auch«, antwortete sie. »Aber es wäre immerhin eine Möglichkeit, halbwegs elegant aus der Sache rauszukommen …«

»Hey, von Eleganz war nicht die Rede«, rief Ben dazwischen. »Denn was für Kostüme für euch ausgesucht werden, entscheidet letztlich das Filmteam.«

Simon sah ihn an. »Das Ganze macht dir schon jetzt einen Heidenspaß, oder?«

»Du hast es erfasst, Kumpel. Ich kann's kaum erwarten, euch zu sehen …«

10. Kapitel

Platinblondes Kunsthaar fiel glatt und seidig auf Maris Schultern. Eingequetscht in ein viel zu enges, schwarzes Ed-Hardy-T-Shirt saß sie vor dem gut ausgeleuchteten Spiegel im Garderobenwagen, während eine Maskenbildnerin namens Gaby die letzte Schicht Puder auf ihr mit Make-up beschichtetes Gesicht stäubte.

»Na, erkennst du dich noch wieder?«, fragte sie dann und trat einen Schritt zurück, damit Mari sich betrachten konnte.

Nun ja. Der Lippenstift in grellem Orange wäre für sich genommen vielleicht noch akzeptabel gewesen. Aber Rougebalken im 80er-Jahre-Stil und kobaltblauer Lidschatten? »Darf ich ehrlich sein? Ich seh immer noch aus wie ich, nur in den falschen Farben.«

»Sekunde, da fehlt noch ein entscheidendes Detail.« Gaby reichte ihr eine Sonnenbrille mit rechteckigen, leicht rosa getönten Gläsern. »Na, bitte. Jetzt gehst du glatt als Anastasia durch.«

»Als wer?«

»Diese blonde Popsängerin, die vor ein paar Jahren mal die Charts gestürmt hat. *One day in your life* – sagt dir das gar nichts?«

»Nee.«

»War wohl vor deiner Zeit, aber egal. Wie fühlst du dich in den Jeans?«

»Wie eine Presswurst.«

»Dann sitzen sie genau richtig.«

Die Tür ging auf und Simon kam herein – mit Totenkopf-T-Shirt, Goldkettchen um den Hals und einer Perücke, die ihm unverhofft zu schütteren, über den Ohren hängenden Strähnen in Silberblond verhalf. Auch er trug Sonnenbrille, reichlich Schminke und als zusätzlichen Clou eine Reihe falscher Zähne.

»Oh, mein Gott«, stieß Mari hervor. »Zusammen sehen wir aus wie die Geissens.«

»Sag einmal *Roooberrrt* zu mir, und ich verlasse das Set«, knurrte Simon zurück. Seine Laune war nicht gerade die beste, ehrlich gesagt. Zwar hatte er in den vergangenen vierzehn Tagen mehrfach versucht, Fernau von der aberwitzigen Idee mit der Show auf »GigaTV« abzubringen. Doch die Aussicht auf kostenlose Fernsehwerbung hatte den Herausgeber derart verblendet, dass selbst die vernünftigsten Gegenargumente nicht mehr zu ihm durchdrangen.

»Das einzige Zugeständnis, das ich Ihnen und Frau Bertram machen kann, ist das mit der Verkleidung«, hatte Fernau gesagt. »Ansonsten erwarte ich, dass Sie beide unseren Verlag bei dieser Sache mit der entsprechenden Würde vertreten.«

Letzteres war gar nicht so einfach, wenn man der Fernsehnation ausstaffiert wie ein Bordellbesitzer gegenübertreten sollte. Simon tröstete sich jedoch damit, dass sich um einen einmaligen Einsatz und letztlich nur um vier Drehtage handelte. Er und Mari würden dabei auch gar nicht so viel zu tun haben: Die Hauptarbeit leistete eine Jungmoderatorin mit permanent wippendem Pferdeschwanz, die auf den denkwürdigen Namen Nele Nelkentreter hörte und am Set eine derart nervtötende Heiterkeit verbreitete, dass dabei Drogen im Spiel sein mussten. Jetzt steckte sie den Kopf zur Tür herein und schien sich gar nicht mehr einkriegen zu können vor Begeisterung.

»Wow – wenn ihr zwei nicht absolut *endgeil* ausseht, wer denn dann?!« Sie trat ein und tätschelte Simon die Schulter, bevor sie Mari von hinten umarmte. »Und? Wie fühlt ihr euch? Alles supi?«

Simon gab den für ihn typischen Brummlaut von sich und überließ es seiner Kollegin, auf diese dämliche Frage zu antworten.

»Wir haben alles, was wir brauchen«, meinte Mari höflich. »Danke, Nele.«

»Okaaaaay, dann lasst uns noch mal schnell den Ablauf durchgehen.« Die junge Frau schwang sich auf den Frisiertisch, ließ ihre bunten Flipflops von ihren nackten Zehen baumeln und zückte ein Klemmbrett, das sie stets mit sich führte. »Ihr wisst ja schon, dass wir uns heute das Restaurant von der Aline ansehen …«

Restaurant?! Eine reichlich beschönigende Beschreibung für die Absteige, die der Sender ausgesucht hatte, fand Simon. Das Lokal hieß »Zum Lindenbaum«, lag in der reizvollen Nähe eines Güterbahnhofs und wurde von einer 22-Jährigen geführt, die nicht mal eine abgebrochene Lehre zur Köchin vorweisen konnte. Was sie stattdessen für den Einsatz vor laufender Kamera qualifizierte, war ihr bewegtes Leben.

»Die Aline hat voll die schwere Zeit hinter sich«, sagte Nele auch prompt. »Das müsst ihr echt im Hinterkopf behalten, wenn ihr sie gleich kennenlernt, okay?«

»Was genau meinst du?«, wollte Mari wissen.

»Erst hat sie nirgendwo eine Lehrstelle gekriegt, dann hat ihr Freund sie mit ihrer besten Freundin betrogen und dann ist auch noch ihre Mutter gestorben, so dass sie von null auf gleich das Restaurant übernehmen musste …« Die junge Frau blies sich die Ponyfransen aus der Stirn. »Krass, was?«

»Aber voll«, meinte Simon trocken.

»Wir machen das jedenfalls so, dass ihr erst mal in den Laden reingeht, Hallo sagt, in die Speisekarte guckt und eure

Bestellung aufgebt«, fuhr Nele fort. »Zwischendurch moderiere ich immer mal wieder rein und stelle euch Fragen zum Essen und zur Atmo. Ist das okay für euch?«

»Natürlich«, versicherte Mari.

»Wow, supi – dann kann's ja losgehen! Kommt mit, die anderen warten schon auf uns …«

Knapp zehn Minuten später standen sie im Halbkreis mit dem Kamerateam vor der gelb verglasten Eichenholzfurniertür des »Lindenbaums«, während Nele die erste Fassung ihrer Anmoderation ins Mikrofon ratterte.

»Wir sind heute zu Besuch bei Aline Koslowski. Die gesellige Gastronomin hat das Restaurant ›Zum Lindenbaum‹ vor einem halben Jahr aus dem Stand übernehmen müssen, weil ihre Mutter plötzlich gestorben ist. Seither wächst ihr die Situation über den Kopf. Aline hat deshalb zwei rechtschaffene Restauranttester zu Hilfe gerufen, die …«

»Aus!« Regisseur Ulrich van Hassbrock trat vor und schob sich seine Schirmmütze in den Nacken. »Gefällt mir im Prinzip gut, wie du das machst, Nele-Schätzchen, aber da muss mehr Gefühl rein. Ich will, dass die verzweifelte Notlage, in der die Aline steckt, von der ersten Sendeminute an rüberkommt, okay?«

»Okay.«

»Gut, dann noch mal von vorne.«

Erneut zückte Nele das Mikro und wandte ihr Gesicht mit professionellem Hundeblick der Kamera zu. »Heute treffen wir auf eine junge Frau, die schon kurz vor dem Abgrund stand«, sagte sie betreten. »Aline wurde nicht nur aufs schäbigste von ihrer besten Freundin hintergangen, sie musste vor einem halben Jahr auch noch ihre Mutter beerdigen. Urplötzlich lag die Verantwortung für das Restaurant der Familie ganz allein auf ihren Schultern – und in dieser schier ausweglosen Notlage stieß sie einen Hilfeschrei aus, der bei unseren rührenden Restauranttestern nicht auf taube Ohren stieß …«

»Perfekt!« Van Hassbrock hob den Daumen. »Jetzt noch schnell das Kurzinterview mit den beiden Testern …« Suchend sah er sich um. »Wo stecken die Vögel eigentlich?«

»Hier«, meldete Mari sich zu Wort, die keine zwei Schritte hinter ihm stand.

»Ach, ihr seid das? Ich dachte, ihr gehört zu den Statisten, die gleich bei der Aufnahme im Gastraum sitzen und Publikumsverkehr antäuschen sollen …«

»Leider nicht«, brummte Simon, was ihm sofort einen unsanften Rippenstoß von Mari einhandelte.

»Na, wie dem auch sei – coole Outfits habt ihr da an. Und jetzt ab nach vorne mit euch, aber zack!«

Nele empfing die beiden sogleich mit ihrer ersten Frage. »Ihr zwei habt schon jede Menge Restaurants kritisch unter die Lupe genommen. Wie ist denn nun euer Eindruck von Alines ›Lindenbaum‹?«

»Die Lage ist so weit ab vom Schuss, dass sich kaum Laufkundschaft hierher verirren dürfte«, analysierte Simon schonungslos. »Es gibt keine Parkplätze, die Fassade könnte einen Anstrich vertragen und die Mülltonnen neben dem Eingangsbereich verraten einem gleich bei der Ankunft, was den anderen Gästen offensichtlich nicht geschmeckt hat. Schon von weitem deutet also alles darauf hin, dass hier jemand am Ruder ist, der von professioneller Gastronomie nicht die leiseste Ahnung hat …«

»Aus!« Der Regisseur wedelte hektisch mit den Armen. »Wie ist noch mal dein Name, Junge?«

»Simon«, sagte Simon.

»Okay, dann sperr doch bitte mal die Lauscher auf: Wir machen hier *Infotainment,* weißt du? Das ist Fernsehunterhaltung in Verbindung mit Facts, die nicht weiter stören. Für die schnöde Wahrheit interessiert sich dabei kein Schwein, alles klar?«

»Ähm, also …«

»Schön, dass wir uns verstehen. Und jetzt noch mal das Ganze. Aber lass deine Kollegin auch mal ans Mikro, okay?«

»Aber …«

»Nele, ich verlass mich darauf, dass du die Dicke da auch mit einbeziehst, verstanden?«

»Geht klar!«

»Und ab!«

»Als Restauranttester seid ihr beide ja schon wirklich viel rumgekommen«, fing die Moderatorin wieder an und wandte sich gezielt an Mari. »Wie ist denn nun dein erster Eindruck von Alines ›Lindenbaum‹?«

»Die Lage hier in der Nähe des Güterbahnhofes ist leider nicht ideal, aber mit Liebe zum Detail und dem richtigen Speisenangebot könnte man was daraus machen«, antwortete sie pflichtschuldigst.

»Und was denkst du?«, richtete Nele sich erneut an Simon.

»Dass hier dringend …« Das Donnern eines vorbeirauschenden Zuges schluckte den Rest seiner Antwort, was der Regie absurderweise aber ganz recht zu sein schien.

»Top!«, rief van Hassbrock. »Das lassen wir so!«

»Du weißt aber schon, dass wir wegen der Geräuschkulisse nur das Statement von der Trulla verwenden können?«, wandte jemand von der Tontechnik ein.

»Die hatte doch eh schon alles gesagt, was es zu sagen gibt. Und jetzt lasst uns mal reingehen.«

Im Inneren des rustikal eingerichteten Gastraumes roch es nach abgestandenem Zigarettenrauch und den Ausdünstungen von Speisen, die schon vor langer Zeit serviert worden waren. Mari, deren Magen sogleich rebellierte, wollte eines der gelb getönten Fenster aufreißen, doch die Regieassistentin hielt sie in letzter Sekunde davon ab.

»Du hast doch selbst gehört, wie laut es wird, wenn ein Zug vorbeifährt«, raunte die junge Frau ihr zu. »Da lassen wir lieber alles geschlossen, okay?«

»Aber bei der Luft hier drin wird mir übel …«

»Wem nicht? Versuch's mal damit.« Sie reichte Mari ein Kaugummi und klopfte ihr aufmunternd auf die Schulter. »Halt durch, in Ordnung? Je konzentrierter wir das jetzt durchziehen, desto schneller sind wir hier auch wieder raus.«

Mari stöhnte. Angesichts ihrer andauernden Übelkeit konnte sie nur hoffen, dass die Drehtage schnell vorübergingen.

Hinter dem Tresen tauchte nun die von schweren Schicksalsschlägen gebeutelte Inhaberin des Lokals auf – ein pausbäckiges Mädchen mit Sommersprossen, deren rotblonder Haaransatz genauso fettig war wie das Hühnerbein, an dem sie gerade nagte.

Nele nahm sie sofort mit dem für sie typischen Enthusiasmus in Empfang. »Hallöchen, meine Liebe, da bist du ja! Alles bereit für deinen großen Auftritt?«

»Denk mal schon«, entgegnete Aline und pulte sich mit dem Zeigefinger ein abtrünniges Stück Hühnerhaut aus den Untiefen ihres Rachenraumes.

»Supi, dann stell ich dir jetzt mal unsere beiden Restauranttester vor: Simon und Mari sind extra hergekommen, um sich anzuschauen, was du hier so machst.«

»Mist, ich dachte, ihr hättet die Geissens mitgebracht.«

»Die sind doch bei einem anderen Sender unter Vertrag, Schätzchen«, versuchte Nele zu trösten.

»Aber für den Promi-Faktor wär's geil gewesen«, beharrte

Aline und leckte über den fast blank geknabberten Knochen. »Wegen der Werbung und so.«

»Vielleicht beim nächsten Mal. Stellst du dich jetzt bitte zur Begrüßung auf? Es geht los.«

Bevor die Kamera lossurrte, wurde Simon von links noch ein eilig durch den Drucker gejagtes Blatt Papier aufgedrängt. »Was ist das?«, fragte er verdattert.

»Dein Text«, kam die zischende Antwort. »Und halt dich gefälligst dran, kapiert?«

Was folgte, war eine maximal einstudiert wirkende Begrüßungsszene, in der Aline sich erst nach zweimaliger Aufforderung bereit erklärte, das Hühnerbein unter dem Tresen verschwinden zu lassen, während Mari dekorativ herumstand und Simon mit monotoner Stimme Sätze wie »Ich bin total gespannt, was du uns in der Küche so alles zaubern wirst« von sich gab.

Schließlich saßen sie an einem der massiv gezimmerten Eichenholztische, studierten die in Kunstleder gebundene Speisekarte und bestellten sich jeweils zwei Vorspeisen, Hauptgänge und Desserts, um einen breiten Überblick zu bekommen.

»Mit rund 135 Gerichten bietet Aline ihren Gästen vielleicht schon zu viel an«, sagte Mari in die Kamera. »Das kann sie alleine kaum bewältigen, ohne bei der Qualität Abstriche machen zu müssen – aber warten wir erst mal ab, was auf den Teller kommt.«

Das Essen jedoch übertraf Simons schlimmsten Erwartungen: ein Meeresfrüchtesalat mit verdorben riechenden Krabben und angefaulten Tomaten. Schnitzel in Schuhsohlen-Konsistenz, Fertigsaucen, Dosenpilze, Käseersatz und vitaminfreies Gemüse aus dem Glas. Dazu Geschmacksverstärker, Gelatine und Fettpanade, wann immer es ging.

»Ich würde sagen: Da besteht noch Handlungsbedarf«, schlussfolgerte Nele in ihr Mikrofon. »Gehen wir also rüber in die Küche und stellen unsere geschäftige Gastronomin zur Rede …«

Aline stand mit bekleckerter Schürze vor dem Herd und tippte eine SMS in ihr Handy, als die Fernseh-Crew sich vor ihr aufbaute. »Meine Liebe, das Urteil unserer resoluten Restauranttester ist gefallen«, verkündete die Moderatorin und drehte sich zu Simon um. »Was sagst du zu Alines Performance?«

»Sie versucht, auf ihrer Speisekarte Vielfalt zu bieten«, betete er seinen vorgegebenen Text herunter. »Das ist grundsätzlich positiv, doch mit der Umsetzung hapert es noch.«

Mari, die seit zwanzig Minuten tapfer ihren Würgereiz unterdrückte, stellte fest, dass sämtliche Arbeitsflächen um sie herum so sehr mit Fett bespritzt waren, dass man sich nirgends anlehnen konnte. Um nicht ins Schwanken zu geraten, umklammerte sie deshalb den Griff des Kühlschranks, während sie ihr Resümee in Richtung Kamera ächzte: »Weniger ist wirklich mehr, Aline. Du solltest verstärkt frische Zutaten verwenden, sonst bist du auf Dauer nicht konkurrenzfähig.«

Wie im Skript vorgesehen, senkte die junge Frau den Kopf.

»Wow, das war wirklich hart!«, trompetete Nele drauflos. »Wie geht's dir jetzt mit diesem Fazit, Aline?«

Die Kamera zoomte auf das bleiche Gesicht der Restaurantbesitzerin, die sich wie auf Kommando imaginäre Tränen aus den Augenwinkeln wischte. »Ich find's fies auf 'ne Art. Ich mach doch alles genau so, wie die Mama das immer gesagt hat – und trotzdem bleiben die Gäste weg.« Ein erstickter Laut, der offensichtlich ein Schluchzen andeuten sollte, entrang sich ihrer Kehle. »So langsam kann ich nicht mehr, echt.«

Das war das Stichwort, auf das Nele nur gewartet hatte. »Wir wissen, dass du eine schwere Zeit hinter dir hast, Aline. Dein Freund hat dich betrogen …«

»Mit meiner besten Freundin ist er ins Bett gegangen, das Schwein!«

»… so dass du die zwei Menschen, die dir auf der Welt am liebsten waren, beide gleichzeitig verloren hast.« Die Moderatorin machte eine Kunstpause, in der später im fertig geschnittenen Beitrag eine gefühlsduselige Melodie eingespielt werden würde. »Auch beruflich lief längst nicht alles so, wie du es dir vorgestellt hast …«

»Ich wollte Handtaschen-Designerin werden. Aber die Arschlöcher beim Arbeitsamt bezahlen mir keinen Lehrgang dafür!«

»Innerhalb kürzester Zeit sind also gleich zwei Lebensträume von dir geplatzt – doch damit nicht genug …«

Aline schniefte. »Ich dachte echt, schlimmer geht's nicht mehr. Wer so was nicht selbst erlebt hat, weiß nicht, wie das ist. Meine Mama war die Einzige, die trotz allem immer zu mir gehalten hat …«

»Doch auch hier schlug das Schicksal erbarmungslos zu«, hauchte Nele und machte vorsichtshalber schon mal Platz vor dem Herd.

»Hier lag sie, als ich sie gefunden habe.« Aline deutete auf den fleckigen Kachelboden. »Die Rippchen im Ofen waren gerade fertig und konnten zum Glück gleich serviert werden. Aber für die Mama war's zu spät.«

»Ein Schlaganfall riss die lebenslustige Lokalbesitzerin brutal aus dem Hier und Jetzt – mit gerade mal 56 Jahren«, fasste die Moderatorin zusammen. »Für die Familie war das ein unfassbarer und unerwarteter Verlust.«

»Wobei der Arzt schon öfter gesagt hat, dass sie mit der

Qualmerei aufhören soll«, warf Aline ein. »Außerdem hat sie alles ausgetrunken, was an halbvollen Gläsern vom Tresen zurückkam. Logisch, dass so was auf Dauer nicht gesund ist. Ich meine, sie hätte sich doch auch selbst einen einschenken können, oder? Aber dazu war sie zu geizig ...« Das Handy in ihrer Hand schrillte, und nach flüchtigem Blick auf das Display hob sie ab. »Ich kann jetzt nicht, Mutti. Die Leute vom Fernsehen sind gerade da ...«

»Aus!«, brüllte Ulrich van Hassbrock. »Diesen Teil schneiden wir nachher raus, verstanden?«

»Geht klar, Chef.«

Mari schien die Einzige zu sein, der gar nichts klar war. »Wieso Mutti? Ich dachte, die ist gestorben ...?«

»Nee, gestorben ist meine Stiefmutter, die zweite Frau meines Vaters«, erläuterte Aline bereitwillig. »Die alte Schlampe hat uns damals das Restaurant abgeluchst, als mein Papa gegen diesen Autobahnpfeiler gerast ist. Nur hatte sie nicht lange was davon, wie man sieht ...«

»Und ... deine leibliche Mutter?«

»Lebt noch. Aber nervt halt ständig rum ...«

Ungeduldig klatschte van Hassbrock in die Hände. »Haben wir's jetzt bald? Uns fehlt noch die Abmoderation. Nele – dein Einsatz, bitte!«

Sofort brachte diese sich in Stellung und setzte ein breites Lächeln auf. »Viel Arbeit wartet auf unsere kesse Köchin Aline: Sie muss die Speisekarte in ihrem Restaurant komplett neu gestalten und auf konsequent knackfrische Kulinarik umsteigen. Zum Glück aber ist sie bei dieser schwierigen Aufgabe nicht allein: Unsere beiden Restauranttester werden ihr in den nächsten Tagen zeigen, was sie alles tun kann, um ihr kleines Lokal in den Gourmet-Himmel emporzuheben ...«

»Und Schnitt! Danke euch allen – das war's für heute.«

Wie auf Kommando knipste Nele ihr Zahnpastalächeln aus, schüttelte sich die Ponyfransen aus der Stirn und ging auf Simon und Mari zu, denen bereits die Mikrofone abgenommen wurden. »Das war er also, euer erster Drehtag. Wie hat's euch denn gefallen?«

»Supi«, erwiderte Simon sarkastisch. Und diese Antwort stand ausnahmsweise mal nicht in seinem Skript.

*

Auf dem Weg zurück zum Auto fiel es Mari schwer, mit Simon Schritt zu halten. *»Rechtschaffene Restauranttester«*, äffte er Neles Ton nach. »Was denkt Fernau sich eigentlich, uns zu diesem Mist zu verpflichten?!«

»Hm«, entgegnete sie, stolperte hinter ihm her und bemühte sich, durch die Nase zu atmen. Normalerweise verflüchtigte sich das flaue Gefühl in ihrem Bauch recht schnell wieder, sobald sie an der frischen Luft war. Diesmal jedoch hielt es sich hartnäckig – wahrscheinlich wegen des Miefs in Alines Restaurant.

»Versteh mich nicht falsch, ich hab nichts gegen das Privatfernsehen«, echauffierte Simon sich weiter, ohne die Nöte seiner Kollegin zu bemerken. »Ich selbst guck mir solche Sendungen zwar nicht an, aber dafür gibt es bestimmt ein Publikum. Nur – was sollen wir dabei? Ich meine, unsere Leser interessieren sich doch eher für Qualitätsgastronomie! Was also bringt uns Fernsehwerbung auf einem Sender, der unsere Zielgruppe wahrscheinlich eh nicht anspricht …?«

»Man weiß nie genau … wo die Leute … beim Zappen … hängen bleiben«, warf Mari kurzatmig ein und fühlte, wie die Magensäure ihre Speiseröhre hochstieg. »Völlig … völlig wirkungslos … ist es sicher nicht. Zumal es den Verlag … nichts kostet …«

»Natürlich kostet es was! Lebenszeit! Energie! Nerven!«

»Schon, aber …«

»Und das alles nur, weil Fernau sich von Bens Boulevard-Kontakten beeindrucken lässt!« Aufgebracht wirbelte Simon zu Mari herum. »Hättest du je gedacht, dass …«

Sie war stehen geblieben und starrte wie gebannt auf einen Mülleimer am Straßenrand, aus dem faulig riechende Essensreste quollen. Auch einige Wespen hatten das Behältnis für sich entdeckt und umschwirrten es mit großem Interesse.

»Mari? Geht's dir gut?«

Abwehrend hob sie die Hand und trat einen Schritt zurück. »Entschuldige, ich …«

»Was ist los?« Alarmiert kam Simon auf sie zu. »Kann ich dir irgendwie helfen …?«

»Bleib weg!«, stieß sie hervor.

»Was? Aber …«

»Lass mich und – dreh dich um!«

»Ich soll …? Warum …?«

Im nächsten Moment beugte sie sich vor und übergab sich so geräuschvoll neben dem Mülleimer, dass die Wespen aufgeschreckt in alle Richtungen davonflogen.

»Mein Gott … wie viel von dem Zeug bei Aline hast du denn gegessen?«

»Bitte!«, würgte Mari hervor, während Tränen der Anstrengung über ihre Wangen kullerten. »Erwähn's nicht …« Sie spürte, wie er neben sie trat, ihren Oberkörper mit dem rechten Arm abstützte und seine linke Hand vor ihre Stirn legte. Auf diese Weise hielt er sie fest, als die nächste Welle des Erbrechens ihren Körper erfasste, durchschüttelte und auslaugte. Es dauerte ein paar Minuten, bis es vorbei war. Dann aber fingerte er ein Papiertuch aus der Hosentasche, ohne Mari loszulassen.

»Geht's wieder?«, fragte er leise, während er ihr das Tuch reichte.

Sie nickte. »Tut … tut mir leid, dass du das mit ansehen musstest …«

»So ein Quatsch – mir tut es leid!« Behutsam führte Simon sie ein Stück von dem Mülleimer weg. »Ich texte dich hier die ganze Zeit zu und merke gar nicht, wie schlecht es dir geht …«

»Ehrlich gesagt fiel es mir vorhin schon schwer, nicht einfach bei Aline in die Küche zu kotzen …«

»Was allerdings eine völlig natürliche Reaktion gewesen wäre …«

Mari lächelte schwach. »Danke.«

»Wofür?«

»Dafür, dass du mir nicht das Gefühl gibst, mir irgendwie blöd vorkommen zu müssen. Ich … ich schäme mich nämlich ein bisschen …«

»Brauchst du nicht – so was ist mir auch schon oft passiert.«

»Tatsächlich?«

»Na ja, dabei war dann meistens auch Alkohol im Spiel.« Suchend sah Simon sich um. »Da vorne ist eine Bushaltestelle. Schaffst du es bis dahin? Dort könnten wir uns kurz hinsetzen.«

»Okay.« Mari ließ zu, dass er den Arm um sie legte und sie im Schneckentempo die Straße hinunterführte. Dass ihre Knie dabei zitterten, lag aber sicher nur an der Mischung aus Übelkeit und Erschöpfung, die ihr nach wie vor in den Knochen steckte.

»Gegenüber gibt's einen Kiosk, da kann ich dir Cola und Salzstangen besorgen, bevor wir losfahren.«

»Danke, aber … das ist nicht nötig …«

»Sicher ist es das!« Geschäftig drückte er sie auf die mit Edding beschmierte Holzbank im Wartehäuschen der Bushaltestelle. »Cola beruhigt den Magen, und wer sich so viel übergeben musste wie du, braucht Flüssigkeit. Es dauert nicht lange, ich bin gleich wieder da …«

Zu seiner Überraschung hielt Mari ihn jedoch am Handgelenk fest. »Könntest … könntest du … noch ein bisschen hierbleiben?«, bat sie schüchtern. »Bei mir, meine ich?«

»Äh, natürlich. Klar.« Simon setzte sich neben sie, zögerte und zog sie dann kurz entschlossen in seine Arme. Ihr Haar streifte seine Kieferknochen, als sie den Kopf an seine Schulter legte. Merkwürdig vertraut fühlte sich das an und gleichzeitig doch fremd. Unwillkürlich wanderten seine Gedanken zurück zu jener Nacht vor ein paar Monaten, die Mari mit ihm in seiner Wohnung verbracht hatte. Keine Sekunde war sie damals so anschmiegsam und entspannt gewesen wie jetzt – im Gegenteil. Schon beim Ausziehen hatte Simon den Eindruck gehabt, gegen eine Löwin kämpfen zu müssen, und als sie kurz darauf gemeinsam über die Matratze rollten, schien es nur darum zu gehen, wer oben liegt. In gewisser Weise war das natürlich erregend, wurde aber auch schnell anstrengend – vor allem, wenn man mit einer Partnerin ins Bett ging, die jede zärtliche Geste abblockte und wie Mari die erstbeste Gelegenheit nutzte, um nach dem Koitus das Weite zu suchen.

Simon hatte das damals bedauert, ohne es ihr übelzunehmen – instinktiv spürte er, dass ihre Abwehr nichts mit ihm persönlich zu tun hatte und dass es eher kontraproduktiv wäre, sie zu bedrängen. Abgesehen davon war er ein geduldiger Mensch und konnte warten. Dass ihm aber schon eine Woche später ausgerechnet ein Typ wie Ben Sievers in die

Quere kommen würde, damit hatte er nicht gerechnet. Und er fragte sich bis heute, was Mari eigentlich an ihm fand.

»Schläfst du mir hier ein?«, flüsterte er, als er ihren regelmäßigen, tiefen Atem bemerkte.

»Nee, aber ich könnte.« Unwillig, ihre Position an seiner Schulter aufzugeben, schlang Mari den Arm um seine Taille. »Ich bin so wahnsinnig müde, weißt du.«

»Kein Wunder, war ja auch 'n langer Tag.«

Sie versteifte sich, als ihr etwas einfiel. »Halte ich dich gerade von was Wichtigem ab?«

»Nein.« Simon streifte mit der Nase ihren Haaransatz, der nach Blümchenshampoo duftete. »Tust du nicht.«

»Gut.« Sofort entspannte sie sich wieder. »Ich brauch nur noch einen kurzen Moment …«

Der Bus fuhr vor, öffnete die Türen mit lautem Zischen und entließ eine Horde plappernder Passagiere, die sich sogleich über den Bürgersteig verteilten und ihrer Wege gingen. Simon und Mari bemerkten das genauso wenig wie das entfernte Rattern des Güterzuges oder das leicht alkoholisierte Gespräch der drei Obdachlosen, die vor dem Kiosk auf der anderen Straßenseite herumlungerten. Die Abendsonne versank am Himmel, der Busfahrer trat das Gaspedal durch und verschwand mit knatterndem Motor in einer Dieselwolke. Zu den abgehackten Klängen von Technomusik aus dem Ghettoblaster lärmte eine Gruppe Jugendlicher heran, und einer von ihnen trat nach einer leeren Getränkedose, die scheppernd an der Plexiglaswand des Haltestellenhäuschens abprallte. Es war eine der räudigsten Ecken der Stadt, in der sie festsaßen – doch Simon hatte das Gefühl, nach langer Irrfahrt endlich Zuhause angekommen zu sein.

*

Eine Stunde später parkte er seinen Wagen vor Maris Apartmenthaus im Frankfurter Nordend. »Da wären wir. Bist du sicher, dass du klarkommst?«

»Das geht schon. Ich hab Zwieback und Kamillentee da und werde mich gleich einfach ins Bett packen.« Sie lächelte ihn an. »Danke für alles.«

»Jederzeit wieder.«

»Sag mal, darf ich dich noch schnell was Dienstliches fragen?«

»Klar.«

»Eine gute Freundin von mir hat das Kaffeehaus ihrer Eltern im Spessart übernommen und grundlegend modernisiert. Nur leider lässt die Frequenz noch ein bisschen zu wünschen übrig.« Mari unterbrach sich und atmete tief durch. »Sie hat mich gefragt, ob ich einen Bericht über den Laden schreiben würde, aber das habe ich abgelehnt.«

»Gute Entscheidung. Du wärst sonst in einen Interessenkonflikt gekommen.«

»Das habe ich ihr auch gesagt – andererseits würde ich wirklich gerne helfen. Besonders, wo wir doch gerade ein Sonderheft zur Gastronomieszene im Spessart auflegen. Und da dachte ich …«

»… dass dein guter, alter Kumpel Simon den Bericht an deiner Stelle schreiben könnte?«

»Ich wollte dich wenigstens mal gefragt haben.«

Er schwieg einen Moment und starrte angestrengt aus der Windschutzscheibe. »Darüber muss ich noch mal nachdenken. Aber wenn ich es mache …«

»Ja?«

Simon drehte sich zu ihr um. »Dann unangekündigt und gnadenlos. Will sagen: Wenn das Essen Mist ist, schreibe ich das auch genauso.«

»Etwas anderes hätte ich auch nicht von dir erwartet.«

»Okay. Wo ist der Laden?«

»In Bad Orb. Es handelt sich um das ehemalige Café Arnold. Seit Kirsten die Geschäftsführung übernommen hat, firmiert es unter dem Namen ›Arnolds‹.«

Simon nickte. »Ich schlaf mal drüber und sag dir dann Bescheid.«

»Danke. Mir ist klar, dass es ein bisschen heikel ist, worum ich dich bitte. Wenn du letzten Endes also absagst, ist das völlig in Ordnung. Ich … ich will dich nicht in Schwierigkeiten bringen, verstehst du?«

Er sah sie an und fragte sich, ob sie wusste, dass er noch ganz andere Dinge für sie tun würde: Schwerter schwingen, Drachen töten, ihre Ehre verteidigen – was gerade so anlag. Da dies jedoch der falsche Zeitpunkt zu sein schien, ihr das zu sagen, beschränkte er sich auf ein Nicken. »Dann sehen wir uns morgen?«

»Auf jeden Fall.«

»Schlaf gut, Mari. Und werd wieder gesund.«

»Ich bemüh mich.«

Sie stieg aus, ließ die Beifahrertür sanft hinter sich ins Schloss fallen und lief über die Einfahrt auf ihre Haustür zu. Dabei kam sie sich so federleicht vor, als ob ihre Arme an rosarotem Schleifenband befestigt wären und sie schwerelos über einen Wolkenteppich schweben würde. Simon, dachte sie, während sie die zwei Stockwerke zu ihrer Wohnung hochstieg. *Simon.*

Lange Zeit hatte sie geglaubt, keine Chance bei ihm zu haben. Er war immer so sachlich, so konzentriert, so korrekt. Selbst an dem Abend, als sie schließlich doch noch im Bett gelandet waren, hatte er sie nicht einmal angeflirtet oder auch nur eine Spur von Interesse signalisiert. Aber gerade diese zur Schau gestellte Unnahbarkeit reizte Mari bis aufs Blut, so sehr, dass sie ihm irgendwann das Weinglas abgenommen, sich formell bei ihm entschuldigt und ihn einfach geküsst hatte.

Im ersten Moment war er völlig perplex gewesen. »Was war das denn eben?«

»Etwas, das ich schon seit Wochen tun wollte und mich nie getraut habe.«

»Aha.«

Sie wusste noch, dass sie einen Herzschlag lang vor lauter Scham am liebsten im Boden versunken wäre, weil es nicht den Anschein machte, als ob ihn dieser Kuss in irgendeiner Form beeindruckt hätte. Doch dann nahm er in aller Seelenruhe seine Nickelbrille ab und legte sie vor sich auf den Tisch.

»Was hast du vor?«, fragte sie, als er sich ihr zuwandte.

»Wenn wir das schon machen, dann auch richtig«, antwortete er, bevor er sie in seine Arme zog und küsste, bis ihr die Luft wegblieb.

In diesem Moment hatte sie zwar schon geahnt, dass sie es bereuen würde – doch sie hatte ihn in jener Nacht haben wollen, unbedingt. Das erklärte die Dringlichkeit und die Ungeduld, mit der sie in seiner Wohnung sein Hemd aufknöpfte und jeden seiner Versuche abwehrte, sie langsam und mit Hingabe auszuziehen. Spätestens, als sie miteinander aufs Bett fielen, hatte sich diese Eile auf ihn übertragen, so dass er beim ersten Mal ganz ohne Kondom …

Urplötzlich hielt Mari inne, den Hausschlüssel in der Hand. Sie sah Simons Gesicht wieder vor sich, das sich mit verschwitzten Locken in der Stirn über sie beugte. *»Entschuldige, das passiert mir sonst nicht …«*

»Aber … du hast doch abgebrochen …«

»Schon. Ich hoffe nur, es war noch rechtzeitig.«

»Hoffst du oder weißt du's?«

»Ich glaube es.«

Und da sie die Meisterin im Verdrängen unangenehmer Wahrheiten war, hatte Mari es dabei bewenden lassen, in derselben Nacht noch zweimal geschützt mit ihm geschlafen und anschließend lediglich die Sorge gehabt, möglichst schnell von ihm wegzukommen, bevor er anhänglich werden konnte.

Wie in Trance schloss sie jetzt ihre Haustür auf, betrat den schmalen Flur ihrer Wohnung und betrachtete sich im Garderobenspiegel. In welcher Schwangerschaftswoche war sie jetzt eigentlich? In der achten? Man sah ihr nichts an – weder den kleinen Embryo, der sich in ihrer Gebärmutter eingenistet hatte, noch die Tatsache, dass sie innerhalb einer Woche mit zwei verschiedenen Männern ins Bett gegangen war, die jetzt theoretisch beide der Vater ihres Kindes sein könnten. Gott, wie dämlich war das denn? So spaßig es auch sein konnte, seine Sexualität frei auszuleben – wenn das Ganze Verbindlichkeiten wie eine Schwangerschaft nach sich zog, hörte es schlagartig auf, Spaß zu machen.

Erschöpft ging Mari zu ihrem Wohn- und Schlafraum durch, ließ sich auf der Bettkante nieder und schloss die Augen. Was, wenn Simon tatsächlich der Kindsvater wäre? Würde das etwas ändern? Ach woher. Ihr Bauchumfang würde zunehmen, ihre Karriere abschmieren, und sie selbst wäre jeden Tag mit ihrer eigenen Dummheit konfrontiert, sobald sie ihrem Baby ins Gesicht blickte. Andererseits … Eine merkwürdig sentimentale Vision stieg in ihr auf. Wenn dieser Säugling nun klitzekleine Füßchen hätte, sie ab und zu mal anlächeln und sich mit seinen Ärmchen an sie schmiegen würde, könnte sie ihm das Chaos, das er in ihr Leben gebracht hatte, vielleicht verzeihen. Vorausgesetzt, jemand wäre an ihrer Seite, der ihr Mut zusprach, wenn Zweifel kamen, wenn sie sich überfordert fühlte oder mit ihrem Schicksal haderte. Jemand, der nicht weglief, wenn es eklig wurde und sie auch dann noch festhielt, wenn sie sich vor seinen Augen erbrach. Jemand wie Simon.

Und wenn das Kind nun doch von Ben war? Verdammter Mist. Nervös nagte Mari an ihrem Daumengelenk. Sie konnte sich ja wohl schlecht vor Simon aufbauen, ihm sagen, dass sie sich mit ihm selbst das eigentlich Unmögliche vorstellen konnte und gleichzeitig mit der Nachricht rausrücken, dass sie ein Baby von einem anderen Mann erwartete. Was für ein beschissenes Timing!

Das Telefon schrillte und riss sie aus ihren Gedanken. »Ich bin's«, sagte Kirsten am anderen Ende der Leitung. »Wollte nur mal hören, wie's dir geht.«

»Katastrophal«, erwiderte Mari. »Ich … ich glaub, ich hab mich verliebt.«

»In wen? Doch nicht etwa in den Vater deines Kindes?«

»Vielleicht schon. Ich bin mir allerdings nicht sicher, ob er es auch wirklich ist.«

»Was soll das heißen, du bist dir nicht sicher?«

»Na ja …« Mari errötete. »Ehrlich gesagt bin ich in besagter Woche mit zwei verschiedenen Typen ins Bett gegangen …«

»Das ist nicht dein Ernst!«

»Sag nichts, ich mach mir deswegen selbst schon genug Vorwürfe …«

»Es geht mir nicht darum, dir irgendetwas vorzuwerfen«, sagte Kirsten ruhig. »Ich frage mich nur, warum dir dieses nicht ganz nebensächliche Detail erst jetzt einfällt.«

»Weil ich komplett verdrängt habe, dass es mit Simon auch eine heikle Situation gab.«

»Warst du mit dem etwa auch in der Badewanne?«

»Nee. Mit ihm ging das alles bloß so schnell, dass wir gar nicht dazu kamen, ein Kondom …«

»Mari!«

»Ich weiß, das war extrem unvorsichtig, und das passt eigentlich gar nicht zu mir. Aber ich fürchte, die Leidenschaft hat uns einfach übermannt …«

»Wie schön für euch. Und wie geht es jetzt weiter?«

»Das wollte ich dich eigentlich fragen.«

Kirsten seufzte abgrundtief. »Warst du schon bei deiner Frauenärztin?«

»Nein, ich muss mir da erst sicher sein. Wegen der Abtreibung, verstehst du?«

»Macht es denn einen Unterschied für dich, wenn Simon der Vater wäre und nicht dieser Ben?«

»Keine Ahnung«, antwortete Mari wahrheitsgemäß. »Einerseits denke ich zwar, dass niemand besser geeignet ist, ein Kind aufzuziehen als Simon. Mit ihm zusammen sind für mich plötzlich Dinge vorstellbar, vor denen ich sonst immer Reißaus nehme …«

»Aber?«

»Was, wenn das nur eine Momentaufnahme ist? Zwar hab ich mich heute den ganzen Tag sehr wohl gefühlt mit Simon – auch dann noch, als ich ihm vor lauter Schwangerschaftsübelkeit vor die Füße kotzen musste …«

»Bitte *was* hast du getan?!«

»Wenn ein Mann in so einer Situation nicht gleich wegläuft, muss man ihn eigentlich heiraten, oder?«

»Unbedingt«, stimmte Kirsten zu. »Aber du wolltest doch nie heiraten.«

»Ich meine das ja auch nur rein theoretisch. Denn natürlich kriege ich wieder einen meiner Erstickungsanfälle, wenn jemand mit mir Händchenhalten und einen auf feste Beziehung machen will ...«

»Löst Ben eigentlich ähnliche Nestbaureflexe bei dir aus, so vorübergehend diese auch sein mögen?«

Mari überlegte. »Nein. Die meiste Zeit geht er mir sogar ziemlich auf die Nerven.«

»Warum bist du dann überhaupt mit ihm ins Bett gegangen?«

»Weil ich ihn attraktiv fand, weil er sich anbot und weil ich sauer war, dass Simon an besagtem Abend kaum ein Wort mit mir gesprochen hat«, kam die Antwort. »Aber je länger Ben und ich uns unterhalten haben und je mehr er von sich erzählte, desto öfter dachte ich: Gott, was ist das denn für einer? Rein sexuell hat es allerdings einwandfrei mit uns geklappt ...«

»Das kann ich mir gar nicht vorstellen«, sagte Kirsten. »Es geht dabei doch um Liebe, Nähe und Vertrauen. Wie soll eine Bindung entstehen, wenn man sich weder richtig kennt noch ein Fünkchen Zuneigung füreinander empfindet?«

»Wer redet denn von Bindung? Es geht um Lust, Spaß, Nervenkitzel. Abgesehen davon, entspannt es ungemein.«

»So was Ähnliches hat dein Vater auch immer gesagt. Nachvollziehen konnte ich das nie.«

Mari war perplex. »Soll das heißen, du hattest noch nie einen One-Night-Stand?«

»Nein. Für mich gehören Gefühle einfach dazu.«

»Was bist du doch für eine hoffnungslose Romantikerin!«

»Ich weiß – das hat Thomas mir auch ständig vorgeworfen.«

»Hat er sich inzwischen mal bei dir gemeldet?«, wollte Mari wissen.

»Ach was. Es würde mich sehr wundern, wenn er meine Abwesenheit im Büro überhaupt schon bemerkt hätte.«

»Nun mach dich mal nicht kleiner, als du bist. In der Firma sind doch immer alle Fäden bei dir zusammengelaufen …«

»Na und? Niemand ist unersetzlich.«

»Aber Papa hält große Stücke auf dich, das weiß ich ganz genau!«

»Er hält auch eine Menge von den hübschen Hochschulabsolventinnen, die er eingestellt hat«, gab Kirsten zurück und klang dabei genauso desillusioniert, wie sie sich fühlte. »Und dass die meinen Platz längst eingenommen haben, darauf kannst du wetten …«

Sie ahnte nicht, wie falsch sie damit lag.

11. Kapitel

Thomas Bertram saß in seinem Büro mit Blick auf die Frankfurter Skyline und hielt den Telefonhörer auf Abstand, während die Chefsekretärin eines Kunden wie ein Waschweib in sein Ohr keifte.

»Es tut mir sehr leid, dass wir Sie hinsichtlich der Kosten für das neue IT-System falsch beraten haben«, versuchte er zu beschwichtigen, als die Frau zwischendurch Luft holte. »Selbstverständlich ist mir klar, dass es sich bei einer fünfstelligen Summe zu Ihren Lasten nicht um Peanuts handelt. Aber ich versichere Ihnen, dass …«

Eine weitere Schimpftirade unterbrach ihn und schien sich endlos fortsetzen zu wollen. Mit der freien Hand rieb Thomas sich die Schläfen, hinter denen es bereits schmerzhaft zu pochen begann. Jetzt bloß die Nerven bewahren, ermahnte er sich selbst.

»Natürlich würden wir es sehr bedauern, wenn Sie künftig ganz auf unsere Dienste verzichten«, ergriff er erneut das Wort, sobald das Gezeter am anderen Ende der Leitung kurzfristig abebbte. »Wenn Sie mich vielleicht direkt zu Ihrem Vorgesetzten durchstellen würden, dann könnte ich … Wie bitte? Warum ist Herr Schnitzler nicht für mich zu sprechen? Aha, verstehe. Wäre es dann vielleicht möglich, einen Termin …? Wie – Sie melden sich? Und wann, wenn ich fragen darf? Ach, das können Sie noch nicht absehen … Selbstverständlich. Dann vielen Dank für Ihre Mühe und einen schönen …«

Verdattert starrte Thomas den Telefonhörer an. Die Sekretärin hatte aufgelegt, ohne seine Verabschiedung abzuwarten. So etwas hatte er noch nie erlebt. Verärgert erhob er sich, riss die Tür zum Flur auf und brüllte: »*Julia!!!* Sofort in mein Büro!!!«

Es dauerte ungefähr drei Minuten, bis sich leichtfüßig trippelnde Stöckelschuhschritte näherten und eine schlanke Brünette im Türrahmen erschien. Sie trug Businesskostüm, Dutt und einen Lippenstift, der eine Spur zu auffällig war und sich – wie Thomas erst unlängst feststellen musste – selbst mit Gewalt und Säure nicht mehr von einem handelsüblichen Hemdkragen entfernen ließ.

Sobald die Tür hinter ihr ins Schloss gefallen war, setzte Julia ein schelmisches Lächeln auf. »Wie kann ich dir weiterhelfen, Chef?«

Statt auf ihren vertraulichen Ton einzugehen, hielt Thomas ihr ein Dokument entgegen. »Hier ist der Kostensenkungsplan, den wir für die Firma Schnitzler Medical Care aufgestellt haben. Das ging über deinen Schreibtisch, oder?«

»Öhm … ich glaub schon …«

»Wie kommt es, dass wir dem Kunden dazu geraten haben, ein für seine Zwecke vollkommen überteuertes IT-System anzuschaffen? Und noch dazu eines, das technisch auf dem Markt als längst überholt gilt?!«

»Äh … Haben wir das? Ist mir gar nicht aufgefallen …«

»Herrn Schnitzler senior ist es aber aufgefallen!!! Und der war alles andere als begeistert, das kann ich dir sagen!!«

»Aber …«

»Du ahnst nicht, was ich mir gerade von seiner Sekretärin anhören musste!« Thomas lockerte seinen Schlipsknoten, weil er das Gefühl hatte zu ersticken. »Die drohen sogar damit, uns die Zusammenarbeit aufzukündigen!«

»Es war halt das erste Mal, dass ich ein Projekt allein verantwortet habe«, rechtfertigte sich Julia. »Früher hat Kirsten da immer noch mal draufgeguckt …«

»Wenn du dir unsicher bist, dann frag mich gefälligst!«
»Hab ich doch! Aber du hattest ja mal wieder keine Zeit!«
»Ich weiß ja nicht, ob du schon dahintergekommen bist – aber unsere Aufgabe als Berater ist es, den Kunden zu zeigen, wie sie ihre Kosten *optimieren* können. Wenn die Ausgaben sinnlos in astronomische Höhen steigen, haben wir schlicht und einfach versagt! Und riskieren damit ganz nebenbei einen Ruf, den Kirsten und ich in jahrelanger, mühsamer Kleinarbeit aufgebaut haben!«
»Es besteht kein Grund, mich wie ein Dummchen zu behandeln«, gab sie unwirsch zurück.
»Dann verhalte dich auch entsprechend – und mach deinen Job so, dass es nichts zu beanstanden gibt!« Er kehrte ihr den Rücken zu und beugte sich über seinen Computer. »Was ist mit der Präsentation für die Perlmannwerke, die wir heute Nachmittag halten?«
»Was soll damit sein?«
»Ich will wissen, ob sie fertig ist, Herrgott noch mal!«
»Keine Ahnung. Eva-Maria wollte sich darum kümmern …«
»Dann richte ihr bitte aus, dass ich euch beide in einer Stunde mitsamt den fertigen Dateien in meinem Büro sehen will!«, herrschte er sie an. »Und wenn ich darin auch nur ein einziges falsches Komma finde, könnt ihr zwei was erleben, verstanden?«
Ein paar Sekunden verstrichen, in denen Julia seine Worte sacken ließ. »In Sevilla warst du anders«, sagte sie schließlich. »Ich glaube, ich habe mich echt in dir getäuscht.«
»Dein Problem. Und jetzt raus!«
Erst als ihre Schritte auf dem Gang verklungen waren, gestattete sich Thomas auszuatmen. *Sevilla,* dachte er und öffnete eines seiner Fenster. Bei dieser verdammten Dienstreise

hatte er sich in erster Linie selbst enttäuscht. Gerade mal zwei Wochen waren damals seit Kirstens überstürztem Abschied ins Land gegangen, und in dieser Phase hatte er tatsächlich noch geglaubt, bestens zurechtzukommen. Warum auch nicht? Die Verhandlungen mit seinen spanischen Kunden liefen nach Plan, die Abendsonne tauchte die Stadt in das übliche Weichzeichnerlicht, der Rotwein auf der Hotelterrasse war süffig, seine Begleiterin langbeinig und leicht zu beeindrucken.

Es hatte Thomas nicht mal zwei Stunden des Flirtens mit angezogener Handbremse gekostet, bis Julia ihn mit auf ihr Zimmer nahm und das Ganze auch noch für ihre eigene Idee hielt. Gegen die Badezimmertür gepresst, hatte sie ihre Oberschenkel um seine Hüften geschlungen und seinen Hemdkragen mit besagtem Lippenstift ruiniert, während er sich an ihrer Businessbluse zu schaffen machte und die Körbchen ihres ernüchternd gepolsterten BH freilegte. Dabei hechelte sie ihm die ganze Zeit ins Ohr und stieß kleine, fiepende Laute aus, die ihn an den Zwergpudel erinnerten, den er Mari zum achten Geburtstag geschenkt hatte. Als Julia wenig später vor ihm in die Knie ging, seine Gürtelschnalle löste und sich demonstrativ über die weit geöffneten Lippen leckte, war es vorbei. Er hielt ihre Hand fest und sagte: »Tut mir leid – das hier ist keine gute Idee.«

»Aber – warum? Stimmt was nicht?«

Gar nichts stimmte, das erkannte er in diesem Augenblick. Doch das war nicht Julias Schuld – vielmehr lag das Problem bei ihm, der solche Spielchen vielleicht eine Spur zu oft gespielt, häufig genug auch provoziert hatte. Geschäftsreise, schickes Hotel, smarter Chef und attraktive Mitarbeiterin – es waren ja doch die immer gleichen Zutaten, die dieses Jugendherbergsgefühl aufkommen ließen, diese Lust am Verwegenen, Verbotenen, am Übertreten von Grenzen. Die Tatsache, dass es immer wieder funktionierte, hatte etwas Ermüdendes. Und dass die Frauen, die ihn kichernd am Schlips über ihre Türschwelle zerrten, immer faltenfreier, flachbrüstiger und kindlicher wurden, verstärkte seinen Selbstekel: Je öfter Thomas sich in solchen Situationen über die eigene Schulter schaute, desto mehr kam er sich wie der lüsterne, alte Sack vor, der er niemals hatte werden wollen.

Was hatte Kirsten neulich noch zu ihm gesagt? *»Wenn du es ganz besonders nötig hast, betrügst du mich mit Studentinnen, die jünger sind als deine Tochter – nur, um dir selbst zu beweisen, dass du es immer noch draufhast.«* Vielleicht hatte sie ja Recht und er war nur deshalb so promiskuitiv, weil er das Älterwerden fürchtete. Vielleicht folgte er aber auch einfach nur seiner Natur und war damit ehrlicher als all jene Familienväter, die vordergründig in Monogamie lebten, beim Spaziergang im Park aber jedem Minirock nachstierten. Wer wusste das schon? Fest stand jedenfalls, dass er neuerdings öfter an Kirsten dachte, als er je für möglich gehalten hätte.

Thomas schloss das Fenster und vergrub die Hände in den Taschen seiner Anzughose. In Momenten wie diesem, wenn im Büro alles schiefging und er das Gefühl nicht loswurde, dass ihm nach und nach alles aus den Händen glitt, vermisste er es, einfach ein Zimmer weitergehen und sich sicher sein zu können, Kirsten dort in ihre Arbeit vertieft vorzufinden. Sie war sich dessen wahrscheinlich nie bewusst gewesen, aber ihre bloße Anwesenheit hatte ihm vor manch schwierigem Meeting überhaupt erst die Kraft gegeben, fordernd und bestimmt in seinen Verhandlungen aufzutreten. Der tägliche Kampf gegen den Rest der Welt schien eine lösbare Aufgabe zu sein, wenn man einen verlässlichen Partner hinter sich wusste. Doch so allein wie er jetzt war, umgeben von Menschen, die er nicht wirklich verstand und denen er im Zweifelsfall auch nichts bedeutete, fühlte sich der Kampf für ihn wie eine immer schwerer werdende Last an, und der Triumph wurde zur Ausnahme.

Nachdenklich zückte er sein Handy. In den vergangenen Wochen war er mehrmals kurz davor gewesen, Kirsten anzurufen – nur, um im letzten Moment dann doch zu kneifen. Was hätte er ihr auch sagen sollen? *Komm zurück, ich brauche dich.* Das entsprach zwar der Wahrheit, klang in seinen Ohren aber so kitschig, dass er es nicht über sich brachte, diese Worte auszusprechen. Es war ohnehin nicht das, was sie hören wollte – doch Liebesschwüre und das Versprechen nach ewiger Treue würden ihm nicht über die Lippen kommen, so sehr sie sich das auch wünschte.

Ein Flugzeug zog über die Bankentürme hinweg und hinterließ einen weißen Streifen am Horizont. Was aber wäre, wenn Kirsten ihn und ihr altes Leben auch vermisste, wenn sie nur darauf wartete, dass er sie aus diesem piefigen Bad Orb rausholte, zurück an seine Seite? Er konnte sich beim besten Willen nicht vorstellen, dass es sie glücklich machte, in einem Café zu bedienen – und hier lag vielleicht die einzige Chance, die er noch hatte. Thomas starrte erneut auf sein Handy und rang mit sich. Nicht am Telefon, entschied er dann. Er musste ihr ins Gesicht sehen, wenn er mit ihr sprach, nur so konnte er sie überzeugen. Mit zwei Schritten trat er an seinen Schreibtisch und blätterte den Terminkalender durch. Vor dem späten Freitagnachmittag ließ ihm der Marathon seiner Verpflichtungen keine Luft für eine Fahrt in den Spessart. Aber vielleicht war das gar nicht so verkehrt – auf diese Weise konnte er sich noch genau zurechtlegen, was er Kirsten eigentlich sagen wollte. Mit ein bisschen Glück würde er dann noch am selben Abend ihre Sachen ins Auto laden und sie wieder nach Frankfurt mitnehmen – zurück an den Ort, wo sie hingehörte.

*

Kirsten trug die Umsätze der zurückliegenden Arbeitswoche in eine Excel-Tabelle ein, als ihre Mutter das Büro betrat.

»Papa und ich fahren gleich los.« Nervös fingerte Margot Arnold an der kurzärmeligen Jacke ihres bordeauxroten Sommerkostüms herum, das sie nur zu besonderen Anlässen anzog. »Bist du sicher, dass du zwei Tage ohne uns zurechtkommst?«

»Mehr als das – ich freu mich, euch beide endlich mal los zu sein.« Grinsend griff Kirsten nach ihrem Kaffeebecher und trank einen Schluck. »Toll siehst du aus.«

»Ach, ich wusste nicht, was ich für ein Wochenende in so einem feinen Hotel alles mitnehmen soll. Da hab ich einfach irgendwas aus dem Schrank gegriffen …«

»Gute Wahl, zumindest für euer Romantikdinner heute Abend. Aber hast du auch an was Bequemes gedacht?«

»Schwimmzeug, Jeans, Wanderschuhe – alles dabei«, zählte Margot auf. »Bademäntel werden gestellt, heißt es in dem Prospekt.«

»Der Wellnessbereich soll phantastisch sein, hab ich gelesen. Deinen Massagegutschein hast du eingepackt?«

»In meiner Handtasche. Aber diese zusätzlichen Kosten wären doch nun wirklich nicht nötig gewesen, Kind.«

»Und ob die nötig waren«, widersprach Kirsten. »Ihr zwei sollt euch schließlich erholen.«

»Wovon denn? Papa und mir geht's gut, wenn wir zusammen sind. Und entspannen können wir uns auch zu Hause auf der Terrasse …«

»Ihr beide wart seit hundert Jahren nicht mehr im Urlaub

und hattet meinetwegen sehr viel Aufregung in letzter Zeit. Glaub mir, es wird euch guttun, mal rauszukommen.«

»Es ist lieb von dir, dass du so an uns denkst.«

»Aber?«

Margot seufzte. »Diese ganzen Ausgaben, ausgerechnet in unserer jetzigen Situation …«

»Mach dir darüber bitte keine Gedanken. Ich habe euch schließlich eingeladen.«

»Das ist es ja, was mich stört. Du solltest dein Geld lieber zusammenhalten.«

»Wozu? Um noch mehr Aktien davon zu kaufen?«

»Ich dachte eher an eine schöne Eigentumswohnung.«

»Für mich allein?« Kirsten schüttelte den Kopf. »Dann käme ich mir so vor, als ob ich mein Singledasein für immer besiegeln würde.«

»Unsinn, so eine Wohnung kann man doch jederzeit weitervermieten, wenn sich die Lebensumstände wieder ändern.«

»*Wenn* sie sich denn ändern! Im Moment sieht's aber eher nicht danach aus.«

»Abwarten.« Margot lächelte verschmitzt und strich ihrer Tochter über die Wange. »Manchmal passiert so etwas schneller, als man denkt.«

Misstrauisch kniff Kirsten die Augen zusammen. »Wieso kommt mir gerade der Verdacht, dass du schon wieder versuchst, mich zu verkuppeln?«

»Ich? Als ob ich jemals …«

»Und was war das neulich, als du mich gezwungen hast, Herrn Leitner von der Stadtverwaltung zu bedienen?«

»Er ist immerhin einer unserer Stammgäste! Gebildet, verwitwet …«

»… und mindestens 20 Jahre älter als ich, vielen Dank!«

»Das war Thomas doch auch.«

»Nein, uns haben nur zwölf Jahre getrennt. Außerdem wirkte er deutlich jünger und war nicht halb so gesetzt.«

»Aber auch nicht so zuverlässig.« Margot entfernte ein imaginäres Staubkorn vom Revers ihres Jacketts. »Und inzwischen solltest du unterscheiden können, was wichtiger ist im Leben, meinst du nicht auch?«

»Klingt, als ob du mir einen Bausparvertrag unterjubeln willst.«

»Ach was, ich möchte doch nur, dass du einen neuen Partner findest und glücklich wirst.«

»Zuverlässigkeit allein ist dafür aber keine Garantie«, gab Kirsten zu bedenken. »Der Mann muss mir schon ein bisschen gefallen und wenigstens halbwegs auf meiner Wellenlänge sein.«

»Wie willst du das herausfinden, wenn du dich nie verabredest und niemals ausgehst?«

»Du weißt doch selbst, wie viel ich in letzter Zeit um die Ohren hatte!«

»Natürlich weiß ich das! Darum dachte ich ja auch, dass ein kleines bisschen Unterstützung sicher nichts schaden könnte …«

»Mama!« Kirstens Stimme nahm einen warnenden Unterton an. »Was hast du ausgeheckt?«

»Nichts weiter!«

»Ich seh doch von hier, dass deine Nase vor lauter Flunkern immer länger wird.«

»Also, ich muss wirklich langsam los – Papa wird bestimmt schon ungeduldig, weil ich so lange …«

»Hiergeblieben!« Kirsten sprang auf und hielt ihre Mutter am Ellbogen fest. »Erst sagst du mir, welche Art der *Unterstützung* du mir jetzt schon wieder eingebrockt hast.«

»Du bist wirklich eine Spielverderberin! Es hätte *so* eine nette Überraschung für dich werden können …«

»Ich hasse Überraschungen. Besonders, wenn sie mein nicht vorhandenes Liebesleben in Schwung bringen sollen.«

»Wirklich, Kind, dafür musst du dich nicht schämen. Du bist doch nicht der einzige Mensch hier in der Stadt, der gerade eine Enttäuschung verkraften muss …«

»So? Wer denn noch?«

»Nun ja.« Margot senkte den Blick. »Der Rüdiger, zum Beispiel. Den habe ich neulich ganz zufällig auf dem Markt getroffen.«

»Wen?!«

»Rüdiger Buchenkamp. Du erinnerst dich vielleicht, dass er früher jeden Morgen bei uns geklingelt hat, um dich zur Schule abzuholen?«

»Doch nicht das rotblonde Pummelchen, das an mir geklebt hat wie eine Klette?!«

»Wenn dich die Haarfarbe stört: Das Problem ist gelöst, würde ich sagen – er trägt inzwischen Glatze.«

»Na, super.«

»Aber pummelig ist er nicht mehr, im Gegenteil: Ich finde, er sieht recht gut aus, gertenschlank und sehr gepflegt.« Margot machte eine bedeutungsvolle Pause. »Du kannst ihn dir ja mal angucken.«

»Danke, kein Interesse.«

»Sicher? Ich hab ihm gesagt, dass er heute auf ein Feierabendbier bei dir im Café vorbeikommen kann.«

»*Was* hast du getan?!«

»Entschuldige mal, ich dachte, du freust dich …«

»Mama! Du hättest mich vorher fragen müssen!«

»Du hast doch sowieso nichts anderes vor, wenn du ehrlich bist.«

»Ich wollte mir den Freitagskrimi im Zweiten angucken!«

»Bei dem schönen Wetter?« Margot zog die Augenbrauen nach oben. »Ist es da nicht viel netter, mit einem guten alten Schulfreund in unserem Kaffeegarten zu sitzen und an vergangene Zeiten anzuknüpfen?«

»Das letzte Mal, als ich mit ihm zu tun hatte, hab ich ihm beim Sportunterricht einen Baseball zwischen die Beine geworfen. Glaub mir, daran will er ganz sicher nicht anknüpfen ...«

»Dann redet ihr eben über andere Dinge«, entgegnete ihre Mutter leichthin. »Über seine Schreinerei zum Beispiel oder über seine kleine Tochter ...«

»Er hat ein Kind?«

Margot nickte. »Mathilda, acht Jahre alt. Ein ganz entzückendes Mädchen.«

»Und die Mutter dazu?«

»Hat ihn vor gut einem Jahr verlassen, um sich als Künstlerin selbst zu verwirklichen. Er hat lange gebraucht, um darüber hinwegzukommen.«

»Und ich soll ihm jetzt die Kleenex-Schachtel anreichen, oder was?«

»Nun sei doch nicht so negativ! Ihr seid beide im selben Alter, ihr habt beide eine traurige Erfahrung machen müssen – und vielleicht habt ihr euch ja doch mehr zu sagen, als du jetzt im Augenblick denkst? Abgesehen davon ...«

»Ja?«

»Wenn es funktionieren sollte, hättest du gleich eine Familie.«

Kirsten biss sich auf die Unterlippe, denn ihre Mutter hatte ihren wunden Punkt getroffen. »Ich wollte immer ein eigenes Kind.«

»Das kann ich verstehen. Aber wenn es nun mal nicht sein

soll?« Behutsam legte sie ihrer Tochter die Hand auf den Arm. »Ist es da nicht besser, sich um ein kleines Mädchen zu kümmern, das eine Mutter braucht, als allein zu Hause vor dem Freitagskrimi zu sitzen?«

»Denkst du wirklich, dass man eine Familie zusammenstellen kann wie ein Frühstücksbuffet? Dass man nur ein paar fehlende Zutaten mixen muss, und schon ergibt es ein stimmiges Ganzes?«

»Ich sage ja nicht, dass so etwas immer klappt. Aber in vielen Fällen scheint es doch ganz gut zu funktionieren.«

Polternde Schritte näherten sich über den Flur. »Können wir dann los, Liebes?«, rief Hubertus und klimperte mit dem Autoschlüssel. »Ich will nicht in den Feierabendverkehr kommen …«

»Wir können.« Margot beugte sich vor und hauchte ihrer Tochter einen Kuss auf die Stirn. »Gib der Sache wenigstens eine Chance. Was hast du schließlich zu verlieren?«

»Meinen Seelenfrieden«, knurrte Kirsten zurück, zwang sich dann aber zu einem Lächeln. »Amüsiert euch, ihr zwei. Ich wünsche euch ein wunderschönes Wochenende!«

»Wir rufen an, wenn wir angekommen sind«, versprach ihr Vater.

»Vielleicht schreiben wir aber auch nur eine SMS«, korrigierte Margot und zwinkerte ihrer Tochter bedeutungsvoll zu. »Du hast heute Abend bestimmt noch was anderes zu tun, als auf einen Anruf deiner langweiligen Eltern zu warten …«

»Stimmt, ich werd mir mal so richtig einen ansaufen.«

»Kirsten!«

»Und danach tanze ich nackt mit Rüdiger durch unseren Kaffeegarten – das schöne Wetter müssen wir ja schließlich ausnutzen …«

»Ich dachte, du wolltest den Krimi im Zweiten gucken.« Einigermaßen verdattert blickte Hubertus von seiner Tochter zu seiner Frau und wieder zurück. »Hab ich da irgendwas verpasst?«

»Frag nicht, Papa. Frag einfach nicht.«

12. Kapitel

Die Töpfe in der Küche waren blitzeblank geputzt, die Tische vor dem Café abgedeckt und zusammengeschoben. Kirsten stand hinter der Theke, überprüfte die Kasse und sah aus den Augenwinkeln, wie Fred, der Konditorgeselle, sich die Schürze abband.

»Das war's für heute«, rief er ihr zu. »Soll ich noch warten, bis die letzte Spülmaschine durch ist?«

Kirsten warf einen flüchtigen Blick auf die Uhr an der Wand gegenüber. Kurz vor acht, und alle anderen Mitarbeiter waren schon weg. Wie immer war es Fred, der aus Gutmütigkeit am längsten blieb – das konnte so wirklich nicht weitergehen.

»Lass nur, ich mach das schon«, erwiderte sie und nahm sich fest vor, Kalli, Monika und Rita bei nächster Gelegenheit zur Rede zu stellen.

»Sicher? Da sind aber noch 'ne Menge Gläser abzutrocknen …«

»Kein Problem. Geh nur nach Hause zu deiner Familie.«

Verlegen kratzte Fred sich am Kinn. »Also, da sag ich nicht nein … wir wollten heute Abend nämlich noch den Grill anschmeißen …«

»Dann ab mit dir, du wirst bestimmt schon erwartet.«

»Danke, Kirsten. Morgen wieder um dieselbe Zeit?«

Sie lächelte ihn an. »Das müsste passen. Wir haben nur eine etwas größere Gesellschaft, die mittags einen Tisch reserviert hat, daher rechne ich nicht mit einem unerwartet großen Ansturm.«

»Verdient hätten wir's aber.«

»Wie bitte?«

»Na ja, soviel Mühe, wie du dir gegeben hast mit der Einrichtung, der Speisekarte und allem …« Er zuckte mit den Achseln. »Da könnten durchaus ein paar mehr Gäste kommen, finde ich.«

»Das werden sie schon noch«, entgegnete Kirsten und versuchte, betont zuversichtlich zu klingen. »Wir brauchen nur ein bisschen Zeit.«

»Na dann, schönen Abend.«

»Dir auch. Bis morgen!«

Fred steuerte gerade die Tür zum Ausgang an, als ein hochgewachsener, schlanker Mann das Café betrat. Er trug Jeans, T-Shirt und eine randlose Brille. »Mensch, Rüdi – du bist zu spät«, empfing ihn der Konditorgeselle. »Wir haben schon geschlossen, Alter!«

Kirsten spürte, wie ihr Herzschlag sich beschleunigte. »Das … das ist schon in Ordnung, Fred.«

Verdutzt blickte dieser von einem zum anderen. »Aber …«

»Ich kümmere mich um unseren Gast, danke. Dir und deiner Familie viel Spaß beim Grillen.«

»Okaaay.« Es war Fred deutlich anzusehen, dass er sich auf die Verbindung zwischen seiner Chefin und dem Neuankömmling keinerlei Reim machen konnte. »Dann sag ich mal Tschüss, oder?«

»Tschüss«, erwiderte Rüdiger Buchenkamp, bevor er sich seiner Gastgeberin zuwandte. »Hallo, Kiki. Deine Mutter hat gesagt, du freust dich, wenn ich mal vorbeischaue.«

Hatte sie das? »Oh … äh … Klar.« Kirsten gab sich einen Ruck, trat auf ihn zu und reichte ihm etwas förmlich die Hand. »Schön, dich mal wiederzusehen. Ehrlich gesagt, hätte ich dich gar nicht erkannt …«

»Ich dich sofort, du hast dich überhaupt nicht verändert.«

Er lächelte und entblößte dabei eine Reihe strahlend weißer, perfekt gewachsener Zähne. »Passt es dir jetzt gerade mit meinem Besuch, oder komme ich zu früh?«

»Nein, das ist super, wobei …« Sie zögerte. »Ehrlich gesagt, hab ich da noch eine Spülmaschine voller Gläser in der Küche. Macht es dir was aus, dich schon mal mit einem Bier in den Garten zu setzen, während ich die schnell abtrockne?«

»Eine Menge. Ich helfe dir selbstverständlich!«

»Nicht doch, so war das nicht …«

»Aber ich bin ein sehr guter Gläserabtrockner«, fiel Rüdiger ihr ins Wort. »Außerdem fällt es uns bestimmt leichter, 30 Jahre aufzuholen, wenn wir dabei ein bisschen was zu tun haben.«

»30 Jahre?! So lange haben wir uns nicht gesehen?«

»Seit der Grundschule nicht mehr, wenn ich mich recht erinnere.« Er folgte ihr in die Küche. »Und die war 1984 zu Ende.«

»O Gott, jetzt fühle ich mich wirklich alt!«

»Brauchst du nicht, du gehst immer noch locker für 28 durch.« Suchend sah Rüdiger sich um. »Hast du ein Geschirrtuch für mich?«

»Bitte sehr.« Kirsten reichte ihm das Tuch, ging zur Spülmaschine und zog das quadratische Metallgehäuse am dafür vorgesehenen Griff nach oben. Wasserdampf drang ins Freie, der die Küche sogleich einnebelte. Mit geübtem Griff packte sie den mit Gläsern und Besteck gefüllten Plastikkorb und beförderte ihn auf die Geschirrstraße. »Und was hast du in den vergangenen 30 Jahren so gemacht?«, nahm sie das Gespräch wieder auf. »Außer, dass du dich in der Kunst des Schmeichelns geübt hast?«

Rüdiger lachte leise. »Mal überlegen. Realschule, Berufsschule, Fachabitur und anschließend eine Lehre als Schreinergeselle. In dem Job hab ich ein paar Jahre als Angestellter gearbeitet, schließlich meine Meisterprüfung gemacht, einen eigenen Betrieb eröffnet, geheiratet, ein Kind bekommen und meine Ehe kürzlich in den Sand gesetzt – das war's im Wesentlichen.«

»Oh. Klingt … aufregend.«

»War's aber nicht«, versicherte er. »Mit Ausnahme der Trennung von meiner Frau. Das hätte ich nicht unbedingt haben müssen.«

»Wie … wie lange seid ihr denn schon auseinander?«, erkundigte sich Kirsten, während sie ein Weinglas polierte. Dabei versuchte sie, sich nicht darüber zu wundern, dass Rüdiger seine gescheiterte Ehe schon so früh zur Sprache brachte. Andererseits: Sie hatte gefragt. Und wenn sie ehrlich war, interessierte sie dieses Thema deutlich mehr als die Abhandlung aller Urlaube, die er in den vergangenen 30 Jahren so unternommen hatte.

»Nelly ist vor knapp anderthalb Jahren ausgezogen«, entgegnete er und sah sie prüfend an. »Wir müssen aber nicht über meine Frau reden, wenn dir das unangenehm ist.«

»Was? Wie kommst du denn auf die Idee?«

»Ich hatte gerade den Eindruck. Außerdem fänd ich's normal: Bei unserem ersten Treffen nach drei Jahrzehnten brauchen wir uns ja nicht gleich in der ersten Viertelstunde sämtliche Psychoschocker aufzutischen, oder?«

»Das nicht«, räumte Kirsten ein und stellte fest, dass sie Rüdigers offene Art überraschend sympathisch fand. »Aber ich bin schrecklich neugierig. Abgesehen davon habe ich dir in der ersten Viertelstunde unseres Wiedersehens ja auch schon eine Menge zugemutet.«

»So? Was denn?«

Sie grinste. »Ich nutze dich als unbezahlte Arbeitskraft aus, indem ich dich Gläser abtrocknen lasse.«

»Stimmt. Ganz schön frech von dir.«

»Mir deine Leidensgeschichte anzuhören, ist also das mindeste, was ich da tun kann.«

»Ach, du willst dich doch nur berieseln lassen.«

»Was denn sonst?« Kirsten schnappte sich eine Handvoll Besteck aus dem Korb. »Also, was ist nun mit eurer Trennung?«

»Matti und ich knapsen noch daran.«

»Wer ist Matti?«

»Meine Tochter Mathilda. Sie wird im Herbst 9 Jahre alt.«

»Es muss schlimm für sie sein, plötzlich nicht mehr beide Eltern jeden Tag um sich zu haben …«

»Zumal sie noch gar nicht versteht, wo eigentlich unser Problem liegt«, stimmte Rüdiger ihr zu. »Für Matti gehören Papa und Mama zusammen, fertig. Dass einer von beiden plötzlich meint, in Hamburg leben zu müssen, um sich da in Farbe zu suhlen, geht nicht in ihren Kopf.« Er hielt ein Weizenbierglas hoch. »Glänzend genug?«

»Perfekt. Und wo genau liegt euer Problem – in Hamburg oder in der Farbe?«

»In beidem«, erwiderte er achselzuckend. »Nelly hat vor unserer Ehe ein paar Semester Kunstgeschichte studiert, wegen der Schwangerschaft aber nie einen Abschluss gemacht. Die Unzufriedenheit darüber schwang immer mit – zumal sie sich selbst auch als Künstlerin gesehen hat und entsprechend ernst genommen werden wollte.«

»Was sprach dagegen?«

»Dass es ihr auf Dauer nicht gereicht hat, hier in Bad Orb Malkurse für Kurgäste zu geben. In Hamburg will sie deshalb noch mal ganz neu durchstarten und nur noch für ihre Kunst leben.«

»Spannend. Und wie finanziert sie das?«

»Über ihren Noch-Ehemann, der Unterhalt zahlt.«

»Oje.« Kirsten ließ ihr Handtuch sinken. »Das tut mir leid für dich, Rüdiger. Wirklich.«

»Ist schon okay«, antwortete er. »Ich verstehe sie sogar bis zu einem gewissen Punkt, schließlich war es nie ihr Lebenstraum, in einem Kaff wie Bad Orb zu enden. Letzten Endes war ihr Frust darüber größer als die Liebe zu Matti und mir. Nach gut einem Jahr Herzschmerz akzeptiere ich das allmählich. Aber unserer Tochter fällt es schwer, zu begreifen, dass ihre Mama plötzlich nicht mehr für sie da sein will.«

»Stimmt das denn?«

»Lass es mich mal so ausdrücken.« Rüdiger angelte sich ein neues Glas aus dem Korb. »Nelly ist im Moment extrem mit sich selbst beschäftigt und verlässt sich darauf, dass meine Mutter und ich uns um Matti kümmern. Ihr letzter Anruf bei uns liegt mehr als zwei Wochen zurück.«

»Das könnte ich nicht«, murmelte Kirsten. »Ich meine, klar, würde ich einen Mann verlassen, wenn ich an seiner Seite unglücklich bin. Aber mein Kind würde ich immer mitnehmen – egal, was passiert.«

»Hast du Kinder?«

Sie senkte den Blick. »Nein. Leider.«

»Tut mir leid … ich hätte nicht so direkt fragen sollen …«

»Kein Problem, ich frage dich ja auch sehr direkt.« Kirsten fing an, die fertigen Gläser in den Schrank zu räumen. »Gleich haben wir's geschafft. Was willst du eigentlich trinken?«

»Ein alkoholfreies Bier, wenn du hast.«

»Gerne. Möchtest du auch etwas essen?«

»Nein, danke. Meine Mutter hat heute Abend groß für uns gekocht, und ich muss ein bisschen auf meine Linie achten.«

»Wozu? Du bist doch so ein dünnes Hemd …«

»Das habe ich mir nach all den Jahren des Übergewichts hart erarbeitet, das kann ich dir sagen.« Er griff sich das letzte Glas und fing an, es zu polieren. »Aber jetzt spann mich nicht länger auf die Folter: Was hast du in den vergangenen 30 Jahren alles angestellt – außer, dass du dich anscheinend ebenfalls in der Kunst des Schmeichelns geübt hast?«

Überrascht drehte sie sich zu ihm um. »Wann hab ich dir denn geschmeichelt?«

»Gerade eben, als du sagtest, ich sei ein dünnes Hemd.«

»Das war keine Schmeichelei, sondern die Feststellung einer Tatsache.«

Rüdiger warf ihr einen schelmischen Blick zu. »Ich wette, als du erfahren hast, dass deine Mutter mich eingeladen hat, hast du gedacht: Gott, halte mir einer diese speckige Nervensäge vom Hals.«

Das kam der Wahrheit so nahe, dass Kirsten errötete. »Na ja … um ganz ehrlich zu sein … Sonderlich begeistert war ich nicht von der Idee.«

»Und jetzt?«

»Bin ich überrascht, wie gut man sich mit dir unterhalten kann.«

»Wobei wir noch gar nicht zum interessanten Teil vorgedrungen sind – deinem bewegten Leben.«

»Ich werde kein schlüpfriges Detail auslassen, versprochen.« Sie legte das abgetrocknete Besteck in eine Schublade, nahm anschließend ein Bier und für sich selbst eine angebrochene Flasche Weißwein aus dem Kühlschrank. »Aber erst, wenn wir draußen im Garten sind.«

»Recht hast du – alles andere macht auch keinen Sinn.«

»Wie meinst du das jetzt wieder?«

»Wenn wir uns schon über schlüpfrige Details unterhalten, dann bitte schön dort, wo möglichst viele Nachbarn mithören können. Oder sollen wir uns gleich in die Fußgängerzone stellen?«

Sie lachte und warf ihr Geschirrtuch nach ihm. »Spinner.«

Wenig später saßen sie auf der Terrasse im Kaffeegarten, während die Abendsonne die Ringelblumen in den weiß lackierten Kübeln in ein goldenes Licht tauchte. Ein Schmetterling flatterte vorbei, aus der Ferne erklang Gelächter, und in der Luft lag das Versprechen eines gerade anbrechenden, wunderbar langen Sommers. Kirsten streckte die Füße von sich, nippte an ihrem Weißwein und fühlte sich so entspannt wie lange nicht mehr. Es brauchte keine großen Überredungskünste, sie zum Erzählen zu bewegen, zumal der Alkohol und eine wohlige Müdigkeit ihre Zunge lockerten. Und so berichtete sie von ihrem BWL-Studium, ihren Auslandsreisen, ersten Berufserfahrungen in Frankfurt und wie sie vor knapp zehn Jahren bei Bertram Consulting angefangen hatte – ehrgeizig und kompetent, aber viel zu schüchtern, um ihre Erfolge auch für sich einzufordern. »Es hat Ewigkeiten gedauert, bis ich gelernt habe, mich aus der zweiten Reihe vorzuwagen und durchzusetzen«, sagte sie zu Rüdiger, der sich als interessierter und geduldiger Zuhörer erwies. »Heute ärgert mich das.«

»Warum?«, wollte er wissen.

»Weil ich so unendlich viel Zeit damit verschwendet habe, mich unter Wert zu verkaufen.« Sie lächelte traurig. »Deine Tochter wird das hoffentlich besser machen.«

»Aber wenn ich dich richtig verstanden habe, bist du zuletzt gleichberechtigte Partnerin dieser Unternehmensberatung gewesen«, warf Rüdiger ein. »Also hast du dein Ziel doch noch erreicht, oder nicht?«

»Bis es so weit war, hatte ich mich längst in Thomas verliebt … was mich leider überaus anfällig für Dummheiten gemacht hat.«

»Welcher Art?«

»Ich habe ihm den Vortritt gelassen und meine Energie zunehmend darauf verwendet, ihm den Rücken freizuhalten – wie eine brave Ehefrau. Und das, obwohl ich so manches Mal anders vorgegangen wäre und unseren Kunden grundlegend andere Dinge geraten hätte als er.« Sie schüttelte den Kopf. »Es gab Phasen, da war ich nur damit beschäftigt, seine Fehler wieder auszubügeln, obwohl ich das Unheil direkt habe kommen sehen.«

»Hast du ihm das nie gesagt?«

»Ich habe es versucht. Aber irgendwie kamen wir nie ganz raus aus unserer alten Rollenverteilung: Er der allmächtige Chef, ich das fleißige Helferlein im Hintergrund. Dabei habe ich mich oft gefragt, wie es wohl wäre, ein Unternehmen allein, nach meinen eigenen Vorstellungen zu führen.«

»Bist du deshalb wieder zurückgekommen?«

Kirsten lachte. »Nein, obwohl ich meinen Eltern bereits eine Menge meiner Vorstellungen zugemutet habe. Es war vielmehr so, dass ich wegwollte, nachdem ich mir endlich eingestanden hatte, mit Thomas keine wirkliche Zukunft zu haben. Und weil ich nicht wusste, wohin, dachte ich, eine Rückkehr nach Hause ist vielleicht kein schlechter Anfang.«

»Das heißt, die Trennung ging von dir aus?«

»Natürlich, Thomas hat dazu keinerlei Notwendigkeit gesehen. Alles nehmen und gar nichts geben – für ihn lief es perfekt.«

Über den Rand seines Bierglases sah Rüdiger sie an. »Liebst du ihn noch?«

»Ja. Obwohl ich gar keinen Grund dazu habe.«

»Vielleicht ja doch.«

»Worauf willst du hinaus?«, erkundigte sich Kirsten verblüfft.

»Darauf, dass es jetzt noch zu früh ist, um zu beurteilen, was eure Beziehung wirklich wert war. Gib euch noch etwas Zeit und warte ab, was passiert. Dann erst weißt du, woran du bist.«

»Es wird nichts passieren. Thomas macht in Frankfurt weiter wie bisher, und ich bin hier. Ende der Geschichte.«

»Hast du noch nie etwas davon gehört, dass auch Trennungen einer bestimmten Dramaturgie folgen?« Rüdiger knibbelte das Etikett von der Bierflasche. »Es gehören immer zwei dazu, und es gibt auf beiden Seiten verletzte Gefühle, Zweifel an der eigenen Entscheidung, Reue. Manchmal führt das zu Einsicht und Versöhnung, manchmal siegen Sturheit und die Erleichterung darüber, dass es vorbei ist. Doch wie auch immer die Sache mit euch ausgeht – im Moment ist es noch zu früh, um eine Prognose zu wagen.«

Kirsten lehnte sich zurück und schwieg für einen kurzen Moment. »Wieso funktioniert das eigentlich?«, fragte sie dann.

»Was denn?«

»Das hier – mit uns. Wir haben uns jahrzehntelang nicht gesehen, und ehrlich gesagt warst du der letzte Mensch, den ich für ein Problemgespräch auf der Agenda hatte. Trotzdem funktioniert es. Warum?«

Er lächelte, und die Fältchen um seine Augen vertieften sich. »Erstens, weil wir uns vertraut sind – immerhin hab ich früher deine ganzen Pausenbrote aufgegessen, damit deine

Mutter nicht merkt, dass du dir lieber beim Hausmeister eine Milchschnitte gekauft hast.«

»Stimmt!« Kirsten schlug sich mit der Hand vor die Stirn. »O Gott, das hatte ich total vergessen – dabei war das ein echter Freundschaftsdienst von dir!«

»Fiel mir leicht. Die Brote von deiner Mutter waren verdammt lecker.«

»Darf ich das mit 30 Jahren Verspätung an sie weitergeben?«

»Nur wenn du sicher bist, dass wir uns damit keinen Ärger einhandeln! Aber da ist noch ein anderer Punkt.«

»Welcher?«

»Unsere Wunden«, sagte Rüdiger. »Ich glaube, es gibt kein besseres Mittel, um eine alte Freundschaft aufzufrischen, als sich über die Verletzungen zu unterhalten, die einem durch einen anderen widerfahren sind.«

»So habe ich das noch nie gesehen, aber du hast recht: Da könnte was dran sein.«

Er leerte sein Bier und stand auf. »Komm, es wird langsam dunkel. Ich bringe dich nach Hause.«

»Aber ich bin mit dem Fahrrad da ...«

»Umso besser, ich auch.«

Als sie kurz darauf durch die beleuchtete Altstadt radelten, war es fast wie früher: Sie kauten Kaugummi und ließen Blasen vor ihren Gesichtern zerplatzen. Fuhren freihändig und in Schlangenlinien, obwohl man ihnen tausendmal eingeschärft hatte, dass sie das nicht durften. Veranstalteten schließlich ein Wettrennen auf der kurzen, geraden Strecke von der Kreuzung bis zur Gartenpforte von Kirstens Elternhaus, wo sie kichernd und schwer atmend anhielten.

»Das ... das war schön«, brachte Kirsten schließlich hervor.

»Fand ich auch.« Er lächelte. »Wir können das gerne mal wiederholen, wenn du magst.«

»Aber nur, wenn du dann anständiges Kaugummi mitbringst. Dieses Pfefferminzzeug brennt auf der Zunge und eignet sich nicht zum Blasenpusten.«

»Ich schau mal, was ich meiner Tochter abluchsen kann.« Unvermittelt beugte Rüdiger sich vor und hauchte ihr einen Kuss auf die Wange. »Schlaf gut, Kirsten. Und hoffentlich bis bald.«

»Ja … komm gut nach Hause.«

Sie sah ihm nach, wie er die Straße hinunterfuhr und hinter einer Hausecke verschwand. Was für ein unerwartet netter Abend, schoss es ihr durch den Kopf. Sie würde sich tatsächlich bei ihrer Mutter bedanken müssen. Fröhlich vor sich hin summend, schob Kirsten das Fahrrad in den Vorgarten ihrer Eltern, als sie hinter sich eine Autotür zuklappen hörte. Sie hob den Kopf und sah einen hochgewachsenen Mann im Businessanzug auf sich zukommen. Ihr Atem stockte. Das war doch nicht etwa …?

Thomas?!

Geschmeidigen Schrittes näherte er sich dem Haus, stieß das Gartentor auf und stand plötzlich vor ihr, als wäre dies das Selbstverständlichste auf der Welt.

»Wer war der Typ gerade?«, fragte er in seinem Großinquisitor-Tonfall, den er für Mitarbeiter reserviert hatte, die im Büro nicht nach seiner Pfeife tanzten. »Ein Freund von dir?«

Musste sie darauf antworten? Nein, beschloss Kirsten. Diese Zeiten waren vorbei. Ohne ihn weiter zu beachten, schloss sie ihr Fahrrad ab, drehte sich um und ging zielstrebig auf die Haustür zu.

»Warte doch mal«, rief er ihr nach. »Ich rede mit dir!«

»Aber ich nicht mit dir.«

»Findest du das nicht reichlich albern? Immerhin bin ich den ganzen Weg von Frankfurt hergef…«

»Ich habe dich nicht darum gebeten«, schnitt sie ihm das Wort ab und kramte ihren Haustürschlüssel aus der Tasche. »Außerdem gibt es ja wohl nichts Alberneres, als mir vor dem Haus meiner Eltern aufzulauern!«

»Ich habe dir nicht aufgelauert!«

»So? Und was willst du dann hier?«

Diese Frage brachte Thomas in Verlegenheit. »Gucken, wie's dir geht«, stieß er hervor.

»Bestens, danke. Sonst noch was?«

»Kirsten, bitte. Können wir uns nicht wie normale Menschen unterhalten?«

»Seit wann willst du dich freiwillig unterhalten?«

Im Nachbarhaus ging die Eingangstür auf, und eine hutzelige, ältere Dame erschien auf der Bildfläche. »Ah, guten Abend, Kirsten«, rief sie aus, während sie mit einem spärlich gefüllten Plastikbeutel in Richtung Mülltonne tippelte und Thomas dabei einer demonstrativen Musterung unterzog. »Das ist ja schön, dich mal wiederzusehen.«

»Aber wir haben uns doch erst heute Morgen gesehen, Frau Herklind.«

»So? Na, wie dem auch sei. Sind deine Eltern schon auf dem Weg in ihren Kurzurlaub?«

»Sie müssten längst angekommen sein.«

»Und du nutzt ihre Abwesenheit gleich für Herrenbesuch?«

»Ihnen auch noch einen schönen Abend, Frau Herklind«, erwiderte Kirsten ungehalten, stieß die Haustür auf und bugsierte Thomas hinein.

»Nett hast du's hier«, sagte dieser trocken, sobald sie vor den neugierigen Blicken der Nachbarin geschützt waren.

»Um dich herum nur Hinterwäldler, und der verlängerte Arm der Stasi wohnt gleich nebenan.«

»Niemand hat dich gezwungen, herzukommen.«

»Also bitte – das eben hätte ich um nichts in der Welt verpassen wollen.«

»Schön, dass dich das Ganze so belustigt«, fuhr Kirsten ihn an. »Aber jetzt will ich, dass du verschwindest!«

»Warum so eilig?« Lächelnd drängte Thomas sie an die Wand neben der Garderobe und stützte seine Hand neben ihrem Kopf ab. »Hast du etwa Angst um deinen guten Ruf?«

»Die Leute hier reden viel.«

»Und?«

»Und ... da muss man ja nicht noch mehr Getratsche provozieren als unbedingt nötig«, antwortete sie atemlos.

»Nein«, flüsterte er und trat noch ein Stück näher. »Muss man nicht.«

Kirsten sah zu ihm hoch. Er war so nah, er roch so gut und sie hatte ihn so sehr vermisst. »Lass das«, sagte sie trotzdem.

»Was mache ich denn?«

»Du spulst mal wieder deine alte Verführermasche ab. Damit kannst du die Mädchen bei dir im Büro beeindrucken – ich bin inzwischen immun dagegen.«

»Wie schade. Dann lässt es dich sicher auch völlig kalt, wenn ich ... das hier mache?« Er beugte sich vor und küsste sie zart hinter das Ohrläppchen.

»Netter ... Versuch.«

»Danke. Und wie sieht es damit aus?« Zwei seiner Finger wanderten über ihren Hals nach unten, glitten federleicht über ihre Haut und verhakten sich im Ausschnitt ihres vorne geknöpften Sommerkleides.

»Nichts«, sagte Kirsten und unterdrückte ein Keuchen. Sie wusste, dass sie ihn eigentlich wegstoßen müsste, dass es mehr als angemessen wäre, ihm das Knie in den Schritt zu rammen, denn schließlich hatte sie nein gesagt – doch ihr Körper gehorchte einfach nicht, sondern wartete gespannt darauf, was als Nächstes passierte.

Ohne sie aus den Augen zu lassen, öffnete Thomas einen Knopf. Dann noch einen. Und noch einen. Seine sorgfältig zurechtgelegte Überzeugungsrede, mit der er sie nach Hause zurückholen wollte, war vergessen, aber das kümmerte ihn nicht weiter. Wäre er in der Lage gewesen, klar zu denken, hätte er sich eingestehen müssen, wie feige er doch war. Er traute Worten nicht, seinen eigenen am allerwenigsten. Wenn er jedoch seine Hände sprechen lassen konnte, bewegte er sich auf sicherem Terrain. Und so schob er Kirsten die Träger des Kleides von den schmalen Schultern, umfasste ihre Taille und hob sie hoch. Wie von selbst umschlangen ihre Arme seinen Hals, ihre Beine seine Hüften.

»Ich hasse dich«, murmelte sie.

»Das hab ich verdient«, flüsterte er und küsste sie auf den Mund. Ihre Finger krallten sich in sein Haar, ihre Lippen öffneten sich und ließen seine Zunge ein.

Er hielt sie fest, während er die nächstbeste Tür ansteuerte, hinter der sich, wie er kurz darauf feststellte, das Wohnzimmer befand. Nicht ganz seine erste Wahl – ein Schlafzimmer mit breitem Bett wäre ihm lieber gewesen. Trotzdem hörte er nicht auf, sie zu küssen, bis sie auf dem Sofa landeten, wo Kirsten ihm den Gürtel aufriss und er den Stoff ihres knöchellangen Kleides nach oben schob. Sie kannten sich seit zehn Jahren, und natürlich hatte die Leidenschaft mit der Zeit nachgelassen. Jetzt aber, den Verlust und die mehrwöchige Trennung im Hintergrund, fühlte es sich an wie beim ersten Mal. Thomas konnte sich nicht erinnern, Kirsten jemals so sehr begehrt zu haben wie in diesem Moment, und während er ihren rasenden Herzschlag unter sich spürte, fand seine aus den Fugen geratene Welt mit jeder Berührung, jeder Bewegung und jedem Atemzug wieder in die alte Ordnung zurück.

Als es vorbei war, lag sie mit geschlossenen Augen vor ihm und rührte sich nicht.

Du hast mir so gefehlt, dachte er und schob ihr eine verschwitzte Haarsträhne aus der Stirn. *Bleib bei mir. Bitte.* Ein Teil von ihm wusste, dass jetzt der richtige Zeitpunkt wäre, sie endlich mal an seinen Gedanken teilhaben zu lassen. Und er war auch kurz davor, wirklich. Stattdessen aber öffnete er den Mund und sagte: »Pack deine Sachen, wir fahren.«

Seine Worte drangen wie durch einen Nebel zu ihr durch, und wenige Sekunden später öffnete Kirsten langsam die Augen. »Wie war das eben?«

Thomas hatte sich bereits aufgerichtet und knöpfte sein Hemd wieder zu. »Warum sollten wir noch länger hier bleiben?«

»Gegenfrage: *Was denkst du dir eigentlich?!*«

»Ähm … dass deine Trotzphase jetzt vorbei ist und du wieder mit nach Hause kommst?«

Unsanft stieß sie ihn beiseite, und ehe er sich's versah, war sie aufgesprungen. »Raus!«, schrie sie ihn an, während sie die Träger ihres Kleides wieder hochzerrte. »Sofort, oder ich vergesse mich!«

»Nun sei doch vernünftig, oder willst du dein Exil hier in der Pampa ewig ausdehnen?«

»Mein Exil?!«

»Hör zu, ich verstehe, dass du wegen der Sache im Krankenhaus wütend auf mich warst.« Thomas stand auf und zog den Reißverschluss seiner Anzughose mit einem energischen »Ritsch« nach oben. »Du hast dich gerächt und mich mit einer Menge Arbeit sitzenlassen, aber jetzt reicht es langsam, findest du nicht? Es wird höchste Zeit, dass du dich wieder um unser Büro kümmerst!«

»Das Büro ist mir *scheißegal,* und das hat mein Anwalt dir auch schriftlich mitgeteilt!«

»Was dieser kleine Rechtsverdreher da von sich gibt, kann doch kein Mensch ernst nehmen …«

»Er vertritt *meine* Interessen! Und vielleicht fängst du endlich mal damit an, diese zu respektieren!«

»Diesen Irrsinn kann ich unmöglich respektieren.« Er trat auf sie zu. »Komm schon, es ist nur zu deinem Besten. Du verschenkst dein Talent, wenn du dich weiter hier in der Einöde vergräbst – und statt mich zu bestrafen, schadest du dir am Ende nur selbst.«

Fassungslos starrte sie ihn an. »Du denkst wirklich, es geht hier um dich, oder?«

»Tut es das denn nicht?«

»Für einen Egomanen wie dich ist das wahrscheinlich nur schwer vorstellbar, aber – nein. Es geht mir nicht darum, dich zu *bestrafen.* Ich bin hier, weil ich es *will.* Und wie du das findest, ist mir offen gestanden ziemlich schnuppe!«

Nun war es an Thomas, um Fassung zu ringen. »Aber … hier ist doch *nichts!*«, blaffte er sie an. »Was um alles in der Welt hält dich hier?!«

»Meine Eltern. Nette Nachbarn. Menschen, die mich von früher kennen und auf der Straße grüßen.«

»Du meinst so aufgeschlossene Leute wie diese Herklind, die gleich den Moralischen kriegt, sobald du mit einem Mann redest?«

»Meine Nachbarn in Frankfurt hätten sich doch nicht mal gerührt, wenn ich vor ihren Augen im Treppenhaus verschimmelt wäre«, schnappte Kirsten zurück. »Da ist mir das hier lieber!«

»Die bösen Menschen in der bösen Großstadt – geht's vielleicht auch etwas weniger plakativ?«

»Sobald du aufhörst, meine Heimatstadt als *Einöde* zu verunglimpfen – vielleicht.«

»Aber das hier *ist* die Einöde!« Entnervt fing Thomas an, im Wohnzimmer auf und ab zu laufen. »Ich verstehe einfach nicht, wie eine intelligente Frau mit deinem Hintergrund …« Abrupt blieb er stehen, als ihm ein Gedanke kam. »Es liegt an diesem Typen, oder? Deshalb bist du hier!«

»Was? Wovon redest du?«

»Von diesem Glatzkopf, mit dem du vorhin auf der Straße herumgeschäkert hast.«

»Rüdiger?« Sie hatte Mühe, nicht in hysterisches Gelächter auszubrechen. »Was soll ich getan haben?«

»Nun tu nicht so. Ich hab doch genau gesehen, dass er dich zum Abschied geküsst hat!«

»Das ist natürlich ein Skandal«, erwiderte Kirsten und lachte nun doch. »Entschuldige«, brachte sie heraus, sobald sie sich wieder einigermaßen beherrschen konnte. »Aber das hier ist wirklich absurd …«

»So? Erklärst du mir auch, was?«

»Na – du.« Sie wischte sich die Lachtränen aus den Augenwinkeln. »Thomas Bertram, der große Verfechter der offenen Beziehung, hält mir allen Ernstes vor, dass ein alter Schulfreund mich auf die *Wange* geküsst hat …«

»Freut mich, dass ich zu deiner Unterhaltung beitrage!«

Sofort wurde Kirsten aggressiv. »Ich habe nicht mit ihm geschlafen«, sagte sie schneidend. »Anders als du muss ich mein Selbstwertgefühl nicht damit aufwerten, möglichst viele Kerben in meinen Bettpfosten schnitzen zu können!«

»Vielleicht kommt das ja noch – es sei denn, es ist was Ernstes mit dir und diesem *Schulfreund.*«

»Und wenn es so wäre?«

Thomas hielt ihrem Blick stand. »Dann würde ich dir viel Glück wünschen.«

»Und mich endlich in Ruhe lassen?«

Er nickte.

»Gut, dann geh jetzt bitte.«

»Können wir nicht …?«

»Nein. Ich möchte, dass du verschwindest – jetzt gleich.«

Thomas hob sein Jackett vom Boden auf, rollte seine Krawatte zusammen und erkannte, dass er es vermasselt hatte. Trotzdem wollte er nicht gehen, nicht ohne sich ein letztes Mal gegen das Unvermeidliche gestemmt zu haben – und sei es auch nur mit einer billigen Provokation. »Wie erklärst du ihm das?«, fragte er, während er sein Hemd zurück in den Hosenbund stopfte.

Das blanke Unverständnis stand Kirsten ins Gesicht geschrieben. »Wem erkläre ich was?«

»Na, deinem Typen.« Thomas deutete auf das Sofa. »Das mit uns – vorhin.«

»Mein Problem.«

»Spricht da tatsächlich die Königin der Monogamie?«, spöttelte er. »Was ist aus den hehren Werten geworden, die du immer so tugendhaft vertreten hast?«

»Ich weiß nicht, was du meinst …«

»Das weißt du sehr genau – Treue, Loyalität, Zweisamkeit … Soll ich weitermachen?«

»Verschwinde endlich!« Gereizt rauschte Kirsten an ihm vorbei in den Flur, wo sie die Haustür aufriss. »Sofort!«

Unbeeindruckt folgte er ihr. »Du hast sogar mal gesagt …«

»Was?!«

… dass du mich liebst, dachte Thomas den Satz zu Ende, den er nicht auszusprechen wagte. Dabei hätte er alles darum

gegeben, zu erfahren, ob sie wirklich nichts mehr für ihn empfand. Seltsam. All die Jahre hatte ihre bedingungslose Anhänglichkeit ihn belastet und latent aggressiv gemacht. Mehr als einmal hatte er sie aufgefordert, die Dinge zwischen ihnen nicht ganz so ernst zu nehmen, zweigleisig zu fahren und sich auch mal mit anderen Männern zu treffen – wohl wissend, dass sie niemals dazu in der Lage wäre, ihn zu hintergehen. Jetzt aber, wo er sich ihrer nicht mehr sicher sein konnte, fehlte ihm genau das. Und als er sie mit aufgelöstem Haar und zerknittertem Kleid in der geöffneten Tür stehen sah, außer sich vor Wut und nur darauf bedacht, ihn endlich an die Luft zu setzen, wurde ihm schmerzlich bewusst, was er verloren hatte.

»Kirsten …«, fing er an. »Ich möchte, dass du …«

Abwehrend hob sie die Hand. »Spar dir den Atem, Thomas. Niemanden hier interessiert, was du möchtest.«

»Aber …«

»Geh einfach, okay? Und wenn dir noch irgendwas an mir liegen sollte …«

»Ja?«

»… dann komm nicht wieder.« Sie schluckte. »Nie mehr, hörst du? Lass mich endlich in Ruhe!«

Die Erkenntnis, dass er ihr lästig geworden war, traf ihn wie ein Schlag in den Magen. Angewidert von sich selbst, verließ Thomas das Haus ohne ein weiteres Wort.

13. Kapitel

Von seinem Schreibtisch aus hatte Ben den perfekten Überblick über alles, was im Großraumbüro der Redaktion vor sich ging: Wer zu spät kam und trotzdem früher Feierabend machte. Wer Privatgespräche führte oder vom Dienstrechner aus die nächste Urlaubsreise buchte. Wer einen Packen Papier aus dem Druckerraum in seinen Rucksack stopfte und wer die Einladungen für den bevorstehenden Kindergeburtstag auf dem Farbkopierer des Verlages vervielfältigte. Er registrierte jeden Fehltritt, jede kleine Schummelei – und hatte vollstes Verständnis. Schließlich wickelte er sein gesamtes Onlinebanking vom Büro aus ab, tummelte sich den ganzen Tag auf Facebook und beglückwünschte sich zu dem Kaffeevorrat, den er aus Beständen der Verlagsküche bei sich zu Hause gebunkert hatte.

Was seine Toleranzgrenze allerdings mehr als überschritt, war die Tatsache, dass Simon und Mari neuerdings ständig aufeinanderhockten. In Konferenzen waren sie sowieso einer Meinung, und die richtete sich spätestens seit den Filmaufnahmen mit dem »GigaTV«-Team grundsätzlich gegen alles, was Ben vorschlug: Ein neues Layout für das Spessart-Sonderheft? Porträts nicht nur von Restaurantbesitzern, sondern auch von Barkeepern, die aktuelle Cocktail-Trends präsentierten? Er konnte sich sicher sein, dass diese Ideen abgeschmettert wurden, häufig genug auch mit dem Segen seines Onkels.

»Wir sollten uns schon ein bisschen auf unsere Kernkompetenzen konzentrieren«, hatte Fernau unlängst angemahnt – und damit signalisiert, wie begrenzt seine Bereitschaft war, Neuerungen zuzulassen. Ben, der eigentlich alles, was die »Gaumenfreuden«-Redaktion veröffentlichte, für reichlich verschnarcht hielt, hatte mehr und mehr das Gefühl, fehl am Platz zu sein. Untergrub es nicht schon jetzt seine Autorität als künftiger Ressortleiter, wenn man ihn permanent daran hinderte, seine eigenen Vorstellungen umzusetzen? Wenn jedes Redaktionsmitglied mitdiskutieren durfte, statt einfach mal das zu tun, was er anordnete? Wiederholt hatte er sich in den vergangenen Tagen gewünscht, auf den Tisch hauen und »Basta« sagen können, wenn wieder mal jemand mit Gegenvorschlägen ankam. Doch diesen Freibrief stellte sein Onkel ihm nicht aus – jetzt noch nicht. Vielleicht auch nie. Und während Ben nun beobachtete, wie Simon sich mit einem Kaffeebecher in der Hand zu Mari auf die Tischkante setzte, fragte er sich, ob er nicht doch die falsche Entscheidung getroffen hatte: Ihm fehlte sein vertrautes Umfeld in Berlin, der Job hier verursachte mehr Frust als Spaß, und seine drei Probemonate in Frankfurt hatte er sich im Hinblick auf Mari deutlich unterhaltsamer vorgestellt.

Eine tiefe Falte bildete sich zwischen seinen Augenbrauen, als er sie nun lachen hörte. Neuerdings sah man Mari eigentlich nur mit Miesepetermiene in der Redaktion aufschlagen, aber Simon schien zu wissen, wie man sie aus der Reserve lockte. Ohne Vorwarnung stieg ein Gefühl des Bedauerns in Ben hoch. Nicht zum ersten Mal dachte er, dass er die Sache mit ihr anders hätte angehen sollen – subtiler, mit mehr Sinn für Timing und Taktik. Wozu es leugnen? Mari gefiel ihm und hatte ihm vom ersten Moment an imponiert. Selten war ihm eine Frau begegnet, die so messerscharf denken konnte und noch dazu so viel von gehobener Gastronomie verstand. Wenn die Umstände anders gewesen und sie sich nicht als Konkurrenten wiederbegegnet wären, hätten sie diesen Kleinkrieg in Sachen Karriere niemals führen müssen. Wer wusste schon, was dann noch alles zwischen ihnen möglich gewesen wäre – am Ende hätten sie sich vielleicht gegenseitig als perfektes Team ergänzt. Jetzt aber, wo er ihr offen den Kampf angesagt und sie auch noch unter Druck gesetzt hatte, brauchte er nicht mal auf ein Lächeln hoffen. Geschweige denn, dass sie noch mal mit ihm ins Bett ging.

Das Gespräch damals nach dem Spargelessen hatte sich rückblickend als schwerer Fehler erwiesen – und ihr einen ungehinderten Blick auf das ermöglicht, was er eigentlich vor ihr verbergen wollte: Seine Angst, dass sie ihn als Neffen des Chefs bloßstellen könnte. Bisher schien sie zwar die Klappe gehalten zu haben, aber genau deshalb machte Ben sich Sorgen: Was hatte sie vor, wann würde sie auspacken? Nachdem er sie nun schon ein bisschen länger kannte, glaubte er im Leben nicht, dass sie sich einschüchtern ließ. Vielmehr war er sich sicher, dass sie irgendeinen Plan verfolgte, womöglich auch Simon bereits eingeweiht hatte – und dass die beiden fest entschlossen waren, ihm künftig jeden erdenklichen Stein in den Weg zu legen. Anders konnte er sich deren demonstrative Übereinstimmung in den Konferenzen neuerdings nicht erklären.

Er zuckte zusammen, als Nicole neben ihn trat und eine Adressenliste auf seinen Schreibtisch warf. »Das hier sind die Lokale und Hotels, die wir im Spessart testen sollen«, sagte sie und folgte seinem Blick. »Wenn du mich fragst, da läuft was.«

Entgeistert sah Ben zu ihr hoch. »Wo läuft was?«

»Da drüben, bei Simon und Mari. Merkst du nicht, wie's zwischen den beiden knistert?«

Ehrlich gesagt – nein. Auf diese Idee wäre er nie gekommen. »Quatsch«, entgegnete er deshalb mit Nachdruck. »Simon ist doch gar nicht ihr Typ!«

»Dachte ich auch erst, aber dann hab ich die zwei bei einer Party am Mainufer rumknutschen sehen.« Nicole zuckte mit den Achseln. »Irgendeine Form der Anziehung muss also da sein.«

»Party am Mainufer?«, wiederholte Ben entgeistert. »Wann war die denn?«

»Vor knapp drei Monaten oder so. Jedenfalls lange vor deiner Zeit.«

»Aha.«

»Ist doch süß mit den beiden.«

»Ja«, meinte Ben tonlos. »Süß.«

»Und es erklärt, warum die andauernd das Gleiche sagen, wenn wir in der Konferenz was besprechen.« Vertraulich beugte sie sich zu ihm vor. »Findest du das auch so nervig wie ich?«

»Du ahnst nicht, wie sehr.«

»Wie die neulich versucht haben, die Sache mit dem Fernsehsender zu kippen!« Nicoles künstliche, mit pinkfarbenem Glitterlack bemalte Fingernägel landeten auf der Tischplatte und verursachten ein dumpfes Geräusch. »Dabei war die Idee so super von dir, echt!«

Ben lächelte geschmeichelt. »Ich denke auch, dass uns die Aktion einiges an Publicity einbringen wird.«

»Aber voll! Und Fernau ist ja zum Glück auf deiner Seite.« Sie warf ihr barbieblondes Haar über die Schulter nach hinten und zog ihren engen Pullover über den Brüsten straff. »Ich freu mich jedenfalls, wenn wir zwei endlich loslegen.« Bedeutungsvolle Pause. »Mit dem Fernsehteam, meine ich.«

Eigentlich stand er so gar nicht auf willige Blondinen in

billiger Aufmachung, schoss es Ben durch den Kopf. Als er Nicole jetzt aber vor sich sah, die Lippen geöffnet und die Augen mit diesem intensiven »Lass es uns treiben«-Blick auf ihn gerichtet, dachte er: warum eigentlich nicht. Seit seiner Ankunft in Frankfurt hatte er schon viel zu viele Abende allein vor der Glotze verbracht, und mittlerweile war er es wirklich leid, selbst Hand anlegen zu müssen. Daher rollte er mit seinem Drehstuhl ein Stück näher zu ihr, senkte die Stimme und fragte: »Warum setzen wir uns nicht noch mal zusammen, bevor das mit ›GigaTV‹ losgeht? Dann könnten wir die Details besprechen …«

»Wann?«

»Wie wär's mit heute Abend?«

Nicole beugte sich so weit vor, dass ihr Kaugummiatem seine Wange streifte und erwiderte: »Meine Güte – ich dachte schon, du fragst mich das nie.«

*

Ein paar Tische weiter drehte Simon seinen nunmehr leer getrunkenen Kaffeebecher zwischen den Händen. »Was ich dir noch sagen wollte«, fing er an. »Schau mal in unser Verzeichnis – da habe ich einen Artikel abgespeichert, der dich interessieren könnte.«

Mari hob die Augenbrauen. »So? Worum geht's?«

»Och, bloß um ein aufstrebendes Kaffeehaus in Bad Orb, das gerade einen Modernisierungsprozess hinter sich gebracht hat …«

»Was – du warst schon da? Wann denn?«

»Am Wochenende. Hatte eh nichts Besseres zu tun.«

»Am Wochenende?!« Sie traute ihren Ohren nicht. »Jetzt hab ich ein total schlechtes Gewissen!«

»Brauchst du nicht, auf diese Weise konnte ich unsere bevorstehende Restauranttour schon mal ein bisschen abstecken. Da müssen wir innerhalb einer Woche nämlich einiges an Kilometern zurücklegen, so dass ich dachte …«

Mari unterbrach ihn. »Simon?«

»Ja?«

»Danke, dass du das alles auf dich genommen hast.«

»Ach, da nich' für.«

»Wofür denn sonst?«, sagte sie mit einem Lächeln, das sein Herz zwei Schläge lang aus dem Takt brachte. »Wenn ich mich irgendwie bei dir revanchieren kann, lass es mich wissen, okay?«

»Öhm, klar … aber geht schon.« Er räusperte sich umständlich. »Der … Besuch bei deiner Freundin hat sich übrigens gelohnt, die bieten da sonntags ein sehr gutes Brunchbuffet an«, sprach er schleunigst weiter. »Ich denke, diesen Tipp können wir guten Gewissens an unsere Leser weitergeben.«

»Wirklich? Das ist ja phantastisch!«

Es freute ihn, zu sehen, wie sehr sie sich freute. Als Simon jedoch merkte, dass er dabei war, sie anzustarren, stand er hastig auf. »Ich geh dann mal wieder an die Arbeit. Denkst du daran, dass wir gleich einen Termin mit Fernau haben?«

»Gut, dass du mich daran erinnerst … worum geht's da noch mal?«

»Eine Vorbesprechung der einzelnen Lokale, die wir im Spessart testen sollen.«

»Können wir dabei auch eigene Vorschläge einbringen?«, wollte Mari wissen.

»Versuchen sollten wir's. Was schwebt dir denn vor?«

Hektisch durchwühlte sie einen Stapel Papier auf ihrem Schreibtisch. »Ach, da haben zwei ehemalige buddhistische

Mönche in Lohr am Main ein veganes Restaurant eröffnet … Wo hab ich nur den Zettel?«

»Buddhistische Mönche in Lohr am Main? Wie kommen die denn da hin?«

»Keine Ahnung, ist aber ein interessantes Konzept: Die modellieren klassische Fleischgerichte wie Steak oder Brathuhn aus Tofu nach, und angeblich schmeckt man gar keinen Unterschied …«

»Klingt bizarr«, meinte Simon. »Aber gerade deshalb sollten wir uns das angucken.«

»Finde ich auch.«

»Sag mal …« Er zögerte. »Angesichts der Fahrerei, die uns bevorsteht, würde ich gerne versuchen, Fernau ein bis zwei Hotelübernachtungen aus dem Kreuz zu leiern. Dann müssten wir nicht so viel hin- und hergurken. Wäre dir das recht?«

»Mir?« Mari errötete. »Natürlich, klar.«

»Ehrlich gesagt, bin ich nicht sehr optimistisch, dass er diese zusätzlichen Spesen genehmigt«, fügte Simon betont sachlich hinzu, besorgt, dass sein Ansinnen falsch verstanden werden könnte. »Aber es würde uns die Arbeit erleichtern und außerdem eine Menge Zeit einsparen.«

»Stimmt. Vielleicht überzeugt ihn das ja.«

»In Ordnung. Wir sehen uns später, okay?«

Sie nickte. »Bis dann.«

Kaum, dass er an seinen Schreibtisch zurückgekehrt war, überschlugen sich die Gedanken in Maris Kopf. Eine dienstlich begründete Hotelübernachtung mit Simon? Die Aussicht darauf jagte ihr eine Gänsehaut über den ganzen Körper, obwohl das natürlich albern war. Schließlich hatte er nicht vorgeschlagen, gemeinsam ein Doppelzimmer zu beziehen, sondern lediglich darauf verwiesen, wie sehr eine Übernachtung ihnen die Arbeit erleichtern würde – und das war schließlich die Hauptsache. Oder?

Verstohlen blickte sie zu ihm hinüber, sah die konzentrierte Miene, mit der er sich gerade in einen Text auf seinem Bildschirm vertiefte. Keine Frage, sie mochte ihn und war gern mit ihm zusammen. Sehr gern sogar. Aber reichte das aus, um sich auf etwas einzulassen, was sie seit Jahren prinzipiell vermied? Vor nichts fürchtete sie sich mehr, als die Nähe zu einem anderen Menschen nicht rechtzeitig unterbinden zu können – und gerade mit Simon wollte sie keine dieser unschönen Szenen erleben, die ihr Vater bei jeder seiner Trennungen hatte aushalten müssen, wenn wieder mal eine seiner Ex-Partnerinnen nach lautem Gezänk aus der Wohnung gestürmt war.

Andererseits, überlegte Mari, war Simon wirklich lieb und hatte sogar einen Sonntag geopfert, nur um das Café ihrer Freundin zu testen … Neugierig setzte sie sich auf. Wo stand noch mal der Artikel über das »Arnolds«? Richtig, im Verzeichnis, hatte er gesagt. Mit wenigen Klicks öffnete sie die Datei und überflog Simons Text. Er hatte eine elegante Art zu schreiben, leicht verständlich und sehr unterhaltsam, dabei aber immer fundiert und informativ. Kirsten würde zufrieden sein – das Lokal ihrer Eltern hatte eine Menge Lob eingeheimst, wobei Simon allerdings nicht verschwieg, dass die Speisekarte jenseits von Frühstück, Kaffee und kleinen Gerichten durchaus umfangreicher sein könnte. Trotzdem. Eine bessere Empfehlung konnte man sich als Gastronom kaum wünschen.

Nachdenklich drehte Mari eine Haarsträhne zwischen ihren Fingerspitzen. Was sprach eigentlich dagegen, dem Herausgeber reinen Wein einzuschenken? Wenn sie gleich mit Fernau alle Restaurants durchgingen, die sie auf ihrer Spessart-Tour besuchen sollten, konnte sie ihm doch auch vom »Arnolds« erzählen und ihm ganz offen schildern, unter welchen Bedingungen die Kritik zustande gekommen war. Dann konnte er entscheiden, ob er einen Abdruck des Textes für vertretbar hielt oder nicht – und weder sie noch Simon würden sich in Schwierigkeiten bringen.

Genau so würde sie es machen, nahm Mari sich vor. Da sie noch ein paar Minuten Zeit hatte und es außerdem kaum erwarten konnte, ihrer Freundin die gute Nachricht zu überbringen, schrieb sie Kirsten noch rasch eine E-Mail. *»Ein Kollege von mir war am Sonntag bei Euch im Café und ist ganz begeistert von Eurem Brunchbuffet«*, tippte sie in die Tastatur. *»Ist ein toller Artikel geworden – jetzt müssen wir nur noch zusehen, dass wir den auch in unser Sonderheft aufnehmen können. Aber keine Sorge, darum kümmere ich mich …«* Sie fügte liebe Grüße hinzu und drückte gerade auf »Senden«, als Simon ihren Namen rief.

»Fernau bittet uns, zu ihm zu kommen. Bist du so weit?«

»Äh … fast. Sekunde noch!« Wo war denn nun der Zettel mit der Adresse des veganen Restaurants in Lohr am Main? Weg. Aber die entsprechende E-Mail mit der Pressemitteilung müsste noch irgendwo in ihrem Postfach sein, da war sie sich sicher. Wieso bloß hatte sie nicht vorher daran gedacht, da nachzusehen?

»Mari – beeil dich!«, rief Simon von der Wendeltreppe aus.

Mist, jetzt blieb keine Zeit mehr, das Ding erneut auszudrucken. Sicher würde es Fernau aber schon genügen, wenn sie ihm kurz von dem Konzept erzählte, ohne auf alle Details eingehen zu können. Von diesem Optimismus erfüllt, schnappte sie sich Block und Bleistift und lief hinter Simon her die Wendeltreppe nach oben.

In den nächsten 25 Minuten blieb die Tür des Herausgebers fest verschlossen. Dann erschien Mari mit hochroten Wangen wieder auf der Bildfläche und beugte sich über das Geländer der Galerie. »Nicole!«, rief sie ihrer Kollegin eine Etage tiefer zu. »Kannst du mir einen Riesengefallen tun?«

»Wieso sollte ich?«

»Weil ich es verdammt nötig habe, darum!«

Ohne sich sonderlich zu beeilen, verließ Nicole ihren Schreibtisch, trat näher an die Wendeltreppe heran und blickte zu Mari hoch. »Was ist los?«

»Könntest du in meinem Postfach nach einer Mail suchen und die schnell für mich ausdrucken? In der Betreffzeile müsste irgendwas von einem veganen Restaurant stehen.«

»Warum machst du das nicht selber?«

»Wir versuchen gerade, Fernau davon zu überzeugen, im Spessart noch ein paar andere Lokale zu testen als die Restaurants, die er vorgeschlagen hat«, berichtete Mari hastig, wobei ihre Stimme sich fast überschlug. »Und jetzt will er jede Einzelheit darüber wissen.«

Na, typisch, dachte Nicole grimmig. Die beiden Oberstreber versuchten wieder mal, beim Chef mit eigenen Vorschlägen Eindruck zu schinden. Warum nur fiel ihr so etwas immer zu spät ein? »Da hättest du dich eben besser vorbereiten müssen«, entgegnete sie ungerührt und wollte schon an ihren Platz zurückkehren.

»Warte! Ich kann Simon da jetzt wirklich nicht hängenlassen. Und du weißt doch, wie schwierig es ist, mit dem Chef zu verhandeln …«

»Klar weiß ich das. Und?«

»Druck mir die E-Mail aus. *Bitte!*«

»Bin ich etwa dein Steigbügelhalter?«, fragte Nicole zurück. »Was hab ich davon, wenn ich dir jetzt helfe?«

»Da werden wir uns bestimmt einig«, versprach Mari und

blickte auf die Uhr. Gute Güte – in der Zeit, die sie hier mit ihrer Kollegin herumdiskutierte, hätte sie die Mail schon dreimal selbst ausdrucken können. »Was ist nun – tust du's?«

»Nur, wenn du deinen Urlaub mit mir tauschst und ich zwischen Weihnachten und Neujahr frei machen kann.«

»Was? Aber da hab ich doch letztes Jahr schon gearbeitet ...«

»Deine Entscheidung«, meinte Nicole achselzuckend und wandte sich ab.

»Warte!«, rief Mari ihr nach. »Das geht in Ordnung, wir tauschen den Urlaub. Aber dafür bringst du mir den Zettel auch zu Fernau ins Büro hoch ...«

»Hast du sie noch alle? Ich bin doch nicht deine Sekretärin!«

»Ich kann unmöglich noch mal aus der Besprechung raus, und so viel sollten dir deine freien Tage zwischen den Jahren schon wert sein ...«

Nicole war kurz davor, Mari zu sagen, wo sie sich ihre Bedingungen hinstecken konnte, besann sich im letzten Moment aber anders: Wann bekam man schon mal einen Freifahrtschein, um in aller Ruhe das Postfach seiner schärfsten Konkurrentin zu durchstöbern? »Geht klar«, willigte sie deshalb ein. »Ich kümmere mich darum.«

»Danke! Das vergess ich dir nie!«

Mari machte auf dem Absatz kehrt und sauste in Fernaus Büro zurück, während ihre Kollegin ohne große Eile zu deren Schreibtisch hinüberschlenderte. Interessant, da lag Madames Handtasche offen neben der Tastatur, mit Portemonnaie und Smartphone griffbereit obenauf. Das lud ja geradezu zum Stöbern ein. Und was bitte sehr war das hier für eine Tablettenschachtel? Ah, ein Mittel gegen Reise- und Schwangerschaftsübelkeit. Nicole runzelte die Stirn. Wozu um alles in der Welt brauchte Mari das – doch nicht für die paar Autofahrten in den Spessart rüber, die bestenfalls eine knappe Stunde dauerten? Andererseits hatte sie neulich beim Spargelessen wirklich schlecht ausgesehen und war danach für den Rest der Woche krankgeschrieben. Ruckartig hob Nicole den Kopf. War Miss Superkompetent womöglich in anderen Umständen? Wahnsinn!

Fernau würde im Quadrat springen, dachte sie schadenfroh, während sie es sich auf Maris Stuhl bequem machte. Und die Ressortleiterstelle würde dann leider an jemand anderen vergeben werden müssen …

»Was machst du da?« Wie aus dem Nichts tauchte Ben neben ihr auf. »Weiß Mari, dass du ihre Sachen durchwühlst?«

»Sie hat mich sogar darum gebeten.« Nicole schob die Tablettenschachtel unauffällig in die Handtasche zurück und griff nach der Maus neben der Computertastatur. »Sie will, dass ich eine E-Mail für sie ausdrucke, für die Besprechung mit Fernau, die gerade läuft.«

»Wieso hat sie das vorher nicht selbst erledigt?«

»Muss sie wohl einfach vergessen haben.«

»Und als loyale Kollegin hilfst du ihr natürlich gerne aus der Patsche …«

»Natürlich! Was denkst du denn?«

Mit süffisantem Grinsen beugte Ben sich zu ihr vor. »Dass wir beide an einem Strang ziehen sollten«, flüsterte er. »Lass es mich wissen, wenn du was Interessantes findest, okay?«

»Okay«, erwiderte Nicole atemlos und sah ihm nach, während er die Kaffeeküche ansteuerte. Gott, dieser Mann hatte vielleicht einen Hintern! Aber jetzt keine Ablenkung, bitte. Sie wandte ihre Aufmerksamkeit dem Bildschirm vor sich zu und stellte erfreut fest, dass Maris Postfach offen angezeigt war – konkret der Ordner »gesendete Objekte«. Mal sehen – was hatte die werte Kollegin neuerdings denn so alles versendet? Nicole scannte die Liste durch. Herrje, das war ja nur Korrespondenz mit Köchen, die sich zu schlecht bewertet fühlten. Gähn! Dazwischen fanden sich Absagen an PR-Agenturen, die Produkte bestimmter Hersteller »redaktionell platziert« wissen wollten. Gab es hier denn gar nichts Privates? Doch, da vielleicht: Diese Mail mit dem Betreff »Alles geritzt«, versendet an eine gewisse Kirsten Arnold. *»Ein Kollege von mir war am Sonntag bei Euch im Café und ist ganz begeistert von Eurem Brunchbuffet«*, las Nicole zu ihrem eigenen Erstaunen. *»Ist ein toller Artikel geworden – jetzt müssen wir nur noch zusehen, dass wir den auch in unser Sonderheft aufnehmen können …«*

Nanu? Nicole setzte sich auf. Das war doch nicht etwa … eine Gefälligkeitskritik unter Freunden? Ausgerechnet bei der sonst so unbestechlichen, objektiven Mari, die sich aufführte wie ein Weltenrichter, wenn es darum ging, ein Restaurant zu testen? Ein bitterböses Lächeln umspielte Nicoles Lippen. Für diese wertvolle Information hatte sich der Einsatz an der Kollegenfront doch mehr als gelohnt, fand sie – und ein verlängerter Weihnachtsurlaub sprang auch noch dabei heraus.

Sie klickte auf »Print« und wechselte in das Fach mit den kürzlich empfangenen Mails, während der Beweis für Maris Fehlbarkeit schwarz auf weiß neben ihr im Ausgangskorb des Druckers landete. Sie brauchte keine zwei Minuten, um die Pressemitteilung über das vegane Restaurant in Lohr am Main herauszusuchen und ebenfalls auszudrucken. Diese trug sie anschließend nach oben, wobei der Zettel mit Maris privater Mail ganz klein zusammengefaltet in ihrer Jeanstasche steckte. Ein devotes Klopfen am Büro des Herausgebers, ein kurzes Warten, dann erschien Maris Kopf im Türrahmen.

»Hast du die Pressemitteilung gefunden?«

»Natürlich.«

»Danke – du bist ein Engel!«

Nicole lächelte zuckersüß. »Ich weiß.«

*

Ben versuchte, sich aufs Lesen zu konzentrieren, während Silikonnägel mit pinkfarbenem Glitzerlack unaufhörlich an seinem Brusthaar herumzupften. »Ich fass es nicht«, murmelte er und gab sein Bestes, das schmerzhafte Ziepen auf seiner Haut zu ignorieren. »Mari hat Simon tatsächlich dazu gekriegt, eine Jubel-Arie auf das Café ihrer Freundin zu verfassen!«

»Mmmh«, kam es von Nicole, die träge neben ihm auf dem Kissen lag. Ihr dramatisches Augen-Make-up war verschmiert, das Haar zerwühlt und der Geruch ihres schweren Parfüms mischte sich mit dem von Schweiß, Sex und jener Prise Knoblauch, die Ben schon vorhin auf ihrer Pizza beim Italiener aufgefallen war. Schon da hatte er bereut, sie überhaupt um dieses Date gebeten zu haben. Zwar brachte sie alles mit, was man gemeinhin als attraktiv bezeichnen würde: endlos lange Beine, große Brüste und einen flachen Bauch. Zudem hatte sie ihm ihr sexuelles Interesse mehr als offenkundig signalisiert – und wer war er, so eine Gelegenheit auszulassen, wenn sie sich schon mal ergab? In dem Maße aber, wie seine Bedürfnisse befriedigt worden waren, flaute die Anziehung ab, die Nicole auf ihn ausübte. Doch dafür war sie völlig unempfänglich: Wann immer er ein Stück zur Seite rollte, um auf Abstand zu gehen, rutschte sie ihm nach und kuschelte sich noch dichter an ihn – satt, zufrieden und völlig immun gegen die subtilen Zeichen seiner Abwehr.

»Dieser Artikel strotzt ja geradezu vor Kumpanei!«, stellte er nun fest, nachdem er Simons Text aus dem Redaktionsverzeichnis zur Hälfte überflogen hatte. »Bin gespannt, was Onkel … ähm … was Fernau dazu sagt, wenn er das liest …«

»Fernau hat einen Onkel?« Verdattert hob Nicole den Kopf.

»Wie kommst du denn auf die Idee?«

»Du hast doch gerade was von einem Onkel erzählt …«

»Gar nichts hab ich – das musst du dir eingebildet haben!«

»Aber …«

Um sie abzulenken, beugte Ben sich vor und küsste sie auf den Mund – inklusive Zungeneinsatz, was ihn allerdings echte Überwindung kostete. So schnell es ihm möglich war, ließ er wieder von ihr ab und wandte seine Aufmerksamkeit erneut dem Text zu.

»Kannst du den Zettel nicht endlich mal weglegen?«, maulte Nicole prompt und fing an, mit ihren Krallen auf seinem Rücken herumzukratzen.

»Gleich.«

»Das hast du vorhin auch schon gesagt – und in der Zwischenzeit bin ich fast eingeschlafen …«

»Ist doch normal nach dem Sex.«

»Für dich vielleicht … bei mir heißt es eher: Nach dem Sex ist vor dem Sex.«

Auch das noch. Ben unterdrückte ein Stöhnen. »Lass mich das nur schnell zu Ende lesen, okay?«

»So spannend ist der Artikel echt nicht …«

»Mich interessiert eben, mit welchen Mitteln sich unsere beiden Superhirne ihr eigenes Grab schaufeln …«

»Ausgerechnet jetzt?«

»Dauert ja nicht mehr lange.«

Nicole gähnte. »Ich versteh dich nicht. Das, was ich in Maris Handtasche entdeckt habe, ist doch viel prickelnder als dieser dämliche Artikel …«

»Maris Handtasche?« Abrupt drehte Ben sich zu ihr um. »Wieso? Was war denn da drin?«

»Küss mich, sonst sage ich gar nichts.«

»Komm schon, Nicole – was soll das jetzt?«

Statt einer Antwort verschränkte sie die Arme hinter dem Kopf und spitzte die Lippen. Sekundenlang starrte Ben sie einfach nur an und rang mit sich. Dann küsste er sie rasch auf den Mund. »So, und jetzt rück raus.«

»Nö. Erst musst du mich noch ein bisschen streicheln.«

»Das ist jetzt nicht dein Ernst, oder?«

»Du warst vorhin so schnell fertig, dass ich gar nicht auf meine Kosten gekommen bin.« Sie schlug die Bettdecke beiseite und streckte sich vor ihm aus. »Los, streichel mich.«

Allmählich fing diese Frau wirklich an, zu nerven. Halbherzig ließ Ben seine Finger um ihren Bauchnabel kreisen und fragte sich, wie er ihr beibringen sollte, dass sie nicht bei ihm übernachten konnte. Es war ein Fehler gewesen, nach dem Essen vorhin nicht darauf zu bestehen, zu ihr zu gehen, wo er sich jederzeit hätte verabschieden können. Da seine Wohnung aber näher am Restaurant lag und Nicole sich schon auf der Straße an seinem Hosenschlitz zu schaffen gemacht hatte, war es ihm sicherer erschienen, dieses Date zügig hinter verschlossene Türen zu verlagern. »Gut so?«, fragte er jetzt.

»Ooh – jaaa.«

»Dann rede endlich.«

»Erst musst du noch ein Stück tiefer …« Sie schob seine Hand zwischen ihre Beine. »Da. Genau.«

Pflichtschuldigst bewegte Ben seine Finger und sah teilnahmslos dabei zu, wie ihre Erregung wuchs. Dann beugte er sich über ihr Ohr und flüsterte: »Verrat's mir, Süße. Was hast du in Maris Handtasche gefunden?«

Sie stöhnte. »Oh, nichts eigentlich … Nur … Ah, ja, bitte, hör nicht auf …«

Sofort brachte er seine Hand zum Stillstand. »Ich mache nicht weiter, bevor du nicht endlich auspackst.«

»Da … da waren … Tabletten …«

»Was für Tabletten?«

Unruhig schlängelte sie sich auf dem Bettlaken hin und her. »Gegen … gegen … Schwangerschaftsbeschwerden …«

»Was?!« Ben setzte sich so ruckartig auf, dass die Matratze ins Schaukeln geriet. »Sag das noch mal!«

»Spinnst du! Was ist denn plötzlich los mit dir?«

»Mari ist *schwanger?!*«

»Das hab ich nicht gesagt!« Verärgert zog Nicole die Decke wieder über sich. »Ich habe lediglich Tabletten gegen Schwangerschaftsübelkeit bei ihr in der Handtasche gefunden und dann eins und eins zusammengezählt …« Sie stutzte. »Warum regt dich das so auf?«

»Mich? Tut's doch gar nicht!«

Nicole kniff die Augen zusammen und sah ihn aufmerksam an. »Hattest du etwa was mit ihr?«

»Mit Mari?« Ben stieß ein Lachen aus, das fast schon an Hysterie grenzte. »Quatsch, wieso sollte ich?«

»Weil du sie an dem Abend im ›Daphnes‹ ziemlich angegraben hast.«

»Das mache ich aus Prinzip bei jeder Frau.«

»Aber ihr wart plötzlich beide weg …«

»Reiner Zufall. Die war mir doch viel zu dick, um sie abzuschleppen …«

Nicole kicherte. »Echt?«

»Klar. Außerdem steh ich sowieso viel mehr auf Blondinen …«

Das genügte, um Nicoles Misstrauen zu besänftigen – fürs Erste jedenfalls. Sie strampelte die Bettdecke wieder beiseite, packte ihn am Nacken und zog seinen Kopf zu sich herunter. »Dann zeig mir doch noch mal, wie *sehr* du auf Blondinen stehst.«

»Ähm … jetzt gleich?«

»Wann denn sonst?« Ihre Finger glitten an seinem Körper hinunter, und ihre Nägel bohrten sich in seine Pobacken. »Per-fekt«, japste sie in sein Ohr. »Wir sind einfach perfekt füreinander.« Unsanft warf sie ihn ab, um selbst die Führung zu übernehmen. »Und wenn wir demnächst im Fernsehen sind, kriegen das auch endlich alle mit …«

14. Kapitel

Wild toupiert und mit pinkfarbenen Strähnchen versehen fiel Nicole das Haar über die Schultern. Das bronzefarbene Make-up betonte ihre Solariumsbräune, und das T-Shirt in Neonrosa schmiegte sich äußerst vorteilhaft um ihre schlanke Taille. Dazu trug sie hautenge Jeans und knallblaue Pumps. »Das hast du wirklich toll hingekriegt, Gaby«, lobte sie die Maskenbildnerin des »GigaTV«-Teams, während sie mit dem Zeigefinger die Kontur ihrer hauchdünn gezupften Augenbrauen entlangfuhr. »Genauso sehe ich mich selbst.«

»Freut mich. Deine Kollegin neulich war weniger zufrieden mit mir.«

»Du meinst Mari?« Nicole winkte ab. »Mach dir nichts draus, die ist ein ganz schwieriger Fall.«

»Das hab ich mir schon gedacht, als die hier ankam und darauf bestand, sich hinter Perücke und Sonnenbrille zu verstecken. Ihr Freund war noch komplizierter, der hat auch nachher beim Dreh alle verrückt gemacht.« Kopfschüttelnd packte Gaby die Schminkutensilien wieder in ihren Beautykoffer zurück. »Statt dass die stolz darauf sind, mal im Fernsehen mitmischen zu dürfen.«

»Das hat bei uns im Verlag auch keiner verstanden«, versicherte Nicole, beugte sich vor und nestelte so lange am V-Ausschnitt ihres T-Shirts herum, bis der Ansatz ihrer Brüste sichtbar wurde. »Ben und ich sind da ganz anders drauf. Wir freuen uns über die Chance, mal vor laufender Kamera zu zeigen, was wir können.«

»Das ist die richtige Einstellung.«

»Außerdem … wer weiß schon, wer einem zusieht? Vielleicht tun sich danach ja auch noch ganz andere Karrierechancen auf … Ich meine … guck dir die Katzenberger an …«

»Genau«, pflichtete Gaby ihr bei. »Der siehst du übrigens auch ein bisschen ähnlich.«

»Echt?«

»Bloß mit mehr Volumen im Haar. Und natürlich viel hübscher.«

»Oh. Danke.«

Hinter ihr polterte Ben in den Garderobenwagen – er trug beigefarbene Tuchhosen und ein blaues Hemd, das seine Augen betonte. Seine Haare wirkten wie betoniert, seine ohnehin sehr ebenmäßigen Gesichtszüge durch Make-up und Puder merkwürdig starr. Er sah aus wie einer dieser glatt gebügelten Seifenoper-Darsteller aus den Achtzigern.

»Da bist du ja, Schatz«, nahm Nicole ihn in Empfang und drehte sich mit erwartungsvollem Lächeln zu ihm um. »Wie gefalle ich dir?«

Wenn die noch einmal öffentlich *Schatz* zu ihm sagte, rastete er aus, dachte Ben, musterte sie und fragte sich, was an ihr jetzt so anders aussehen sollte als sonst. »Schicker … Fummel«, tippte er deshalb aufs Geratewohl.

»Und wie findest du meine Haare?«

Struppig. Strohig. Viel zu blond. »Geil«, sagte er.

»Ach, ihr beide seid ja sooo ein süßes Paar«, säuselte die Maskenbildnerin unaufgefordert, während sie sich anschickte, den Wagen zu verlassen. »Ich wünsch euch viel Erfolg beim Dreh.«

»Danke, Gaby. Bis später.«

Paar?! Entgeistert starrte Ben der Frau nach. Irgendwer musste hier gewaltig was missverstanden haben. Nicole und er waren kein *Paar,* verdammt, sie waren Kollegen, die einmal, ein einziges Mal miteinander ins Bett gegangen waren – Schluss. Punkt. Aus. Doch scheinbar war er der Einzige, der das so sah.

»Bist du aufgeregt?« Nicole trat auf ihn zu und schlang die Arme um seinen Hals. »Wegen der Dreharbeiten, meine ich?«

»Geht so.«

»Ich bin mir sicher, das wird phantastisch«, hauchte sie, stellte sich auf die Zehenspitzen und küsste ihn auf den Mund. Ziemlich künstlich schmeckte das, nach Lipgloss und Zahnbleiche. Zu Bens großer Erleichterung wurde jedoch schon im nächsten Moment die Tür aufgerissen.

»Ups – ihr zwei könnt nicht voneinander lassen, oder?« Mit obligatorisch schwingendem Pferdeschwanz rauschte Nele Nelkentreter in die Garderobe, wo sie sich auf den nächsten freien Stuhl warf. »Ich will auch nicht lange stören, nur noch ein paar klitzekleine Details mit euch durchgehen, bevor wir anfangen, okay?«

»Natürlich, klar«, versicherte Nicole.

»Supi!« Die Jungmoderatorin zückte ihr Klemmbrett. »Wie ihr wisst, sind wir heute im ›Ristorante Sicilia‹ von Luigi und seiner Familie zu Gast …«

Schon wieder Pizza mit Knoblauch? Ben unterdrückte ein Stöhnen.

»Der Laden läuft ziemlich gut – ehrlich gesagt schon fast zu gut für unsere Zwecke.« Bedeutungsvoll blickte Nele von einem zum anderen. »Deshalb mussten wir auch ein bisschen nachhelfen.«

»Nachhelfen? Inwiefern?«, fragte Ben alarmiert.

»Na ja, der Luigi wollte halt unbedingt ins Fernsehen und hat sich – sagen wir mal, sehr entgegenkommend gezeigt, was unser Konzept betrifft …« Die Moderatorin schob sich eine Haarsträhne hinter das Ohr. »Und da ihr zwei von Anfang an auch deutlich mehr Offenheit an den Tag gelegt habt als eure beiden Kollegen neulich, dachten wir: Scheiß die Wand an, jetzt probieren wir mal was Neues aus.«

»Klingt doch gut«, meinte Nicole optimistisch. »Was müssen wir denn tun?«

»Eigentlich nur was zu essen bestellen und euch überraschen lassen«, kam die Antwort. »Den Rest erledigen wir dann schon.«

»Aber … es geht doch immer noch um einen Restauranttest, oder?«, hakte Ben sicherheitshalber nach, dem die ganze Sache plötzlich nicht mehr koscher vorkam.

»Klar doch – entspannt euch!«

Irgendwie trug diese treuherzig vorgetragene Versicherung nur dazu bei, dass Ben sich schlagartig verspannte, doch ihm blieb keine Zeit, sich weiter in dieses Gefühl hineinzusteigern. Nele nämlich war längst aufgesprungen und hielt ihnen die Tür auf: »Supi, dann lasst uns loslegen!«

Das »Ristorante Sicilia« war mitten im tiefsten Frankfurt-Höchst in einem gelb gestrichenen Flachdachbau untergebracht, der sehr zentral an einer stark befahrenen Straße lag. Von außen machte es einen gepflegten Eindruck – auffällig gepflegt sogar, denn die Fassadenfarbe wirkte frisch, und das Schild über dem Eingang wurde gerade noch mit den letzten Handgriffen an der Hauswand befestigt, als das Fernsehteam eintraf.

»Hervorragend!«, meinte Regisseur Ulrich van Hassbrock zufrieden und sah sich um. »Den Laden erkennt garantiert kein Mensch wieder!«

Ben fragte sich, inwiefern das ein Vorteil sein sollte – die meisten Restaurantbesitzer machten doch nur deshalb bei der Show mit, weil sie sich davon mehr Öffentlichkeit und Werbung erhofften. Da Nele sich jedoch bereits für die Anmoderation vor der Kamera aufstellte, verkniff er sich jeden Zwischenruf.

»Heute öffnet Luigi Marenotti für uns die Pforten seines ›Ristorante Sicilia‹«, fing sie an. »Der passionierte Pizzabäcker aus Palermo lebt seit fünf Jahren hier in Deutschland und betreibt das Lokal zusammen mit seiner Frau Eleonora. Tatkräftig unterstützt werden sie dabei von ihrer Tochter Theofila …«

Hinter ihr wurde die Tür zum Restaurant aufgerissen und ein untersetzter Herr mit Stirnglatze und Schürze erschien auf der Schwelle. »Buongiorno!«, rief er mit weit ausgebreiteten Armen, bevor er sich hektisch nach allen Seiten umblickte. »Kamera iste wo?«

»Aus!« Ulrich van Hassbrock trat vor. »Luigi, wir hatten das doch besprochen …«

»Ah, Ulrik – Freund!« Über das ganze Gesicht strahlend kam der Restaurantbesitzer auf ihn zu und tätschelte ihm die Wange. »Televisione überall heute! Gut!«

»Ja, ist gut jetzt!« Ungeduldig wedelte der Regisseur die Hand des Italieners aus seinem Gesicht. »Wirklich, Luigi – es ist ganz *großartig*, wie du dich hier einbringst, aber du *musst* mir was versprechen …«

»Ah – ha, ha! Erste müsse probiere meine neue Grappa!« Er drehte sich um und winkte seine Frau heran, die bereits mit einem Tablett voller Gläser in der Hand auf ihren Einsatz gewartet hatte und jetzt feierlich vortrat. Rein optisch erinnerte sie Ben an eine sizilianische Witwe – ganz in Schwarz gekleidet, mit ergrautem Dutt, Spitzenstola und Klunkerohrringen, die in Gelbgold gefasst und so schwer waren, dass sie die ohnehin schon dünnen Ohrläppchen der Frau noch weiter nach unten dehnten.

»Halt! Stopp! So geht das nicht!«, brüllte van Hassbrock

dazwischen. »Das mit dem Grappa ist ja ’ne ganz nette Idee, aber das *müsst* ihr vorher mit mir absprechen. Und, ganz wichtig, Luigi: *Nie* nach der Kamera suchen! Tu einfach so, als sei das Ding gar nicht da, capisce?«

»Kamera!«, wiederholte der Wirt irritiert. »Nix gut?«

»Ich dreh hier gleich am Rad, Leute!«

»Ähm – vielleicht könnten wir die Grappaszene ja tatsächlich einbauen«, meldete sich die Regieassistentin zu Wort. »Wie wäre es zum Beispiel, wenn Luigi und seine Frau unsere Nele und die beiden Restauranttester vor dem Lokal mit einem Aperitif begrüßen?«

Man konnte Ulrich van Hassbrock wirklich nicht vorwerfen, unflexibel zu sein – schon gar nicht, wenn er schnell fertig werden wollte. »Genialer Plan, so machen wir’s«, sagte er kurz entschlossen. »Nele, komm her. Wo sind die beiden Testesser?«

»Hier!«

»Wow!« Anerkennend blickte der Regisseur von Ben zu Nicole und wieder zurück. »Ihr Typen mit eurem Undercover-Fimmel bringt echt Farbe in unsere Sendung – geile Verkleidung, Respekt!«

»Verkleidung?«, echote Nicole. »Was meinen Sie mit Verkleidung?«

»Ach, ihr seid gar nicht …? Na, egal. Sorry. Können wir?«

»Kamera läuft!«

»Und ab!«

»Was soll das mit der Verkleidung?«, zischte Nicole in Bens Richtung.

»Ich bin sicher, du kommst drauf, wenn du lange genug drüber nachdenkst«, wisperte er zurück.

Auf der Türschwelle zum Restaurant erschien Luigi erneut mit geöffneten Armen, tätschelte diesmal Nele die Wange und winkte seine Frau heran, die pflichtschuldigst das Gläsertablett herbeitrug. Doch gerade, als Ben und Nicole hinzutreten wollten, entdeckte der Wirt das Team von der Technik. »Da iste Kamera!«, rief er begeistert und zeigte mit dem Finger genau in die Linse. »Sehen? Sehen?«

»Aus!«

»Luigi, zum letzten Mal!«, schrie van Hassbrock ihn an. »Die Kamera existiert für dich nicht, hörst du? Guck einfach nicht rein!«

»Kamera mich nix sehen?«

»Natürlich sieht dich die Kamera! Nur du sie nicht, verstanden?!«

»Aber da *iste* Kamera …!«

Suchend sah van Hassbrock sich nach seinem Kameramann um. »Björn, du hältst dich ab sofort konsequent im Hintergrund, kapiert?«

»Und wie soll ich das bitte hinkriegen?«

»Ist mir scheißegal, Hauptsache, der Depp da patscht dir nicht andauernd ins Objektiv! Und jetzt noch mal das Ganze – zack, zack!«

Der Vorgang wiederholte sich also: Türschwelle, offene Arme, Wangentätscheln. Auftritt des Gläsertabletts. Ben und Nicole traten von links ins Bild, während der Kameramann sich auf der gegenüberliegenden Seite halb hinter der Hausecke versteckte und dabei verzweifelt versuchte, irgendwie seinen Job zu machen.

»Hier kommt gleich die erste Frage an unsere beiden Restauranttester«, eröffnete Nele schließlich das Interview. »Welche Erwartungen habt ihr an Luigi und sein Team?«

»Ich hoffe auf solide, italienische Küche, landestypische Atmosphäre und erstklassigen Service«, zählte Ben auf.

»Und was ist mir dir, Nicole?«

»Dasselbe«, hauchte sie ins Mikrofon. »Übrigens sind wir heute nicht verkleidet hergekommen, wir sehen tatsächlich so aus …«

»Stopp!« Aufgebracht stürzte van Hassbrock auf sie zu. »Sag mal, Schätzchen – hast du noch alle Latten am Zaun?!«

»Ich … äh, wollte das nur noch mal klarstellen, nachdem Sie vorhin …«

»Du stellst hier gar nichts klar, verstanden?«

»Wir schneiden das einfach raus, Chef«, rief jemand hinter ihm. »Substanziell hat sie ja sowieso nichts Dolles gesagt …«

»Der erste vernünftige Vorschlag, den ich heute höre! Auf geht's, wir machen drinnen weiter!«

Das Innere des Lokals zeigte sich in freundlichen Rot- und Weißtönen, wobei die dunkel gebeizten Tische mit edlem Porzellan eingedeckt und mit hübschen Blumenarrangements versehen waren. Irgendwer in Luigis Familie hatte offenbar Geschmack, stellte Ben fest und steuerte einen gemütlich wirkenden Platz hinten in der rechten Ecke an.

»Nicht da!«, hielt ihn die Regieassistentin auf. »Setzt euch bitte hier vorne hin!«

»Ausgerechnet an *den* Tisch? Der liegt doch viel zu nah am Durchgang zu den Toiletten …«

»Egal, die Lichtverhältnisse sind da aber besser.«

»Sollten wir nicht lieber …«

»Hör zu, wir haben uns das vorher gut überlegt«, beharrte die junge Frau in einem Ton, der keinerlei Widerspruch duldete. »Also tut einfach das, was wir euch sagen, okay?«

Ben sah ein, dass es in diesem Punkt nichts zu diskutieren gab, trotzdem war er genervt. Die ganze Art des Umgangs am Set passte ihm nicht, denn ehrlich gesagt hätte er sich schon etwas mehr Mitsprache erwartet. Er und Nicole waren schließlich als Experten eingeladen worden, behandelt wurden sie aber wie Statisten. Jetzt konnte er nur hoffen, dass diese von ihm angeregte Kooperation mit »GigaTV« für Onkel Manfreds Verlag nicht doch noch im Desaster endete: Denn das würde negativ auf ihn zurückfallen, der die Idee immerhin als Riesencoup für die »Gaumenfreuden«-Redaktion angepriesen hatte.

»Sitzen machen – bitte!«, forderte ihn nun eine Service-Kraft mit schwarzem Flechtzopf auf, die wie eine jüngere Version von Luigis Frau aussah. Das musste Theofila sein, die Tochter des Hauses. Tatsächlich zündete sie sogleich die Kerzen auf dem Tisch an, rückte für Nicole den Stuhl zurecht und brachte zwei in weiches Leder eingebundene Speisekarten, die sie den Gästen aufgeschlagen überreichte.

»Vielen Dank.« Ben war von so viel Aufmerksamkeit ganz angetan. Noch während er das Angebot mit routiniertem Blick überflog, wuchs seine Zuversicht: Der Weinkeller war offenbar exzellent bestückt, und neben den üblichen Steinofenpizzen und der hausgemachten Pasta standen auch einige raffinierte Fisch- und Fleischgerichte zur Wahl: sizilianisches Spanferkel an Rosmarin, Fenchel und Kirschtomaten. Reisklöße mit Hackfleisch-Zucchini-Füllung. Kalbsleber mit Mangold umwickelt an einem Paprika-Pilz-Risotto. Rotbarbenfilet mit Pinienkerncreme und Limetten. Oder aber gebackene Meeresfrüchte auf Artischockenherzen. Sich durch diese Auslese kulinarischer Köstlichkeiten hindurchzuprobieren, würde nicht nur seinen Gaumen beglücken, dachte Ben zufrieden. Die Speisen boten ihm auch ausreichend Gelegenheit, vor laufender Kamera mit seinem Fachwissen zu punkten.

»Okay, wir sind so weit«, meldete sich die Regieassistentin wieder zu Wort, nachdem das Technikteam alle nötigen Gerätschaften rings um den Tisch aufgebaut hatte. »Hier ist der

Zettel, auf dem draufsteht, was ihr bei Drehbeginn bestellen sollt.«

»Wie bitte?« Ben konnte es nicht fassen. »Warum können wir uns das nicht selber aussuchen?«

»Weil wir nicht ewig Zeit haben, und weil Luigi die Gerichte in der Küche selbstverständlich schon alle vorbereitet hat.«

»Was? Aber davon war im Vorfeld nie die Rede …«

»Gott sei Dank, zum Nachtisch gibt's Tiramisu«, rief Nicole dazwischen, die bereits dabei war, die vorgesehene Menüfolge zu überfliegen.

Eine dunkle Vorahnung stieg in Ben hoch, als er seinen Blick nun ebenfalls auf den Zettel richtete. Und tatsächlich: Nach einer schnöden Minestrone und Mozzarella Caprese würden sie Spaghetti Bolognese, eine Pizza Hawaii sowie eine Pizza mit Salami und zum Abschluss Tiramisu serviert bekommen. »Diesen Fraß kriegt man doch in jedem Supermarkt!«, beschwerte er sich. »Wieso sollte ich meine Zeit damit verschwenden, einen solchen *Durchschnitt* zu bewerten?!«

»Weil unsere Zuschauer durchschnittlich drauf sind«, erwiderte Ulrich van Hassbrock seelenruhig und baute sich in voller Größe vor Ben auf. »Hast du ein Problem damit?«

»Ähm, also … mein Anspruch ist da schon ein anderer …«

»Hör zu, Junge, wir drehen hier nicht ›Krieg und Frieden‹, kapiert? Die Leute, die unsere Sendung gucken, sitzen irgendwo in den Plattenbauten dieser Republik vor ihrer Pizza Hawaii aus dem Kühlregal und wollen nicht nur nachvollziehen, worüber wir reden, sondern dabei auch noch unterhalten werden. Und beides bieten wir ihnen – mit so vielen Werbeunterbrechungen wie möglich. Alles klar?«

»Klar. Aber könnte ich nicht trotzdem die Rotbarbe …?«

»Steck dir deine Rotbarbe sonst wohin, wir fangen jetzt an!«

»Ton läuft!«

»Nele – Action, bitte!«

Sofort sprang die Jungmoderatorin ins Bild. »Gemütliche Gastlichkeit wird beim lustigen Luigi ganz groß geschrieben. Und hier kommt auch schon seine Tochter Theofila mit den Vorspeisen, die unsere Tester jetzt ganz unerschrocken untersuchen werden …«

Sogleich wurden ein Stövchen und eine dickbäuchige Porzellanterrine aufgetischt, in der eine sämige Gemüsesuppe blubberte. Doch statt den Sud in die bereitgestellten Teller abzufüllen, drückte Theofila der reichlich verblüfften Nicole einfach eine Kelle in die Hand. »Bedienen machen – bitte!«

»Ähm … okay …«

Das gab Abzüge in der Servicenote, dachte Nicole, als sie sich anschickte, die Kelle in die Suppe zu tauchen. In diesem Moment aber nahm das Blubbern in der Terrine bedrohlich zu, und schon in der nächsten Sekunde tauchte unter unkontrollierten Spritzern ein gespenstischer Kopf über dem Schüsselrand auf.

»Was ist *das* denn?!«, schrie Nicole und starrte entsetzt in zwei rotglühende Augen und ein weit geöffnetes Maul, das sich rhythmisch öffnete, schloss und dabei unaufhörlich Gemüsestücke ausspuckte.

»Ah – *ha, ha!*« Mit wehender Schürze kam der Wirt aus der Küche gerannt und freute sich wie ein Kind. »Iste Minestrone-Monster. Überraschung, he?«

»Aus!«, brüllte van Hassbrock. »Luigi, das war jetzt schon wieder nicht abgesprochen …«

»Aber gut, he? Kleine Witz für Kamera …«

Hilfesuchend drehte der Regisseur sich zu seinem Team

um. »Dem hat aber schon jemand gesagt, dass wir hier nicht ›Verstehen Sie Spaß …?‹ drehen, oder?«

»Hätte eh keinen Unterschied gemacht, Chef.«

»Mir gefällt der Gag mit dem Minestrone-Monster eigentlich ganz gut«, wagte sich die Assistentin vor. »Ich finde, das können wir drin lassen, oder?«

Ben, der die ganze Zeit über mit versteinertem Gesicht am Tisch gesessen hatte, erwachte schlagartig aus seiner Schockstarre. »Das glaub ich jetzt nicht«, stieß er hervor. »Für diesen Schwachsinn geb ich mich nicht her – das ist doch Klamauk pur!«

»Tja, und genau dafür lieben uns die Menschen«, meinte van Hassbrock unbeeindruckt und klatschte in die Hände. »Weiter geht's, Leute! Her mit dem nächsten Gang!«

Die Mozzarella Caprese überstanden sie noch unbeschadet, zu Pizza und Tiramisu kam es jedoch nicht mehr. Denn inmitten der Bolognesebröckchen von Nicoles locker miteinander verschlungenen Spaghetti krabbelte es plötzlich – und das nicht nur an einer Stelle.

»Siehst du das?«, kreischte sie und drehte sich zu Ben um. »Das … das sieht ja aus wie …«

»Kellerasseln«, vollendete er ihren Satz und fischte einen der grau bepanzerten Ranzenkrebse aus seinen Nudeln, der sich sogleich auf der Gabel zusammenkrümmte. »Trifft man sonst eher im Komposthaufen an …«

»Igitt – ich kotze gleich!« Hysterisch sprang Nicole auf und kratzte sich wie eine Irre an Kopf, Armen und Beinen – für Nele ein sicheres Zeichen dafür, dass jetzt ihr sprichwörtliches Feingefühl gefragt war.

»Ungeziefer im Essen, damit rechnet man natürlich nicht in einem Restaurant wie dem ›Sicilia‹«, sagte sie in ihr Mikrofon. »Nicole, wie geht es dir jetzt damit?«

»Wie soll's mir gehen?! Es kribbelt überall!«

Nele hatte sich längst wieder der Kamera zugewandt. »Das war ein böses Erwachen für unsere genussverwöhnte Gourmettesterin Nicole. Doch die unerschrockene Kritikerin gibt nicht auf und konfrontiert den leichtfertigen Luigi in der Küche sofort mit seinen Versäumnissen – nach der Werbung kommt es zum Showdown, bleiben Sie dran!«

»Und Schnitt!«, rief van Hassbrock. »Danke, Nele, das war perfekt.«

»Perfekt?!« Ben glaubte, sich verhört zu haben. »Was war daran bitte perfekt?«

»Genau«, pflichtete Nicole ihm bei, der das alles nun auch zu weit ging. »Wo sind wir hier eigentlich?!«

»In der ›Dschungel-Camp‹-Version von ›Rosins Restaurants‹«, entgegnete der Regisseur lapidar. »Und jetzt reg dich ab, wir machen direkt am Herd weiter.«

Irgendjemand zog Ben den Stuhl unter dem Hintern weg, während Nele die sich nach wie vor sträubende Nicole unterhakte und mit sanfter Gewalt in Richtung Küche bugsierte.

Dort nahm sie der Wirt begeistert in Empfang. »Komme gucke – bitte sehr!«

»Vielleicht guckst du selbst erst mal«, entgegnete Nele und ließ sich einen der beiden Spaghettiteller anreichen. »Erst ein Monster in der Minestrone, dann auch noch Kellerasseln in der Bolognese – da fragt man sich wirklich, welche böse Überraschung du als Nächstes für unsere zwei Restauranttester bereithältst, Luigi.«

»Nix böse – komme gucke, alles gut!«

Zögernd folgten Nicole und Ben seiner Aufforderung, ihn zu einer Reihe von Töpfen zu begleiten, die auf dem Herd vor sich hin brodelten. Eine erwartungsvolle Stille trat ein, in der jeder im Filmteam unwillkürlich den Atem anhielt. Der Kameramann brachte sich in Position, Nele trat ganz gegen ihre sonstige Gewohnheit schleunigst aus dem Bild und die Regieassistentin, die sonst zu allem eine Meinung hatte, war plötzlich wie vom Erdboden verschluckt.

»Komme gucke«, sagte Luigi erneut und setzte dabei sein liebenswürdigstes Lächeln auf. Dann drehte er einen der Schnellkochtöpfe blitzschnell um und löste das Rädchen, mit dem der Deckel fixiert war, so dass ein kräftiger Schwall lauwarmer Wasserdampf entwich – direkt in die verdutzten Gesichter von Ben und Nicole, die sich neugierig über den Herd gebeugt hatten.

»Ah – *ha, ha!*« Luigi konnte sich gar nicht mehr einkriegen vor lauter Lachen. »Gucke wie begossene Pudel!«

Tatsächlich tropfte den beiden das Wasser aus den Haaren, während ihnen das dick aufgetragene Fernseh-Make-up in bräunlichen Schlieren übers Gesicht lief.

»Scheiße, das stinkt voll nach Miesmuscheln!«, kreischte Nicole und wischte sich hektisch die zerlaufene Wimperntusche aus den Augen.

»Hier hat sich Luigi also wieder mal einen Spaß erlaubt«, kommentierte Nele das Offensichtliche, nachdem sie sich zügig vor die Kamera gedrängelt hatte. »Doch der Scherzkeks mit der Schürze muss aufpassen, es sich nicht vollends mit unseren beiden Gourmets zu verderben. Nun sagt mal, ihr zwei – welchen Tipp gebt ihr dem Luigi heute mit auf den Weg?«

»Sich in Sicherheit zu bringen«, knurrte Ben.

»Aus!«, brüllte van Hassbrock aus dem Hintergrund. »Hat denn keiner ein vernünftiges Fazit für den Schnulli da vorbereitet?«

»Doch, hier!«

Irgendwer drückte Ben einen Zettel in die Hand und flüsterte: »Einfach ablesen, mehr musste nicht machen.«

»Und ab!«

»Nun sagt mal, ihr zwei – welchen Tipp gebt ihr dem Luigi heute mit auf den Weg?«, wiederholte Nele mit strahlendem Lächeln.

»Das Erlebniskonzept hat durchaus seinen Reiz, aber er sollte es damit nicht übertreiben«, antwortete Ben tonlos und wusste plötzlich, warum Simon und Mari darauf bestanden hatten, nur in Verkleidung bei dieser total grotesken Sendung mitzumachen: Wer hier den Fehler beging, sein Gesicht vor die Linse zu halten, konnte sich hinterher nirgendwo mehr blicken lassen.

»Und du, Nicole? Wie ist dein Resümee des heutigen Tages?«

»Ich stink nach Miesmuscheln, und mich juckt's überall!«

»Hier muss sich unser Luigi in den nächsten Tagen also kräftig anstrengen, um verlorenes Vertrauen zurückzuerobern«, fasste Nele zusammen. »Die keifende Kritikerin Nicole und der bärbeißige Ben jedenfalls haben die Latte ihrer Erwartungen hoch gelegt. Wir sind gespannt, wie der Wirt es schafft, die beiden zu überzeugen ...«

»Aus!«, rief der Regisseur. »Danke, Leute, wir machen Feierabend!«

»Feierabend?« Luigi ließ vor lauter Erleichterung die Schultern hängen. »Das heißt, ich kann jetzt endlich wieder normal reden?«

»Aber sicher, Kumpel.«

Ben jedoch wünschte, er hätte diesen letzten Satz einfach nicht gehört.

15. Kapitel

Flankiert von goldfarbenen Buddha-Statuen saßen Simon und Mari im »Blue Lotus«, dem angesagtesten vegetarischen Restaurant, das der Spessart zu bieten hatte. Die Wände waren dekoriert mit Kalligraphien, ein Zimmerbrunnen plätscherte dezent im Hintergrund und aus den Lautsprechern an der Decke ertönte gedämpfte chinesische Zithermusik.

»Ich hätte nie gedacht, dass Tofu so gut schmecken kann«, sagte Simon und schob einen Teller mit falschen Hackbällchen an Wasserkastanien, Lotuswurzeln und Jadebambus in Maris Richtung. »Man merkt überhaupt nicht, dass es sich nicht um Fleisch handelt.«

»Das muss an der Würze liegen«, erwiderte sie, piekste eine Hackbällchenhälfte auf ihre Gabel und schob sie sich in den Mund. »Eine Mischung aus Lorbeer, Ingwer und grüner Pfeffer, würde ich sagen«, tippte sie dann.

»Könnte hinkommen. Wie ist dein Tofu-Haifisch?«

»Probier mal.«

Misstrauisch beäugte Simon die flache Schüssel, in der ein geschmortes, täuschend echt nachgebildetes Fischfilet auf eingelegtem Rettich lag. Nur die schwärzlich grüne Farbe war etwas ungewöhnlich. Mit dem Fischmesser schob er sich ein Stück davon auf die Gabel und kostete. »Seetang«, stellte er überrascht fest. »Die Haut besteht aus Seetang – so kriegen die das mit dem Fischgeschmack hin!«

»Und wie findest du's?«

»Gewöhnungsbedürftig. Aber erstaunlich lecker.«

»Geht mir genauso. Wobei die flambierte Seegurke nicht so mein Fall war, ehrlich gesagt«, meinte Mari.

»Ach, und warum?«

»Die Konsistenz war irgendwie zu gummiartig. Außerdem haben mich die Dinger schon früher beim Tauchen in der Adria an Hundehaufen erinnert – und hier auf dem Teller sahen sie nicht wesentlich appetitlicher aus.«

»Du kannst Tauchen?« Simon klang ehrlich beeindruckt. »Wusste ich ja gar nicht.«

»Ich musste das als Kind notgedrungen lernen, weil mein Vater andauernd irgendwelche Tauchurlaube auf der ganzen Welt gebucht und mich mitgeschleppt hat«, erklärte sie und machte eine wegwerfende Geste mit der Hand. »Furchtbar unentspannt, sage ich dir.«

»Echt? Wo wart ihr denn überall?«

»Na da, wo man halt so hinfährt – Ägypten, die Philippinen, Australien, die Malediven. Wenn er nur wenig Zeit hatte, sind wir in Europa geblieben, in Kroatien, zum Beispiel.«

»Wow, da bist du ja ganz schön rumgekommen.«

»Das schon«, räumte Mari ein. »Mir ist auch klar, dass mein Vater mir mit all diesen Fernreisen eine Menge geboten hat. Aber unter uns: Gefallen hat es mir keine Sekunde lang.«

»Warum denn das?«

»Weil wir uns die ganze Zeit nicht gesehen haben. Er hat uns immer bei irgendeiner Tauchschule angemeldet, was dann so ablief, dass ich tagsüber mit einer Kindergruppe unterwegs war und er mit den Erwachsenen. Abends wollte er dann von meinen Lehrern wissen, welche Fortschritte ich gemacht habe.« Sie senkte den Blick und spielte gedankenverloren mit ihrer Serviette herum. »Er ist sehr ehrgeizig, weißt du, und es war ihm immer wichtig, mich in Bewegung zu halten: zu Lande, zu Wasser und zur Not auch in der Luft. Dafür war ihm nichts zu teuer.« Sie seufzte. »Aber selbst mit den tollsten Tennisstunden kam er nicht gegen meine Gene an …«

»Was haben die denn damit zu tun?«

Mari lächelte schüchtern. »Ich bin von Natur aus eher träge, das habe ich anscheinend von meiner Mutter geerbt. Die war auch eher mollig …«

»Mollig?!«, wiederholte Simon entrüstet. »Das ist doch Schwachsinn!«

»Danke, aber ich wollte wirklich nicht nach Komplimenten fischen«, antwortete sie errötend. »Mein Vater jedenfalls findet mich bis heute zu dick und kriegt Zustände, wenn er mich essen sieht.« Sie nahm einen Schluck aus ihrem Wasserglas, eifrig darauf bedacht, das Thema zu wechseln. »Was ist mit dir? Kannst du auch tauchen?«

»Nee. Ich hatte aber auch nie die Gelegenheit, das zu lernen.«

»Wieso das?«

»Weil das Geld bei uns nur für Campingurlaube am Steinhuder Meer gereicht hat«, entgegnete Simon und grinste. »Wir waren vier Kinder zu Hause.«

»Gleich vier? Oje, deine arme Mutter!«

»Hey, spar dir dein Mitleid lieber für mich auf: Ich war umzingelt von drei biestigen, älteren Schwestern, die ständig alles besser wussten und mich ohne Unterlass betüddelt haben.«

»Das war bestimmt nur nett gemeint.«

»War's auch – bis heute lieben sie mich heiß und innig.«

»Beruht das auf Gegenseitigkeit?«

»Klar«, sagte er, ohne zu zögern. »Wir stehen uns sehr nah, telefonieren viel und wissen eigentlich immer, was den anderen gerade umtreibt. Trotzdem bin ich froh, dass ich im Gegensatz zum Rest der Familie nicht in Norddeutschland lebe und öfter mal meine Ruhe habe …«

»Wie oft seht ihr euch denn?«

»So drei-, viermal im Jahr. Nächstes Wochenende wird mein Vater siebzig, da steht mal wieder ein Riesenzirkus an.«

»Riesenzirkus bedeutet dabei konkret was?«, hakte Mari nach.

»Das Chaos, das meine Nichten und Neffen anrichten werden – meine Schwestern haben sich nämlich fleißig vermehrt und meinen Eltern zu insgesamt neun Enkelkindern verholfen ...« Simon lächelte schief, stutzte aber, als er merkte, dass Mari ins Leere starrte. »Ähm, alles in Ordnung bei dir?«

»Wie? Natürlich. Warum fragst du?«

»Du hast einen Moment lang – wie soll ich sagen? – ein bisschen abwesend gewirkt ...«

Das war gut beobachtet. Der Gedanke an so viel familiären Zusammenhalt hatte Mari einen Schauer des Gruselns über den Rücken gejagt, gepaart mit einer Prise unverhohlenen Neides. Wie musste es sich wohl anfühlen, mit so vielen Geschwistern aufzuwachsen und dabei immer zu wissen, dass man im Zweifel niemals allein war? Sie hatte keine Ahnung, stellte es sich aber furchtbar anstrengend und gleichzeitig wunderschön vor – dieses Nachhausekommen zu Menschen, die sich absolut vertraut waren, sich ständig zankten, durcheinanderredeten und sich trotzdem stets umeinander sorgten. Wie gespenstisch und steril war im Gegensatz dazu das Zusammensein mit ihrem Vater, dachte Mari, und wie mühsam, ein auch noch so oberflächliches Gespräch mit ihm in Gang zu halten.

Plötzlich fiel ihr das Baby ein, das in ihrem Bauch heranwuchs und das sie tagsüber verdrängte, so gut es eben ging. Gesetzt den Fall, sie würde es behalten – was konnte sie ihm schon bieten? Einen wortkargen, beziehungsunfähigen Großvater, der ihm noch weniger Aufmerksamkeit schenken würde als seiner eigenen Tochter. Eine Mutter, die einer jäh unterbrochenen Karriere nachtrauerte und der die Unzufriedenheit darüber durch jede Pore ihres Körpers kroch. Schließlich die Einsamkeit als Dauerbegleiter, die immer an Weihnachten und Geburtstagen besonders auffiel, wenn das Fehlen einer echten Familie durch Berge von Geschenken kaschiert werden sollte. Kurz gesagt, dem Baby würde eine Kopie von Maris eigener Kindheit bevorstehen, und die wünschte sie niemandem.

»Hallo? Bist du noch da?« Simon beugte sich vor. »Was denkst du gerade?«

»Ähm ... dass ich bisher ganz schön wenig von dir wusste«, sagte sie ausweichend. »Ich meine ... über deine Familie und all das haben wir uns ja noch nie unterhalten ...«

»Und? Bist du jetzt schockiert?«

»Nein, beeindruckt. Ich ... ich stelle es mir schön vor, Teil einer so großen Gemeinschaft zu sein ...«

»Glaub mir, es gibt Momente, da nervt es gewaltig.«

»Magst du Kinder?«, fragte sie so unvermittelt, dass Simon sie aufmerksam musterte.

»Ja«, entgegnete er dann. »Und du?«

Bevor Mari darauf antworten musste, trat zu ihrer Erleichterung der Kellner an den Tisch – ein hagerer Chinese mit kurzgeschorenem Haar, der ein exzellentes Deutsch sprach. »Kann ich Ihnen noch etwas bringen?«

»Die Rechnung, bitte«, verlangte Mari und sah zu Simon hinüber. »Ist dir doch recht, oder?«

»Natürlich, klar.«

Kurz darauf verließen sie das Lokal und schlenderten durch die mit fränkischen Fachwerkhäusern gesäumte Fußgängerzone von Lohr am Main. Die Kleinstadt, die sich selbst das »Tor zum Spessart« nannte und seit Mitte der achtziger Jahre erfolgreich damit warb, Geburtsstätte des historischen Schneewittchens zu sein, war die einzige Station auf der Strecke, bei der Simon und Mari mehr als ein Restaurant testeten. Auch deshalb hatten sie sich entschlossen, die Übernachtung, die Fernau ihnen nach langem Zögern doch noch genehmigt hatte, dorthin zu verlegen. Eine gute Entscheidung, wie sich herausstellte: Die kleine, familiengeführte Pension, die Zimmer innerhalb des knapp kalkulierten Budgets anbot, lag zentral in der Nähe des Schlossplatzes und ermöglichte es ihnen, alle Wege zu Fuß zurückzulegen.

Jetzt, am frühen Abend, drängten sich Fahrradtouristen und Einheimische in den Gassen, um vor einer der pittoresken Weinstuben zu sitzen und den Tag bei einem Schoppen ausklingen zu lassen. Simon und Mari ließen sich treiben, schlenderten vom alten Renaissance-Rathaus kommend über die Hauptstraße auf die Pfarrkirche St. Michael zu, deren 61 Meter hoher Turm über der Stadt aufragte.

»Lass uns zum Main runtergehen«, schlug Simon vor und steuerte bereits die Schiffervorstadt an, in der einst die Lohrer Mainfischer gelebt hatten. Mittlerweile erinnerte nur noch ein Brunnen, der von einer männlichen Skulptur mit prall gefülltem Fischernetz geziert wurde, an die damals so wichtige Zunft.

Je näher sie dem Fluss kamen, desto weniger konnte Simon eine Frage zurückhalten, die ihn schon seit langem beschäftigte. »Wieso bist du damals eigentlich so schnell abgehauen?«, platzte er schließlich heraus.

Mari zuckte zusammen. »Äh … was meinst du jetzt?«

»Das weißt du ganz genau: die Nacht, die wir miteinander verbracht haben. Zur Hälfte wenigstens.«

»Hab ich dir doch schon erklärt. Ich … ich mach das immer so.«

»Warum?«

»Weil …« Sie wagte nicht, ihn anzusehen, während sie weiter neben ihm herlief. »Das hat keine rationalen Gründe. Ich hab einfach das Gefühl, allein sein zu müssen – danach, verstehst du?«

»Nein«, antwortete er. »Ich lasse mich doch nicht auf körperliche Nähe zu einem anderen Menschen ein, um kurz nach dem Koitus wieder allein zu sein.«

»Du klingst schon wie meine Freundin Kirsten.«

»Ist das die mit dem Café?«

Mari nickte. »Sie wird dieses Jahr vierzig und hatte nach eigenen Angaben noch nie einen One-Night-Stand.«

»Findest du das etwa schlimm?«

»Natürlich nicht, das soll jeder so halten, wie er will. Es ist nur …«

»Ja?«

»Ehrlich gesagt bestand mein gesamtes Liebesleben bisher fast nur aus One-Night-Stands.«

»Oh«, sagte Simon nur und verfiel in Schweigen.

»Hältst du mich jetzt für ein verlottertes Luder?«, fragte sie nach einer Weile.

»Blödsinn!«

»Aber?«

Er blieb stehen. »Soll das heißen, du hattest noch nie eine feste Beziehung?«

»Doch, als Teenie. Da bin ich zwei Wochen lang mit Michael Schlottmann aus der Parallelklasse *gegangen.*«

»Und? Wie war's so?«

»Lästig«, entgegnete Mari, ohne zu zögern. »Er wollte in den Pausen andauernd mit mir Händchenhalten, rief nachmittags ständig bei mir an und hat die klebrigsten Küsse verteilt, die du dir vorstellen kannst.«

»Armer Kerl. Ich nehme an, du hast ihn abgeschossen?«

»Schon, aber sanft. Außerdem war es nicht zu seinem Schaden: Wenig später hat er mit Maren Teichler aus der 9a angebandelt, blieb die ganze Schul- und Studienzeit mit ihr zusammen und hat sie vor kurzem sogar geheiratet. Wie man hört, erwarten sie jetzt den ersten Nachwuchs.«

»Lass mich raten – dieser Lauf der Dinge wäre dein persönlicher Alptraum, oder?«

Mari zuckte mit den Achseln und setzte ihren Weg in Richtung Mainufer fort. »Keine Ahnung. Ich kenne mich mit diesen klassischen Lebensentwürfen nicht so aus.«

»Sind deine Eltern geschieden?«

»Nein, aber meine Mutter ist früh gestorben und mein Vater …« Sie fröstelte plötzlich und schlang die Arme fest um sich. »Sagen wir mal, er hat seither nichts anbrennen lassen.«

»Verstehe.«

»Hey, ich will mich nicht beschweren oder so. Aber es gibt halt nur ihn und mich und wir … na ja … Wir lassen uns die meiste Zeit eigentlich eher in Ruhe.«

Selten hatte Simon jemanden getroffen, der so ernüchtert, so abgeklärt und so erwartungslos klang, wenn es um die Nähe zu anderen Menschen ging. Gerne hätte er Mari gefragt, wonach sie eigentlich suchte, wenn sie mit Typen ins Bett stieg, die ihr doch nichts bedeuteten. Ob sie zufrieden damit war. Und ob sie vorhatte, ewig so weiterzumachen. Weil er aber nicht klingen wollte, als würde er ihr Verhalten in irgendeiner Form bewerten, blieb er stumm.

Sie erreichten den Main und wanderten am Ufer entlang auf den Bootshafen zu. »Hübsch hier«, meinte Mari, um das Gespräch wieder in etwas unverfänglichere Bahnen zu lenken. »Eigentlich ein Jammer, wie selten man aus der Stadt rauskommt.«

»Du könntest das ändern.«

»Indem ich am Wochenende öfter mal in den Spessart rüberfahre?«

»Nein, indem du andere Entscheidungen triffst als dein Vater.«

So viel also zum Thema unverfänglich, dachte Mari. »Wer sagt denn, dass ich das nicht tue?«

»Niemand. Ich … ich wollte nur …«

»Was?«

Er hielt sie am Ellbogen fest und sah sie an. »Nirgendwo steht geschrieben, dass man das wiederholen muss, was die eigenen Eltern einem vorgelebt haben.«

»Und wenn's mir gefällt, was mir vorgelebt wurde?«, fragte sie herausfordernd. »Wenn das Problem verdammt noch mal nicht bei mir liegt, sondern bei denen, die mir ständig einreden wollen, ich müsste irgendwas anders machen?!«

»Ich will dir überhaupt nichts einreden«, sagte er ruhig.

»Klingt aber so!«

»Dann entschuldige ich mich. Solange du glücklich bist, hat keiner das Recht, sich in dein Leben einzumischen.«

»Aber?«

Mich macht es nicht glücklich, dachte Simon bedrückt. Doch das war sein Problem. »Kein Aber«, meinte er nur.

Mari nickte. »Lass uns wieder zurückgehen, okay?«

Auf dem Weg zur Pension sagte keiner von beiden ein Wort. Die Sonne hatte sich mittlerweile vom Himmel verabschiedet, langsam setzte die Dämmerung ein, und der Trubel in den Altstadtgassen ebbte spürbar ab. Eigentlich hätte Mari damit gerechnet, sich um diese Zeit des Tages deutlich lebendiger zu fühlen – schließlich übernachteten sie und Simon heute Tür an Tür, sie mochten sich offensichtlich gern, und da wäre es doch naheliegend gewesen – nun ja –, das zu wiederholen, was schon einmal funktioniert hatte. Aber nichts dergleichen. Kein Flirt, kein Prickeln, keine mühsam unterdrückte Leidenschaft. Stattdessen fühlte sie sich niedergeschlagen und wusste selbst nicht, warum.

Als sie wenig später an der Rezeption ihre Schlüssel entgegennahmen, stellte sich nicht mal ein Hauch jener erwartungsvollen Befangenheit ein, die Mari sonst immer empfand, wenn sie an der Seite eines Mannes ein Hotel betrat. Da Simon neben ihr allerdings nicht einmal ein Fünkchen sexuelles Interesse zeigte, war das vielleicht auch ein bisschen viel verlangt. In sachlichem Schweigen fuhren sie mit dem Lift nach oben, stiegen aus und liefen zielstrebig auf ihre Zimmer zu.

»Wann treffen wir uns morgen zum Frühstück?«, erkundigte sich Mari, während sie ihre Tür aufschloss.

»Um acht – oder ist dir das zu früh?«

»Nee, passt schon. Wir haben ja auch ein dicht gepacktes Programm vor uns.« Unschlüssig stand sie im Türrahmen. »Na dann – gute Nacht, oder?«

»Wünsch ich dir auch. Ähm, Mari?«

»Ja?«

»Ich wollte dich nicht verletzen mit dem, was ich gesagt habe – über dich und deinen Vater, meine ich.«

»Hast du nicht«, erwiderte sie. »Aber trotzdem danke.«

Er zögerte. »Das heißt, ich habe gute Chancen, dass du mir meine Frage von vorhin doch noch beantwortest?«

»Welche Frage?«

»Ob du Kinder magst.«

»Also, um ganz ehrlich zu sein …« Mari schluckte. »Sie machen mir Angst.«

Simon, der Schlimmeres befürchtet hatte, nickte lächelnd und öffnete seine Tür. »Schlaf gut, Mari. Bis morgen.«

*

Allein in ihrem Zimmer, putzte sich Mari lange, sehr lange die Zähne. Klemmte sich die Haare aus der Stirn, entfernte das Augen-Make-up und wusch sich mit reichlich kaltem Wasser das Gesicht. Als sie schließlich halbblind nach ihrem Handtuch tastete, wusste sie, dass sie so nicht mehr weitermachen konnte: In Bezug auf das Baby musste endlich eine Entscheidung fallen, und dazu brauchte sie schleunigst einen Termin bei ihrer Frauenärztin.

Sie schälte sich aus ihrem blauen Sommerkleid, das um die Hüften bereits merklich enger geworden war, und unterzog ihren Bauch einer kritischen Musterung. Etwas fülliger war er schon, ohne dabei jedoch wirklich schwanger auszusehen – und wenn ihr nicht gerade grottenschlecht war, fühlte Mari sich auch nicht so. Lange würde das aber nicht mehr so bleiben, diesbezüglich machte sie sich keinerlei Illusionen.

Sie zog ein langes T-Shirt über, verkroch sich ins Bett und löschte das Licht. Ob Simon nebenan schon schlief? All die Dinge, die er über seine Familie erzählt und all die Fragen, die er ihr gestellt hatte, untermauerten das, was sie schon länger über ihn zu wissen glaubte: Sich mit ihm einzulassen, bedeutete, Ernst zu machen. Aber wie konnte sie das, wo es doch nichts auf der Welt gab, das ihr mehr Angst einjagte – und sie womöglich auch noch ein Kind von einem anderen erwartete?

Rastlos wälzte sie sich hin und her, bis sie auf der durchgelegenen Matratze eine halbwegs bequeme Position gefunden hatte. Wenn es das Baby nicht gäbe, überlegte sie dabei, wäre alles leichter. Sie könnte weiterarbeiten wie bisher und einfach abwarten, in welche Richtung sich die Dinge mit Simon entwickelten. Dieser verflixte Zeitdruck wäre raus. Und letzten Endes war es doch ihr Leben, ihr Körper, ihre Entscheidung. War sie irgendwem Rechenschaft darüber schuldig, was sie tat oder bleiben ließ? Nein. Eben. Die Karriere ging vor, so war das nun mal.

Doch was hatte Kirsten neulich noch zu ihr gesagt? *»Irgendwann bist du Ende dreißig und erkennst, dass ein Großteil des echten Lebens an dir vorbeizieht, während du in schlecht belüfteten Konferenzräumen hockst und Machos in Maßanzügen erlaubst, sich auf deine Kosten zu profilieren.«*

Da war sie wieder, die innere Stimme des Zweifels, die Mari unablässig ein »Behalt es« zuraunte, ganz egal, wie sehr sie sich bemühte, das zu überhören. Eine Stimme, die sie neuerdings bei jeder S-Bahn-Fahrt aufhorchen ließ, wenn aus einem Kinderwagen im Nachbarabteil ein Babylachen erklang. Die ihr eine Ahnung vermittelte von dem großen Glück, das sich einstellte, wenn kleine Hände greifen lernten. Die an ihr Gewissen appellierte und ihr ganz klar sagte, dass man ein Kind nicht einfach entfernen ließ wie ein Geschwür, bloß weil man gerade andere Pläne hatte. Mari stöhnte. Konnte sie das überhaupt – Mutter sein? Bekam man durchs Stillen nicht Hängebrüste? Und bis zu welchem Zeitpunkt war so ein Schwangerschaftsabbruch eigentlich legal? Über diese Frage fiel sie endlich in einen unruhigen Schlaf.

*

»Sie wissen nicht, wann Sie das letzte Mal Ihre Periode hatten?«, fragte die Frauenärztin streng.

»Irgendwann Anfang April. Könnte aber auch Ende März gewesen sein.«

»Genauer können Sie es nicht eingrenzen?«

»Herrgott, ich schreibe mir solche Termine halt nicht auf«, entfuhr es Mari.

»Das sollten Sie aber – in Ihrem eigenen Interesse.« Die

Gynäkologin zückte einen Kalender. »Den Schwangerschaftstest haben Sie wann gemacht?«

»Anfang Juni.«

»Also vor etwas mehr als vier Wochen. Haben Sie seither irgendwelche Veränderungen an sich festgestellt?«

»Mir ist andauernd übel.«

»Müssen Sie sich erbrechen?«

»Und wie.«

Die Ärztin nickte. »Gut, dann schauen wir uns das Ganze mal an.«

Nichts war demütigender als die Haltung, die man als Frau auf einem Gynäkologenstuhl einnehmen musste, fand Mari, als sie kurz darauf die Beine in die dafür vorgesehenen Schalen legte. Um sich abzulenken, versuchte sie es mit Konversation. »Es gibt da noch etwas, das ich Sie fragen wollte ... In Bezug auf ... ähm ... die Möglichkeit eines vorzeitigen Abbruchs ...«

»Was wollen Sie da wissen?«

»Na ja ... ginge das noch?«

»Kommt drauf an.« Konzentriert blickte die Gynäkologin auf den Bildschirm über dem Ultraschallgerät, während sie einen Stab in Maris Gebärmutter hin und her bewegte. »Hier haben wir auf jeden Fall schon mal Ihr Kind.«

Mari hob den Kopf. »Wo?« Doch dann sah sie es selbst: Einen kleinen Körper mit Kopf, Rumpf, Händchen und Füßen, der von einer dunklen Fruchthöhle umschlossen war. Sogar die Nabelschnur konnte man erkennen.

»Und das hier«, sagte die Ärztin und drückte auf einen Knopf, »ist der Herzschlag.«

Ein lautes Wummern ertönte, regelmäßig und stark. Mari erschauderte: In ihr lebte tatsächlich schon ein fast kompletter, winzig kleiner Mensch.

»Sie sind mindestens in der zwölften Schwangerschaftswoche, wahrscheinlich sogar schon weiter. Mehr Gewissheit hätten wir natürlich, wenn Sie sich doch noch an das Datum Ihrer letzten Regel erinnern könnten …?«

Doch dazu war Mari nicht in der Lage, nicht in diesem Augenblick. Sie starrte auf das Wesen, das da munter im Fruchtwasser herumschwamm, und wusste plötzlich, dass die ständig flüsternde Stimme des Zweifels in ihr gesiegt hatte. Ihr altes Leben? Aus, vorbei. Obwohl das Baby ungeplant war, ungelegen kam und alles, aber auch wirklich alles durcheinanderbringen würde. Trotzdem konnte Mari nicht zulassen, dass irgendwer ihm weh tat, am wenigsten sie selbst – nicht jetzt, nachdem sie sein Köpfchen gesehen, seinen Herzschlag gehört und sich bis über beide Ohren verliebt hatte.

»Was wollten Sie noch mal zum Thema Schwangerschaftsabbruch wissen?«, erkundigte sich die Gynäkologin.

»Nichts«, sagte Mari tonlos. »Hat sich erledigt.«

*

Auf dem Heimweg durch den Frankfurter Berufsverkehr fühlte sie sich so ruhig wie schon lange nicht mehr. Sie ahnte zwar, dass sie eigentlich keinen Grund dazu hatte, doch allein die Tatsache, endlich eine Entscheidung getroffen zu haben, reichte aus, dass es ihr besserging als in all den Wochen zuvor.

Ich bekomme ein Baby, dachte sie verblüfft, während sie ihr an der Hauptwache abgestelltes Fahrrad aufschloss. *Ich bekomme tatsächlich ein Baby – ausgerechnet ich.*

Merkwürdig kam ihr das vor, unwirklich und surreal. Doch in ihrer Handtasche steckte ein Mutterpass, in dem ihr Gewicht und die Herztöne des Kindes schwarz auf weiß dokumentiert waren, also musste es stimmen. Außerdem hatte die

Ärztin ihr Blut abgenommen, sie einen Urintest machen lassen und gleich den nächsten Termin vereinbart. Mari war jetzt Teil einer Vorsorgeuntersuchungs-Maschinerie, der sie in den nächsten Monaten nicht mehr entkommen würde – und zu ihrer eigenen Überraschung machte ihr das nur halb so viel Angst, wie sie erwartet hätte.

Zu Hause angekommen, rief sie sofort bei Kirsten an. »Ich behalte das Kind«, sagte sie ohne Einleitung, sobald ihre Freundin abgehoben hatte. »Die Entscheidung ist keine zwei Stunden alt, schockt mich selbst am meisten, und du bist die Erste, die davon erfährt.«

»Bin ich froh! Es hätte mir das Herz gebrochen, wenn du das mit der Abtreibung wirklich durchgezogen hättest …«

»Heute Morgen hatte ich eigentlich die Absicht, genau das zu tun«, gab Mari zu. »Mehr oder weniger jedenfalls.«

»Was hat deine Meinung geändert?«

»Das Baby – ich habe es gesehen.«

»Und?«

»Plötzlich hat sich ein Schalter in mir umgelegt, und ich wollte nur noch, dass es lebt, gesund ist und bei mir bleibt. Du kannst dir gar nicht vorstellen, wie klein es noch ist – und trotzdem erkennt man schon die Händchen! Es ist schließlich ein Teil von mir, weißt du? Und den kann ich nicht einfach wegmachen lassen, weil mir gerade der Sinn danach steht, obwohl ich mich gleichzeitig frage, ob ich eigentlich noch alle Tassen im Schrank habe …« Sie atmete tief durch. »Ich rede total wirres Zeug, entschuldige bitte.«

»Blödsinn, es ist doch normal, dass du so empfindest«, widersprach Kirsten. »Da hat sich dein ganz natürlicher Mutterinstinkt geregt, das ist alles.«

»Meinst du, ich werde diesen ganz natürlichen Mutterinstinkt später mal bereuen?«

»Leicht wird es bestimmt nicht, aber – um jetzt mal einen Klischeesatz zu bemühen: Kinder geben einem ja soo viel zurück.«

»Mehr als vollgeschissene Windeln, eine ramponierte Karriere und Ringe unter den Augen?«

Kirsten lachte. »Bestimmt. Mach dir keine Sorgen – du kannst auf mich zählen, wenn du Hilfe brauchst.«

»Danke, das bedeutet mir wirklich viel. Es ist nur …«

»Was denn?«

Mari zögerte. »Bist du sicher, dass es dich auf Dauer nicht traurig macht, mir dabei zuzusehen, wie ich ein Baby großziehe?«

»Noch trauriger wäre es doch, wenn keine von uns beiden ein Kind hätte«, erwiderte ihre Freundin leise. »Es ist schon alles gut so, wie es ist.«

»Kirsten?«

»Ja?«

»Fühl dich jetzt bitte ganz doll gedrückt.«

»Mach ich. Aber verrat mir noch eines: Was wirst du wegen der beiden potenziellen Väter unternehmen?«

Das war in der Tat eine gute Frage. »Ich habe mich heute lange mit meiner Ärztin darüber unterhalten«, sagte Mari. »Das Problem ist, dass ich beim besten Willen nicht weiß, wann ich zuletzt meine Regel hatte und außerdem in der gleichen Woche mit Ben und Simon geschlafen habe. Was im Klartext bedeutet, dass uns nur ein Vaterschaftstest weiterhelfen kann.«

»Hm. Und kann man den auch vor der Geburt des Kindes machen?«

»Theoretisch schon. Praktisch ist das hierzulande aber eigentlich nur bei Straftaten erlaubt, außerdem birgt es für das Baby unnötige Risiken, die ich sowieso nicht eingehen möchte.«

»Okay, und was ist jetzt dein Plan?«

»Ich werde mit Ben und Simon reden und ihnen einfach sagen müssen, was Sache ist«, meinte Mari ohne Begeisterung. »Dann sehe ich ja, wie sie reagieren.«

»Oje, da bist du wirklich nicht zu beneiden.«

»Hab ich eine andere Wahl?«

»Nein«, antwortete Kirsten entschlossen. »Ich fürchte, hier kommst du nur mit schonungsloser Ehrlichkeit weiter.«

»Und ich fürchte, dass sich die Sache mit Simon und mir nach diesem Gespräch sofort erledigt hat.«

»Was läuft denn da zwischen euch?«

»Schwer zu sagen.« Mari seufzte. »Nichts Körperliches jedenfalls. Trotzdem fühle ich mich ihm ... irgendwie nah. Ich vertraue ihm und bin verdammt gerne mit ihm zusammen.«

»Das ist für deine Verhältnisse schon mal sehr viel.«

»Ich weiß, aber es wird mir nichts nützen: Simon kommt aus einer Bilderbuch-Großfamilie und lässt sich bestimmt nicht auf eine Beziehung zu einer Frau ein, die ein Baby von einem Volldeppen wie Ben Sievers erwartet.«

»Im Moment ist doch noch völlig offen, von wem das Kind wirklich ist«, wandte Kirsten ein. »Und vielleicht unterschätzt du Simon auch.«

»Oder aber ich überschätze mich.«

»Wie meinst du das?«

»Sieh mich doch an: Ich hatte noch nie das, was man eine richtige Beziehung nennt, habe nachweislich ein Bindungsproblem und bin schwanger, ohne die Vaterfrage geklärt zu haben. Und jetzt soll ich gleich in die Vollen gehen?« Sie stieß einen Schwall Luft aus. »Das kann doch gar nicht funktionieren!«

»Du musst es probieren, etwas anderes bleibt dir nicht.«

»Aber was, wenn es schiefgeht? Was, wenn das Kind darunter leidet und erst später klar wird, dass ich heute die komplett falsche Entscheidung getroffen habe?«

Kirsten schwieg einen Moment. »Hast du es je bereut, am Leben zu sein?«, fragte sie dann.

»Bei dem ganzen Chaos in letzter Zeit kamen mir schon manchmal Zweifel …«

»Lass den Quatsch, ich meine es ernst. Du bist doch gerne auf der Welt, oder?«

»Na, klar.«

»Also. Dann ist alles gut, obwohl du deine Mutter viel zu früh verloren hast und obwohl dein Vater ein emotional verkrüppelter Sozialprimat ist, der dir nie vermitteln konnte, was Liebe bedeutet«, sagte Kirsten mit Nachdruck. »Deine Startbedingungen waren vielleicht nicht ideal, aber bei wem sind sie das schon? Wichtig ist doch nur, dass du deine eigenen Schlüsse daraus ziehst und deine eigenen Entscheidungen triffst. Dann kann alles funktionieren, sogar ein Dasein als kunterbunte Patchworkfamilie – ganz egal, was du zu Hause vorgelebt bekommen hast.«

Mari stutzte. »So was Ähnliches hat Simon neulich auch gesagt – also, dass ich nicht zwangsläufig alles wiederholen muss, was mein Vater in puncto Beziehungen für richtig hält.«

»Dann scheint er ein sehr kluger Mann zu sein.« Kirsten dachte kurz nach. »Er ist doch derjenige, der unser Café getestet hat, oder?«

»Stimmt. Der Text ist aber noch nicht erschienen.«

»Ich muss zugeben, dass ich ein bisschen neugierig war und schon mal auf eure Homepage geguckt habe. Dabei ist mir der Blog von deinem Ben aufgefallen …«

»Er ist nicht *mein* Ben«, stellte Mari klar. »Aber was hat er denn geschrieben?«

»Dass er mit seiner Testtour durch den Spessart begonnen hat.«

»Hm, das wundert mich aber. Eigentlich waren er und Nicole bis heute noch bei den Dreharbeiten von ›GigaTV‹ eingebunden. Soweit ich weiß, geht es bei den beiden erst nächste Woche offiziell los ...«

»Aha, das erklärt einiges.«

»Wovon sprichst du?«

»Lies dir mal seinen Blog durch«, forderte Kirsten sie auf. »Da behauptet er, gerade eben bei uns in Bad Orb gewesen zu sein – und schreibt in epischer Breite über ein Restaurant, das schon vor einem Jahr dichtgemacht hat.«

»Was?!«

»Es geht um den ›Goldenen Hahnenkamm‹ – jahrelang eine der ersten Adressen hier im Ort mit einem überregional bekannten Koch. Aber der hat vor ein paar Monaten eine Sinnkrise gekriegt, alles verkauft und ist nach Australien ausgewandert. Seitdem steht das Lokal leer.«

»Das ist ja unglaublich! Was hat Ben sich dabei nur gedacht?«

»Vielleicht wollte er seinen Onkel beeindrucken?«

»Gott, was für ein Idiot«, brach es aus Mari heraus. »Und das Schlimmste ist: Wenn es wirklich sein Kind sein sollte, bin ich für den Rest meines Lebens an ihn gebunden!«

»Jetzt bleib mal fair. Irgendwas muss dir doch an ihm gefallen haben – sonst wärst du doch nicht mit ihm ins Bett gegangen, oder?«

Eine Schweigepause entstand, in der Mari an die Nacht im Hotelzimmer zurückdachte – an das Gespräch über ihre Mutter, das Geplänkel in der Badewanne und die Selbstverständlichkeit, mit der sie und Ben übereinander hergefallen waren.

Auf der anderen Seite hatte es da noch seine Arroganz in Bezug auf männliche Karrierewege gegeben – und seine Selbstgefälligkeit, die er auch später im Büro bei jeder ihrer Begegnungen an den Tag legte. »Es war von Anfang an schwierig«, sagte sie laut. »An besagtem Abend wollte ich einfach mit jemandem mitgehen – aus Trotz, weil Simon mich bei Daphnes Party einfach sitzengelassen und kein Wort mit mir gewechselt hat. Rein körperlich lief mit Ben zwar alles so, wie es sein sollte, aber geistig waren wir nie auf derselben Wellenlänge.«

»Das merkt man natürlich sehr schnell, wenn man zusammenarbeitet«, warf Kirsten ein.

»Alles, was er in der Redaktion von sich gibt, finde ich mindestens fragwürdig. Und was seinen Charakter betrifft …«

»Ja?«

»Er hat mir ganz unverhohlen mit fatalen Konsequenzen gedroht, falls ich ausplaudern sollte, dass er der Neffe vom Chef ist.«

»Ernsthaft? Und was hast du ihm geantwortet?«

»Dass er mich mal kreuzweise kann«, erinnerte sich Mari. »Später hat er dann versucht, sich mit dieser total schwachsinnigen Fernsehaktion zu profilieren, bei der wir alle mitmachen mussten. Und jetzt höre ich von dir, dass er Restaurants testet, die es gar nicht mehr gibt. Daran sieht man doch, dass er Abkürzungen nimmt, um ans Ziel zu kommen. Und dass er dabei nicht aufrichtig ist – beides zusammen gefällt mir nicht.«

»Was hast du jetzt vor?«

»Ich werde erst mal abwarten, was er als Nächstes tut«, meinte Mari nachdenklich. »Aber wenn er mir in die Quere kommt, schlage ich zurück.«

Kirsten stieß einen leisen Pfiff aus. »Irgendwie bist du ja doch die Tochter deines Vaters.«
»Sag ihm das mal.«
»Sorry, ich rede nicht mehr mit ihm.«
»Schade eigentlich.«

16. Kapitel

Sicher, er hatte sich vorgenommen, subtil vorzugehen. Sich langsam heranzutasten, Vertrauen aufzubauen, Raffinesse walten zu lassen. Doch als Ben nach einem langen, nervtötenden Tag im Spessart in die Redaktion zurückkehrte und Mari im ansonsten komplett verwaisten Büro emsig tippend hinter ihrem Computer entdeckte, lösten sich seine Vorsätze in Luft auf. Diese Gelegenheit war so günstig, dass nicht viel gefehlt hätte, und er wäre schnurstracks auf sie zugegangen, hätte sie am Kragen gepackt und angeschrien: »Bist du jetzt von mir schwanger oder nicht, verdammte Scheiße?!«

Denn das war die Frage, die ihn umtrieb, seit Nicole ihm das von den Tabletten erzählt hatte. Schließlich konnte er rechnen: Mitte April war er zum Vorstellungsgespräch nach Frankfurt gekommen und hatte sich eine Nacht lang mit Mari vergnügt – mittlerweile war es Anfang Juli. Die Zeit, die dazwischen lag, war gespickt mit Indizien, die er zunächst nicht hatte deuten können, die jetzt aber einen Sinn ergaben: Maris Leichenbittermiene im Büro. Ihre Übelkeit beim Spargelessen. Und die Tatsache, dass sie um den Bauch deutlich fülliger wirkte, als er es in Erinnerung hatte.

So weit die Beweislage, an der es eigentlich nichts zu deuteln gab. Trotzdem wurde Ben das Gefühl nicht los, ein wichtiges Detail übersehen zu haben. Denn wenn Mari tatsächlich schwanger wäre – warum sagte sie dann nichts? Um ihre Karriere nicht zu gefährden? Das konnte sie sich abschminken. Es sei denn, sie entschied sich für eine Abtreibung, wozu Ben ihr auch dringend raten würde – denn dass er sich kein Kind unterjubeln ließ und auch im Traum nicht daran dachte, dafür zu zahlen, verstand sich ja wohl von selbst.

Ganz ehrlich, er wurde nicht schlau aus ihr. In Situationen, in denen andere Frauen erfahrungsgemäß ein Riesengewese veranstalteten, blieb sie erstaunlich ruhig. Die Sache mit ihm und seinem Onkel? Schwieg sie tot. Ihre beruflichen Ziele? Behielt sie für sich. Selbst was diese ominöse Schwangerschaft betraf – Stille. Da musste doch eine Strategie dahinterstecken, dachte Ben und gestand sich ein, dass ihre demonstrative Gelassenheit ihn so langsam rasend machte. Sie wollte nicht reden? Pech für sie, er schon. Wenn schon nicht über ihre potenziell ausgebliebene Monatsblutung, dann wenigstens über ein anderes Thema, mit dem sie sich garantiert aus der Reserve locken ließ.

»Hi, Mari«, sagte er und ging kurz entschlossen auf sie zu. »So spät noch so fleißig?«

»Hm«, kam es von ihr, wobei sie sich kaum die Mühe machte, von ihrer Arbeit aufzublicken. Also trat er hinter sie und beugte sich zu ihrem Bildschirm herunter. Von da an dauerte es keine zwei Sekunden, bis sie sich zu ihm umdrehte.

»Kann ich dir irgendwie weiterhelfen?«, fragte sie genervt.

»Nö. Ich guck nur.«

»Und warum?«

»Interessiert mich halt, welche Eindrücke du so im Spessart gesammelt hast.«

»Sind deine eigenen Eindrücke nicht spannend genug?«

»Klar doch«, meinte er und setzte sich unaufgefordert auf ihre Tischkante. »Aber wir arbeiten schließlich zusammen an diesem Sonderheft, da schaut man schon mal nach rechts und links.«

»Wenn du genug geschaut hast, würde ich jetzt gerne weitermachen.«

Ben kreuzte die Arme vor der Brust. »Stör ich dich etwa?«

»Ja, tust du.«

»Komm schon, ich hab da jede Menge Artikel von euch im Verzeichnis stehen sehen – wir liegen total gut in der Zeit.«

»Ansichtssache«, entgegnete Mari und fing wieder an, zu tippen.

»Sind ein paar bemerkenswerte Texte dabei.«

»Hm.«

»Ich denke da besonders an einen Testbericht von Simon.« Ben polierte das Ziffernblatt seiner Armbanduhr an der Vorderseite seines Hemdes. »Mal überlegen ... wo war er da noch gleich? Ach, richtig, in Bad Orb.« Er unterbrach sich und beobachtete amüsiert, wie abrupt Maris Finger über der Computertastatur verharrten. Dann nahm er seinen letzten Giftpfeil aus dem Köcher: »Korrigier mich, wenn ich mich irre, aber das war im Café deiner Freundin, oder?«

Im Zeitlupentempo drehte sie sich zu ihm um. »Worauf willst du hinaus?«

»Nun, hier liegt ganz offensichtlich ein Fall von Gefälligkeitsjournalismus vor – und das dürfte meinen Onkel sehr interessieren.«

Beinahe hätte sie laut losgelacht. Natürlich wusste Fernau längst über die privaten Hintergründe des Artikels Bescheid, Simon und sie hatten bei der Besprechung kurz vor ihrer Spessart-Tour alle Karten offen auf den Tisch gelegt. Da der Text dem Herausgeber überaus gut gefallen hatte und er es außerdem befürwortete, außer Restaurants auch kleinere Lokale im Sonderheft vorzustellen, gab es wegen des Abdrucks keinerlei Einwände seinerseits und damit auch nichts, womit sie sich erpressbar gemacht hätte. Trotzdem war Mari neugierig zu sehen, wie weit Ben im Zweifelsfall gehen würde, um sein Ziel zu erreichen. Deshalb sagte sie lediglich: »Simon kennt weder Kirsten noch ihre Familie persönlich. Er war anonym und unangekündigt zu Gast im ›Arnolds‹, so dass seine Neutralität als Berichterstatter keinen Moment gefährdet war.«

»Willst du etwa leugnen, dass er den Laden nur auf deine Bitte hin unter die Lupe genommen hat?«

»Natürlich nicht!«

»Na, also – dann handelt es sich ja doch um eine Gefälligkeit.«

»Es war ein Tipp unter Kollegen, mehr nicht!«

»Von dem deine Freundin rein zufällig profitiert«, beharrte er. »Ich muss schon sagen, das hast du hübsch eingefädelt, Gratulation.«

Mari verzog keine Miene und lehnte sich in ihrem Drehstuhl zurück. »Was willst du diesmal, Ben?«

»Mit dir ausgehen.« Unvermittelt griff er nach den Lehnen ihres Stuhls und zog sie ein Stück näher zu sich heran. »Wir suchen uns ein schickes Lokal, nehmen einen Aperitif an der Bar, futtern uns durch die Highlights des Hauses und nachher …«

»Nachher was?«

»Sehen wir, was passiert.« Er lächelte sardonisch. »Das hat doch schon mal geklappt, erinnerst du dich?«

»Du willst Sex«, brachte sie es auf den Punkt.

»Gerne auch sofort, wenn du nichts dagegen hast.«

Mari machte sich nicht die Mühe, darauf zu antworten, sondern speicherte ihren Artikel ab, fuhr den Computer herunter und suchte ihre Sachen zusammen.

»Hey, kann ich die Tatsache, dass du packst, als Einverständnis werten?«, fragte er und feixte.

»Das Date kriegst du – aber eines solltest du vorher wissen.« Sie stand auf und beugte sich so weit zu ihm vor, dass ihre Nasenspitzen fast aneinanderstießen. »Ich weiß das mit dem ›Goldenen Hahnenkamm‹.«

»Ähm ... was jetzt genau?«

»Das Restaurant in Bad Orb, klingelt's?«

»Oh ... klar.«

»Du bist nicht der Einzige hier, der überaus interessante Testberichte verfasst, Ben. Deiner ist zwar schon mehr als ein Jahr alt und bereits in zahlreichen Berliner Zeitungen erschienen, steht wie durch ein Wunder aber wortgleich in unserem Artikelverzeichnis für das Sonderheft.«

»Das ... das muss ich verwechselt haben. Es gibt natürlich noch eine neue Fassung des Textes, ganz frisch aktualisiert ...«

»So?« Mari wich keinen Schritt zurück. »Wann denn?«

»Na, gerade eben erst ... auf unserer Tour. Frag Nicole, sie war dabei.«

»Ich bin mir sicher, dass Nicole neuerdings überall mit dir absteigt, aber nicht im ›Goldenen Hahnenkamm‹ – denn der hat seit Monaten geschlossen, du Stümper!«

»Was? Aber ... das kann doch gar nicht sein ...«

»Kleiner Tipp unter Kollegen«, zischte Mari. »Wenn man die Restaurants, die man bewerten will, vorher auch aufsucht, findet man sehr schnell heraus, ob sie überhaupt noch existieren.«

»Willst du mir etwa unterstellen, dass ich meinen Job nicht richtig mache?«

»Warum überlassen wir das Urteil darüber nicht deinem Onkel Manfred?«, fragte sie zurück.

»Hör zu – können wir nicht einfach sagen, dass wir quitt sind? Du vergisst das mit dem ›Hahnenkamm‹, und ich schweige mich über den Testbericht zum Café deiner Freundin aus?«

»Das ist der erste vernünftige Satz, den ich heute von dir

höre.« Mari trat zurück und schulterte ihre Handtasche. »Also dann, wir sehen uns morgen Abend um sieben in der ›Safari Lounge‹.« Sie warf ihm einen eindringlichen Blick zu. »Ich gehe davon aus, dass du pünktlich bist, klar?«

»Äh … klar.« Er verstand zwar nicht ganz, warum sie sich trotz allem auf eine Verabredung mit ihm einließ, aber grundsätzlich fand er das ziemlich geil. Ein Gefühl, das allerdings nur so lange anhielt, bis Mari sich an der Tür ein letztes Mal zu ihm umdrehte.

»Ach, und Ben?«

»Ja?«

»Mach dir nicht die Mühe, Kondome mitzubringen. Das wäre nur überflüssiger Ballast.«

*

Die »Safari Lounge«, ein Schickimicki-Lokal nahe der Alten Oper, zählte zu den beliebtesten Treffpunkten der Banker- und Unternehmensberater-Elite Frankfurts. Was auch der Grund dafür war, warum Simon normalerweise einen Riesenbogen darum machte – der Anblick der geleckten Anzugträger, denen er bereits lange vor der Finanzkrise misstraut hatte, verdarb ihm meistens die Feierabendlaune. Da Mari ihn jedoch für Punkt sieben Uhr genau dorthin bestellt hatte, überwand er seine Abscheu. Wenn es sein musste, hätte er sich sogar auf dem Bahnhofsklo mit ihr getroffen. Aber das brauchte sie ja nicht unbedingt zu wissen.

Beim Betreten der Bar schlug ihm betont lässige Jazzmusik entgegen, die von einem Trio an Klavier, Klarinette und Bass gerade mal so laut erzeugt wurde, dass man sich noch ungestört unterhalten konnte. Ansonsten bestimmte politisch unkorrekter Protz das Bild: Cremeweiße Ledersofas standen vor wuchtigen Teakholztischen, denen weite Teile des Regenwaldes zum Opfer gefallen sein mussten. Jagdtrophäen – vom Leopardenfell über den Gazellenkopf bis hin zu den unvermeidlichen Elefantenstoßzähnen – zierten die Wände, und in der Ecke links stand ein Terrarium, in dem man sehr anschaulich beobachten konnte, wie sich Leguane, Landschildkröten und andere, im Zoofachhandel verbotene Reptilienarten gegenseitig in Schach hielten.

»Simon – wir sind hier drüben!«

Er drehte sich um und entdeckte Mari in einer der Sitzecken. Und ihr gegenüber saß – niemand Geringerer als Ben Sievers. Was sollte das denn? Mit gerunzelter Stirn trat Simon näher.

»Hi«, meinte er und blieb unschlüssig vor den beiden stehen. »Da bin ich.«

»Super, dass du kommen konntest!«

»Ja, super«, echote Ben, obwohl ihm anzusehen war, dass er genau das Gegenteil dachte.

Mari rutschte ein Stück zur Seite. »Setz dich doch.«

»Danke. Habt ihr schon was bestellt?«

»Nein, wir wollten auf dich warten.«

Simon nickte und winkte die Bedienung heran, eine Blondine mit Modelmaßen und extrem tiefem Ausschnitt, die sofort herbeieilte. »n' Abend – was kann ich euch bringen?«

»Einen *Sex on the beach*«, sagte Ben, weil das sein wenig subtiler Standarddrink war, um in Stimmung zu kommen. Angesichts der Tatsache, dass sie den heutigen Abend entgegen seiner Erwartungen zu dritt verbrachten, vielleicht ein bisschen zu optimistisch – aber so leicht wollte er sich nun mal nicht geschlagen geben.

»Könnte ich einen frisch gepressten Orangensaft bekommen?«, bat Mari.

»Selbstverständlich.« Die junge Frau wandte sich an Simon. »Und was nimmst du?«

»Eine Apfelschorle, bitte.«

»Wow«, höhnte Ben, schälte sich aus seinem Sakko und warf es achtlos neben sich auf das Sofa. »Ihr zwei lasst es heute Abend richtig krachen, was?«

Da seine Kollegen nicht darauf eingingen, sah er sich genötigt, die Gesprächsführung an sich zu reißen, sobald die Kellnerin außer Hörweite war. »Okay, rück endlich raus mit der Sprache«, forderte er Mari auf. »Warum sind wir hier? Um ein problemorientiertes Gespräch zu führen?«

Verlegen rutschte sie auf die Sofakante vor. »Na ja, schon so was in der Art ...«

»Gibt es Schwierigkeiten mit dem Sonderheft?«, fragte Simon alarmiert.

»Nein, nichts dergleichen. Es geht eher um ... eine sehr private Sache ...«

»Oho«, machte Ben und gluckste in sich hinein. »Beichtest du uns jetzt irgendwelche Geschlechtskrankheiten?«

»Nein.«

»Abnorme, sexuelle Phantasien?«

»Natürlich nicht!«

»Dann wenigstens einen Nebenerwerb als Erotikdarstellerin im Internet?«

»Lass sie endlich ausreden, Sievers, oder ich polier dir die Fresse«, kam es ungehalten von Simon.

»Sieh an, sieh an – unser Schöngeist will handgreiflich werden.« Ben grinste. »Lässt du deine Brille dabei eigentlich auf oder muss die jemand festhalten?«

»Komm mit vor die Tür, dann findest du's raus.«

»Uuuh, ich zittere vor Angst.«

»Jetzt hört endlich auf mit dem Mist«, fuhr Mari dazwischen. »Ich hab euch extra hierherbestellt, damit wir uns wie zivilisierte Menschen unterhalten können. Was ich euch sagen wollte, ist …«

»Für wen war noch mal der Orangensaft?«, unterbrach die Kellnerin, die mit voll beladenem Tablett an ihren Tisch zurückgekehrt war.

»Für mich, danke.«

»Und du warst die Apfelschorle, oder?«

Simon, seit jeher ein Verfechter des korrekten Sprachgebrauchs, verzog das Gesicht. »Ich *bin* nicht die Apfelschorle, ich habe sie bestellt«, berichtigte er genervt, während er sein Glas entgegennahm.

»Dafür bin ich *Sex on the beach* pur«, verkündete Ben und tätschelte der Blondine den Arm. »Also immer her mit meinem Cocktail, Süße.«

Die junge Frau lachte etwas bemüht, servierte das Getränk und warf ein »Wohl bekomm's« in die Runde, bevor sie sich schleunigst außer Reichweite brachte.

»Na, dann – Wohlsein!« Breitbeinig lümmelte Ben sich auf seiner Seite des Sofas herum, saugte geräuschvoll an seinem Strohhalm und stieß anschließend ein Rülpsen aus. »Wo waren wir gerade? Ach ja, Mari wollte intim mit uns werden.«

»Ehrlich gesagt war ich das schon«, gab sie ungerührt zurück. »Deshalb müssen wir jetzt auch über die Folgen sprechen.«

Simon starrte sie an. »Worauf willst du hinaus?«

»Ich bin schwanger – und weiß leider nicht, wer von euch der Vater des Kindes ist.«

»Ich schon mal nicht«, sagte Ben prompt. »Da lass ich dir gerne den Vortritt, Saalbach.«

»In der fraglichen Woche war ich aber mit euch beiden im Bett …«

»Wer hätte gedacht, dass du so ein Flittchen bist?«

Wutentbrannt sprang Simon auf und packte ihn am Kragen. »Du entschuldigst dich sofort bei ihr, oder ich prügel den letzten Rest Scheiße aus dir raus!«

»Schon gut, schon gut, reg dich wieder ab.« Ben, der ein untrügliches Gespür dafür besaß, wann er einen Kampf nicht gewinnen konnte, machte sich wieder los. »Das Flittchen nehme ich zurück, Mari – aber das heißt nicht, dass du mir dein Balg unterschieben kannst.« Sichtlich verärgert nahm er einen Schluck von seinem Cocktail. »Immerhin sagst du ja selbst, dass du den Überblick verloren hast, mit wem du alles geschlafen hast …«

»Da gab es nur euch zwei. Und glaub mir – in deinem Fall würde ich das von Herzen gerne wieder rückgängig machen.«

»Jetzt tu nicht so, als ob du dabei nicht voll auf deine Kosten gekommen wärst!«

»Der Ekel hat mit zeitlicher Verzögerung eingesetzt«, konterte sie. »Dafür hält er bis heute an.«

»Habt ihr's jetzt bald?« Simon, den das gesamte Gespräch von Minute zu Minute aggressiver machte, blickte von einem zum anderen. »Ich würde nämlich verdammt gerne wissen, was du jetzt vorhast, Mari.«

»Ich werde das Kind behalten«, antwortete sie und wagte es zum ersten Mal, ihn anzusehen. »Und nach der Entbindung möchte ich gerne einen Test machen, um die Vaterschaft zu klären – dazu bräuchte ich dann eure Hilfe.«

»Vergiss es!« Ben knallte sein Glas auf den Tisch. »Ich lass mir doch nicht in meinem Erbgut rumfuhrwerken, damit du nachher was in der Hand hast, um mich für den Rest meines Lebens zur Kasse zu bitten!«

»Schon mal daran gedacht, dass es hier nicht in erster Linie ums Geld geht?«

»Um was denn sonst?!«

»Um ein Kind, das ein Anrecht darauf hat, zu erfahren, wer sein Vater ist«, entgegnete Mari.

»Lass es wegmachen, dann stellt sich die Frage gar nicht erst!«

Das war der Punkt, an dem Simon endgültig genug hatte. Seine Faust schoss nach vorne, traf Ben unter dem Kinn und beförderte ihn unsanft in den schmalen Spalt zwischen Tisch und Sofakante. Das Cocktailglas krachte dabei zu Boden und zerbarst, aber wen kümmerte das schon?

Schwer atmend drehte Simon sich zu Mari um. »Ich wünschte, du hättest mir das alles unter vier Augen erzählt.«

»Warte, ich …«

Doch er machte nur eine abwehrende Geste und verließ das Lokal ohne ein weiteres Wort.

Unterdessen war es Ben mit wenig Würde gelungen, sich wieder aufzurappeln. Sein *Sex on the beach* hatte in Höhe des Hosenschlitzes einen Fleck hinterlassen, sein Gesicht war verquollen und seine Föhnfrisur ruiniert. »Tolles Date, Mari«, giftete er erbost.

»Ihr seid selbstverständlich meine Gäste.«

»Das ist ja wohl auch das mindeste!«

»Besteht die Chance, dass wir zwei uns noch mal in Ruhe unterhalten können?«, fragte sie.

»Wozu? Ich hab schon alles gesagt.« Damit schnappte er sich sein Sakko vom Sofa und stapfte wütend aus der Bar.

Stöhnend lehnte Mari sich zurück. Das war ja noch schlechter gelaufen, als sie befürchtet hatte. Sie nippte an ihrem Orangensaft und überlegte fieberhaft, was sie hätte anders machen können: Mit beiden jeweils einzeln sprechen, so, wie Simon es vorhin verlangt hatte? Diesen Gedanken hatte sie im Vorfeld auch schon gehabt und gleich wieder verworfen: Sie wäre sich unfair dabei vorgekommen, einen der beiden früher zu informieren als den anderen. Natürlich hätte sie sich denken können, dass man mit Ben nicht vernünftig reden konnte und dass Simon verletzt sein würde. Trotzdem. Solange nicht feststand, wer der Vater des Kindes war, wollte sie Ben und Simon gleich behandeln – obwohl die beiden sich offensichtlich einen Dreck darum scherten, dass sie sich um Fairness bemühte. Dazu waren sie anscheinend zu geschockt, wütend und – in Bens Fall – auch zu unreif.

Und jetzt? Mari sah ein, dass sie vorerst nichts weiter tun konnte, als abzuwarten, bis sich die Wogen ein wenig geglättet hatten. Sobald ein bisschen Zeit verstrichen war, würde sie Simon anrufen und ihm die ganze Sache noch mal in Ruhe erklären. Selbst wenn er sich genauso wenig für das Kind zuständig fühlen sollte wie Ben, änderte das nichts an ihrem Entschluss: Sie würde das Baby behalten. Basta.

»Kann ich bei dir schon mal abkassieren?«, erkundigte sich die Kellnerin, die an Maris Tisch herangetreten war und sich bereits nach den überall verstreuten Scherben auf dem Fußboden bückte.

»Natürlich. Entschuldige bitte das Chaos, das wir hier veranstaltet haben.«

»Kein Problem, da hab ich wirklich schon Schlimmeres erlebt.«

Mari zahlte, gab der Bedienung ein großzügiges Trinkgeld und schickte sich gerade an, das Lokal zu verlassen, als ein kehliges Lachen von der Bar herüberklang, das ihr verdächtig bekannt vorkam. Sie stutzte. Wenn sie nicht alles täuschte, war das … ihr *Vater?*

Tatsächlich. Eingerahmt von zwei sehr jungen Damen in sehr kurzen Röcken thronte Thomas Bertram auf einem der Barhocker vor einem Whiskyglas und ließ sich hofieren. Dabei lag seine rechte Hand auf dem nackten Knie des rothaarigen Mädchens, während ihm die Schwarzhaarige zu seiner Linken gerade etwas ins Ohr flüsterte, das offenkundig derartig unterhaltsam war, dass er sich köstlich darüber zu amüsieren schien.

Ein Anblick, der Mari unvorbereitet mitten ins Herz traf. Nicht, weil sie ihren Vater bei der Balz erwischte oder weil die Frauen, mit denen er sich umgab, deutlich jünger waren als sie selbst – obwohl beides zusammen schon ausgereicht hätte, um eine Psychotherapie zu rechtfertigen. Nein, sein entspannter Gesichtsausdruck, die Tatsache, dass er so lässig, vergnügt und mit sich im Reinen wirkte – das war es, was Mari den Rest gab. Wann hatte ihr Vater zuletzt mit ihr gelacht? Wann ein Gespräch geführt, in dem er nicht nur ihre beruflichen Fortschritte abfragte? Wann hatten sie das letzte Mal Zeit miteinander verbracht, völlig zweckfrei und einfach nur, weil sie gerne zusammen waren? Sie konnte sich nicht daran erinnern. Und erkannte plötzlich, dass sie sich im Grunde noch ferner waren, als sie je geahnt hätte. Weh tat das – unglaublich weh. Und bevor sie es sich anders überlegen konnte, ging Mari auf ihn zu – zögernd zunächst, doch dann immer entschlossener, bis sie die Bar erreichte. »Hallo, Papa«, sagte sie, als sie direkt vor ihm stand.

Thomas verschluckte sich fast an seinem Whisky. »Mari? Was … was tust du denn hier?«

»Ich beobachte dich – schon eine Weile übrigens.«

»Wow, Thommi! Ich wusste gar nicht, dass du schon so eine erwachsene Tochter hast …«, flötete die Rothaarige.

»Wieso nicht?«, versetzte Mari, ohne ihren Vater aus den Augen zu lassen. »Er geht schließlich schon straff auf die sechzig zu.«

»Hör mal …« Bertram stellte sein Glas auf dem Tresen ab. »Wie wär's, wenn wir die Tage telefonieren? Im Moment ist es ein bisschen … ungünstig.«

»Entschuldige. Aber ich wollte auch gar nicht lange stören.«

»Sondern?«

»Dir sagen, dass du Opa wirst – wahrscheinlich schon Ende Dezember.«

»Was?!«

»Er gehört euch, Mädels«, warf Mari den beiden jungen Frauen zu, bevor sie sich abwandte. »Und falls er Probleme beim Schlucken kriegt – füllt seinen Whisky einfach in eine Schnabeltasse um.«

Sie hatte den Ausgang noch nicht erreicht, als ihr Vater sie einholte und am Arm packte. »Was sollte das eben? War dieser Auftritt wirklich nötig?«

»Dasselbe könnte ich dich fragen.«

»Wen ich in meiner Freizeit treffe, geht einzig und allein mich was an!«

»Und diese Egozentrik ist auch das Geheimnis, das unserem ach so glücklichen Familienleben zugrunde liegt«, spöttelte Mari.

»Als ob es dir jemals an etwas gefehlt hätte!«

»Wie kannst du das wissen? Du warst doch nie da!«

Peinlich berührt sah Thomas sich nach allen Seiten um. »Hier ist ja wohl kaum der richtige Ort, um mir meine Versäumnisse als Vater vorzuhalten …«

»Da irrst du dich, Papa. Es gab nie einen besseren Ort als diesen hier! Und weißt du auch, warum?«

»Wenn du es schon sagen musst, dann *leiser,* Herrgott noch mal«, zischte er zurück. »Die Leute gucken schon alle zu uns rüber!«

»Und das mitten auf der Bühne, auf der du dich sonst so zu Hause fühlst.« In gespieltem Bedauern schüttelte Mari den Kopf. »Entschuldige, dass ich dir hier die Tour vermassle, aber wenn ich dich in Aktion sehe, umgeben von deinen Bankerfreunden, Börsennachrichten und Betthasen, dann verachte ich mich dafür, dass ich dir all die Jahre so kritiklos nachgeeifert habe!«

»Was? Wovon redest du?«

»Von diesem völlig kranken Mantra aus Leistung, Gier und Unverbindlichkeit, dem du alles andere unterwirfst – und von dem ich dachte, ich müsste es übernehmen, damit du mich wenigstens ein bisschen liebhast.«

»Nie im Leben habe ich dir irgendwas vorgeschrieben …«

»Nein, du hast es mir *vorgelebt* – und das war viel schlimmer! Aber weißt du was, Papa?« Sie trat auf ihn zu. »Davon löse ich mich jetzt. Ich will nicht so enden wie du – als alternde Witzfigur, die in einer schummerigen Bar Whisky kippt und für ein bisschen menschliche Zuwendung darauf angewiesen ist, dass junge Dinger sich aus fragwürdigen Gründen von mir betatschen lassen!«

Thomas zuckte zurück, als ob er einen Schlag in den Magen kassiert hätte. »Bist du jetzt fertig?«, fragte er mit gepresster Stimme.

»Ja«, sagte sie, erschrocken über sich selbst und deutlich kleinlauter als noch wenige Sekunden zuvor. »Bin ich.«

»Gut, dann eine Sache noch: Das mit deiner Schwangerschaft … das war vorhin ein Scherz, oder?«

»Kein Scherz«, entgegnete sie ruhig. »Ich bekomme tatsächlich ein Baby – und freue mich sogar darauf.«

»Und der Vater dazu?«

»Der eher nicht.«

»Ach, Mari.« Thomas machte eine hilflose Geste, brachte

es aber nicht über sich, auf seine Tochter zuzugehen. »Du weißt doch gar nicht, worauf du dich da einlässt …«

»Doch, das weiß ich: auf ein Leben, das diese Bezeichnung auch verdient. Und ehrlich gesagt, kann ich's kaum erwarten, dass es endlich losgeht.«

Sie wandte sich ab und ließ ihn stehen.

*

In der darauffolgenden Nacht konnte Mari nicht schlafen. Immer wieder sah sie die Enttäuschung in Simons Gesicht vor sich und hörte, wie er sagte: *»Ich wünschte, du hättest mir das alles unter vier Augen erzählt.«* Zweifel steigen in ihr hoch, nagende, plagende Zweifel: Was, wenn sich ihre Freundschaft – oder was auch immer es war, das sie verband – nie wieder von diesem Schlag erholte, wenn Simon sich von ihr abkehrte, ihr das Vertrauen entzog, nichts mehr mit ihr zu tun haben wollte? Furchtbar wäre das. Beängstigend. Zum Drauflosheulen. Andererseits – wer könnte es ihm verdenken, wenn er ein für alle Mal genug von ihr hätte? Von einer Frau, die ihn erst ins Bett zerrte und dann sitzenließ, die wenige Tage später mit einem anderen schlief, schwanger wurde und jetzt nicht mehr weiterwusste. Mit diesem Verhalten hatte sie sich selbst disqualifiziert, das wusste Mari nur allzu gut. Trotzdem hoffte sie, dass es noch nicht zu spät war, dass Simon ihr zuhören und ihr noch eine einzige, eine allerletzte Chance geben würde, wenn sie sich jemals traute, ihn darum zu bitten.

Eine andere Sache, die sie wachhielt, war der Gedanke an ihren Vater. Einerseits hatte es gutgetan, sich die Wut von der Seele zu schreien, ihm endlich zu sagen, was sie von ihm hielt und wie sehr seine Zurückweisung sie verletzte. Und doch schämte sie sich für die harten Worte, die sie ihm an den Kopf geworfen und die Vorwürfe, die sie ihm gemacht hatte. Wie billig war es eigentlich, jemandem gezielt weh zu tun, bloß, weil man selbst gekränkt worden war? Sie ahnte, dass sie die Grenze jenes Respekts, den sie ihm schuldete, weil er ihr Vater war, überschritten hatte – und obwohl sie nicht daran zweifelte, inhaltlich recht zu haben, kam sie doch zu dem Schluss, sich bei ihm entschuldigen zu müssen: für ihren Ton, ihre Häme, ihre Biestigkeit.

Vom schlechten Gewissen getrieben, rief sie gleich am nächsten Morgen in seiner Firma an.

»Der Chef ist heute nicht im Haus«, erfuhr sie jedoch von seiner Sekretärin. »Er hat sich krankgemeldet.«

»Krank? Mein Vater ist nie krank!«

»Wir haben uns auch gewundert, aber er sagte wortwörtlich, dass es ihm nicht gutgehe und wir vor nächster Woche nicht mit ihm rechnen können.«

Thomas Bertram gestand öffentlich eine Schwäche ein? Da musste es ihm tatsächlich nicht gutgehen, schlussfolgerte Mari und fühlte sich noch schuldiger als vorher. Sie bedankte sich für die Auskunft, legte auf und fuhr in die Redaktion, die an diesem sonnigen Freitag nicht allzu stark besetzt war: Simon war wegen seines Familienfestes in Norddeutschland einen Tag früher ins Wochenende aufgebrochen, Nicole und Ben setzten ihre Testtour durch den Spessart fort und Fernau ließ ausrichten, dass er von zu Hause aus arbeitete. Eigentlich ideale Voraussetzungen für Mari, um an ihren Texten für das Sonderheft weiterzuarbeiten – weder die beiden streitsüchtigen Kindsväter würden sie stören noch der Herausgeber mit seinem Hang zu Pedanterie und Sonderwünschen. Trotzdem war sie unkonzentriert, versuchte im Halbstundentakt, ihren Vater zu Hause oder auf dem Handy zu erreichen und wurde mit jedem gescheiterten Versuch nervöser. Warum ging er nicht ans Telefon? Er würde sich doch nichts angetan haben, oder?

Zunehmend besorgt, verzichtete sie auf die Mittagspause, machte dafür eine Stunde früher Feierabend und radelte dann geradewegs ins Frankfurter Westend – vorbei am Messeturm mit seiner Dreieckspitze, an modernen Bürokomplexen und kleinen Bistros, die sich dazwischen angesiedelt hatten. Über ein Geflecht von Seitenstraßen nahm Mari eine Abkürzung in Richtung Palmengarten, wobei die unterschiedlichsten Nationalitäten ihren Weg kreuzten: zierliche Chinesinnen in Businesskostümen, die mit Laptop unter dem Arm zur U-Bahn tippelten. Ein indisches Paar, in kunterbunte Stoffe gewandet, das einen Kinderwagen vor sich her schob. Amerikaner in Shorts und Tennissocken, die auf der Außenterrasse eines Cafés herumlümmelten und sich lautstark unterhielten. Mari passierte smarte Anzugträger, die in fließendem Französisch ihre Handys anblafften. Frauen mit Kopftüchern, Teenies in Hotpants, Senioren am Rollator.

Für diese Vielfalt, dieses Miteinander des grundlegend Verschiedenen liebte Mari ihre Heimatstadt – und wusste plötzlich, dass sie es nie über sich bringen würde, sie zu verlassen. Denn wer diesen unnachgiebigen Rhythmus aus Arbeit und Profit, Mobilität und Größenwahn, Weltoffenheit und Apfelwein einmal verinnerlicht hatte, war und blieb verdorben für ein Leben im hippen Berlin, im manierierten München oder im stets gut durchfeuchteten Hamburg.

Vor dem Haus ihres Vaters stellte sie ihr Fahrrad ab und stürmte die drei Stockwerke zu seiner Wohnung hoch. »Papa?«, rief sie, kaum dass sie eingetreten war. »Wo steckst du?«

Keine Antwort. Also stieß sie die Tür zum Wohnzimmer

auf und erschrak: In Hemd und Anzughose vom Vorabend lag Thomas auf dem Sofa, die Augen geschlossen, den Mund geöffnet, den Kopf abgewinkelt auf die Lehne gebettet. Da er röchelnde Schnarchgeräusche von sich gab, war Mari einigermaßen beruhigt, obwohl sie ihren sonst so disziplinierten, Vitaminpillen schluckenden Vater noch nie derart derangiert gesehen hatte.

Als sie sich über ihn beugte und versuchte, ihm die lose verkorkte Flasche schottischen Whiskys abzunehmen, fuhr er aus dem Schlaf hoch. »Mari? Was 'n los?!«

»Das frage ich dich. Wieso gehst du nicht ans Telefon?«

»Was für'n Telefon?«

»Deins natürlich – ich habe mehrfach versucht, dich anzurufen.«

»Nix gehört.« Ermattet ließ er sich wieder auf die Sofalehne zurücksinken, rieb sich aber sogleich den Nacken, der sich nach einer Nacht in dieser orthopädisch äußerst ungünstigen Haltung offensichtlich verspannt hatte.

Mari schob ihm ein Kissen unter den Kopf. »Besser so?«

»Mmpf!«

»Papa, ich bin hier, um mich zu entschuldigen. Ich hätte dich gestern nicht so angiften sollen …«

»Hab's verdient.«

»Inhaltlich schon, aber nicht in dieser Form und nicht in aller Öffentlichkeit.« Erneut versuchte sie, ihm die Whiskyflasche zu entziehen, die er noch immer fest umklammert hielt.

»Finger weg!«, brummelte er ungehalten.

»Willst du dir damit jetzt vollends die Kappe wegsprengen?«

»Meine Sache.« Trotzig drehte sich Thomas auf die andere Seite und presste die Wange an das kühle Glas des Flaschenhalses. Der Whisky, so vermittelte es seine Körpersprache, war der einzige Freund, der ihm noch geblieben war.

»Tust du dir leid?«, wollte Mari wissen.

»Jep.«

»Gut, dann hole ich jetzt einen Eimer Wasser. Anders kriegt man dich anscheinend nicht wach heute.«

Sie stand auf und wollte gerade das Badezimmer ansteuern, als ihr auffiel, was auf dem Fußboden vor dem Sofa herumlag: ein Fotoalbum in apfelgrünem Einband. Mari runzelte die Stirn – es war nicht irgendein Album, sondern das, in dem die Bilder ihrer hochschwangeren Mutter eingeklebt waren. Sie selbst kannte jedes Foto darin in- und auswendig – Lucia Bertram im geblümten Umstandskleid, glücklich lächelnd auf einer Bank im Grüneburgpark. Je weiter man die Seiten nach hinten blätterte, desto größer wurde der Bauch, desto schmaler ihr Gesicht, desto müder ihre Augen. Ein einziges Bild gab es, das mit Selbstauslöser aufgenommen worden war: Es zeigte Thomas, wie er seine Frau von hinten umarmte, den Kopf auf ihre Schultern legte und die Hände vorsichtig um ihren vorgewölbten Leib spannte. Unmöglich zu sagen, was sein Gesicht dabei ausdrückte – Vorfreude oder Sorge, Zuversicht oder Angst. Mari war mit den Jahren zu dem Schluss gekommen, dass es eine Mischung aus allem gewesen sein musste.

Jetzt hob sie das Fotoalbum auf und hielt es ihrem Vater hin. »Was wolltest du denn damit?«

Er öffnete die Augen einen Spaltbreit. »Angucken«, brummte er und tauchte dann wieder ab in seinen Kokon aus Restalkohol und Selbstmitleid.

Mari erkannte, dass ihr keine andere Wahl blieb. Sie schob den Sofatisch beiseite und brachte sämtliche Wertgegenstände in Sicherheit, bevor sie mit Wischlappen, einem Stapel Handtüchern und einem gut gefüllten Eimer Eiswasser aus dem Badezimmer zurückkehrte.

»Schau mal, Papa.«

»Hä?«

Platschend landete das kühle Nass auf seinem Gesicht, durchtränkte sein Hemd, die Hose, die Sofapolster aus schwarzem Kalbsleder.

»Aaah – bist du wahnsinnig?!«

Unbeeindruckt hielt Mari ihm ein Handtuch hin. »Wenn du kurz aufstehen könntest, wische ich das Sofa ab, bevor es ganz hinüber ist.«

Zu neuem Leben erweckt, sprang Thomas auf die Füße und schüttelte sich die Wassertropfen aus dem Haar. Zwei, drei hektische Atemzüge folgten, dann ging er auf seine Tochter los: »Was ist in dich gefahren, mein Wohnzimmer zu fluten?!«

»Ich hätte dich ja gerne wach trompeten lassen, aber eine Blaskapelle war gerade nicht zur Hand.«

Mit glasigen Augen sah er sich um. »Wie spät ist es überhaupt?«

»Kurz vor sechs.«

»Oh.« Der Adrenalinschub ebbte sichtbar ab und wich nach und nach einer Zaghaftigkeit, die Mari an ihren Vater nicht kannte. »Dann … geh ich mal duschen, oder?«

»Guter Plan. Soll ich dir einen Kaffee machen?«

Er nickte. »Meinst du … ich könnte auch eine Suppe bekommen?«

»Ich guck mal, was du im Haus hast.«

Sobald er in Richtung Bad davongewankt war, trug Mari Sofapolster, Kissen und Handtücher auf den Balkon hinaus, um sie in der Abendsonne trocknen zu lassen. Anschließend wischte sie den Fußboden, schob den Tisch wieder an seinen Platz zurück, stellte die Whiskyflasche in die Bar zurück und inspizierte schließlich die Vorratsschränke in der Küche. Dort war die Ausbeute wie erwartet mager: Instantbrühe, Reis, Traubenzucker und eine Packung Kamillentee. Im Kühlschrank fand sie immerhin noch ein paar vertrocknete Mohrrüben, im Eisfach eine Schachtel mit Tiefkühlkräutern – nicht grandios, aber das musste reichen.

Als Thomas zwanzig Minuten später in Jeans und T-Shirt in die Küche geschlichen kam, war der Kaffee bereits durchgelaufen und die Suppe köchelte auf dem Herd. Mari reichte ihrem Vater einen Becher und sah ihn prüfend an: Gegen seine sonstige Gewohnheit hatte er auf eine Rasur verzichtet, wirkte blass und mitgenommen. »Hast du Magenschmerzen?«, wollte sie wissen.

»Nein, aber einen Kater von Format.«

»Dann setz dich lieber. Willst du eine Tablette?«

»Später vielleicht.« Er ließ sich am Küchentisch nieder, trank seinen Kaffee in kleinen Schlucken und starrte vor sich hin. Erst, als Mari einen Teller Suppe vor ihm abstellte, erwachte er aus seiner Lethargie. »Danke, dass du das immer machst.«

»Was mach ich denn?«

»Mich umsorgen. Das ist sehr … nett von dir.«

»Tatsächlich? Ich hätte schwören können, dass es dich nervt.«

»Tut es eigentlich auch«, räumte er ein und tauchte den Löffel in seine Suppe. »Aber heute nicht.«

Sie lachte leise. »Wahrscheinlich, weil ich nur die freudlosen Bestände aus deinen Schränken verwendet und dir keine zusätzlichen Kalorien ins Haus geschleppt habe.«

»Ich hab's halt gern asketisch.«

»Es sei denn, es geht um Alkohol.«

Er hob den Kopf. »Das gestern war eine Ausnahme.«

»Entschuldige, dass ich dir vor allen Leuten so zugesetzt habe.«

»Daran allein lag es gar nicht.«

»Sondern?«, hakte Mari nach.

»An der Summe der Dinge, die im Moment bei mir falsch laufen.« Müde rieb Thomas sich über die geröteten Augen. »Doch leider kann ich keinen anderen dafür verantwortlich machen als mich selbst.«

»Hast du Stress im Büro?«

»Auch. Die Kunden beschweren sich, die Mehrzahl meiner Mitarbeiterinnen ist nicht zurechnungsfähig, und Kirsten fehlt an allen Ecken und Enden.«

»Warum sagst du ihr das nicht mal?«

»Hab ich doch versucht! Sie hat mich rausgeschmissen.«

»Einfach so?«

Dem bohrenden Blick seiner Tochter ausweichend, führte er einen Löffel Suppe zum Mund. »Da war vorher noch … was anderes.«

»Ich begreife nicht, warum du ernsthaft denkst, eine Klassefrau wie Kirsten durch solche Hohlbirnen ersetzen zu können, wie ich sie gestern mit dir an der Bar gesehen habe.«

»Es geht nicht darum, sie zu ersetzen«, entgegnete Thomas zwischen zwei Bissen. »Sondern darum, mich gar nicht erst an sie zu gewöhnen.«

Womit sie wieder beim Thema wären. Mari stieß ein abgrundtiefes Seufzen aus. »Jetzt mal ehrlich, Papa – wo liegt dein Problem? Warum fällt es dir so schwer, Menschen, die dich lieben, an dich heranzulassen?« Als darauf keine Antwort kam, fügte sie mit leiser Stimme hinzu: »Hat es was mit Mamas Tod zu tun?«

»Damit würde ich es mir ja wohl reichlich einfach machen, oder?«

»Keine Ahnung. Machst du es dir einfach?«

Thomas schwieg einen Moment. »Mit deiner Mutter war alles viel unbeschwerter«, sagte er schließlich. »Wir waren noch extrem jung, als wir uns kennenlernten – gerade mal zwanzig. Trotzdem habe ich keine Sekunde gezögert, mit ihr zusammenzuziehen. Etwas anderes, als sie zu heiraten, wäre für mich gar nicht in Frage gekommen.« Er senkte den Kopf. »Ich war mir sicher, dass wir zusammen alt werden.«

Da es äußerst selten vorkam, dass ihr Vater freiwillig über seine verstorbene Frau sprach, wagte Mari kaum, zu atmen – zu groß war ihre Sorge, dass er sich erneut verschließen würde, bevor sie Gelegenheit hatte, all die Fragen zu stellen, auf die sie seit Jahren Antworten haben wollte. Als das Schweigen sich jedoch in die Länge zog, konnte sie nicht mehr an sich halten. »Wie hast du reagiert, als du erfahren hast, dass ich unterwegs bin?«, brach es aus ihr heraus.

Thomas stutzte, unangenehm berührt von der direkten Art seiner Tochter. Einen Augenblick lang sah es so aus, als ob er ausweichen wollte, doch dann besann er sich eines Besseren. »Gefreut hab ich mich. Na ja, wir hatten es auch darauf angelegt, schwanger zu werden«, erzählte er zögernd. »Lucia hat immer von einer Großfamilie geträumt. Da wollten wir früh anfangen.«

»Und dann?«

»Kam alles anders. Das weißt du doch.«

»Trotzdem verstehe ich es nicht«, beharrte Mari. »Wenn du schon mal so weit warst, eine Familie gründen zu wollen – wieso hast du dieses Modell dann später so kategorisch abgelehnt?«

Er vermied es, sie anzusehen. »Das Ganze stand und fiel mit deiner Mutter, darum.«

»Aber ich war doch auch noch da! Warum hast du mich ständig auf Abstand gehalten?«

»Das ist Blödsinn!«

»Du tust es bis heute, Papa. Und ich frage mich, ob es vielleicht daran liegt, dass du mir indirekt die Schuld für ihren Tod gibst …«

»Dir?« Geräuschvoll schob Thomas den Suppenteller von sich. »Wie könntest du für ihren Tod verantwortlich sein?«

»Ich lebe – sie nicht.«

»Bullshit.« Er stand auf, ging zum Fenster und schien seinen eigenen Gedanken nachhängen zu wollen. Mari rechnete schon nicht mehr damit, dass er sich noch einmal zu dem Thema äußerte, als er sie zu ihrer Überraschung fragte: »Bist du schon mal jemandem begegnet, der es dir leichter gemacht hat, eine bessere Version deiner selbst zu sein?«

Sie sah Simon vor sich und antwortete: »Öhm … glaub schon.«

»Mit deiner Mutter war das so. Ich meine, du kennst ja deine Großeltern …« Thomas drehte sich zu seiner Tochter um. »Bei uns zu Hause wurden nie groß Umarmungen ausgetauscht, Haltung war immer alles, und Gefühle galten als Zeichen der Schwäche.« Er schob die Hände in die Hosentaschen. »Ich habe das nie hinterfragt, denn meine Eltern gehören nun mal einer anderen Generation an. Erst, als ich deine Mutter traf, habe ich gespürt, dass mir jahrelang etwas gefehlt hat.«

»Was denn zum Beispiel?«

Er rang mit sich und schien nach den richtigen Worten zu suchen. »Wärme, die dich umschließt, bevor du merkst, dass du mittendrin bist«, sagte er dann so leise, dass Mari sich anstrengen musste, um ihn zu verstehen. »Nähe, die dir so selbstverständlich vorkommt, als sei sie schon immer da gewesen. Berührungen, die sich vom ersten Moment an vertraut anfühlen.« Thomas zuckte mit den Achseln. »So was in der Art.«

Da sie ihn noch nie so hatte reden hören, wusste Mari nicht, was sie antworten sollte. In ihrer Verlegenheit beschränkte sie sich deshalb auf ein wenig aussagekräftiges »Ähm … okay.«

»Die Wahrheit ist, dass ich schlicht keine Ahnung hatte, was ich mit dir anfangen sollte«, fuhr er fort. »Lucias Tod kam so unerwartet, dass ich total unter Schock stand. Und noch bevor ich richtig begriffen hatte, was überhaupt passiert war, legte man mir einen schreienden Säugling in den Arm und appellierte an mich, bloß nicht die Nerven zu verlieren – du brauchtest mich ja schließlich.«

»Gab es denn niemanden, dem du dich hättest anvertrauen können?«

»Der Krankenhausseelsorger hat es versucht. Aber dann bekamst du Gelbsucht, wolltest nicht aus der Flasche trinken und hast so viel an Gewicht verloren, dass ich Angst hatte, ich könnte dich auch noch verlieren.«

»Dieses Problem besteht heute ja nun nicht mehr«, versetzte Mari, bemüht, das Gespräch schleunigst wieder auf eine weniger emotionale Ebene zu lenken. »Das mit dem Gewichtsverlust, meine ich.«

Thomas lächelte. »Die Fähigkeit zur Selbstironie hast du von deiner Mutter. Du bist ihr überhaupt sehr ähnlich.«

»Inwiefern?«

»Genau wie sie kannst du mit allen Sinnen genießen, was das Leben dir bietet – gutes Essen, schöne Filme, Momente voller Situationskomik. Schon als Kleinkind warst du eher bereit, dich über irgendetwas kaputtzulachen, als dich einschüchtern zu lassen. Auf alles, was neu ist und dich interessiert, gehst du unvoreingenommen zu. Und wenn du etwas haben willst, überlegst du dir genau, wie sich das bewerkstelligen lässt und kämpfst so lange, bis du es hast.« Er unterbrach sich und sah sie an. »Ich bin sehr stolz auf dich.«

Sollte das tatsächlich eine Gefühlsäußerung gewesen sein? Mari schluckte und konnte es kaum fassen. »Danke«, stieß sie hervor. »Ist zwar verdammt ungewohnt, aber zur Abwechslung mal ganz schön, so was aus deinem Mund zu hören.«

»Sentimentalitäten sind nicht so mein Ding.«

»Schon klar.« Sie räusperte sich und überlegte, was sie jetzt tun sollte. Ihn umarmen – ganz so, wie es amerikanische Familienserien wie die »Waltons« im Fernsehen immer vormachten? Nee, also wirklich. Sie war nicht John Boy, ihr Vater trug keine Latzhose und stand überdies mit vor der Brust gekreuzten Armen vor ihr, was eindeutig signalisierte, dass er sich Zudringlichkeiten im Stil von »Ich liebe dich, Dad« schlichtweg verbat. Daher sagte sie einfach das, was ihr als Nächstes in den Sinn kam: »Wie ist nun der letzte Stand zwischen dir und Kirsten?«

Gar kein gutes Thema – Thomas versteifte sich sofort. »Vertrackt«, erwiderte er und drehte den Spieß sogleich um. »Was ist denn mit dir und dem Vater deines Kindes?«

»Noch vertrackter«, gab Mari zurück. »Aber ich habe zuerst gefragt.«

Eine kurze Pause entstand, in der außer dem Ticken der Wanduhr nichts zu hören war. »Ich habe es vermasselt, grundlegend«, meinte Thomas dann. »Abgesehen davon, ist sie inzwischen mit einem anderen zusammen.«

»*Was?*« Mari traute ihren Ohren nicht. »Davon hat Kirsten mir ja gar nichts erzählt ...«

»Es handelt sich um irgendeinen alten Schulfreund, soweit ich weiß.«

Das kam ihr mehr als fragwürdig vor. »Bist du dir ganz sicher?«

»Natürlich. Ich habe die beiden sogar zusammen gesehen.«

»Oh – das heißt, du warst vor kurzem in Bad Orb?«

»Ja, aber den Weg hätte ich mir sparen können.« Resigniert und ein bisschen selbstmitleidig ließ er die Schultern hängen, eine ganz und gar untypische Haltung für diesen sonst so beherrschten, auf seine vorteilhafte Außenwirkung bedachten Mann. Ein paar Augenblicke verstrichen, in denen er abzuwägen schien, ob er noch mehr sagen sollte. Im letzten Moment aber entschied er sich dagegen und ging stattdessen in die Offensive. »Du bist dran.«

»Womit?«

»Erzähl mir, was deinem Happy End im Weg steht.«

Mari holte tief Luft. »Du meinst, außer der Tatsache, dass ich nicht weiß, wer genau der Kindsvater sein könnte?«

»Wie bitte?!«

Es war für sie ungewohnt und irgendwie auch peinlich, ausgerechnet mit ihrem Vater über so private Dinge wie ihr unorthodoxes Sexualleben zu sprechen. Deshalb flüchtete sie sich in eine Sachlichkeit, die sie eigentlich nicht empfand. »Es gibt zwei Kandidaten«, fasste sie zusammen. »Von dem einen wünsche ich mir, dass er der Vater ist – von dem anderen eher nicht.«

»Ach«, entfuhr es Thomas. »Und was sagen die beiden dazu?«

»Sie sind stocksauer auf mich.«

»Wie kleinkariert.«

»Ich bin wahrscheinlich auch gerade dabei, es grundlegend zu vermasseln«, räumte Mari ein.

»Aber?«

»Das Baby behalte ich trotzdem – ganz egal, was passiert.«

Ihr Vater nickte. »Und deine Karriere?«

»Hole ich nach.«

»Einfach wird das nicht.«

»Es ist aber auch kein Hexenwerk, Herrgott noch mal!«

Ohne ersichtlichen Grund knüllte sie ein tadellos gebügeltes Küchenhandtuch zusammen und warf es auf die Arbeitsplatte neben der Spüle. »Andere Frauen schaffen das doch auch, und wozu gibt es schließlich das Elterngeld? Damit kann ich ein Jahr aus meinem Job aussteigen, ohne gleich in den Miesen zu landen.«

»Und danach?«

»Kommt das Baby in eine Krippe und Mama geht wieder arbeiten.«

»Den ganzen Tag?«

»Das sehen wir dann.«

Es lag Thomas auf der Zunge, zu erwidern, dass der Unterschied zwischen einer Karriere und einem Teilzeitjob seiner Erfahrung nach beträchtlich war. Dass insbesondere Alleinerziehende sich aufrieben, um Krippenöffnungszeiten, Kinderarzttermine und Konferenzen unter einen Hut zu bringen – mit dem Effekt, dass sich der Alltag so erschöpfend anfühlte, dass kaum noch Energie übrigblieb, um darüber hinaus eigene Ziele zu verfolgen. Da er selbst jahrelang in dieser Tretmühle gestanden hatte und auf vieles verzichten musste, hätte er seiner Tochter für ihre berufliche Laufbahn andere Bedingungen gewünscht. Andererseits schien sie wirklich entschlossen und mit ihrer Entscheidung im Reinen zu sein: Wie konnte er sich da anmaßen, sie belehren zu wollen? Sie war 28 Jahre alt und erwachsen – wenn sie ihm in Momenten wie diesen auch noch immer vorkam wie das kleine, pausbäckige Mädchen, das ihm seine angesabberten Butterkekse in die Anzugtaschen gestopft hatte.

»Ich bin ja auch noch da«, hörte er sich jetzt sagen.

Mari riss die Augen auf. »Für wen … für das Baby?«

»Und für dich natürlich. Zur Not engagieren wir einfach ein Kindermädchen, damit du dich in Ruhe …«

»Kein Kindermädchen«, unterbrach sie ihn brüsk. »Damit fangen wir gar nicht erst an, Papa.«

Thomas verstand sofort. »Du willst wohl nicht die ganzen Fehler deines alten Herren wiederholen, wie?«

»Ich nehme es mir zumindest vor.«

Er nickte, und beide verfielen minutenlang in Schweigen.

»Und nun?«, fragte Mari schließlich.

»Lade ich dich zum Essen ein.«

»Echt? Und was ist mit der Suppe?«

»Du meinst diese wässrige Zumutung aus Kräutern, Reis und halb verschrumpelten Karotten?« Thomas schüttelte sich. »Tut mir leid wegen der Mühe, die du dir gemacht hast, aber ich brauch jetzt ein Schnitzel.«

In diesem Punkt waren Vater und Tochter sich uneingeschränkt einig. Zum ersten Mal seit langer Zeit.

17. Kapitel

Runde Geburtstage wurden in Simons Familie nicht einfach nur gefeiert, sondern so lange begossen, bis keiner mehr nüchtern war. Da es sich beim Jubilar diesmal auch noch um seinen Vater handelte, der als pensionierter Landarzt den halben Ort entbunden hatte, veranschlagte seine Mutter für das Fest vorsichtshalber gleich drei Tage, damit gründlich gratuliert werden konnte. Zum Auftakt gab es einen Familienbrunch im kleinen Kreis mit allen Kindern, Enkeln, Nichten, Neffen, elterlichen Geschwistern nebst Anhang sowie drei Großtanten jenseits der 85, die bis in den Nachmittag hinein Jägermeister kippten und dann langsam zu den harten Sachen übergingen. Insgesamt also 50 Personen. Höhepunkt des ersten Abends war die obligatorische Vorführung des Super-8-Films, der 1972 auf der Hochzeit von Simons Eltern entstanden war und sehr anschaulich zeigte, wie der leider früh verstorbene, aber unvergessene Onkel Sigmar seine Blase zwischen zwei geparkten Autos bei geschlossener Hose entleerte.

Samstagvormittag erschien das Musikkorps des örtlichen Schützenvereins, um ein Ständchen zu bringen und anschließend beim Aufbau des Festzeltes im Garten zu helfen – beides Anlass genug für den einen oder anderen Lakritzschnaps zum Vorglühen, und das erste Bierfass konnte bei der Gelegenheit ja auch schon mal angestochen werden. Nach Hochzeitssuppe, Salzgebäck und einer kurzen Siesta ging es dann mit einer Kuchenschlacht weiter, bei der Tankstellenbesitzergattin Hilde Wieschnewski ihre berühmte Schwarzwälder Kirschtorte ausgerechnet auf jenem Klappstuhl abseits des

Geschehens zwischenparkte, auf dem sich das Geburtstagskind immer niederließ, um seinen Kaffee heimlich mit einem Schuss Magenbitter zu verstärken. Es war nur eine Frage der Zeit, bis Karl-Peter Saalbach mit dem Hintern voran in der Sahne landete und das ganze Unterfangen aufflog – was ihm neben Gelächter und gutmütigem Schulterklopfen durch seine Kegelbrüder auch das Gezeter seiner Frau einhandelte, die eigentlich davon ausging, den Magenbitter längst einkassiert zu haben.

Am frühen Abend lieferte die Metzgerei Krause drei Spanferkel und einen Zentner Kartoffelsalat, dazu gab es das übliche Marktgemüse aus dem Wärmebehälter, Butterspätzle, Geschnetzeltes, Lachs in Safransoße und Reis, der wie immer zu trocken war und deshalb übrig blieb. Mehr Anklang fand zu späterer Stunde die Mousse-au-Chocolat-Creme, die kleckweise und wie durch Geisterhand vom Nachtisch-Buffet auf dem Fußboden landete und die Tanzdielen in eine Rutschbahn verwandelte, über die sich besonders die Kinder freuten.

Simon, dessen Feierlaune sich zu Beginn des Wochenendes in deutlichen Grenzen gehalten hatte, hörte irgendwann auf, sein Handy zu checken und ließ sich von der allgemeinen Stimmung mitreißen. Er schwofte mit seiner 13-jährigen Nichte durchs Festzelt, klönte mit alten Schulfreunden, kabbelte sich mit seinen Schwestern und fächelte seiner Mutter Luft zu, nachdem sein Vater gegen ihren ausdrücklichen Rat das Kufsteinlied intoniert hatte und sich auch anschließend weigerte, mit dem Singen aufzuhören.

Bis halb fünf hielt Simon durch, tanzte, lachte, trank und schaffte es beinahe, ein paar Stunden lang nicht an Mari zu denken. Nicht an Ben und nicht an das Baby, das sein Leben auf den Kopf stellen würde, wenn sich herausstellte, dass es seines war. Und wenn nicht? Änderte es trotzdem alles, denn Mari würde es künftig nur noch im Doppelpack geben – als Mutter, die ihre Handtasche gegen eine Wickeltasche eintauschte, öffentlich über den Stuhlgang ihres Kindes philosophierte und einen Rattenschwanz an Verpflichtungen hinter sich herzog. Bei seinen Schwestern hatte Simon diese Metamorphose vom Männertraum zur Mutti mehrfach beobachtet, und er unterstellte jedem seiner Schwager, das nur deshalb durchgehalten zu haben, weil die dazugehörigen Kinder zweifelsfrei deren Gene in sich trugen.

Wie aber fühlte es sich an, eine Frau zu lieben, deren Aufmerksamkeit einem niemals ganz gehören würde? Ehrlich gesagt war es mit Mari bisher auch ohne Baby schon kompliziert genug gewesen, überlegte Simon, als er sich im Morgengrauen auf das Bett in seinem alten Kinderzimmer warf. Ständig dieses Hickhack um Distanz und Nähe, diese Ungewissheit, dieses Ringen um Vertrauen. Wie sollte das erst werden, wenn zusätzlich ein Kind im Spiel war, für das sich eigentlich ein anderer Vater zuständig fühlen müsste? Und wieso in Gottes Namen sollte er sich eine Verantwortung aufbürden, die Ben ohne großes Zögern ablehnte? War Mari ihm dieses Opfer, dieses Risiko tatsächlich wert?

Simon wusste es nicht. Er war 34 Jahre alt und hatte sich noch keine großen Gedanken darüber gemacht, ob und wann er jemals eine Familie gründen würde. Warum auch, solange die passende Frau dazu sich selbst nicht sicher war, ob sie nur mit ihm schlafen oder auch befreundet sein wollte. Missmutig stopfte er sich das Kissen in den Nacken. Er war müde und gleichzeitig so aufgewühlt, dass es ihn wach hielt. Immer wieder sah er Mari vor sich, wie sie ihm im Restaurant gegenübersaß und mit konzentrierter Miene die Bestandteile des Menüs auf ihrem Teller analysierte. Er hörte sie lachen, spürte ihren Atem auf seiner Haut und wusste, dass ihr Haar selbst nach einem langen Abend im siffigsten Partykeller immer noch nach Blumenwiese duftete. Die Art, wie sie sich bewegte, wie sie in Diskussionen die Augenbrauen zusammenzog, wie sie sich für das einsetzte, was ihr wichtig war – all das war ihm nach mehr als vier Jahren in derselben Redaktion so vertraut wie sein eigenes Spiegelbild.

Ohne jede einzelne Besonderheit ihres Charakters zu kennen, hatte er sich mit Mari von Anfang an so ziemlich alles vorstellen können – Hausbau, Swingerclub-Besuche, die Anschaffung eines Hundes. Sie hätte nur ein Wort sagen müssen, er wäre zur Stelle gewesen. Mit der Zeit aber hatte Simon eingesehen, dass er Geduld brauchen würde: So zielstrebig sie im Job auch sein mochte, privat irrlichterte Mari von einem Extrem ins andere und schien selbst nie ganz zu wissen, welche Richtung sie einschlagen sollte. Bis vor zwei Tagen hatte er trotzdem nicht den leisesten Zweifel daran gehabt, dass sie ihm genug bedeutete, um zu warten. Jetzt aber hatte sie Tatsachen geschaffen, die keiner von ihnen länger ignorieren konnte.

Ein Baby – wollte er das überhaupt? Und konnte man es liebhaben, wenn es nicht von einem selbst, sondern von einem Rivalen abstammte? Er drehte sich auf die Seite und starrte aus dem Fenster. Der neue Tag war längst angebrochen – sonnig, strahlend und noch frei von Fehlern. Es gab nur einen einzigen Menschen in Simons Umfeld, bei dem die Chance bestand, zufriedenstellende Antworten auf alle Fragen zu bekommen. Und der war in ein paar Stunden hoffentlich wieder nüchtern genug, um ein schon längst überfälliges Vater-Sohn-Gespräch zu führen.

*

Das Katerfrühstück im Hause Saalbach war fast so legendär wie die Partys, die besagten Kater verursacht hatten. Ab halb zwölf hielt Simons Mutter Kaffee, Obst und gekochte Eier bereit, stellte ein Buffet aus frischen Brötchen und Speiseresten vom Vorabend zusammen, legte sich ein Kühlpad auf die Stirn und wartete, dass Familie und Freunde aus den Löchern gekrabbelt kamen.

»Nein, Greta, es ist keine gute Idee, dem Spanferkel Marmelade in die Augenhöhlen zu schmieren«, wies sie ihre sechsjährige Enkeltochter zurecht, als Simon auf die Terrasse geschlendert kam.

»Nimm den Blütenhonig, dann sieht's aus wie Eiter«, raunte er dem Kind zu und gab seiner Mutter einen Kuss auf die Wange. »Morgen. Was macht dein Kopf?«

»Brummt. Allmählich werde ich zu alt für so viel Alkohol.«

»Ach was – guck dir an, was in unsere betagten Tanten alles reinpasst.«

»Die sind zu dritt, da verteilt es sich besser.« Ermattet ließ Gesine Saalbach sich in einen Liegestuhl sinken. »Aber schön war es trotzdem. Obwohl dein Vater mit seiner Singerei so manchen Hörsturz verursacht hat.«

»Blödsinn – ich habe einen beachtlichen Bariton.« Beschwingten Schrittes und frisch geduscht trat Karl-Peter ins Freie und verströmte dabei so viel Vitalität, dass es fast schon unhöflich war. Bestens gelaunt griff er nach der Kaffeekanne, schenkte sich einen Becher voll und tunkte ein Croissant hinein. »Pfarrer Greiner wollte mich sogar für den Kirchenchor anwerben.«

»Dem sterben ja auch die Mitglieder weg«, konterte seine Frau. »Im Moment schreckt der nicht mal davor zurück, eine Litfaßsäule anzuwerben.«

»Du musst zugeben, dass ich mehr hermache.«

»Das tust du – besonders mit Sahne am Hintern.«

»Apropos«, fiel es Karl-Peter plötzlich ein. »Hilde hat angerufen und angekündigt, dass sie gleich vorbeikommt, um ihre Kuchenplatte abzuholen. Weiß einer, wo wir die hingetan haben könnten?«

»War das so ein runder Glasteller in Kristalloptik?«

»Den Zacken nach zu urteilen, die ich durch die Hose gespürt habe, könnte das hinkommen.«

»Mist, den habe ich gerade eben im Altglas entsorgt.« Schuldbewusst schlug Gesine sich die Hand vor den Mund. »Da war nämlich schon ein Riss drin, und auch am Rand ist einiges abgesprungen.«

»Also wirklich«, tadelte ihr Mann. »Das Ding war ein Familienerbstück und hat sogar die Flucht aus Ostpreußen überlebt …«

»Dann ist unter deinem Gewicht ein Exponat deutscher Geschichte zerborsten«, spöttelte Simon. »Das würde mir zu denken geben, Paps.«

»Ich hab dir ja gleich gesagt, dass du die Finger von dem Magenbitter lassen sollst«, fügte Gesine hinzu. »Ah, da kommen die Kinder.«

Nach und nach gesellten sich Simons Schwestern mit Ehemännern und Nachwuchs dazu, bis es auf der Terrasse wimmelte wie in einem Bienenkorb. Unter den hochgewachsenen Braunschöpfen der Familie stach die zierliche Carolin mit ihrem dichten roten Haar besonders heraus – auch wegen des Feldwebeltons, den sie im Umgang mit ihren drei Söhnen anschlug. Sie war die Älteste unter den Geschwistern und Lehrerin von Beruf, was sie einen keine Sekunde lang vergessen ließ.

»Elias-Erik, ich sag's dir jetzt zum letzten Mal – setz sofort deinen Sonnenhut auf«, schimpfte sie ihrem Jüngsten hinterher, der sich gerade anschickte, seinen Kakaobecher im Sandkasten auszuleeren, wo er einen Staudamm gebaut hatte. »Außerdem will ich dir nicht noch einmal sagen müssen, wie viele Kinder in Afrika morgens keinen Kakao zum Frühstück bekommen. Mit dem Essen spielt man nicht, hörst du?«

»Und mit dem Trinken?«, fragte der Kleine prompt zurück, woraufhin seine Mutter sofort den nächsten Schwall Belehrungen auf ihn niederregnen ließ.

Simon unterdrückte ein Stöhnen. Caros pädagogischer Eifer auf nüchternen Magen nervte ihn gewaltig, also stopfte er sich schleunigst ein Schinkenbrötchen in den Mund.

Der Nachmittag schritt voran, und immer mehr Nachbarn und Freunde schauten vorbei, um Reste zu vertilgen, ein letztes Mal auf das Geburtstagskind anzustoßen und beim Abbau des Festzeltes mitzuhelfen. Zusammen mit seinem Schwager stapelte Simon die Tanzbodendielen übereinander, fachsimpelte über den bevorstehenden Start in die neue Bundesliga-Saison und freute sich über ein Wiedersehen mit seinem alten Klassenlehrer, der sich genau erklären ließ, wie man als Restaurantkritiker eigentlich Geld verdiente. Als die Zeltplane schließlich zusammengerollt im Gras lag, schnappte Simon sich eine Flasche Mineralwasser vom Buffet, hockte sich auf den Bretterstapel und sah seinen Neffen dabei zu, wie sie in Unterhosen zwischen die Strahlen des Rasensprengers hüpften und sich dabei gegenseitig nass spritzten.

Sofort erschien Carolin auf der Bildfläche, um dem Vergnügen ein Ende zu bereiten. »Samuel-Ferdinand, nicht so wild, bitte«, ermahnte sie ihren Sohn mit schriller Stimme. »Sonst fahren wir sofort nach Hause!«

»Nun sei doch nicht so eine Spaßbremse, Caro«, mischte Simon sich ein, dem das Gekeife allmählich zu viel wurde.

»Du hast gut reden – und wenn er sich erkältet?«

»Im Juli? Bei fast 28 Grad?«

»Entschuldige, aber du hast keine Ahnung von Kindern.«

»Aber von nörgelnden Frauen«, versetzte er. »Glaub mir, mit diesem ständigen Gezeter weckst du nur seinen Trotz.«

Im selben Moment entdeckte der kleine Samuel, wie man den Schlauch vom Rasensprengeraufsatz löste und richtete den Wasserstrahl kichernd auf seine Mutter.

»Was zu beweisen war«, murmelte Simon, während die tropfnasse Carolin dem Kleinen nachstürzte und es erst nach drei Runden um den Garten schaffte, ihm den Schlauch zu entreißen.

Karl-Peter, der die Szene beobachtet hatte, ließ sich neben seinen Sohn auf den Bretterberg sinken. »Zankst du dich mal wieder mit deiner Schwester?«

»Sie geht mir auf den Keks mit ihrem Geglucke.«

»So ist das eben, wenn man Kinder hat. Deine Mutter und ich waren ehrlich gesagt auch nicht anders, wenn es darum ging, euch von den gröbsten Dummheiten abzuhalten.«

»Komm schon, unser Benehmen war doch immer einwandfrei.«

»Das von Carolin schon – den Rest von euch konnte man leider nur als das Trio des Grauens bezeichnen.«

Womit die Sonderstellung seiner ach so vorbildlichen Schwester wieder einmal zementiert wäre, dachte Simon und verfolgte mit grimmigem Blick, wie Carolin den sich wehrenden Samuel einkassierte und ins Haus trug. Der Statur nach mochte sie zerbrechlich wirken, aber mit ihrem eisernen Willen setzte sie sich immer wieder durch – eine Eigenschaft, die ihn schon früher fasziniert und gleichzeitig in Rage versetzt hatte. Alles besser zu können als die anderen, das war bereits als kleines Mädchen ihr Mantra gewesen. Sei es beim Sackhüpfen, Sandburgenbauen, Schnürsenkelbinden. Was auch immer Simon lernte oder neu ausprobierte, Caro beherrschte es längst bis zur Perfektion. Das und die Tatsache, dass sie ständig bei seinem Vater auf dem Schoß hockte und ihm Dinge ins Ohr flüsterte, die außer den beiden keiner wissen sollte, machte ihn oft rasend vor Eifersucht. »Caro weg« gehörte folglich zu den ersten Halbsätzen, die er als knapp Dreijähriger sagen konnte.

»Ich hab sie oft zum Teufel gewünscht«, überlegte er laut und nahm einen Schluck aus seiner Mineralwasserflasche. »Unter anderem deshalb, weil du sie bei jeder Gelegenheit bevorzugt hast.«

Karl-Peter warf ihm einen überraschten Seitenblick zu. »Wie kommst du denn auf die Idee? Ich hab euch doch alle gleich behandelt.«

»Du hast es versucht«, gestand Simon ihm zu. »Aber deine Sorge, dass dich jemand für einen schlechten Stiefvater halten könnte, war so groß, dass du dich immer besonders für Caro eingesetzt hast.«

»Sie trägt vielleicht nicht meine Gene in sich, aber sie ist trotzdem meine Tochter!«, sagte sein Vater mit Nachdruck. »Und sie sollte nie das Gefühl haben, dass es anders sein könnte …«

»Glaub mir, das hat sie nicht – zwischen euch beide passt doch bis heute kein Blatt.«

»Und das stört dich?«

Simon sah ihn an. »Klar nervt es mich manchmal, wenn ihr zwei eure Insiderwitze austauscht, die außer euch beiden keiner komisch findet. Aber das hält mich nachts nicht vom Einschlafen ab.«

»Beruhigend zu wissen, mein Sohn.«

»Worauf ich eigentlich hinauswollte, ist …« Er zögerte, gab sich dann aber einen Ruck. »Na ja, ob es dir damals schwerfiel, dich für eine Frau zu entscheiden, die … ähm … ein Kind mitgebracht hat, das nicht von dir war?«

Wachsam geworden, setzte sein Vater sich auf. »Ich nehme mal an, du hast einen besonderen Grund, mir diese Frage zu stellen?«

»Stimmt.«

»Verrätst du mir, welchen?«

»Ich hab da … so eine Art Beziehung mit einer Kollegin in Frankfurt am Start«, begann Simon und sah zu Boden.

»Was heißt das – so eine *Art* Beziehung?«

»Es ist nichts Festes.«

»Verstehe. Und diese junge Frau hat ein Kind?«, hakte Karl-Peter nach.

»Nein, sie ist schwanger – aber das Baby könnte von mir sein.«

Sein Vater hob die Augenbrauen. »Könnte?«

»Sie ist sich nicht sicher, denn da gibt es noch einen anderen, mit dem sie – na, du weißt schon …«

»Oh.«

»Ja, oh.«

Eine Schweigepause trat ein, in der Simon Wasser trank und sein Vater angestrengt nachdachte. »Wie heißt sie denn, diese junge Dame?«, nahm Karl-Peter das Gespräch schließlich wieder auf.

»Mari.«

»Und? Magst du sie?«

»Es ist mehr als das.«

»Liebe?«

»Ich fürchte schon. Aber als sie mir gesagt hat, dass dieses Baby eventuell gar nicht von mir ist, da hätte ich sie am liebsten …«

»Na?«

Simon zuckte mit den Achseln. »Angebrüllt, durchgeschüttelt, in meine Höhle geschleift – so was in der Richtung.«

»Das hast du hoffentlich bleiben lassen?«

»Ich bin stattdessen vom Hof gerauscht wie eine beleidigte Operndiva.«

»Sehr erwachsen von dir«, fand sein Vater. »Und ich vermute, jetzt willst du einen Rat?«

»Es würde mir für den Anfang schon reichen, zu erfahren, wie das damals bei dir und Mama gelaufen ist ...«

»Unser Fall lag ein bisschen anders, denn Caro war schon fast zwei Jahre alt, als ich deine Mutter kennenlernte.« Karl-Peter streckte die Füße von sich. »Gesine hat mir von Anfang an sehr deutlich zu verstehen gegeben, dass ihre Tochter für sie an erster Stelle steht und dass ich ihr im Prinzip mal den Buckel runterrutschen kann ...«

»Ach, und deine Reaktion?«

»Ich hab mich vom Fleck weg in alle beide verliebt.«

Simon stutzte. »Du hast dich verliebt, ihr habt geheiratet, noch mehr Kinder in die Welt gesetzt und am Schluss wurde die Welt ein besserer Ort – einfach so?«

»So einfach.«

»Das glaub ich jetzt nicht!«

»Irgendwann war klar, dass ich mich entscheiden musste: Will ich diese Frau mitsamt ihrer Vergangenheit, ihrem Kind und den damit verbundenen Herausforderungen in meinem Leben haben – oder denke ich, dass mir noch was Besseres über den Weg laufen könnte?« Sein Vater lächelte. »Da ich Letzteres sehr schnell verneinen konnte, hab ich alles darangesetzt, sie zu überzeugen, dass ich der Richtige für sie bin. Und glaub mir – das war Schwerstarbeit.«

»Mama sagt ja heute noch, dass sie nicht weiß, ob sie mit dir alt werden will.«

Karl-Peter nickte ergeben. »Es ist und bleibt ein immerwährender Kampf. Aber gerade das macht es ja auch so interessant, findest du nicht?«

»Geht so, ein bisschen Sicherheit fänd ich schon ganz nett.«

»Wozu? Es reicht doch, wenn du dir deiner Gefühle sicher bist. Alles andere lässt sich ohnehin nicht beeinflussen.«

»Wie meinst du das denn jetzt?«

»Solange du weißt, was du willst, bist du wenigstens mit dir selbst im Reinen«, sagte sein Vater schlicht. »Das ist die einzige Basis, auf der du Mari dein Herz anbieten solltest. Wenn sie das überzeugt und sie außerdem dasselbe für dich empfindet, habt ihr eine Chance – ganz egal, von wem das Baby ist.«

Nachdenklich zerdrückte Simon die leer getrunkene Plastikflasche zwischen den Händen. »Das heißt, ich soll Mari in den Mittelpunkt stellen und nicht länger darüber nachgrübeln, wer der Vater des Kindes ist?«

»Nur um sie geht es doch, oder?«

»Im Prinzip ja, aber ...«

»Du bist hier nicht bei Radio Eriwan, mein Sohn«, unterbrach Karl-Peter. »In der Liebe gibt es keine Hintertüren, die man sich offenlässt, keine Wahrheiten, die man sich nach Bedarf zurechtbiegen kann – da geht es um die bedingungslose Annahme dessen, was ist. Sonst kann man's auch gleich bleiben lassen.«

»In der Theorie klingt so was ja immer ganz toll. In der Praxis aber stellen sich dann ganz andere Probleme ...«

»So? Welche denn?«

»Zum einen hat Mari einen leichten Dachschaden, wenn es darum geht, sich auf jemanden festzulegen ...«

»Sie hat sich doch für ihr Kind entschieden, oder?«

»Das schon, aber ...«

»Dachschaden behoben, würde ich sagen«, fiel sein Vater ihm ins Wort. »Nächstes Problem?«

»Na ja, da ist Ben. Du weißt schon … der andere.«

»Du meinst deinen Gegenspieler?«

»Bisschen überbewertet für so eine Flachpfeife, aber okay.« Simon holte tief Luft. »Um es kurz zu machen, er ist ein Idiot. Und gesetzt den Fall, seine Erbanlagen setzen sich letzten Endes beim Vaterschaftstest durch, hab ich für den Rest meines Lebens seine Brut am Hacken.«

»Hm«, machte Karl-Peter. »Ich verstehe, dass dir dieser Punkt jetzt Sorgen macht, obwohl dir die Kleinlichkeit, die diesem Gedankengang zugrunde liegt, später noch mal leidtun wird.«

»Kleinlich? Was ist daran bitte kleinlich?«

»Wenn du eine Frau liebst und eine Schwangerschaft bis zum Ende mit ihr durchstehst, ist das, was dabei herauskommt, dein Kind – unabhängig von den Genen«, antwortete sein Vater. »Ehrlich gesagt reicht es schon, wenn eine Zweijährige mit hohem Fieber in deinen Armen liegt und darauf angewiesen ist, dass du das Richtige tust. Ich garantiere dir, noch bevor du die Notaufnahme des Krankenhauses erreicht hast, ist sie deine Tochter – es sei denn, man hat dir einen Taschenrechner an die Stelle implantiert, an der eigentlich dein Herz sitzen müsste.«

»Wieso ausgerechnet ein Taschenrechner?«, fragte Simon, der das Bild reichlich schräg fand.

»Na, für den Fall, dass du ständig kalkulieren musst, was dich das Ganze kostet und wo die Vorteile für dich liegen. Es gibt ja so Leute.«

Simon dachte kurz nach. »Danke für deine Offenheit, Paps.«

»Dafür nicht.« Karl-Peter stand auf und streckte sich. »Lass deine Mutter und mich wissen, wenn du uns brauchst, in Ordnung?«

»Mach ich.«

Zwei Stunden später verfrachtete Simon eine Reisetasche und unzählige Tupperdosen mit Essensresten in seinem Auto, während die Familie im Halbkreis herumstand, um ihn zu verabschieden.

»Ruf an, wenn du wieder in Frankfurt bist, Junge«, bat seine Mutter und drückte ihn fest an sich.

»Versprochen.«

Bei Carolin angekommen, baute er sich in voller Größe vor ihr auf. »Du bist mir dieses Wochenende mal wieder total auf den Sack gegangen, Kleine«, sagte er ohne Umschweife.

Sie öffnete schon den Mund zu einer patzigen Antwort, verstummte jedoch abrupt, als er sie unvermittelt in den Arm nahm. »Aber ich bin trotzdem verdammt froh, dass du meine Schwester bist«, flüsterte er.

18. Kapitel

Mari trug ihr ältestes Nachthemd, als es spät am Sonntagabend an ihrer Tür klingelte. Im ersten Moment erwog sie, gar nicht erst aufzumachen – doch dann siegte ihre Neugier.

»Ja, bitte?«

»Ich bin's«, hörte sie Simons Stimme durch die Sprechanlage. »Ich muss mit dir reden.«

Entsetzt sah Mari an sich hinunter. In dem Aufzug? Niemals! »Warte eine Sekunde, ich zieh mir schnell was über«, rief sie und rannte auch schon zu ihrem Kleiderschrank, wo sie sich hastig ein frisches T-Shirt und eine leichte Jerseyhose überwarf. Dann eilte sie zurück zur Tür, drückte auf den Summer und kämmte sich noch rasch die Haare, bis Simon die Treppen hochgestiegen kam.

»Hallo«, sagte er, sobald er vor ihr stand.

»Hallo.«

Ihre Blicke trafen sich, und plötzlich wurde es ganz still im Hausflur.

»Komm … komm doch rein«, brachte Mari schließlich heraus. Innerlich gratulierte sie sich dazu, dass sie kurz zuvor noch ihren Abwasch erledigt und ihr Apartment aufgeräumt hatte – sonst wäre sie vor lauter Peinlichkeit noch verlegener gewesen, als sie es jetzt ohnehin schon war.

Mit seinen knapp zwei Metern Länge füllte Simon den Wohn- und Schlafraum, den er nun betrat, fast vollständig aus. Er sah sich um und entdeckte ein für die bescheidene Größe des Zimmers relativ breites Bett, einen Schrank und einen Schreibtisch mit Drehstuhl davor. Links neben dem

Fenster ging noch eine Tür ab, die zu einer winzig kleinen Küche führte, in die außer einem Zwei-Platten-Herd, einem Kühlschrank und einer Spüle nicht viel hineinpasste.

»Hier wohnst du also.«

»Seit fast sieben Jahren.« Nervös verschränkte Mari die Finger ineinander. »An die Enge gewöhnt man sich.«

»Nie daran gedacht, dir was Größeres zu suchen?«

Sie lächelte schüchtern. »In letzter Zeit schon.«

»Verstehe.« Er atmete tief aus. »Also, wegen neulich in der ›Safari Lounge‹ …«

»Es tut mir so leid, wie das gelaufen ist!«, unterbrach sie ihn und trat unbeholfen einen Schritt auf ihn zu. »Ich hätte das alles irgendwie anders … Aber ich wusste nicht, wie und … und ich wollte auch nicht unfair sein.«

»Unfair?«

»Indem ich einen von euch beiden früher informiere als den anderen.«

Simon nickte, schwieg, starrte die Wand an.

»Willst … willst du dich vielleicht hinsetzen?«, fragte Mari und deutete auf den Drehstuhl hinter ihm.

»Äh … klar, warum nicht.« Er ließ sich nieder, sprang aber nach wenigen Minuten wieder hoch und fing an, wie ein Tiger im Käfig auf und ab zu laufen. »Ich hab am Wochenende lange nachgedacht«, sagte er, ohne stehen zu bleiben. »Und dabei bin ich immer wieder zu dem gleichen Ergebnis gekommen.«

Das klang nicht gut, fand Mari. Gar nicht gut. Die einzige Antwort, die ihr darauf einfiel, war deshalb nur ein schwach gehauchtes »Ach.«

»Die Sache ist die: Ich kann einfach nicht länger …«

»Ja?«

»Es reicht mir einfach, verstehst du? Dieses ewige Hin und

Her mit uns beiden, dieses ständige Warten und Hoffen auf Dinge, die doch nicht eintreten. Und jetzt bist du auch noch schwanger …«

»Schon klar.« Mari ließ die Schultern hängen und fühlte, wie etwas in ihr zerbrach. »Ich … ich kann das nachvollziehen, ehrlich. Ich meine, an deiner Stelle würde ich auch nicht … du weißt schon, auf jemanden setzen, der derart chaotisch und außerdem dabei ist, ein Kind …«

»Ich bin hier nicht das Problem«, fiel er ihr ins Wort.

»Natürlich nicht … es ist das Baby. Aber …«

»Das Baby ist doch noch nicht mal auf der Welt, Mari. Es geht hier einzig und allein um dich – merkst du das nicht?«

»Um … um *mich?*«

Simon kam auf sie zu und blieb ganz nah vor ihr stehen. »Ich hab es satt, von dir hingehalten zu werden«, flüsterte er. »Und ich bin auch nicht länger bereit, mitanzusehen, wie du wahllos durch die Gegend vögelst – nur um dir zu beweisen, dass du niemanden brauchst.«

»Aber …«

Ganz zart legte er ihr die Kuppe seines Zeigefingers auf die Lippen. »Ich will dich«, sagte er eindringlich. »Aber verbindlich, verlässlich und monogam. Geht das irgendwie in deinen Kopf?«

Mit großen Augen sah sie zu ihm hoch und sagte – nichts.

»Das Ganze macht dir eine Heidenangst, oder?«

Sie nickte.

»Hör zu, Mari – ich würde alles tun, um dir irgendwie diese Angst zu nehmen. Aber das schaffe ich nicht ohne dich. Du musst das auch selbst wollen und … und mitmachen, mir auf der Hälfte des Weges entgegenkommen …«

Endlich hatte sie ihre Stimme wiedergefunden. »Was ist mit dem Baby?«, platzte sie heraus.

»Wie? Was soll damit sein?«

»Nun, es … es könnte sich schließlich herausstellen, dass Ben der Vater ist.«

»Könnte es nicht genauso gut von mir sein?«

»Schon, aber …«

»Warum warten wir das nicht einfach in Ruhe ab?«

Sie sah ihn an, als ob er den Verstand verloren hätte. »Weil du mich doch garantiert sitzenlässt, wenn du nicht der Vater bist! Und weil mir das so verdammt weh tun wird, dass ich mir zusätzlich zu den Schwangerschaftspfunden auch noch Kummerspeck anfresse! Wieso sollte ich das riskieren?«

Simon zuckte mit den Achseln. »Weil ich es wert bin?« Als sie sich daraufhin nicht rührte und ihn einfach nur anstarrte, nahm er ihr Gesicht in beide Hände. »Ich weiß nicht, ob das mit uns dreien klappen wird, und ich will dir heute auch nichts versprechen, was ich später nicht einhalten kann«, sagte er leise. »Aber ich habe mir das alles gut überlegt und weiß, dass ich dich liebe – mit Kind und Schwangerschaftsspeck und all deinen Marotten, von denen ich die Hälfte noch nicht mal kenne.«

»Wie kannst du dir da so sicher sein?«, flüsterte Mari zurück.

Vorsichtig küsste er sie auf die Nasenspitze. »Darum.«

Da endlich fiel die Anspannung von ihr ab, die sie seit Wochen in sich spürte. Sie schlang die Arme um Simons Hals, zog ihn fest an sich und ließ sich in ein nie gekanntes Gefühl der Geborgenheit fallen. »Bleibst du heute Nacht hier?«, fragte sie nach einer Weile.

Simon, der ahnte, dass sie damit sehr schnell an die Grenze dessen geraten könnte, was sie normalerweise an Nähe aushielt, zögerte. »Hältst du das für eine gute Idee?«

»Das weiß ich erst morgen nach dem Aufwachen«, gab sie

zu. »Aber irgendwann muss ich ja mal damit anfangen, meine Phobien in Angriff zu nehmen, oder?«

Er sah sie lange an, bevor er ihr sanft über die Wange strich. »Ich hole meine Zahnbürste aus dem Auto«, sagte er dann.

In dieser Nacht lagen sie stundenlang wach und redeten – über Ängste und Zweifel, über Missverständnisse und falsche Entscheidungen. So dauerte es nicht lange, bis sie auf Ben zu sprechen kamen.

»Was bedeutet er dir eigentlich?«, wollte Simon wissen.

»Er ist eine sich täglich erneuernde, zwischenmenschliche Herausforderung«, kam die Antwort. »Der lebendige Beweis dafür, dass es nach hinten losgehen kann, sich körperlich auf jemanden einzulassen, mit dem einen sonst so gut wie gar nichts verbindet.«

»Und was erwartest du von ihm in Bezug auf das Baby?«

»Nicht viel, ehrlich gesagt.« Mari seufzte. »Seine erste Reaktion war ja ziemlich … unreif.«

»Gelinde ausgedrückt.«

»Ich hoffe einfach, dass er sich kooperativ zeigt, was diesen Vaterschaftstest angeht.«

»Vielleicht muss er das ja gar nicht.« Simon grinste. »Wenn das Baby von mir ist, kommt es garantiert mit den Saalbachschen Segelohren zur Welt – und glaub mir, die verschaffen uns sofort Klarheit.«

»Du hast doch keine Segelohren!«

»Doch – guck.« Er neigte den Kopf vor und schob seine Locken ein Stück zur Seite.

»Hinreißend«, fand Mari. »Das mit der Nähe hat echt Vorteile: Man entdeckt Dinge am anderen, die einem vorher gar nicht aufgefallen wären …«

»Deinen Bauch, zum Beispiel.« Simon schob ihr T-Shirt ein Stück nach oben und hauchte einen Kuss auf ihren leicht vorgewölbten Nabel. »Ich wäre nie auf die Idee gekommen, dass du schwanger sein könntest – trotz Übelkeitsattacken in aller Öffentlichkeit.«

»Wirklich nicht? Damals war ich mir fast sicher, dass du mich durchschaut hattest ...«

»Niemals. Wenn du vollständig angezogen bist, sieht man ja auch noch gar nichts. In welchem Monat bist du eigentlich?«

»Am Anfang des vierten.«

»Und? Spürst du schon etwas?«

»Manchmal bilde ich mir das ein«, erwiderte sie. »Aber dafür ist es im Moment eigentlich noch zu früh, glaube ich.«

»Hast du ein Ultraschallbild?«

»Klar. Aber die Saalbachschen Segelohren sind darauf nicht zu erkennen ...«

»Abwarten«, meinte Simon zuversichtlich. »Das kommt schon noch.«

Als Mari am nächsten Morgen aufwachte, merkte sie gleich, dass etwas anders war. Ein fremder Körper lag hinter ihr und atmete tief und gleichmäßig. Sie drehte sich um und sah Simons Kopf auf ihrem Kissen liegen, die Nase in den weichen Falten des Bezugs vergraben. Kein Anblick, der Beklemmungen in ihr auslöste, stellte sie fest. Angestrengt horchte sie in sich hinein: Was war das nur für ein Gefühl, das da jetzt in ihr hochstieg – Angst? Definitiv nicht. Reue? Gott bewahre. Erleichterung? Schon eher. Doch das, was sie eigentlich fühlte, war noch etwas ganz anderes. Es dauerte einen Moment, bis ihr das Wort einfiel, denn sie benutzte es so selten: Rührung. Es rührte sie an, Simon schlafend neben sich zu sehen. Und das war schon mal ein guter Anfang, fand sie.

*

In der Woche darauf erschien das Spessart-Sonderheft im Zeitschriftenhandel, und »GigaTV« übertrug die erste Folge der neuen Restauranttester-Sendung. Wegen des vermeintlich höheren Unterhaltungsfaktors hatte man sich zum Auftakt für die Episode bei Luigi entschieden, doch die Einschaltquoten waren unterirdisch. Da sich dies auch nicht änderte, als Simon und Mari einige Tage später im Look der Geissens über die Bildschirme flimmerten, nahm der Sender das eigentlich auf zehn Teile angelegte Format kurzerhand aus dem Programm. Die dem Verlag zugesagte, kostenfreie Fernsehwerbung für das Heft wurde zwar wie vereinbart gesendet, allerdings in der wenig attraktiven Zeit zwischen ein und vier Uhr morgens. Manfred Fernau war außer sich vor Wut.

»Diese Kooperation hat uns überhaupt nichts gebracht!«, brüllte er Ben an, den er zum Einzelgespräch in sein Büro zitiert hatte. »Abgesehen davon natürlich, dass meine Mitarbeiter vor laufender Kamera agieren wie eine Truppe gehirnamputierter Idioten!«

»Es war halt mal der Versuch einer etwas modernen Herangehensweise …«

»*Modern?!* In dem Film wühlst du in einem Nudelteller voller Ungeziefer herum und lässt dir Wasserdampf ins Gesicht spritzen! So was hat man zuletzt bei ›Dick und Doof‹ gesehen!«

»Es gibt Leute, die das unterhaltsam finden«, beharrte Ben. »Denk doch nur an das ›Dschungelcamp‹ …«

»Ihr habt aber nicht die Quote erreicht wie das ›Dschungelcamp‹! Das Einzige, was ihr geschafft habt, ist, den guten Ruf meines Verlages zu ramponieren!«

»Da uns lediglich ein Bruchteil der Republik dabei zugesehen hat, wird der Imageschaden ja so schlimm wohl nicht ausfallen …«

Fernau kniff die Augen zusammen. »Achte auf deinen Ton, mein Junge.«

»Was ist damit?«

»Er impliziert, dass du das Ganze hier nicht sonderlich ernst nimmst – und das passt mir überhaupt nicht …«

»Es gibt da auch einiges, was mir nicht passt.« Ben stand auf, stützte sich auf der Schreibtischkante seines Onkels ab und beugte sich unerschrocken zu ihm vor. »Dass du mich ständig gängelst, zum Beispiel. Und mir keinerlei Spielraum für eigene Entscheidungen lässt.«

»Angesichts des mehr als dürftigen Erfolges, den deine Ideen hervorbringen, war es völlig angemessen, deinen Handlungsspielraum einzuschränken. Außerdem bezahle ich dich schließlich dafür, dass du tust, was ich dir sage.«

»Als freier Kritiker habe ich doppelt so viel verdient wie hier!«

»Du wusstest, worauf du dich einlässt«, erwiderte der Herausgeber ungerührt. »Erst solltest du dich bewähren, dann wollten wir über eine Beförderung nachdenken – so war es vereinbart.«

»Was heißt hier *nachdenken*? Du hast gesagt, es sei letzten Endes nur reine Formsache, dass ich die Ressortleiterstelle bekomme!«

»Tatsächlich? Im Vertrag steht nichts dergleichen …«

»Lass diese Spielchen, Onkel Manfred. Ich habe mich nur deshalb von dir ködern lassen, weil ich hier eine faire Chance zum Aufstieg erwartet habe – daran müsstest selbst du dich noch erinnern können!«

»Die Chance dazu hattest du doch! Du warst nur nicht in der Lage, sie zu nutzen!«

»Bloß, weil meine erste Initiative nicht sofort alle Erwartungen erfüllt hat?! Das ist nicht dein Ernst!«

»Mich interessieren nur Ergebnisse, Ben. Und die hast du bisher leider nicht geliefert ...«

Fassungslos starrte er seinen Onkel an. »Seit ich hier bin, habe ich mich jeden Tag für deinen verdammten Verlag krummgemacht!«

»Subjektiv magst du das ja so empfinden – objektiv habe ich da aber so meine Zweifel.«

»Was?!«

»Ich bin ein sehr eifriger Leser«, entgegnete Fernau selbstgefällig. »Und verfüge rein zufällig über das Gedächtnis eines Elefanten. Deine herausragende Restaurantkritik über den ›Goldenen Hahnenkamm‹ in Bad Orb ist mir vor gut einem Jahr so positiv aufgefallen, dass ich sie aufbewahrt habe.« Er öffnete eine Schublade und kramte den Zeitungsausschnitt hervor. »Umso größer war mein Erstaunen, diesen Text Wort für Wort im Artikelverzeichnis für unser Spessart-Sonderheft wiederzufinden – zumal das Restaurant bedauerlicherweise längst geschlossen hat ...«

Sofort wich alle Farbe aus Bens Gesicht. »Das war ein Versehen.«

»Ein Versehen, das mehr als eine Woche druckbereit bei uns abgespeichert war und außerdem in deinem Blog auf unserer Homepage stand?«

»Hat Mari dir das so erzählt?«

»Frau Bertram? Was hat die denn damit zu tun?«

»Erpresst hat sie mich«, sagte Ben und beschloss, jetzt alles auf eine Karte zu setzen. »Ich hatte bemerkt, dass Simon Saalbach auf ihr Drängen hin einen Gefälligkeitsartikel über das Café ihrer besten Freundin verfasst hat. Als ich sie darauf ansprach und ankündigte, dir das zu melden, drohte sie mir gleich damit, mich bei dir wegen des ›Goldenen Hahnenkamms‹ anzuschwärzen. Dabei ist der Artikel wirklich nur durch ein dummes Missverständnis im Ordner des Sonderheftes gelandet …«

Unbeeindruckt lehnte Fernau sich in seinem Stuhl zurück. »Du wirst lachen, Frau Bertram hat mich wegen des Kaffeehaus-Artikels längst in Kenntnis gesetzt. Dein Name fiel dabei allerdings kein einziges Mal.«

»Äh … nicht?«

»Nein. Sie hat mir geradeheraus alle Hintergründe geschildert, die sie dazu bewogen haben, Herrn Saalbach auf dieses Café anzusetzen. Da sie weder sich noch ihren Kollegen in Verruf bringen und außerdem die Glaubwürdigkeit unseres Hauses nicht gefährden wollte, hat sie es mir überlassen, ob der Text erscheinen soll oder nicht. Ein ziemlich integres Vorgehen, wie ich finde.« Er warf seinem Patensohn einen prüfenden Blick zu. »Bist du also tatsächlich sicher, dass sie dich erpresst hat?«

Ben bekam rote Ohren. »Auf jeden Fall hat sie mir gedroht …«

»Vielleicht als Reaktion auf einen Erpressungsversuch deinerseits?«

»So etwas traust du mir zu?«

»Es ist noch keine zwei Minuten her, dass du vor mir gestanden und Frau Bertram grundlos in Misskredit gebracht hast«, erinnerte Fernau ihn scharf. »Ein billiger Trick, um sich auf Kosten einer Kollegin in ein besseres Licht zu rücken. Von einem künftigen Ressortleiter hätte ich da deutlich mehr Anstand erwartet …«

»Und ich hätte von meinem Onkel deutlich mehr Rückendeckung gewünscht«, schoss Ben zurück. »Schließlich habe ich dir nicht nur meine Zeit, sondern auch meine Erfahrung, mein Renommee und meine Kreativität zur Verfügung gestellt, um deinen Provinzverlag voranzubringen. Aber statt das gleich von Anfang an mit einer entsprechenden Stelle zu honorieren, schickst du mich auf die Schulbank zurück. Als ob ich das nötig hätte!«

»Nun, anscheinend hattest du es nötig.«

»Was denkst du eigentlich, wen du hier vor dir hast?«

»Einen zwar begabten, aber selbstverliebten Schreiber, dem es bedauerlicherweise an der nötigen Reife fehlt, um Verantwortung für andere zu übernehmen«, entgegnete der Herausgeber gelassen. »Weshalb sich das mit der Beförderung zum Ressortleiter leider auch erledigt hat.«

Fassungslos starrte Ben ihn an. »Ist das dein letztes Wort in der Sache?«

»Tut mir leid, mein Junge.«

»Das sollte es auch! Unter diesen Umständen bleibe ich nämlich keine Sekunde länger hier!«

»Dein Gehalt für August zahle ich dir selbstverständlich trotzdem«, versuchte Fernau zu beschwichtigen. »Immerhin hatten wir drei Monate Probezeit vereinbart ...«

»Seit wann schert dich das, was wir vereinbart haben?«

»Glaub mir, es schmerzt mich selbst am meisten, dass es nicht geklappt hat.«

»Das ist genau der Punkt, Onkel Manfred: Ich glaube dir gar nichts mehr!«

»Würdest du deinem Vater trotzdem meine Grüße überbringen?«

»Ruf ihn doch selber an, Herrgott noch mal«, zischte Ben, machte auf dem Absatz kehrt und rauschte hinaus, wobei er die Tür mit einem ungnädigen Knall hinter sich zufallen ließ. Die Wendeltreppe erzitterte unter seinen wütenden Schritten, und während er quer durchs Großraumbüro auf seinen Schreibtisch zustürmte, stellten seine Kollegen verblüfft ihre Arbeit ein. Bis auf Nicole aber wagte es niemand, auf ihn zuzugehen und ihn anzusprechen.

»Gibt es Probleme, Schatz?«, flüsterte sie deutlich vernehmbar in die angespannte Stille ringsum. »Was ist passiert?«

»Frag das meinen Onkel«, versetzte er, packte seinen Rucksack und hechtete auf den Ausgang zu, ohne sie weiter zu beachten.

»Deinen Onkel?«, wiederholte sie ratlos. »Den kenne ich doch gar nicht! Ben, warte!« Aufgewühlt rannte Nicole ihm hinterher. »Wo willst du hin? Und woher soll ich wissen, wer dein Onkel ist ...?«

Über ihre Schreibtische hinweg tauschten Simon und Mari einen Blick. »Wusstest du, dass er mit Fernau verwandt ist?«, fragte er leise.

Sie nickte. »Er hat da mal was erwähnt ...«

»Und es kam dir nicht in den Sinn, mich auch einzuweihen?«

»Entschuldige, ich wusste nicht, ob dich das überhaupt interessiert ...«

»Nö, warum auch?«

»Bisher kam ich einfach noch nicht dazu, dir alle schmutzigen Details aus Bens und meiner Vergangenheit zu erzählen«, versicherte sie schnell. »Aber das hole ich heute Abend nach, versprochen.«

»Abgemacht – ich koch uns was dazu.«

In diesem Moment trat der Herausgeber auf die Galerie hinaus. »Frau Bertram?«, brüllte er nach unten. »Sofort in mein Büro!«

Was wollte der denn jetzt? Mari sah Simon fragend an, aber als der auch nur hilflos mit den Achseln zuckte, stand sie auf und ging zur Treppe. Dabei überlegte sie fieberhaft, was sie falsch gemacht haben könnte: Ob sie den Namen eines Restaurantbesitzers versehentlich nicht korrekt geschrieben hatte? So etwas konnte Fernau auf den Tod nicht ausstehen. Vielleicht hatte sich aber auch irgendein anderer Fehler ins Sonderheft eingeschlichen – vertauschte Fotos, fehlende Adressen, verdrehte Telefonnummern. Solche Details mussten einfach stimmen, und obwohl Mari sich vor der Druckfreigabe die größte Mühe gegeben hatte, alles zu überprüfen, konnte sie doch nicht ausschließen, dass ihr da etwas durchgerutscht war. Vor dem Zimmer ihres Chefs angekommen, atmete sie tief durch und klopfte an den Türrahmen, um auf sich aufmerksam zu machen.

»Äh … Sie wollten mich sprechen?«

»Rein mit Ihnen, setzen Sie sich!«

Ihr Herz schlug bis zum Hals, als sie den Raum durchschritt und sich auf dem Stuhl vor seinem wuchtigen Schreibtisch niederließ. Dabei fühlte sie den prüfenden Blick ihres Vorgesetzten die ganze Zeit auf sich ruhen, versuchte aber, sich davon nicht einschüchtern zu lassen. Irritierenderweise zog Fernau es vor, minutenlang zu schweigen, bevor er das Gespräch eröffnete.

»Ich beobachte Sie nun schon eine ganze Weile, Frau Bertram«, fing er schließlich an. »Ihre Arbeitsweise, Ihr Verhalten gegenüber Kollegen, Ihr Umgang mit unseren nicht immer einfachen Gesprächspartnern. Und wissen Sie, was das Erstaunliche dabei ist?«

»Na?«

»Ich habe nichts, aber auch nicht das Geringste, an Ihnen auszusetzen.«

Da das nicht wie ein Kompliment klang, war Mari unsicher, wie sie reagieren sollte. »Das … das freut mich«, meinte sie dann.

»Genau genommen bin ich sogar so überzeugt von Ihren fachlichen und zwischenmenschlichen Qualitäten, dass ich nicht umhin kann, Ihnen ein Angebot zu machen.« Fernau beugte sich zu ihr vor. »Und glauben Sie mir, ich habe mir das wohlweislich überlegt und lange gezögert.«

»Worauf wollen Sie hinaus?«

»Auf die Ressortleiterstelle, die seit Monaten bei uns vakant ist. Ich bin zu dem Schluss gekommen, dass es außer Ihnen keinen geeigneteren Kandidaten gibt, um diesen Posten auszufüllen.«

Wie vom Donner gerührt starrte Mari ihn an. Das träumte sie doch, oder? Da bekam sie endlich die Chance, auf die sie seit Jahren hingearbeitet hatte – und das ausgerechnet jetzt, wo sie schwanger war?

»Ich will Ihnen sagen, warum ich mich so lange zurückgehalten habe, Ihnen diese Beförderung anzubieten«, fuhr der Herausgeber fort, ohne eine Antwort ihrerseits abzuwarten. »Der einzige Makel, den ich an Ihnen feststellen konnte, ist die Tatsache, dass Sie eine Frau sind.«

»Wie bitte?!«

»Warum sollte ich drum herum reden – für mich als Arbeitgeber birgt Ihre Gebärmutter einfach gewisse Risiken.« Fernau seufzte. »Letzten Endes aber musste ich einsehen, dass meine weiblichen den männlichen Mitarbeitern einiges voraushaben, wenn es um Integrität, Verantwortungsbewusstsein und das Wohl unseres Verlagshauses geht. Deshalb bin ich bereit, das Wagnis mit Ihnen einzugehen. Kurzum, Frau Bertram – wollen Sie die Stelle?«

Für den Bruchteil einer Sekunde erwog Mari, einfach zu pokern. Keine Miene zu verziehen, das Angebot dankend anzunehmen und darauf zu drängen, möglichst schnell einen entsprechenden Vertrag vorgelegt zu bekommen. Wäre es nicht auch völlig angemessen, einem Chauvinisten wie Manfred Fernau ihre Schwangerschaft so lange zu verschweigen, bis ihre Unterschrift auf dem Papier getrocknet war und sie sich den Posten gesichert hatte? Wieso sollte sie einem Arbeitgeber, der ihr Geschlecht für einen Makel hielt, der sie deswegen diskriminierte und das auch noch unumwunden zugab, überhaupt Loyalität schuldig sein?

Fernau hätte es verdient, mit seinen eigenen Waffen geschlagen zu werden, dachte Mari grimmig. Das Dumme war nur: Sie konnte es nicht. Tricksen und taktieren, dafür fehlte ihr einfach das Talent. Und obwohl sie ahnte, dass ihr Vater sie später für verrückt erklären würde, wusste sie, dass sie sich selbst treu bleiben musste – auch wenn das bedeutete, die Chance ihres Lebens zu verpassen.

»Natürlich will ich den Job«, sagte sie deshalb. »Und ich bin überzeugt, dass ich ihn auch verdammt gut machen würde.«

Der Herausgeber sah sie aufmerksam an. »Aber?«

»Es gibt da etwas, das Sie wissen sollten.« Mari hielt seinem Blick stand. »Ich bin schwanger.«

»*Was?!*«

»Sie haben richtig gehört. Da wächst ein riesengroßes Risiko in meiner Gebärmutter heran – und das bereits im vierten Monat.«

»Wie konnte das denn passieren?«, fragte Fernau entsetzt.

»Muss ich Ihnen das wirklich erklären?«

»Nein, nein … entschuldigen Sie. Es … es trifft mich nur so unvorbereitet …«

»Fragen Sie mich mal.«

»Nun …« Mit einer fahrigen Handbewegung fuhr sich der Verleger über die Stirn. »Das ändert selbstverständlich alles.«

»Ach ja? Bin ich jetzt plötzlich weniger kompetent, integer und geeignet, das Ressort zu leiten?«

»Natürlich nicht! Aber Sie sind einfach weniger abkömmlich …«

»Woher wissen Sie das?«

»Wollen Sie sich etwa nicht um Ihr Kind kümmern?«

»Sicher will ich das«, entgegnete Mari mit Nachdruck. »Aber das muss doch nicht ausschließen, dass ich mich weiter für meine Karriere engagiere.«

»Wie stellen Sie sich das vor? Dass Sie ein schreiendes Baby mit zu uns in die Redaktion bringen?«

»Ich könnte in der ersten Zeit auch von zu Hause aus arbeiten – dann stört Sie das Geschrei nicht.«

»Ich soll Ihnen ein Homeoffice einrichten?« Fernau schnappte nach Luft. »Wissen Sie, was das kostet?«

»Manchmal lohnt es sich, in seine Mitarbeiter zu investieren«, meinte sie leichthin. »Besonders, wenn es sich um so profilierte Kandidaten handelt wie mich.«

»Um Eigenlob sind Sie gar nicht verlegen, wie?«

»Ich greife nur das auf, was Sie vorhin selbst über mich gesagt haben. Abgesehen davon würde jeder Mann an meiner Stelle keine Sekunde zögern, Ihnen seine Heldentaten aufzuzählen, ohne dabei rot zu werden. Es gibt nur einen einzigen Unterschied …«

»Der da wäre?«

»Ein Mann in meiner Situation hätte erst den Vertrag unterschrieben und dann die Katze aus dem Sack gelassen. Ich aber bin das Risiko eingegangen, dass Sie Ihr Angebot wieder rückgängig machen, bloß weil ich ehrlich war.«

»Ihr Pech.«

»Oder Ihres.« Gelassen lehnte Mari sich zurück und schlug die Beine übereinander. »Überlegen Sie doch mal, was nachteiliger für Sie wäre: Wenn ich drei Jahre in Elternzeit verschwinde und dem Verlag all meine Kontakte, mein Fachwissen und mein Talent nicht mehr zur Verfügung stehen – oder wenn Sie sich die Mühe machen, mir ein familiengerechtes Arbeiten zu ermöglichen, dabei aber sicher sein können, dass ich mich weiter mit ungebrochener Loyalität für Ihr Haus einsetze?«

»Niemand ist unersetzlich, meine Liebe«, antwortete der Herausgeber unbeeindruckt. »Da draußen laufen noch jede Menge anderer kluger Köpfe herum, die Ihre Aufgaben genauso gut ausführen würden.«

»Aber nicht immer passen diese klugen Köpfe auch ins Team. Diese Erfahrung dürften Sie inzwischen doch gemacht haben, oder?«

Stille trat ein, in der keiner der beiden den jeweils anderen aus den Augen ließ. Fernau dachte an Ben und das, was er an Zeit, Geld und Vertrauen in seinen Patensohn investiert hatte, ohne letztlich einen Gewinn davongetragen zu haben. »Was genau stellen Sie sich unter familiengerechtem Arbeiten vor?«, wollte er deshalb von Mari wissen.

»Nun, zunächst gehe ich zehn volle Monate in Elternzeit …«

»Zehn Monate?«, unterbrach er sofort. »Sind Sie noch bei Trost? So lange kann ich Ihnen unmöglich eine Ressortleiterstelle frei halten!«

»Der Posten ist doch ohnehin seit mehr als einem Jahr unbesetzt«, wandte sie ein. »Ich bin mir sicher, dass es einem erfahrenen Verlagshaudegen wie Ihnen spielend gelingt, diese zusätzliche Phase auch noch zu überbrücken.«

»Versuchen Sie gerade, mir zu schmeicheln?«

»Funktioniert's denn?«

»Ein bisschen.« Fernau unterdrückte ein amüsiertes Lächeln. »Fahren Sie bitte fort.«

»Nach zehn Monaten komme ich in Vollzeit zurück, wobei ich aber mindestens zwei Tage von zu Hause aus arbeiten möchte. In Stoßzeiten und während des Redaktionsschlusses bin ich selbstverständlich anwesend.«

»Und das würden Sie hinkriegen?«

»Ich traue es mir zu.«

Die Skepsis stand dem Verleger deutlich ins Gesicht geschrieben. Andererseits, so musste er im Hinblick auf die Kooperation mit »GigaTV« einräumen, hatte er sich schon auf wesentlich dümmere Vorschläge eingelassen. Also gab er sich nach kurzem Zögern einen Ruck und streckte Mari quer über den Tisch die Hand entgegen. »Nun gut, Frau Bertram – versuchen wir's.«

»Ernsthaft?«

»Ich lasse noch heute einen Vertrag aufsetzen, in dem alles drinsteht, was wir gerade eben besprochen haben – inklusive Homeoffice.«

»Wow! Ich meine … Danke!«

»Schlagen Sie irgendwann noch mal ein, oder muss ich warten, bis mir der Arm abfällt?«

»Oh, entschuldigen Sie.« Schleunigst griff Mari über den Tisch und reichte Fernau die Hand. »Also dann – auf gute Zusammenarbeit.«

»Das will ich hoffen«, blaffte er sie an. »Und wehe, Sie geben mir später auch nur einen Grund, diese Entscheidung zu bereuen.«

»Das werde ich nicht, versprochen!«

»Sehr gut, dann ab mit Ihnen – ich hab schließlich noch was anderes zu tun, als mich um familienfreundliche Arbeitszeitmodelle zu kümmern.«

»Selbstverständlich.«

Noch lange, nachdem sich die Tür hinter Mari geschlossen hatte, saß der Herausgeber mit verschränkten Armen an seinem Schreibtisch und fragte sich, was eigentlich in ihn gefahren war. Frauenförderung? In seinem Verlag? Wurde er jetzt auf seine alten Tage sentimental? Nach einigem

Nachdenken aber stellte er fest, dass diese entwaffnend ehrliche Frau Bertram es durchaus wert war, neue Wege einzuschlagen. Und plötzlich fühlte es sich gar nicht mehr so verkehrt an, ein bisschen sentimental zu sein – vorübergehend zumindest.

19. Kapitel

Zur Feier ihres Erfolges zauberte Simon für Mari in seiner Küche hartgekochte Eier mit Frankfurter Grüner Sauce, Pellkartoffeln und Salat. »Ich bin total stolz auf dich«, sagte er und reichte ihr ein Glas mit gekühltem Traubensaft. »Wenn jemand diese Beförderung verdient hat, dann du.«

»Danke. Ehrlich gesagt hatte ich ein bisschen Angst davor, wie du reagieren würdest.«

»Wieso das denn?«

»Na ja ...« Sie nippte an ihrem Saft. »Immerhin bin ich demnächst deine Vorgesetzte ...«

»Was ich ziemlich anregend finde«, meinte er und küsste sie auf den Mund. »Tagsüber scheuchst du mich durch die Redaktion, und abends bin ich dein Lustsklave.«

»Hm, da bringst du mich auf Ideen.« Lächelnd sah sie ihm dabei zu, wie er sich eine Schürze umband und anschließend die frischen Kräuter vom Markt auspackte. »Lass mich wenigstens die Tomaten für den Salat schneiden, sonst fühle ich mich so nutzlos.«

»In Ordnung, aber mehr erlaube ich dir nicht. Heute ist schließlich dein Rundum-Verwöhn-Abend.« Simon reichte ihr die Schale mit den gewaschenen Kirschtomaten, dazu ein Messer und ein Schneidebrettchen. »Außerdem musst du deine Kräfte für den Einstieg in den Ring der unverwüstlichen Karrieremütter schonen.«

»Hoffentlich habe ich den Mund da nicht zu voll genommen – schließlich hatte ich bisher weder ein Baby noch Führungsverantwortung. Und beides gleichzeitig schon gar nicht.«

»Du schaffst das, da bin ich mir ganz sicher.« Simon hielt einen Bund mit Kerbel, Petersilie, Sauerampfer, Pimpinelle, Zitronenmelisse, Borretsch und Schnittlauch unter den Wasserhahn. »Außerdem hat Fernau dir doch ein Homeoffice zugesichert – das wird uns das Familienleben gewaltig erleichtern.«

Unvermittelt hielt Mari beim Tomatenschneiden inne, ging zu ihm hinüber und gab ihm einen Kuss.

»Wofür war das denn?«

»Für das *uns* und das *Familienleben.* Es ist nämlich überhaupt nicht selbstverständlich, dass du dich darauf einlässt.«

»Es ist ja auch keineswegs selbstverständlich, dass du dich auf mich einlässt«, erwiderte er und grinste. »Zumal du meine grüne Sauce noch gar nicht probiert hast.«

»Mach dir da mal keine Sorgen, in der Hinsicht habe ich Nerven wie Stahl.«

»Ich weiß.«

»Ach, und woher?«

»Na, erst schlägst du Ben in die Flucht, und dann feilschst du mit Fernau, bis er jeder deiner Forderungen entgegenkommt – dazu gehört schon was.« Simon legte die abgetropften Kräuter auf ein Brett und fing an, sie mit einem Wiegemesser klein zu hacken. »Ganz ehrlich? Ich denke nicht, dass ich das gekonnt hätte.«

»Was? Natürlich hättest du!«

»Sei dir da mal nicht so sicher. Allein diese Drohgebärden, die Ben dir gegenüber immer wieder an den Tag gelegt hat …«

»Davon hättest du dich niemals einschüchtern lassen, so gut kenne ich dich inzwischen«, fiel Mari ihm ins Wort.

»Einschüchtern vielleicht nicht, aber ich hätte mich früher oder später zurückgezogen.«

»Warum?«

»Machtspielchen dieser Art liegen mir einfach nicht.« Simon füllte die Kräutermischung in eine Schüssel, in der er zuvor Dickmilch mit Sauerrahm, Salz, Zucker, Senf und Zitronensaft vermengt hatte. »Im Gegensatz zu dir bin ich kein Kämpfer, weißt du? Wenn jemand wie Ben mich herausfordert, bin ich meistens gar nicht erst bereit, mich darauf einzulassen.«

»Weil du denkst, die Niederungen der unschönen Auseinandersetzung nicht nötig zu haben?«

»Ich fürchte, das trifft es ziemlich gut. Irgendwie erwarte ich, dass man anhand meiner Leistungen erkennt, was ich draufhabe. Es ist mir viel zu lästig, dies auch noch im ständigen Konkurrenzkampf mit anderen immer wieder beweisen zu müssen.« Er lächelte schief. »Findest du das jetzt sehr lasch?«

»Nein. Ich frage mich nur, ob du sonst keine beruflichen Ziele hast: Schließlich hätte ich schwören können, dass du die Ressortleiterstelle auch auf der Agenda hattest, wie wir alle in der Redaktion …«

Simon schüttelte den Kopf und nahm die mittlerweile hartgekochten Eier vom Herd. »Das, was ich erreichen möchte, hat nur sehr wenig mit Führungsverantwortung zu tun«, antwortete er dann, schreckte die Eier ab und begann, sie aus der Schale zu pellen. »Dieser organisatorische Kleinkram und das tägliche Gerangel mit widerborstigen Mitarbeitern würden mich einfach zu sehr vom Schreiben abhalten. Und das ist es schließlich, was ich liebe – Texte verfassen. Nicht nur über gutes Essen, sondern auch über Wein. Ich hab da auch schon eine Idee für ein Buch im Kopf …«

»Tatsächlich?«

»Na ja, es ist nicht mehr als einer dieser kulinarischen Reiseführer, wie es sie eigentlich schon gibt. Aber ich würde das

Ganze gern mit Geschichten über den Weinanbau aus der jeweiligen Region anreichern …«

»Das klingt gut«, fand Mari. »Hast du schon angefangen?«

»Ja, ein paar Seiten gibt es bereits.«

»Echt? Wann hattest du denn Zeit für so was?«

»Irgendwie musste ich mir die Warterei auf dich ja verkürzen.« Simon schnappte sich zwei Topflappen und hob die Kartoffelschüssel aus dem Ofen, die er zum Warmhalten dort hineingestellt hatte. »Ich gebe dir den Text gerne mal zu lesen, wenn es dich interessiert.«

»Natürlich interessiert mich das! Was denkst du denn?«

»Ähm, dass ich dir mit meinem Kram nicht auf die Nerven gehen will.«

Mari trat auf ihn zu und schlang die Arme um seinen Hals. »Dein Kram ist jetzt auch mein Kram«, sagte sie schlicht. »Und du musst bitte versprechen, mir immer zu sagen, wie ich dir helfen kann, in Ordnung?«

»Okay.«

»Dann sag schon: Wie kann ich dich unterstützen?«

»Indem du mich liebhast?«, schlug Simon vor.

»Das tue ich«, versicherte sie zwischen zwei Küssen. »Von Tag zu Tag mehr.«

*

Nach hektischen Wochen, in denen sie mit ihrem jeweils eigenen Leben beschäftigt gewesen waren, fanden Kirsten und Mari erst Mitte September wieder Zeit für ein ausgedehntes Telefonat.

»Ich habe Neuigkeiten«, eröffnete Kirsten das Gespräch. »Wir veranstalten jetzt doch eine Party im ›Arnolds‹ – und zwar nicht nur, um mit einiger Verspätung unsere Neueröffnung zu feiern, sondern auch, weil das Geschäft endlich in Gang gekommen ist.«

»Das ist ja super! Höchste Zeit, dass die Leute in Bad Orb auf euch aufmerksam geworden sind.«

»Der Artikel in eurem Sonderheft hat uns extrem geholfen: Den ganzen August über war das Café gerammelt voll, und unser Sonntagsbrunch war ständig ausgebucht.«

»Das heißt, ihr denkt daran, zu expandieren?«

»Noch nicht, aber mit ein bisschen Glück sind wir kurz davor, unsere Mannschaft zu vergrößern – wenn auch nur im übertragenen Sinne.«

»Was meinst du damit?«

Am anderen Ende der Leitung holte Kirsten tief Luft. »Sitzt du?«

»Sekunde.« Mari ließ sich auf ihr Bett fallen. »Jetzt.«

»Ich bin schwanger.«

»Waaaas?!«

Ihre Freundin lachte. »Genau das war meine Reaktion, als ich vor knapp zehn Wochen den Schwangerschaftstest gemacht habe.«

»Das ist phantastisch, ich freue mich riesig für dich!« Die Gedanken in Maris Kopf überschlugen sich. »Stell dir vor … dann sind unsere Kinder ja genau im selben Alter!«

»Stimmt. Und wir können Babysachen austauschen, Synchronstillen, zusammen auf den Spielplatz gehen …«

»Ich wette, Rüdiger ist total von den Socken, oder?«

»Rüdiger?« Bei der Erwähnung ihres alten Schulfreundes runzelte Kirsten die Stirn. »Was hat der denn damit zu tun?«

»Na ja … ich dachte natürlich, er ist der Vater …«

»Spinnst du? Rüdiger und ich gehen ab und zu mal was zusammen trinken, mehr ist da nicht.«

»Ja, aber …« Mari stand jetzt eindeutig auf dem Schlauch. »Mit wem hast du denn dann …?«

»Mit Thomas natürlich.«

»Was?! Mein Vater ist der Vater deines Kindes?«

»Und du bist die große Schwester«, fügte Kirsten hinzu. »Ist das ein Problem für dich?«

»Blödsinn! Ich dachte nur, du redest nicht mehr mit ihm?«

»Viel reden muss man ja auch nicht, um sich zu vermehren.«

»Nun lass dir nicht jeden Wurm einzeln aus der Nase ziehen!«, drängte Mari, die allmählich ungeduldig wurde. »Was war da zwischen dir und meinem Vater?«

So sachlich wie möglich schilderte Kirsten ihr den Überraschungsbesuch von Thomas im Juni, wobei sie alle intimen Details vorsorglich aussparte. »Danach dachte er tatsächlich, dass ich wieder nach Frankfurt komme und ihm das Büro schmeiße, als sei nichts gewesen«, schloss sie ihren Bericht.

»Das sieht ihm ähnlich. Wie hast du reagiert?«

»Ich hab ihn vor die Tür gesetzt, und seitdem herrscht Funkstille zwischen uns.«

»Das heißt, du hast ihm noch nichts von dem Baby erzählt?«

»Nein, ich weiß doch, wie er dazu steht. Davon wollte ich mir meine eigene Freude nicht eintrüben lassen. Außerdem …«

»Ja?«

»Wir sind noch nicht ganz über den Berg«, sagte Kirsten leise. »Meine Ärztin meint zwar, dass alles gut aussieht, aber mehr Sicherheit hat man einfach, wenn der Embryo die zwölfte Lebenswoche überstanden hat. Und nach meiner Vorgeschichte bin ich einfach vorsichtig, verstehst du?«

»Natürlich. Aber das sind ja nur noch zwei Wochen.«

»Vorher gibt's auch keine Party. Trotzdem denke ich nicht, dass ich Thomas dann schon einweihe. Wir würden uns ja doch nur streiten.«

Mari, die ihrer Freundin nie vom Alkoholabsturz ihres Vaters erzählt hatte, rang nach den richtigen Worten. »Ich bin mir da nicht so sicher«, meinte sie schließlich. »Papa hat sich sehr verändert in letzter Zeit …«

»Ach, inwiefern?«

»Er … er ist nachdenklicher geworden, in sich gekehrter. Abends bleibt er jetzt in der Regel zu Hause, es sei denn, er hat einen geschäftlichen Termin. Manchmal kommt er mir sehr einsam vor. Ich denke, er vermisst dich.«

»Hat er das gesagt?«

»Nicht direkt, aber …«

»Dann vermisst er mich auch nicht. Glaub mir, dein Vater braucht niemanden außer sich selbst.«

Dieses Urteil wurde ihm nicht ganz gerecht, dachte Mari, doch sie zog es vor, das Thema nicht weiter zu vertiefen. Sie litt darunter, ihren Vater und ihre beste Freundin unglücklich zu sehen, doch sie hatte nicht die leiseste Ahnung, wie sie zwischen den beiden vermitteln sollte, ohne selbst zwischen die Fronten zu geraten. Letzten Endes waren die zwei ja auch erwachsen genug, um ihre Probleme selbst zu lösen. Zumindest hoffte sie das.

»Wie läuft es denn bei dir?«, wollte Kirsten jetzt wissen. »Geht es dem Baby gut?«

»Alles bestens. Bei der letzten Vorsorgeuntersuchung war sich die Ärztin fast sicher, dass es ein Mädchen wird, aber ganz eindeutig wissen wir es erst beim nächsten Termin.«

»Ein Mädchen – wie schön! Und was sagt Simon dazu?«

»Der freut sich, hat mir aber das Versprechen abgenommen, die Kleine später nicht von oben bis unten in Rosa einzukleiden.« Mari lachte. »Was fast unmöglich sein dürfte, wenn man sich die Kindersachen ansieht, die seine Schwestern uns schon zugeschickt haben: Pink, so weit das Auge reicht.«

»Du bringst ihn doch mit, wenn du zu unserer Party kommst, oder? Ich kann es nämlich kaum erwarten, ihn endlich kennenzulernen.«

»Natürlich, er ist ja auch schon total gespannt auf dich. Außerdem braucht er dringend mal eine Luftveränderung. Denn seit er den Vertrag für sein erstes Buch unterschrieben hat, verbringt er viel zu viel Zeit vor dem Computer.«

»Anscheinend will er den Abgabetermin pünktlich einhalten, das ist doch sehr gewissenhaft«, erwiderte Kirsten. »Keine schlechte Charaktereigenschaft für jemanden, mit dem man gerade eine Familie gründet. Ich bin wirklich froh, dass ihr zwei noch die Kurve gekriegt habt.«

»Und ich erst! Am Anfang war es zwar nicht einfach, besonders, weil ich gezögert habe, mit ihm zusammenzuziehen. Aber jetzt kann ich mir kaum noch vorstellen, wie ich es all die Jahre ohne ihn in meiner 30-Quadratmeter-Butze ausgehalten habe …«

»Hört, hört! Was ist aus deinen Bindungsängsten geworden?«

»Sind noch da«, gab Mari zu. »Aber ich mache täglich Fortschritte.«

»Das ist nicht zu übersehen. Ich bin auch sehr stolz auf dich. Aber sag mal …« Kirsten zögerte kurz. »Hat Ben sich inzwischen bei dir gemeldet?«

»Nein. Er ist und bleibt in der Versenkung verschwunden.«

»Merkwürdig.«

»Wieso?«, fragte Mari zurück. »Das passt doch zu ihm.«

»Schon, aber man sollte meinen, dass es ihn interessiert, ob er Vater wird oder nicht …«

»Im Moment können wir das ohnehin noch nicht feststellen. Und nach der Geburt entscheiden Simon und ich gemeinsam, ob wir einen Test brauchen oder nicht. Falls ja, reicht dazu erst mal das Erbgut des einen Kandidaten.«

»Also falls Simon nicht der Vater ist, kommt Ben automatisch ins Spiel?«

»Das ist zwar die Situation, die wir uns am wenigsten wünschen, aber genau so würde es laufen.« Mari seufzte. »Ehrlich gesagt möchten wir erst einmal alle anderen Möglichkeiten ausschöpfen, bevor wir mit Ben in Verbindung treten.«

»Dann wegen des Unterhaltes, nehme ich an?«

»Ich will einfach nur klären, wer der biologische Vater meines Kindes ist – die Diskussion um das leidige Geld kommt dann später.«

»Ich drücke euch die Daumen, dass alles gut ausgeht«, sagte Kirsten mitfühlend. »Du und Simon hättet dieses Happy End wirklich mehr als verdient.«

»Finden wir eigentlich auch. Aber wir sind fest entschlossen, auf jeden Fall glücklich zu werden – ganz egal, wie dieser verdammte Test ausgeht. Aber jetzt mal was anderes …«

»Na?«

»Was ist mit deiner Party?«, hakte Mari nach. »Können wir irgendetwas tun, um zu helfen?«

»Bringt einfach euch selbst und gute Laune mit – der Rest ergibt sich dann von ganz alleine …«

*

Thomas, dem seine Wohnung neuerdings eine Spur zu groß vorkam, konnte es kaum erwarten, Mari seine Pläne für das bevorstehende Wochenende mitzuteilen. »Was hältst du davon, wenn ich euch zu einer Tagestour durch den Rheingau einlade?«, schlug er seiner Tochter vor, die es sich inzwischen zur Gewohnheit gemacht hatte, ihn mehrmals die Woche zu besuchen. »Ich kenne da ein kleines Weingut mit angeschlossener Wirtschaft, das für Simons Buch bestimmt ganz interessant wäre.«

»Das klingt toll, aber können wir die Aktion vielleicht verschieben?«

»Ähm ... natürlich«, antwortete Thomas und kam sich vor wie ein Zug, bei dem man soeben in voller Fahrt die Notbremse gezogen hatte. Gleichzeitig fragte er sich, wie er jetzt die viele freie Zeit totschlagen sollte, die sich so bedrohlich vor ihm auftat. »Was ... was habt ihr denn Schönes vor?«, erkundigte er sich möglichst beiläufig und hoffte, dabei nicht allzu verzweifelt zu klingen.

»Ehrlich gesagt sind wir bei Kirsten«, gab Mari nach einigen Sekunden des Zögerns zu. »Sie veranstaltet am Samstag eine große Party im ›Arnolds‹, und Simon und ich fahren etwas früher nach Bad Orb, um ihr moralischen Beistand zu leisten.«

»Ah, verstehe. Dann wünsche ich euch viel Spaß.«

»Wieso kommst du nicht auch?«

»Ist das eine ernstgemeinte Frage? Sie würde mich teeren und federn, sobald ich auf der Türschwelle erscheine!«

»Du weißt genau, dass Kirsten ein viel zu liebenswerter, großherziger Mensch ist, um so etwas zu tun«, entgegnete Mari. »Überleg's dir doch noch mal – das Fest beginnt um halb acht.«

Für den Rest der Woche hatte Thomas damit einen Gedanken, an dem er sich abarbeiten konnte: Sollte er es wirklich wagen, ein weiteres Mal nach Bad Orb zu fahren? Einerseits würde er Kirsten wirklich gern wiedersehen, und wenn er tatsächlich die Chance bekäme, sich für sein unerträgliches Verhalten im Juni zu entschuldigen, dann … Andererseits, dachte er resigniert, wem machte er hier eigentlich etwas vor? Kirsten hatte sich doch längst ein neues Leben aufgebaut, mit Job, Partner und Familienanschluss. Für ihn gab es da keinen Platz mehr, das hatte sie ihm bei ihrer letzten Begegnung überdeutlich zu verstehen gegeben.

Je näher der Samstagabend rückte, desto entschlossener war er, keinesfalls bei einer Party zu erscheinen, zu der ihn offiziell niemand eingeladen hatte. Was sollte er da auch? Seiner Ex-Partnerin dabei zusehen, wie sie ohne ihn glücklicher war als jemals an seiner Seite? Diese Blöße würde er sich nicht geben. Er gönnte ihr von Herzen alles Gute, aber das konnte keiner von ihm verlangen.

Sicher, da war die Einsamkeit in seiner gespenstisch leeren Wohnung, die Thomas erst jetzt auffiel, wo er notgedrungen mehr Zeit zu Hause verbrachte als früher. Zwar hatte er nach wie vor lange Arbeitstage und fand auch an den Wochenenden immer einen Grund dafür, noch mal ins Büro zu fahren. Aber seit er sich abgewöhnt hatte, den Feierabend in fragwürdiger Gesellschaft an irgendwelchen Bars zu verbringen, wusste er oft nicht, was er mit sich anfangen sollte. Natürlich ging er regelmäßig joggen und in sein teures Fitnessstudio um die Ecke. Er verfolgte stündlich die Wirtschaftsnachrichten, hörte klassische Musik, telefonierte mit seinen Eltern. Und er traf sich häufiger mit Mari, was er als echten Zugewinn betrachtete – auch, weil sich mit Simon meist ein weiterer Gesprächspartner dazugesellte, den er überaus schätzte. Wann immer er die beiden zusammen erlebte, hatte er den Eindruck, ein gut eingespieltes Team vor sich zu haben, das alle Unwägbarkeiten des Lebens schon irgendwie meistern würde. Das freute ihn für seine Tochter, gleichzeitig hinterließ es bei ihm aber auch ein dumpfes Gefühl der Unzulänglichkeit.

An seiner Seite gab es niemanden, der es dauerhaft mit ihm aushielt – das wurde Thomas nach solchen Begegnungen immer schmerzlicher bewusst. Genau genommen hatte er nicht mal Freunde, die er anrufen konnte, um sich auf ein Bier zu verabreden, geschweige denn Nachbarn, die auf einen Plausch im Treppenhaus mit ihm stehen blieben. Die Menschen, mit denen er tagsüber am meisten redete, waren seine Mitarbeiter und Geschäftspartner. Genauso hatte er es ja auch immer haben wollen – klare Verhältnisse, keine Verpflichtungen, kein emotionales Chichi. Doch jetzt, wo Mari sich dem Nestbau zuwandte, dabei so irrational glücklich wirkte und unbeabsichtigt alles in Frage stellte, woran er bisher geglaubt hatte, ging diese Rechnung nicht mehr auf: Er wurde schließlich Großvater, Herrgott noch mal. Sollte sein Enkelkind ihn etwa als seelisch verarmten Sonderling in Erinnerung behalten? Allein die Vorstellung genügte, und Thomas schämte sich wie nie zuvor in seinem Leben.

Am späten Samstagnachmittag saß er allein in seinem Büro und gab sich redlich Mühe, beschäftigt zu wirken. Alle anstehenden Projekte liefen nach Plan, alle E-Mails waren beantwortet, und selbst in der Buchführung, die er nun schon zum zweiten Mal überprüfte, fand sich kein einziger Fehler. Also ging Thomas dazu über, seinen Computerbildschirm mit einem Spezialreiniger zu entstauben und klaute seiner Sekretärin ein paar Wattestäbchen aus dem Kosmetikbeutel, um auch die Zwischenräume auf der Tastatur säubern zu können. Erst, als er anfing, seine Bleistifte zu spitzen, merkte er, wie lächerlich er sich machte.

Resigniert stand er auf und schlenderte in Kirstens Zimmer hinüber, in dem er seit ihrem Ausscheiden aus der Firma nichts verändert hatte. Merkwürdig, dass dies der Ort war, an dem er sich ihr am nächsten fühlte – ein nüchtern eingerichtetes Büro, das bis auf ein irres Gemälde an der Wand keinerlei Rückschlüsse auf Persönliches zuließ. Neben dem Schreibtisch stand noch der Pappkarton, den sie nie zu Ende gepackt hatte – für ihn damals ein untrügliches Zeichen dafür, dass sie es gar nicht ernst meinte mit ihrem Wunsch, ihn zu verlassen. Doch das war eine Fehleinschätzung gewesen – tatsächlich hatte Kirsten in diesem Büro nichts mehr so viel bedeutet, dass sie sich länger damit belasten wollte. Mittlerweile konnte er das richtig deuten, doch jetzt war es zu spät.

Thomas ließ sich auf ihrem Drehstuhl nieder und zog den Kalender zu sich heran, der noch auf Mai datiert vor ihm lag. In ihrer stets gut leserlichen Handschrift hatte Kirsten darin Termine aufgeschrieben, Telefonnummern vermerkt, sich Notizen gemacht. Gedankenverloren blätterte er zurück, bis er durch Zufall auf den 15. Januar stieß, seinen Geburtstag. »Abendessen mit Thomas«, hatte Kirsten dort für 19 Uhr eingeplant und allen Ernstes ein Herz darum herum gemalt. Unten drunter stand, in deutlich kleinerer Schrift: »Vorher noch zum Supermarkt, Fisch kaufen.«

Die Erinnerung an jenen Abend traf ihn so unvermittelt, dass es ihm eiskalt über den Rücken lief. Ein Treffen mit dem Inhaber einer Papierfabrik hatte sich damals länger hingezogen als geplant, was Thomas aber keineswegs störte, im Gegenteil. Mit der vollbusigen Assistentin des Fabrikanten hatte er zuvor schon am Telefon heftig geflirtet, und als sie gegen Ende des Meetings vor ihm stand und einen Schmollmund zog, weil sie ihren Zug verpasst hatte, dachte er nicht lange nach und lud sie zum Essen ein. Er wusste noch, dass Kirsten mehrfach versucht hatte, ihn auf dem Handy zu erreichen, doch er scherte sich nicht darum und drückte ihre Nummer immer wieder weg. Statt den Fisch zu essen, den sie extra für ihn gekocht hatte, landete er an diesem Abend in einem Hotelzimmer hoch über den Dächern Frankfurts und ermutigte den Schmollmund zu mehr als einem Blowjob. An seinem Geburtstag, so dachte er damals, hatte er sich das auch durchaus verdient.

Gott, was hatte Kirsten nur an ihm gefunden, dass sie so lange bei ihm geblieben war? Immer wieder hatte sie ihm vergeben, immer wieder zugelassen, dass er sie behandelte wie ein zwar nützliches, aber wenig geliebtes Möbelstück. *»Ich vertraue dir, schätze und respektiere dich«*, hatte er ihr kurz vor ihrem Abschied aus Frankfurt von oben herab mit auf den Weg gegeben – allerdings ohne zu wissen, was Vertrauen, Wertschätzung und Respekt wirklich bedeuteten.

»Siehst du, das unterscheidet uns«, hatte sie ihm selbst dann noch geantwortet. *»Ich habe dich vom ersten Tag an geliebt.«*

Mit wachsender Wut auf seine eigene Dummheit blätterte Thomas den Kalender weiter durch. Im Frühjahr häuften sich bei Kirsten die Arzttermine, fast im Wochentakt hatte sie damals ihre Gynäkologin aufgesucht und war schließlich ins Krankenhaus überwiesen worden. Die Nachricht, dass sie den 8 Wochen alten Embryo verlieren würden, hatte ihn seinerzeit nicht eine Sekunde aus dem Gleichgewicht gebracht. Doch inzwischen bereute er es zutiefst, dass er am Tag der Operation nicht bei ihr in der Klinik, sondern bei einem Geschäftsessen gewesen war. *»Das war noch kein Baby – lediglich die Vorstufe dazu.«* Wie hatte er so etwas nur zu ihr sagen können?

Entsetzt über sich selbst, fuhr sich Thomas mit der Hand über die Augen. Was war er doch für ein dämliches Arschloch. Keine Frage, er verdiente es, dass Kirsten ihm vor aller Augen eine Abfuhr erteilte und ihn zum Teufel wünschte.

Doch nicht mal dazu hatte er ihr in den vergangenen Monaten die Gelegenheit gegeben: Statt sich bei ihr zu entschuldigen und ihr darzulegen, was sie ihm bedeutete, war er wie ein Orang-Utan mit sexuellen Entzugserscheinungen über sie hergefallen. Anschließend hatte er nicht nur beleidigt das Feld geräumt, weil sie ihn vor die Tür setzte, sondern war außerdem zu feige gewesen, ein weiteres Mal ihre Nähe zu suchen. Alles in allem eine ziemlich erbärmliche Bilanz.

Aber wer sagte eigentlich, dass es zu spät war, sich den lange überfälligen Arschtritt doch noch abzuholen? Thomas blickte auf die Uhr – kurz nach sechs. In gut einer Stunde wäre er in Bad Orb. Er wollte Kirsten die Party nicht verderben, wirklich nicht – er wollte ihr nur sagen, was er auf dem Herzen hatte, wenigstens dieses eine Mal. Und umgeben von so vielen Gästen bestand diesmal auch sicher nicht die Gefahr, dass die Dinge derart aus dem Ruder liefen wie bei seinem letzten Besuch.

Regungslos blieb er auf dem Stuhl sitzen und spürte, wie sein Herz gegen seinen Brustkorb hämmerte. Er wusste, was er zu tun hatte, und doch zögerte er. Wenn er sich vor Augen führte, was er eigentlich zu verlieren hatte, fiel ihm so einiges ein: seine Selbstachtung, seine Würde, sein Verstand. Aber das war noch nicht mal das Schlimmste. Sollte es ganz blöd laufen, könnte er den letzten Rest Hoffnung, dass Kirsten doch noch zu ihm zurückkehrte, für immer begraben. Und das machte ihm mehr Angst als alles andere.

*

Umringt von Stammgästen, Familie und Freunden trat Kirsten vor das Mikrofon. In dem leuchtend roten Kleid, das ihren noch klitzekleinen Bauch betonte, überstrahlte sie alle

Anwesenden, und jede ihrer Gesten, jeder ihrer Blicke drückte aus, wie glücklich, zufrieden und ausgeglichen sie war. »Ich freue mich riesig, dass Sie alle heute Abend gekommen sind«, sagte sie zur Begrüßung und lächelte in die Runde. »Die vergangenen Wochen waren wirklich nicht einfach – weder für unser Team in Küche und Service, noch für Margot und Hubertus, meine Eltern.« Sie drehte sich zu den beiden um und sprach sie ganz direkt an. »Ich weiß, dass ich euch mit meinem Modernisierungskurs einiges zugemutet habe. Wir hatten eine ziemlich lange Durststrecke durchzustehen, und trotzdem habt ihr in dieser Zeit kein einziges Mal das Vertrauen in mich verloren – dafür möchte ich euch danken. Und natürlich auch Ihnen, unseren treuen Gästen, ohne die das ›Arnolds‹ heute nicht das wäre, was es ist: Ein Treffpunkt für die ganze Familie, wo nicht nur gut gegessen und getrunken wird, sondern wo sich jeder, der mag, zu Hause fühlen darf. In diesem Sinne – lasst uns feiern!«

Begeisterter Applaus brandete auf, und Mari, die das Geschehen angesichts ihres wachsenden Körperumfangs von einem Stuhl in der ersten Reihe aus verfolgte, sah, dass Rüdiger Buchenkamp mit einem großen Blumenstrauß auf ihre Freundin zutrat, sie innig umarmte und dann auf beide Wangen küsste. »Die beiden wären wirklich ein schönes Paar gewesen«, sagte sie zu Simon, der neben ihr stand.

»Es ist doch schon mal viel, dass sie Freunde sind«, entgegnete er.

»Hätte dir das etwa gereicht?«

»Mit dir? Nie im Leben!« Lächelnd beugte er sich vor und küsste sie, während Hubertus Arnold sich das Mikrofon schnappte.

»Äh, das soll jetzt wirklich keine lange Rede werden – wir alle haben heute Abend ja schließlich noch was anderes vor«, fing er an. »Trotzdem will ich die Gelegenheit nutzen, auf unsere Tochter Kirsten anzustoßen: Ohne sie, ich glaube, das wissen wir alle, hätten Margot und ich das Café längst schließen müssen. Nur ihren Wahnsinnsideen und ihrem unermüdlichen Einsatz ist es zu verdanken, dass es unseren Familienbetrieb weiterhin geben wird. Und jetzt, wo wir uns zusammen mit Kirsten auf ihr erstes Kind freuen, bin ich zuversichtlich, dass auch die nächste Arnold-Generation die Tradition aufrechterhält und unseren Gästen die beste Ochsenschwanzsuppe von ganz Bad Orb serv…«

Krach.

Irgendwo in der Nähe des Eingangs ging ein Glas zu Bruch, woraufhin sich alle im Publikum neugierig umdrehten. Für einen kurzen Augenblick bildete sich eine Gasse, an deren Ende niemand Geringerer stand als Thomas Bertram – die Designerschuhe von Scherben übersät, das Hemd großflächig bespritzt mit Champagner Rosé.

»Papa?«, rief Mari verdutzt in seine Richtung. »Was machst du denn hier?«

Hilflos stand ihr Vater im Zentrum der allgemeinen Aufmerksamkeit, fühlte alle Blicke auf sich ruhen und entschied sich in einem Anflug von Panik, etwas ganz und gar Unsouveränes zu tun: Er machte auf dem Absatz kehrt und stürzte aus dem Lokal.

»Nun, Ihr Lieben, dieses eine Glas katapultiert uns nicht gleich in den Konkurs«, rief Hubertus jovial und versuchte, den Faden seiner Rede wiederaufzunehmen. »Wo war ich stehengeblieben? Richtig, bei der Ochsenschwanzsuppe, von der ich hoffe, dass mein Enkel sie eines Tages …«

Da erst kam Leben in Kirsten, die sekundenlang starr wie eine Salzsäule im Raum gestanden hatte. Sie drückte ihrer

Mutter den Blumenstrauß in die Hand und bahnte sich in kleinen, immer schneller werdenden Schritten einen Weg Richtung Ausgang. Dort angekommen, hielt sie abrupt am Treppenabsatz inne: Unten auf der letzten Stufe saß Thomas, den Kopf vornübergebeugt, das Gesicht zwischen den verschränkten Armen vergraben.

»Kann … kann ich dir irgendwie helfen?«, sprach sie ihn an.

Augenblicklich sprang er auf, straffte die Schultern und bot gerade in seinem Bemühen, gelassen zu wirken, ein Bild des Jammers: Seit ihrer letzten Begegnung im Juni schien er einiges abgenommen zu haben, denn seine Wangen waren eingefallen, die Anzughose schlackerte ihm um die Hüften. Dass außerdem sein Hemd ruiniert war und ihm das sonst so korrekt frisierte Haar wirr in die Stirn hing, wäre noch zu tolerieren gewesen, dachte Kirsten. Seine Augen aber, die gerötet und aus dunklen Höhlen zu ihr hochblickten, ließen ihn wie einen gebrochenen Mann aussehen, den sie kaum wiedererkannte.

Jetzt räusperte er sich umständlich und stützte sich leicht schwankend am Treppengeländer ab. »Ähm … Mari sagte etwas davon, dass du heute eine Party gibst.«

»Stimmt, wir feiern unsere Neueröffnung.«

»Gratuliere. Der Laden sieht toll aus.«

»Danke«, erwiderte sie und sah ihn prüfend an. »Warum bist du hier, Thomas?«

»Nicht, um Ärger zu machen«, versicherte er schnell. »Ich … ich wollte nur reden.«

»Worüber?«

»Tja, also …« Hatte die ganze Aktion überhaupt noch Sinn, jetzt, wo sie ein Kind von einem anderen Mann erwartete? Thomas wusste es nicht. Doch dass der blumenüberbringende Wangenknutscher ab sofort zur Familie Arnold gehörte, stand für ihn außer Zweifel. Trotzdem: Wenn er seinem eigenen Spiegelbild jemals wieder ins Gesicht blicken wollte, musste er endlich sagen, was ihm auf der Seele lag. »Ich bin gekommen, um mich bei dir zu entschuldigen«, stieß er hervor.

Als sie daraufhin nichts erwiderte, redete er vor lauter Nervosität einfach weiter. »Mir ist natürlich klar, dass es längst zu spät ist, aber ich will, dass du weißt, dass ich weiß …« – hier drohte er kurz den Faden zu verlieren – »… also dass ich mich dir gegenüber wie ein Vollidiot benommen habe … jahrelang.«

»Ähm, was genau meinst du jetzt?«, fragte sie verdattert dazwischen, doch er achtete gar nicht auf sie.

»Du hattest recht mit allem, was du mir immer vorgeworfen hast«, fuhr er hastig fort. »Dass ich feige war, dich betrogen und ausgenutzt habe. Das alles tut mir so unglaublich leid, dass ich es kaum in Worte fassen kann, und ich vermisse dich mehr, als ich es je geahnt hätte …«

»Thomas …«

»Natürlich ist es unfair, dir das ausgerechnet jetzt zu sagen, wo du dein Leben neu geordnet und ganz offensichtlich dein Glück gefunden hast, aber …«

»Könntest du bitte mal kurz die Luft anhalten?«, herrschte sie ihn an, jedoch noch immer ohne zu ihm durchzudringen. Wie in Trance redete er sich seinen Kummer vom Herzen, sprach von seiner Reue, seiner Einsamkeit, von dem Baby, das sie beide verloren hatten.

»Ich hätte dich damals nicht allein lassen dürfen«, gestand er ein. »Und ich weiß, dass dich vieles, was ich achtlos dahingesagt habe, extrem verletzt hat …«

»Das tut schon längst nicht mehr weh«, fiel Kirsten ihm ins

Wort und brachte ihn damit endlich zum Schweigen. »Ich bin wieder schwanger, weißt du.«

Er nickte niedergeschlagen. »Das hab ich gerade gehört. Dazu kann man dir und deinem Schulfreund nur gratulieren.«

»Denk nicht, dass du dich so leicht aus der Affäre ziehen und ungestört wieder in deinem Selbstmitleid versinken kannst«, giftete sie ihn an. »Das Kind ist nicht von Rüdiger – sondern von dir!«

»Was?!«

»Da staunst du. Und schon tut dir das Vergangene gleich viel weniger leid, oder?«

»Nein, ich …« Ungläubig taumelte er ein paar Schritte zurück. »Das Baby soll wirklich von mir sein? Bist du sicher?«

»Ich warne dich, Thomas. Mach nicht alles noch schlimmer, indem du mir unterstellst, mit einem anderen Mann geschlafen zu haben …«

»Hast du nicht?«

Vor lauter Wut sprühten Kirstens Augen Funken. »Natürlich nicht!«, brüllte sie ihn an. »Ich bin die Königin der Monogamie – auch, wenn es mir nie etwas genützt hat!«

Zu ihrer Überraschung wandte er sich ab, beugte sich über das Treppengeländer und atmete so hektisch und unkontrolliert, als ob er hyperventilieren würde.

»Ist alles in Ordnung mit dir?«, rief sie besorgt aus und lief ein paar Stufen zu ihm hinunter, doch er hob augenblicklich die Hand. *Keinen Schritt weiter,* sagte diese Geste. *Lass mich bloß in Ruhe, ich komme sehr gut allein zurecht.* Wie in alten Zeiten.

Kirsten erkannte die Signale sofort, seufzte resigniert und ahnte nicht, dass es so vieles gab, was Thomas ihr noch gerne gesagt hätte. Dass er sie liebte, zum Beispiel, dass er nicht länger ohne sie leben wollte, sich über das Kind freute und alles dafür geben würde, die Chance zu bekommen, ihr zu zeigen, wie ernst es ihm diesmal war. Trotzdem schwieg er, innerlich blockiert von den langen Jahren der Eiszeit, in denen seine Fähigkeit, Gefühle zu äußern, irgendwie verkümmert sein musste. Doch halt – ein Gedanke kam ihm noch.

»Was … was wird es denn?«, fragte er und drehte sich keuchend zu ihr um.

»Was wird was?«

»Na, unser Baby … Junge oder Mädchen?«

Sie stutzte. »Keine Ahnung. Es ist noch viel zu früh, um das zu erkennen.«

»Und … Was hättest du lieber?«

»Ein Mädchen natürlich – was denn sonst?«

Thomas nickte. »Ich glaube, ich hätte diesmal lieber einen Jungen. Mädchen kenne ich schon.«

»Wer wüsste das besser als ich«, sagte sie trocken. »Was ist nun – kommst du?«

»Ähm … wohin?«

Kirsten deutete mit dem Daumen über ihre Schulter. »Da drin steigt gleich eine Party. Interesse?«

»Keine Ahnung. Hast du denn ein Interesse daran, dass ich dabei bin?«

»Würde ich sonst hier draußen mit dir rumstehen?«

Er rührte sich nicht von der Stelle. »Was willst du eigentlich mit einem alten, seelisch verkorksten Kerl wie mir?«

»Dich über die Tanzfläche scheuchen, bis dein Herzschrittmacher aussetzt.«

»Das tut er schon, wenn ich dich nur ansehe.«

Sie zögerte einen Moment, dann streckte sie ihm ihre Hand entgegen. »Komm.«

»Bist du dir sicher?«

»Du etwa nicht?«

»Ich möchte dir nicht schon wieder weh tun …«

»Dann komm rauf, bevor ich einen Tennisarm kriege!«

Da setzte sich Thomas in Bewegung, stieg Stufe um Stufe nach oben, bis er ihre Hand zu fassen bekam und endlich vor ihr stand. »Und jetzt?«, fragte er atemlos.

»Fangen wir noch mal von vorne an.« Kirsten packte ihn am Kragen und küsste ihn auf den Mund.

- ENDE -

Mein Dank geht an …

… Knaur-Cheflektorin Christine Steffen-Reimann und Dirk Meynecke von der Agentur Buchplanung, die mich während des Schreibens zum Glück nie nach meinen Fortschritten gefragt haben. (Jetzt kann ich's ja sagen: Zwischenzeitlich sah es ganz schön düster aus.)

… Alexandra Baisch, die durch ihr sorgfältiges und konstruktives Lektorat wieder einmal dazu beigetragen hat, dass mir mein Text jetzt besser gefällt als in der Urfassung.

… alle Programmverantwortlichen von Koch-Shows im Privatfernsehen, die mich mit ihren Sendungen inspiriert, irritiert und nachhaltig verblüfft haben.

… Sebastian, der wegen dieses Buches ohne mich in den Urlaub fahren musste und der als Erstleser, Ratgeber und Mutmacher unersetzlich ist.

… und schließlich an Johanna, die mit dem Geborenwerden-Wollen so lange gewartet hat, bis der letzte Punkt hinter dem Happy End stand.

Lena Hooge

Auf High Heels im Schweinestall!

Andrea Hackenberg

Abgeferkelt

Roman

Kaum hat die Beauty-Redakteurin Kati bei einem Zeitungsverlag in der Lüneburger Heide als Lokalredakteurin angeheuert, bekommt sie einen Auftrag zugeschanzt, den alle anderen dankend ablehnen: Sie soll einen Bericht über den Tag der offenen Tür bei einer Schweinezüchter-Initiative schreiben – und landet prompt höchst unelegant im Mist. Kati würde aufgeben, wäre da nicht der attraktive Jonas …

Charmant und saukomisch!

KNAUR

Elisabeth Kabatek

Ein Häusle in Cornwall

Roman

Emma, liebenswert, aber ein bisschen zu pflichtbewusst, wird vom Betriebsarzt zu einer kleinen Auszeit verdonnert. Sie landet in Cornwall bei dem verschusselten Aristokraten Sir Nicholas Reginald Fox-Fortescue. Im Land der Rosamunde-Pilcher-Verfilmungen erlebt sie ihr blaues Wunder zwischen lauter Exzentrikern und Freigeistern, die nichts von schwäbischer Schaffer-Mentalität halten, in runtergekommenen Häusern leben, auf deren Agenda »Arbeit« gaaanz weit unten steht – und die einen Riesenspaß am Leben haben. Liebe nicht ausgeschlossen ...

DROEMER

Anna Koschka

Naschmarkt

Roman

Dotti Wilcek hat der Männerwelt abgeschworen. Endgültig! Wer braucht schon Männer, wenn es Bücher und Katzen gibt? Kaum jemand könnte also ungeeigneter sein, um eine Internetdatingagentur zu testen. Doch Dottis bissiger Blog über Männer, Mauerblümchen und Flirten für Anfänger spricht einer ganzen Generation von netzgeplagten Singles aus dem Herzen …

»Schon lange wollte ich nicht mehr so unbedingt in eine Geschichte hineinklettern wie in diese.«
Kerstin Gier

»Dotti ist das schärfste Mauerblümchen der Welt: charmant, klug und witzig.«
Gabriella Engelmann

»Sind wir nicht alle ein bisschen Dotti?«
Andrea Koßmann

KNAUR